JOANNE FLUKE

Der Schoko-Muffin-Mord

Weitere Titel der Autorin

Das Geheimnis der Schokoladenkekse
Das Rätsel des Teekuchens
Das Mysterium der Blaubeertörtchen
Der Zitronentortenmord

Über die Autorin

Joanne Fluke lebt als freie Autorin in Kalifornien. Ihre Romane sind regelmäßig auf den ersten Plätzen der *New York Times* Bestsellerliste vertreten. Die Leser:innen lieben die Geschichten der *Queen of Culinary Mystery* wegen ihrer lebensechten Figuren und der Wohlfühlatmosphäre rund um Hannah Swensens Café *The Cookie Jar* in der fiktiven Kleinstadt Lake Eden.

JOANNE FLUKE

Der Schoko-Muffin-Mord

EIN FALL FÜR HANNAH SWENSEN

Kriminalroman

Aus dem Englischen von
Angela Koonen

lübbe

Dieser Titel ist auch als E-Book erschienen

Die Bastei Lübbe AG verfolgt eine nachhaltige Buchproduktion. Wir verwenden Papiere aus nachhaltiger Forstwirtschaft und verzichten darauf, Bücher einzeln in Folie zu verpacken. Wir stellen unsere Bücher in Deutschland und Europa (EU) her und arbeiten mit den Druckereien kontinuierlich an einer positiven Ökobilanz.

MIX
Papier | Fördert gute Waldnutzung
FSC® C014496
FSC www.fsc.org

Vollständige Taschenbuchausgabe

Deutsche Erstausgabe

Titel der englischen Originalausgabe: »Fudge Cupcake Murder«
Originalverlag: Kensington Publishing Corp., New York
Published by Arrangement with
Kensington Publishing Corp., New York, NY 10018 USA

Dieses Werk wurde vermittelt durch die
Literarische Agentur Thomas Schlück GmbH, 30161 Hannover
Titelillustration: © Ekaterina Maltseva/Shutterstock, Mr Doomits/Shutterstock, Anna.zabella/Shutterstock, NDanko/Shutterstock, JulieStar/Shutterstock, Hunter Leader/Shutterstock, RossHelen/Shutterstock, Sabrina Janelle Gordon/Shutterstock, canadastock/Shutterstock
Umschlaggestaltung: Kirstin Osenau
Satz: hanseatenSatz-bremen, Bremen
Gesetzt aus der Bembo
Druck und Verarbeitung: GGP Media GmbH, Pößneck
Printed in Germany
ISBN 978-3-404-19095-9

2 4 5 3 1

Sie finden uns im Internet unter luebbe.de
Bitte beachten Sie auch: lesejury.de

Für Walter

1

Hannah Swensen ging zur Vorderseite der länglichen Plastikkiste und wappnete sich. Obwohl ihr diese Spezialausbildung fehlte, kam sie sich vor wie jemand vom Bombenräumkommando, der sich bereit machte, eine Bombe zu entschärfen. Sie holte tief Luft, öffnete den Riegel und wich hastig in hoffentlich sichere Entfernung zurück.

»Gütiger Himmel!«, keuchte sie, als Moishe aus der tierärztlich gebilligten, extrasicheren Katzentransportbox schoss und in die Küche sauste. Ihr war völlig neu, dass sich ihr Mitbewohner derart schnell fortbewegen konnte. Er glich einem orange-weißen Fleck mit vielen Beinen, die sich mit Warp-Geschwindigkeit bewegten.

Sie hob die Transportbox an und verstaute sie im Schrank in der Waschküche. Bei dem einen Mal, als sie vergessen hatte, sie wegzuräumen, hatte Moishe mit den Krallen tiefe Rillen in den Kunststoff gezogen, sodass sie jetzt aussah, als hätte ein Miniaturpflug darauf sein Werk verrichtet. Wenigstens hatte die Plastikbox bisher besser gehalten als die aus Pappe, mit der sie Moishe zu seinem ersten Tierarztbesuch transportiert hatte. Noch bevor sie dort angekommen waren, hatte er die Pappe zerfetzt und war empört miauend im Fond ihres Wagens umhergelaufen.

Vor der Küchentür hielt Hannah inne und hörte erleichtert die lauten Knuspergeräusche. Der Besuch beim Tierarzt an diesem Morgen war traumatisch gewesen, für sie beide, und Moishe versuchte gerade, die Tortur durch Fressen zu verarbeiten. Wie gut, dass sie seinen Napf schon vor dem Verlassen der Wohnung aufgefüllt hatte.

Sie nahm den Sack Katzenseniorenfutter, das der Tierarzt ihr empfohlen hatte, und trug ihn in die Küche. Doktor Bob hatte sie gewarnt, dass manche Katzen Futter ablehnten, das sie nicht kannten, und hatte ihr ein Infoblatt mit erprobten Tipps gegeben, durch die man jede Katze in eifrige Seniorenfutterfresser verwandelte.

Moishe hob den Kopf von der Schale und blickte Hannah Unheil drohend an. So würde man allenfalls einen Verräter oder untreuen Ehepartner ansehen, und Hannah fühlte sich sofort schuldig.

»Okay, es tut mir leid. Ich weiß, du hasst es, zum Tierarzt zu gehen.« Sie gab sich Mühe, es ihrem Kater zu erklären, denn so unversöhnlich wie jetzt hatte er noch nie geguckt. »Deine Impfungen waren fällig. Ich möchte doch nur, dass du gesund bleibst.«

Moishe starrte sie noch zwei, drei Sekunden lang an und wandte sich wieder seiner Futterschale zu.

Hannah nutzte den vorübergehenden Waffenstillstand, um sich eine Tasse Kaffee aus ihrer Thermoskanne einzugießen, die sie ebenfalls vor Verlassen der Wohnung gefüllt hatte. »Ich bin gleich wieder da«, sagte sie zu den Ohren, die über den Rand der Schale ragten. Moishes Gesicht war nicht zu sehen. »Ich muss mich umziehen. Du hast auf meinen neuen Pullover gehaart.«

Er ließ sich zu keiner Antwort herab, und Hannah ging ins Schlafzimmer. Ihr Mitbewohner haarte immer stark, wenn er unglücklich war. Das lag nicht an Doktor Bob. Moishe mochte ihn so sehr, wie das einem Kater möglich war, der von ihm gepikt und an peinlichen Stellen betastet wurde. Er hasste es nur, dorthin transportiert zu werden.

Nachdem Hannah sich etwas wenig Behaartes angezogen hatte, kehrte sie in die Küche zurück, wo Moishe neben einer leeren Futterschale saß. Da sie lieber heute als morgen die neue Kost ausprobierte, füllte sie den Napf damit und drückte sich die Daumen. Während Moishe das Seniorenfutter misstrauisch beschnupperte, schlüpfte sie in ihre alte Bomberjacke, die sie mal in Lake Edens Secondhandladen gekauft hatte, und ging zur Tür. Doch ehe sie nach ihrer altbewährten Umhängetasche greifen konnte, in der alles steckte, was sie am Tag benötigen könnte, und ein bisschen mehr, klingelte das Telefon.

»Mutter«, murmelte sie. In dem Ton sprach sie sonst nur gewisse Kraftausdrücke aus, die sie sich vor ihrer fünfjährigen Nichte Tracey verkneifen musste. Der Anrufer konnte niemand anders sein. Delores Swensen hatte das geniale Talent, immer in dem Moment anzurufen, in dem Hannah die Wohnung verlassen wollte. Obwohl sie sehr versucht war, sich vom Anrufbeantworter aus der Klemme helfen zu lassen, besann sie sich eines Besseren. Denn ihre Mutter würde erneut anrufen – und dann zu einem noch unpassenderen Zeitpunkt. Schwer seufzend ging sie zurück zu dem Wandtelefon am Küchentisch und nahm den Hörer ab.

»Hallo, Mutter.« Sie setzte sich auf einen Stuhl. Gespräche mit Delores waren selten kurz. Die Stimme, die sich auf ihre Begrüßung meldete, gehörte jedoch jemand anderem.

»Ich habe im Geschäft angerufen, aber Lisa sagte, du

kommst heute später, weil du mit Moishe zum Tierarzt musstest.«

»Das stimmt.« Hannah stand auf, um sich den Rest Kaffee einzugießen. Der Anrufer war ihre Schwester Andrea, und Gespräche mit ihr waren auch nicht gerade kurz.

»Es ist doch nichts Schlimmes, oder?«, fragte Andrea.

»Nur mit meinen Ohren. Moishe hat während der ganzen Fahrt miaut, auf dem Hinweg wie auf dem Rückweg. Er ist gesund, Andrea. Er brauchte nur seine Impfungen und die jährliche Kontrolluntersuchung.«

»Das freut mich. Ich weiß, wie sehr du an ihm hängst. Hast du eins von Bills Plakaten in die Praxis mitgenommen?«

»Ja. Sue hat es gerade an die Fensterscheibe geklebt, als ich hinausging.«

»Oh, gut. Jedes Plakat hilft. Hast du schon die Zeitung gelesen?«

Hannah blickte zu ihrer Handtasche. Das *Lake Eden Journal* steckte noch in seiner Plastikhülle im Außenfach. »Die nehme ich mit zur Arbeit. Ich dachte, ich lese sie in der Mittagspause.«

»Wirf jetzt einen Blick hinein. Auf Seite drei.«

»Meinetwegen.« Hannah schickte sich an, das zu tun. Die Seite drei war der redaktionelle Teil, und dort entdeckte sie nichts, was die freudige Erregung ihrer Schwester erklären könnte.

»Siehst du es?«, fragte Andrea mit einem Ich-weiß-etwas-was-du-nicht-weißt-Unterton.

»Nein.«

»Es ist die Wahlumfrage!«

Hannah beugte sich über die Seite, um zu lesen, was in dem kleinen Kasten stand, den Rod Metcalf seit einem

Monat abdruckte. Dann jubelte sie. »Bill liegt gleichauf mit Sheriff Grant!«

»Genau! Ich hatte ihm gesagt, wir schaffen das! Natürlich sind es noch zwei Wochen bis zur Wahl, da kann alles Mögliche passieren, aber wäre es nicht wunderbar, wenn Bill tatsächlich gewinnt?«

»Auf jeden Fall! Eine tolle Leistung, wie du seine Kampagne führst, Andrea.«

»Danke. Ich habe noch andere Neuigkeiten.«

»Nämlich?«

»Doc Knight hat meinen Geburtstermin auf die dritte Novemberwoche vorverlegt.«

Hannah runzelte die Stirn. »Kann er das so einfach machen?«

»Sicher. Da ist sowieso alles nur geschätzt. Jeder denkt, er kann es genau bestimmen, aber das kann keiner. Bills Mutter ist sich sicher, dass das Baby in der Wahlnacht kommt, doch ich denke, sie will nur bei Bills Siegesparty meinen Platz einnehmen. Unsere Mutter tippt auf Anfang Dezember. Sie meint, mein Bauch ist kleiner als bei Tracey um diese Zeit, und es wird noch eine Weile dauern. Und Bill hat auch eine Meinung dazu. Wenn man ihm glauben will, werde ich das Baby früher bekommen, noch vor Halloween.«

»Und was denkst du?«

»An Thanksgiving, gerade wenn wir das Dessert auftragen.«

»Wie kannst du das so genau sagen?«, fragte Hannah. »Haben werdende Mütter einen sechsten Sinn dafür?«

»Nein, es ist nur so, dass dein Pecannuss-Pie mein liebster Thanksgiving-Gang ist, und ich freue mich so sehr darauf, dass ich jetzt schon weiß, ich werde ihn verpassen.«

»Wirst du nicht. Wenn du ins Krankenhaus musst, backe ich einen frischen und bringe ihn dir.«

»Das ist lieb von dir! Danke, Hannah. Jetzt laufe ich besser los … oder vielleicht sollte ich ›watscheln‹ sagen. Mein Gleichgewichtssinn ist heute ausgefallen. Ich melde mich später bei dir.«

»Bis dann!«, sagte Hannah und legte auf. Sie füllte Moishes Trinknapf auf und versicherte ihm, was für ein braver Junge er sei. Und da er sein Seniorenfutter problemlos fraß, zerknüllte sie das Hinweisblatt von Doktor Bob und warf es in den Papierkorb. Dann zog sie sich Handschuhe an und ging zur Wohnungstür.

Draußen empfing sie eine eisige Kälte, und sie stieg frierend die Treppe zum Erdgeschoss hinunter. Es war erst Mitte Oktober, aber anscheinend schon Zeit, den Winterparka hervorzuholen. In der Tiefgarage angelangt, hielt sie direkt auf ihren roten Chevy Suburban zu, den die Kinder in Lake Eden den »Plätzchenwagen« nannten. Sie setzte sich hinters Lenkrad, startete den Motor und fuhr die Rampe hoch.

An der Ausfahrt des Wohnkomplexes bog sie nach links auf die Old Lake Road ein und nahm die landschaftlich schöne Strecke zur Stadt. Die kurvenreiche Straße führte am See namens Eden Lake entlang, und obwohl einige Kilometer länger als das entsprechende Stück der Interstate, zog Hannah diese Route vor. An Familienfarmen und herbstlich bunten Ahornhainen vorbeizufahren hatte etwas Beruhigendes, und sie roch lieber das kalte Seewasser und die Kiefern als die Abgase der Autos auf der Fernstraße, die vor ihr herfuhren.

Als sie an der Kreuzung Old Lake Road und Dairy Avenue an der Ampel stand, bemerkte sie einen bestens geeigneten Telefonmast. Da niemand hinter ihr war, fuhr sie an den Bordstein und holte eins von Bills Plakaten aus dem Fond. Einen Moment später hatte sie es an dem Mast befestigt und grinste, als sie zurücktrat und das überlebensgroße Gesicht ihres Schwagers sie anlächelte. *Wählt Bill Todd zum Sheriff*, stand groß darunter. Sie hatte Andrea versprochen, jeden Tag wenigstens sechs Wahlplakate aufzuhängen.

Kurz darauf bog sie in ihre Gasse ein und parkte hinter dem kleinen weißen Haus, in dem sich ihr Bäckereicafé *Cookie Jar* befand. In der Backstube angekommen, wusch sie sich als Erstes die Hände und ging durch die Schwingtür nach vorn, um ihre junge Partnerin Lisa Herman abzulösen. Die saß auf einem hohen Hocker hinter der Ladentheke, belagert von einer Schar morgendlicher Plätzchenkäufer.

»Da ist sie!«, rief Lisa aus, sichtlich erleichtert über Hannahs Ankunft. »Sie können sie selbst fragen.«

Die Kunden wandten sich Hannah zu, und Bertie Straub stand ganz vorn als Wortführerin. Sie trug noch ihre purpurrote Schürze aus ihrem Friseursalon *Cut'n Curl*, und ihr mürrischer Blick bildete einen starken Kontrast zu dem goldfarbenen, glücklich lächelnden Gesicht auf dem Schürzenlatz.

»Das wurde aber auch Zeit!« Bertie schaute demonstrativ auf ihre Uhr. »Wir haben gesehen, dass Bill bei den Umfragen führt. Meinen Sie, dass er gewinnt?«

»Natürlich wird er gewinnen!«, hörte Hannah jemanden antworten. Die Stimme ihrer Mutter. Hannah drehte sich zur Tür um und erblickte Delores, die dort in einem schicken königsblauen Hosenanzug stand, am Revers einen Bill-Todd-Button. »Und wenn Sie ihn nicht wählen, Bertie Straub, bekommen Sie es mit mir zu tun!«

Bertie schluckte hörbar. »Ich habe durchaus vor, ihn zu wählen.«

»Das hoffe ich doch!« Delores kam zu Hannah und nahm sie beim Arm. »Komm mit in die Backstube. Ich muss dich sprechen, Liebes.«

Augenblicke später saß ihre Mutter am Backtisch und war mit einer Tasse Kaffee und zwei Erdnussbutterplätzchen versorgt. Hannah setzte sich neben sie und wartete geduldig, während Delores mit eleganten Bissen einen Keks verspeiste.

»Köstlich!«, lobte sie und wischte sich die Hände an einer Serviette ab. »Hast du von Norman gehört?«

»Noch nicht.« Hannah hoffte, dass ihr nicht wieder eine Strafpredigt bevorstand, nur weil sie sich sträubte, sich für einen Mann zu entscheiden. Sie mochte Norman Rhodes und traf sich mit ihm, wann immer sich die Gelegenheit ergab. Doch in den Augen ihrer Mutter war eine Frau, die nicht binnen zwei Jahren nach Erreichen der Volljährigkeit vor den Traualtar trat, ein hoffnungsloser Fall. Seit Delores und Carrie, Normans Mutter, zusammen das Antiquitätengeschäft führten, winkten sie gemeinschaftlich mit dem Zaunpfahl.

»Carrie sagt, er hat mit der Tagung alle Hände voll zu tun«, fuhr Delores fort. »Er leitet ein Diskussionsforum zu kosmetischer Zahnmedizin, weißt du? Das ist für einen Zahnarzt seines Alters ein ziemlicher Erfolg.«

»Ich weiß, Mutter. Norman hat mir alles erzählt, bevor er nach Seattle geflogen ist.«

»Vielleicht nicht alle Details.« Delores schaute ein wenig selbstgefällig. »Hat er erwähnt, dass Beverly seinem Diskussionsforum angehört?«

»Welche Beverly?«, fragte Hannah, obwohl das eigentlich unnötig war, da Delores schon darauf brannte, sie aufzuklären.

»Frau Doktor Beverly Thorndike. Sie ist ebenfalls Zahnärztin.«

»Oh.« Hannah hielt eine einsilbige Antwort für das Klügste, da sie keine Ahnung hatte, wer Frau Doktor Thorndike war.

»Carrie hat mir erzählt, dass die beiden früher mal heiraten wollten, Beverly aber schließlich meinte, sie sei für solch eine Verpflichtung noch zu jung. Wenigstens hat sie den Ring zurückgegeben. Doch das dürfte dir alles bekannt sein, und darum werde ich nicht weiter darauf eingehen.«

Hannah nickte, obwohl sie von Normans gescheiterter Verlobung mit der Zahnärztin nichts wusste.

»Ich bin aus einem anderen Grund hier.« Delores griff in ihre Handtasche und holte eine Rezeptkarte hervor. »Ich bedaure, dass ich es dir so spät gebe, aber das ist mein Rezept für den Hawaiianischen Schmorbraten.«

Hannah unterdrückte mühsam einen Seufzer, als sie die handgeschriebene Karteikarte entgegennahm. Das war das Lieblingsrezept ihrer Mutter, und Hannah hatte für ihr Leben genug davon.

»Ich war in Eile, als ich es abgeschrieben habe. Aber du kannst es lesen, nicht wahr?«

Hannah schaute auf die Schrift und nickte.

»Es klappt doch noch, dass es in das Lake Edener Kochbuch aufgenommen wird, oder, Liebes?«

Hannah schwankte. Zu sagen, dass die Abgabefrist überschritten war, wäre eine bequeme Ausrede und theoretisch sogar wahr, denn das Datum, das sie den anderen Beitragenden genannt hatte, war in der Tat schon vorüber. Doch wenn sie es deswegen abwies, würde Delores ihr das ewig vorhalten. Um den Familienfrieden zu wahren, musste sie das Rezept aufnehmen.

»Es ist noch nicht zu spät.« Hannah erntete dafür ein Lächeln.

»Danke, Liebes. Ich weiß, ich hätte es früher abgeben sollen, aber ich hatte in letzter Zeit sehr viel Arbeit mit Bills Wahlkampagne und im Geschäft. Und nun sollte ich mich schleunigst nach drüben begeben. Wir erwarten eine Lieferung Chippewa-Kunst, und Jon Walker hat versprochen, vorbeizukommen und zu prüfen, ob die Stücke echt sind.«

Delores winkte zum Abschied und eilte zur Hintertür hinaus. Ihr Antiquitätengeschäft befand sich im übernächsten Gebäude, sodass sie nur über den Parkplatz zu laufen brauchte. Hannah wartete, bis die Tür ins Schloss gefallen war, dann sah sie sich das Rezept näher an. »Achthundert Gramm Zucker?«

In dem Moment kam Lisa in die Backstube und hörte Hannahs Frage. »Ist das Rose' Kokoskuchenrezept?«

»Nein, das Rezept meiner Mutter für Hawaiianischen Schmorbraten.«

»Und der ist so süß?«

»So süß, dass einem die Zähne wehtun. Sie hat es für mich aufgeschrieben, damit ich es in das Kochbuch aufnehme. Meinst du, ich könnte …«

»Nein«, unterbrach Lisa kopfschüttelnd. »Sie würde dir nie verzeihen, wenn du es weglässt.«

»Du hast recht. Ich werde den Zucker reduzieren. Doch viel mehr darf ich nicht ändern. Wenn sie ihr Rezept nicht wiedererkennt, stehe ich für immer auf ihrer Abschussliste.«

2

Die letzten Kunden waren gegangen, die Ladentür des *Cookie Jar* abgeschlossen, und Hannah und Lisa stellten in der Backstube die Teige für den nächsten Tag her. Lisa riss ein Stück Frischhaltefolie ab, um die fertigen Schokoladen-Kirsch-Plätzchen abzudecken, und sah zur Uhr. »Hannah?«

»Hm?« Hannah holte sich die geschmolzene Schokolade für ihre Schwarz-Weiß-Kekse und goss sie in die Backschüssel.

»Es wird allmählich spät, und du musst heute Abend zur Schule. Willst du nicht lieber schon nach Hause fahren?«

Hannah sah lächelnd zu ihrer zierlichen Partnerin. »Du bist noch ein Teenager und möchtest mich bemuttern?«

»Ich will dich nicht bemuttern. Und ein Teenager bin ich auch nicht mehr lange. Nächsten Monat werde ich zwanzig.« Lisa richtete sich zu ihrer vollen Größe auf, die sich auf eins siebenundfünfzig belief, aber die braune Locke, die ihr aus dem amtlich vorgeschriebenen Haarnetz in die Stirn gefallen war, hintertrieb die Wirkung ihrer strengen Miene.

Hannah rührte noch einmal um und griff ebenfalls nach der Frischhaltefolie. »Vielleicht sollte ich jetzt wirklich Feierabend machen. Aber dann komme ich morgen früher und erledige das Backen, bevor du da bist.«

»Abgemacht!« Lisa streckte ihr die Hand hin, und Hannah schlug ein. »Soll ich dir heute Abend bei deinem Kurs helfen? Herb hat bis neun Uhr Dienst, doch Marge meinte, ich kann sie jederzeit anrufen, dann leistet sie Dad Gesellschaft.«

»Ist nicht nötig, Lisa. Ich schaffe das.« Hannah wusste, dass ihre Kollegin gern, wenn irgend möglich, zu Hause bei ihrem Vater blieb. Jack Herman hatte Alzheimer. Lisa hatte ein College-Stipendium ausgeschlagen, um ihn betreuen zu können. Seit ihrer Verlobung mit Herb Beeseman, der in Lake Eden für die Verkehrssicherheit und Parkkontrolle zuständig war, hatte sie es leichter, denn Marge, seine verwitwete Mutter, war in ihrer Highschool-Zeit mit Lisas Vater zusammen gewesen und genoss es anscheinend, einen Abend mit Jack zu verbringen, damit »die Kinder« ausgehen konnten.

Hannah hatte gerade die Teige in den Kühlraum gestellt, als es an der Hintertür klopfte. Sie ging öffnen. Draußen stand Beatrice Koester frierend in der Kälte. »Hallo, Beatrice. Kommen Sie herein.«

»Hi, Hannah. Lisa.« Beatrice betrat lächelnd die warme Backstube. »Ich kann nur einen Augenblick bleiben. Ted wartet im Wagen auf mich.«

Hannah winkte Ted zu. Er erwiderte den Gruß, wirkte aber verärgert. Ihm gehörte der Schrottplatz, und vermutlich wollte er zurück an die Arbeit. Hannah schloss die Tür und wandte sich Beatrice zu. »Eigentlich haben wir geschlossen, aber wenn Sie Gebäck möchten, können wir Ihnen etwas von vorne holen.«

»Danke, nein, Hannah. Ich will Ihnen nur schnell ein

Rezept geben. Ich weiß, ich bin damit spät dran, doch ich bin gerade die Sachen von Teds Mutter durchgegangen und auf dieses gestoßen.«

»Für das Lake Edener Kochbuch?«, fragte Lisa.

»Ja. Das Rezept für ihre Schoko-Muffins. Ted hat sie furchtbar gern gegessen, und sie waren wirklich gut. Ich habe Mutter Koester unzählige Male um das Rezept gebeten, aber sie hat es immer wieder vergessen.«

»Dann freut es mich, dass Sie es gefunden haben.« Hannah lächelte verständnisvoll. »Manche Leute sträuben sich, ihre Lieblingsrezepte zu verraten, und ich wette, Teds Mutter gehörte dazu.«

»Das dachte ich auch, doch Ted meint, ich irre mich, und sie hätte es wirklich jedes Mal vergessen, sooft sie uns besuchte. Natürlich hatte sie in seinen Augen keine Fehler.«

Hannah verkniff sich ein Schmunzeln. Sie hatte Teds Mutter nicht gekannt, aber es klang ganz danach, als hätte sie zu manchem Schwiegermutterwitz inspirieren können.

»Ist es zu spät, um das Rezept noch aufzunehmen? Nun, da Teds Mutter tot ist, meint er, ein Platz in dem Kochbuch wäre ein passendes Andenken an sie.«

Hannah nahm das Rezept an. Sie konnte Beatrice den Wunsch unmöglich abschlagen, wenn sie dabei so besorgt schaute. »Nein, durchaus nicht. Ich kümmere mich darum.«

»Oh, ich danke Ihnen, Hannah! Es könnte allerdings ein kleines Problem geben.«

»Mit dem Rezept?« Hannah schaute auf die handgeschriebene Karteikarte.

»Ja. Lesen Sie die Zutatenliste.«

Hannah las sie laut. »*Ungesüßter Kakao, Zucker, Butter, Mehl, Milch und* … oh, oh.«

»Was ist es?«, fragte Lisa.

»Da steht: *eine halbe Tasse Geheimzutat.*«

»Ich liebe solche Rezepte!« Lisa klatschte in die Hände. »Das ist immer etwas, was niemand errät. Was ist es diesmal?«

Hannah zuckte mit den Schultern, Beatrice ebenfalls. Lisa blickte von einer zur anderen und verstand. »Das steht da nicht?«

»Du hast es erfasst.« Hannah sah Beatrice an. »Haben Sie die Muffins mal gegessen?«

»Ja, und sie schmeckten wunderbar! Alma backte sie immer zu Teds Geburtstag. Ich durfte aber nie zusehen.«

»Wonach haben sie geschmeckt? Beschreiben Sie es uns.«

»Nun ja ...« Beatrice holte tief Luft und schloss die Augen. »Sehr nach dunkler Schokolade, und sie waren schwer, ganz anders als die Muffins aus den Backmischungen. Sie waren nicht hoch aufgegangen, wie man sie in den Zeitschriften sieht, sondern eingesunken, doch das war gut, denn Alma häufte umso mehr Guss darauf. Sie sagte immer, die Muffins müssten dafür ein Grübchen haben.«

Hannah lachte, sie konnte nicht anders. Das war eine großartige Ausrede für einen nicht erwartungsgemäß aufgegangenen Teig, und die meisten Leute, sie eingeschlossen, störten sich nicht daran, solange der Guss lecker war. »Können Sie den Guss beschreiben?«

»Ja. Er war saftig-weich, ein bisschen zäh und zerging auf der Zunge. Ich dachte immer, wenn man ihn erhitzen würde, gäbe er eine wunderbare Sauce für Eiscreme ab.«

»Klingt gut. Denken Sie mal an die Muffins zurück. Hatten sie eine besondere Geschmacksnote?«

»Eigentlich nicht, aber ...« Beatrice hielt stirnrunzelnd inne.

»Aber was?«, hakte Lisa nach.

»Sie schmeckten ein bisschen … deutsch.«

»Deutsch?« Hannah dachte an die verschiedenen Schokoladenkuchen, die sie schon gegessen hatte. »Wie der Deutsche Schokoladenkuchen?«

Beatrice schüttelte den Kopf. »Nein, so nicht.«

»War etwa Sauerkraut darin?«, fragte Lisa. »Meine Mutter backte einen Schokokuchen mit Sauerkraut.«

»Den backe ich auch manchmal. Nein, es war kein Sauerkraut.« Beatrice seufzte. »Die Muffins schmeckten süß und zugleich herb, wie diese guten deutschen Torten. Sie wissen, welche ich meine. Sie sind sehr schwer, und selbst wenn man zum Platzen voll ist, möchte man immer weiteressen.«

»Kein Wunder, dass Sie das Rezept haben wollten!« Hannah lächelte, um Beatrice zu beruhigen. »Was meinst du, Lisa? Können wir Almas Geheimzutat herausfinden?«

»Wir können es versuchen. Sie scheinen anders zu sein als die Schoko-Muffins meiner Mutter, doch ich habe schon ein paar Ideen.«

»Wunderbar.« Hannah wandte sich Beatrice wieder zu. »Bestanden sie aus einem glatten Teig, oder enthielt er etwas Stückiges?«

»Nein, nichts Stückiges. Der Teig war glatt und schmeckte fast wie pure Schokolade.«

»Das hilft«, sagte Lisa nickend. »Das schließt die meisten festen Zutaten wie Nüsse, Kokosflocken oder gehackte Trockenfrüchte aus.«

»Stimmt, aber keine gemahlenen, pürierten oder verflüssigten Zutaten«, gab Hannah zu bedenken.

Beatrice schaute gequält. »Es tut mir leid, dass ich das Problem aufgebracht habe. Wenn Ted nicht so darauf versessen wäre, das Rezept in dem Kochbuch zu sehen, würde ich vorschlagen, wir vergessen es einfach.«

»Auf keinen Fall!«, sagten Hannah und Lisa wie aus einem Mund. Für einen Moment war es still, dann lachten sie alle schallend.

Danach kam Lisa auf das Problem zurück. »Wir werden das Rätsel lösen, Beatrice. Hannah und ich lieben es, einem Geheimnis auf den Grund zu gehen, und dieses hat wenigstens nichts mit einer Leiche zu tun.«

»Nur mit meiner toten Schwiegermutter«, scherzte Beatrice. Und dann war sie selbst bestürzt über ihren schwarzen Humor. »Ich bin froh, dass Ted mich nicht gehört hat!«

Hannah bürstete sich noch einmal die Haare und betrachtete sich im Spiegel. In dem dunkelblauen Hosenanzug und der weißen Bluse wirkte sie sehr lehrerinnenhaft. Oberhalb des Kragens allerdings nicht. Die Luft war heute sehr feucht und hatte ihre Locken in einen widerspenstigen Wust verwandelt. Sie strich sie sich aus dem Gesicht und sicherte sie mit der silbernen Spange, die Michelle, ihre jüngste Schwester, einer künstlerisch begabten Freundin am Macalester College abgekauft hatte. Dann schaltete sie das Licht aus und verließ ihr Schlafzimmer.

»Ich werde nicht lange weg sein«, versprach sie Moishe, der neben ihr den Flur entlanglief, und streichelte ihn kurz. »Ich gehe nur zur Schule, um zu sein, was ich sein sollte, bevor ich wurde, was ich jetzt bin.«

Moishe miaute und blickte zu ihr hoch. Vielleicht bildete sie sich das ein, aber er guckte verblüfft, und sie lachte laut. »Entschuldige. Das war verwirrend. Ich gebe an der

Schule einen Kochkurs für Erwachsene, und danach gehe ich mit Mike essen. Keine Angst, ich werde dich vorher mit viel Futter versorgen.«

Sie kicherte noch über ihren verwirrenden Satz, als sie die Treppe hinuntereilte. Sie freute sich auf ihr Date mit dem begehrtesten Junggesellen der Stadt.

Mike Kingston war durch Sheriff Grant von der Polizei in Minneapolis abgeworben worden, damit er die Dienststelle in Winnetka County leitete, und war vor gut einem Jahr nach Lake Eden gezogen. Seit Mike Bills Partner war, favorisierten Andrea und Bill ihn als Schwager. Delores konnte Mike gut leiden, hatte sich aber mit Carrie verbündet, um Norman zu jener Position zu verhelfen. Michelle mochte beide Männer gleichermaßen. Hannah ebenfalls, und deshalb konnte sie sich zwischen Mike und Norman nicht entscheiden. Ihr Leben mit jemandem zu teilen, der nur zwei Beine hatte, mochte schön sein, doch sie wollte ihre Unabhängigkeit nicht aufgeben.

Zwanzig Minuten später fuhr sie auf den Schulparkplatz. Er lag noch verlassen da, denn sie war früh dran. Sie parkte möglichst nah bei dem Klassenraum, in dem Hauswirtschaft unterrichtet wurde, nahm die Kiste mit den Zutaten aus dem Fond und ging zum Lieferanteneingang. Der Architekt der Jordan High hatte ihn eigens vorgesehen, damit die Schulküche leicht beliefert werden konnte. Pam Baxter, die Hauswirtschaftslehrerin, hatte Hannah den Schlüssel überlassen, als sie sich bereit erklärt hatte, den Abendkurs zu geben. Anstatt ihrer Klasse das Dekorieren von Torten beizubringen, wie Pam ursprünglich vorgeschlagen hatte, würden sie gemeinsam die Rezepte für das Lake Edener Kochbuch ausprobieren.

Hannah betrat das Gebäude und schaltete die Lampen ein. Im ersten Moment blinzelte sie wie eine Eule im Lichtstrahl eines Suchscheinwerfers. Die vielen Deckenlampen machten den Flur taghell. Als sich ihre Augen an das grelle Licht gewöhnt hatten, stellte sie die Kiste auf eine Arbeitsfläche.

Pam Baxters Küche war mit allen Grundnahrungsmitteln ausgestattet, aber Hannah hatte die speziellen Zutaten mitgebracht, die ihre Klasse an diesem Abend für die Rezepte brauchte. Dazu gehörte eine Packung gesüßte, getrocknete Cranberrys für ihre neu kreierten Plätzchen. Da Cranberrys im Moor wuchsen, wollte sie die Plätzchen »Boggles« nennen.

Fünf Minuten später war Hannah bereit für den Unterricht. Ihr Name stand an der Tafel für den unwahrscheinlichen Fall, dass jemand aus der Klasse sie nicht kannte. Die Rezepte, die sie an die fünf Gruppen verteilen würde, lagen bereit, und das Klemmbrett mit der Teilnehmerliste hatte sie auf das Lehrerpult gelegt. Jetzt fehlten nur noch die Schüler, und bis zum Unterrichtsbeginn war noch eine Stunde Zeit.

Sie setzte sich an das Pult, fühlte sich dort aber deplatziert. Vielleicht war es doch klug gewesen, eine andere berufliche Laufbahn einzuschlagen. Vor einem Backofen war sie viel zufriedener als hinter einem Pult. Hannah stand auf und ging zu einem der Arbeitsplätze. Sie würde die verbliebene Zeit nutzen und den Teig für Alma Koesters Schoko-Muffins anrühren, jedoch ohne die Geheimzutat. Beatrice würde dann vielleicht sagen können, was fehlte.

Boggles

Backofen auf 175 Grad vorheizen, das Blech später in der Mitte einschieben.

240 g Butter
400 g brauner Zucker
400 g weißer Zucker
1 TL Backpulver
1 TL Backnatron
1 TL Salz
4 geschlagene Eier
2 TL Vanilleextrakt
½ TL Zimt
¼ TL Muskat
480 g Mehl
600 g getrocknete Cranberrys***
225 g Haferflocken

*** Wenn Sie keine Cranberrys zur Hand haben, können sie durch andere gehackte Trockenfrüchte wie Datteln, Aprikosen oder Pfirsiche ersetzt werden.

Die Butter zerlassen, den Zucker zufügen und ein wenig abkühlen lassen. Die geschlagenen Eier, das Backpulver, Backnatron, Salz, Vanilleextrakt und das Mehl zugeben und nach und nach verrühren. Zuletzt die Früchte und die Haferflocken unterrühren. Der Teig wird relativ fest.

Setzen Sie 12-mal je einen Teelöffel voll Teig auf ein gefettetes Backblech.

12 bis 15 Minuten backen. Die Plätzchen 2 Minuten lang auf dem Blech abkühlen lassen, dann auf ein Kühlgitter legen.

Ausbeute: 10 bis 12 Dutzend

Boggles lassen sich gut einfrieren, wenn man sie in Folie wickelt und in einen Gefrierbeutel packt.

3

Hannah hatte gerade den Guss auf die Muffins verteilt, als sich auf dem Gang vor dem Klassenraum Schritte näherten. Vielleicht war es Mike, der auch frühzeitig zu seinem Kurs kam.

»Täuscht sich meine Nase, oder riecht es hier nach Schokolade?«

Hannah seufzte, als sie die Stimme erkannte. Dann setzte sie ein Lächeln auf und drehte sich zur Tür um. Sheriff Grant gehörte nicht zu ihren Lieblingsmenschen, war aber ein guter Kunde des *Cookie Jar* und außerdem Bills und Mikes Boss, weshalb es klüger wäre, freundlich zu ihm zu sein. »Ihre Nase liegt richtig. Ich probiere ein Rezept für das Lake Edener Kochbuch aus.«

»Es duftet ungemein gut.« Sheriff Grant trat an den Arbeitstisch und beugte sich fast im Fünfundvierzig-Grad-Winkel über die Muffins.

»Möchten Sie einen kosten?«, bot sie an. »Sie dürften schon genügend abgekühlt sein.«

»Sehr gern! Ich habe seit heute Mittag nichts mehr gegessen und muss hier warten, bis Kingston kommt. Muss ihm einen Packen Handzettel übergeben.«

Hannah packte vier Muffins in eine Tüte. Sie wusste,

dass Mikes Selbstverteidigungskurs gleich nebenan stattfand. »Möchten Sie die Unterlagen bei mir lassen? Ich kann sie an ihn weitergeben.«

»Nein, nicht nötig. Ich werde auf dem Parkplatz warten und Kingston abfangen, wenn er kommt.« Sheriff Grant nahm die Tüte, die Hannah ihm lächelnd reichte. »Danke, Hannah. Das ist wirklich nett von Ihnen.«

»Vielleicht aber auch nicht«, erwiderte sie grinsend.

»Wie meinen Sie das?«

»Die Muffins sind noch im Versuchsstadium. Ich habe sie nicht einmal selbst gekostet.«

»Soll ich Ihnen berichten, wie sie mir geschmeckt haben?«

»Das wäre großartig«, sagte sie lächelnd. »Sie sind ein mutiger Mann, Sheriff Grant.«

»Wieso das?«

»Sie wissen nicht, ob sie vielleicht vergiftet sind. Schließlich kandidiert mein Schwager gegen Sie.«

Nachdem die Schülerinnen im Hauswirtschaftsraum eingetroffen waren, verteilte Hannah sie auf die fünf Kochinseln und ließ sie mit der Arbeit beginnen. Eine Gruppe sollte die Plätzchen backen, deren Rezept sie gerade entwickelte, eine andere einen Mürbekuchen, die dritte einen Cobbler, die vierte ein Teebrot und die fünfte eine Torte.

»Was gibt es, Hannah?« Beatrice kam auf einen Wink hin zu ihr geeilt.

»Ich habe vor dem Unterricht Ihre Muffins nachgebacken und möchte, dass Sie einen kosten und mir sagen, wie Sie ihn finden.«

Beatrice nahm einen von dem Teller, den Hannah ihr anbot. Sie kaute nachdenklich und schüttelte den Kopf. »Bedaure. Er schmeckt anders.«

»Ich weiß. Die geheime Zutat fehlt noch. Ich dachte, Sie könnten mir sagen, was fehlt.«

Beatrice biss noch einmal ab und kaute langsam. Dann schüttelte sie wieder den Kopf. »Leider nicht. Er schmeckt wirklich gut, doch die von Mutter Koester hatten einen wunderbaren Nachgeschmack und waren saftiger. Allerdings haben Sie den Guss richtig hinbekommen. Er ist genau wie ihrer.«

»Danke, Beatrice. Sie haben mir sehr geholfen.«

»Wirklich? Ich habe doch nur gesagt, dass Sie es noch nicht getroffen haben.«

»Das stimmt, aber mit einem wertvollen Hinweis. Wenn meine trockener sind, muss die geheime Zutat etwas sein, das die Muffins feucht macht. Nun brauche ich nur herauszufinden, welche es ist.«

»Freut mich, dass ich helfen konnte. Was macht Muffins feucht außer Wasser oder Milch?«

»Mehreres. Man kann Pudding unter den Teig heben. Man kann mehr Eier, mehr Butter, mehr Öl verwenden oder eine feuchte Zutat zugeben. Eine niedrigere Temperatur oder eine kürzere Backzeit könnte auch dafür sorgen.«

Beatrice schaute belustigt. »Das grenzt die Suche nicht sehr ein.«

»Da haben Sie recht. Doch wir wissen jetzt schon mehr als heute Nachmittag, und ich werde ein paar Varianten ausprobieren. Wenn Ihnen zu den Muffins noch etwas einfällt, melden Sie sich.«

Um die Kochinseln drängten sich jeweils sieben Leute, und das in einem Klassenraum, der für höchstens dreißig

Schüler bestimmt war. Die Situation wurde nur deshalb nicht chaotisch, weil die Frauen es gewohnt waren, in Gruppen zu kochen, entweder in einer Kantine oder mit ihrer Familie in einer großen Küche.

Hannah teilte jeder Gruppe sieben Aufgaben zu, die während des Backens erledigt werden mussten, und loste sie aus. Zuerst die Leiterin, die die Arbeitsschritte überwachte, dann zwei, die die Zutaten aus der Vorratskammer holten. Eine musste die Einzelzutaten abmessen und in geeigneten Gefäßen bereitstellen, eine musste den Teig rühren, und zwei waren dafür zuständig, den Backofen vorzuheizen und die Backformen vorzubereiten. Wenn der Teig fertig war, sollte die Leiterin der Gruppe ihn in die Form füllen und in den Backofen schieben.

»Hannah?« Edna Ferguson, die Chefköchin der Jordan High und Leiterin ihrer Gruppe, winkte sie hektisch herüber.

»Was gibt es, Edna?«

»Der Teig für das Teebrot ist nicht fest genug. Kommen Sie und sehen Sie selbst.«

Hannah eilte zu ihr und neigte die Rührschüssel. Er war dünnflüssig wie Crêpe-Teig.

»Sehen Sie?«

»Allerdings. Haben Sie sich an das Rezept gehalten?«

»Ganz sicher.« Edna nickte bekräftigend.

»Ich weiß es genau«, sagte Linda Gradin. »Ich habe die Zutaten abgemessen und zugesehen, wie Donna sie zusammengerührt hat.«

Donna Lempke nickte. »Dabei haben wir schon über das Mehl gesprochen. Es schien uns zu wenig zu sein, und wir haben Edna gebeten, noch mal ins Rezept zu sehen. Aber es stand so da, Hannah. Anderthalb Tassen.«

»Lassen Sie mich mal sehen.« Hannah nahm das Rezept, das Edna ihr hinhielt, und las stirnrunzelnd. Da gab es eindeutig ein Missverhältnis zwischen den flüssigen und den trockenen Zutaten.

»Soll ich noch Mehl zugeben?«, fragte Edna. »So kann kein Brot daraus werden. Ich denke, eine weitere Tasse Mehl wäre richtig.«

»Nein, es bringt nichts zu schätzen. Das Rezept stammt von Helen Barthels. Wir sollten sie anrufen und nachfragen.«

»Das kann ich übernehmen«, bot Charlotte Roscoe an.

»Danke.« Hannah lächelte die Schulsekretärin an. »Wir warten, solange Sie ins Sekretariat laufen.«

Charlotte zog ein Handy aus der Tasche. »So geht es schneller. Weiß jemand Helens Nummer auswendig?«

Eine Frau diktierte sie ihr. Dabei wurde Hannah von Gail Hansen zur nächsten Kochinsel gerufen. »Könnten Sie für einen Moment zu uns kommen? Wir möchten wissen, ob die Plätzchen groß genug sind.«

Hannah ging hinüber. Gails Gruppe testete das Boggles-Rezept. »Sie sind genau richtig.«

»Gut!« Gail schob das Blech in den Backofen und gab Irma York ein Zeichen, damit sie die Uhr stellte. »Ein Detail des Rezepts macht mir ein wenig Sorge.«

»Welches?«

»Es heißt, man soll walnussgroße Kugeln formen. In einigen Gegenden ist das eine vertrackte Angabe.«

»Ver… was?«

»Vertrackt.« Gail lachte verlegen. »Entschuldigung, Hannah. Ich war heute Nachmittag bei einem Treffen des Regency-Clubs und habe noch lauter merkwürdige Ausdrücke im Kopf. Ich will sagen, die Angabe ist nicht eindeutig. Ich wette, dass in der Großstadt viele an eine Walnuss mit Schale denken.«

»Wirklich? Darauf wäre ich nie gekommen, aber Sie könnten recht haben. Ich sollte das anders formulieren.«

»Ich habe mit Helen gesprochen«, rief Charlotte. »Sie hat in ihrem Rezeptbuch nachgesehen. Es müssen zweieinhalb Tassen Mehl sein, nicht anderthalb. Edna hatte recht, als sie vorschlug, noch eine Tasse zuzugeben.«

Hannah zeigte Edna zwei in die Höhe gereckte Daumen, weil sie richtig geschätzt hatte. Natürlich war das nicht allzu überraschend. Edna backte seit über vierzig Jahren fast jeden Tag. Hannah hatte sich gerade der dritten Gruppe zugewandt, um zu sehen, wie sie mit dem Mürbekuchen vorankam, als ein markerschütternder Schrei zu hören war. »Was war das?«, keuchte sie und blickte sich hastig um, ob sich etwa jemand in ihrer Klasse verletzt hatte.

»Ich weiß es nicht!« Edna klang zutiefst erschrocken. »Sollen wir die Polizei rufen? Ich glaube, das kam aus dem Klassenraum nebenan.«

Hannah lachte, denn ihre Befürchtungen hatten sich gerade in Luft aufgelöst. »Wenn nebenan jemand geschrien hat, dann ist die Polizei bereits da. Mike Kingston unterrichtet seine Selbstverteidigungsklasse. Wahrscheinlich bringt er ihnen gerade bei, laut zu schreien, wenn sie jemand überfällt.«

Kaum ausgesprochen, hörten sie weitere Schreie aus dem benachbarten Raum, dann Pfiffe und den Befehl aufzuhören. Es war eindeutig Mikes Gruppe, die den Lärm verursachte. Hannah und ihre Schülerinnen lachten und fuhren mit ihren Aufgaben fort.

Bei den Geräuschen von nebenan war es schwierig, sich zu konzentrieren, aber ihre Schülerinnen schafften es. Als es neun Uhr war und der Unterricht planmäßig endete, hatten sie das Gebäck unter sich aufgeteilt, sodass jeder etwas nach Hause mitnehmen konnte, und entschieden, welches der Rezepte sie in der eigenen Küche nachbacken wollten. Fünf Minuten später war Hannahs Klassenraum verlassen, und sie kontrollierte ein letztes Mal die Kochinseln, als Mike an die offene Tür klopfte.

»Hallo, Hannah. Bist du bereit für das Steak?«

»Ich träume schon den ganzen Tag davon.« Sie drehte sich zu ihm um, und ihr blieb die Luft weg. Tatsächlich hatte sie nicht nur von dem Steak geträumt. Groß, kräftig und anziehend stand er vor ihr. Kein Wunder, dass jede alleinstehende Frau in der Stadt und auch einige, die nicht ganz so alleinstehend waren, nachts wach lagen und überlegten, wie sie seine Aufmerksamkeit fesseln könnten. Wenn die Polizei des Winnetka County einen Pin-up-Boy-Kalender herausgeben würde wie viele Vereine, die damit Geld einnahmen, würde er mit Mike auf dem Titelblatt garantiert zum Bestseller.

»Hat Sheriff Grant dich an der Schule abgefangen?«, fragte Hannah. »Er kam hier vorbei und sagte, er hätte einen Stoß Handzettel für dich.«

»Er hat draußen auf mich gewartet, als ich auf den Parkplatz gefahren bin. Ich habe ihm erklärt, dass ich seine Handzettel nicht verteile.«

»Warum nicht?«

»Weil er damit für seine Wiederwahl wirbt.«

»Tatsächlich?« Hannah kicherte. »Deshalb wollte er sie mir nicht überlassen! Und ist politische Werbung auf dem Schulgelände nicht verboten?«

»Doch. Als ich das erwähnte, beschloss er, die Handzettel vor dem Schultor zu verteilen.«

»Verstehe ich das richtig, dass du nicht für Sheriff Grant stimmen wirst?«, fragte sie neckend.

»Natürlich. Ich werde Bill wählen. Er ist mein Partner und mein bester Freund. Das solltest du wissen, Hannah.«

»Tue ich.« Sie seufzte. Manchmal war er zu ernst, als dass man ihn necken konnte, und anscheinend war das im Moment der Fall. »Ob er noch hier ist? Ich habe ihm ein paar Muffins zum Kosten gegeben, und er hat versprochen, mir zu sagen, wie sie ihm schmecken.«

»Wenn er weg ist, werde ich ihn morgen danach fragen.« Er nahm ihre Bomberjacke und hielt sie ihr auf. »Lass uns gehen. Ich habe das Mittagessen ausgelassen und einen Bärenhunger.«

Hannah schlüpfte in ihre Jacke und griff nach ihrer Umhängetasche. Dabei fiel ihr der Abfall ein. »Lass mich nur eben zum Müllcontainer laufen. Ich will mich sowieso vergewissern, dass der Hintereingang verriegelt ist.«

»Brauchst du Hilfe?«

»Ich komme klar. Es ist nur ein Beutel. Du kannst inzwischen noch mal kontrollieren, ob die Backöfen und Kochfelder abgeschaltet sind.«

Sie nahm den Müllbeutel und ging zum Lieferanteneingang. Als sie am Sensor vorbeilief, schaltete sich die grelle Sicherheitslampe ein, und im ersten Moment kniff sie die Augen zusammen. Am Müllcontainer öffnete sie den Deckel und hob den Beutel über den Rand. Doch ehe sie ihn fallen ließ, blickte sie zufällig auf den Grund des Abfallbehälters.

Vor Schreck erstarrte sie, den Beutel noch in der Hand, und kräuselte die Lippen zu einem überraschten: »Oh!« Ich muss mich verguckt haben, sagte sie sich dann und hob den Beutel wieder heraus. Sicher war der Arm am Grund des Containers in Wirklichkeit gar kein Arm.

Der Schein trügt bekanntlich, dachte sie, das Lieblingssprichwort ihrer Großmutter Elsa, und wiederholte es noch einige Male. Schließlich trat sie erneut an den Container und warf einen zweiten Blick hinein. Es war doch ein Arm. Und da lag nicht nur ein Arm, sondern auch der übrige Körper.

»Oh …«, stöhnte Hannah und schluckte schwer, und in dem Moment erlosch das Licht der Sicherheitslampe. Der plötzliche Verlust der Megawatthelligkeit machte die Dunkelheit umso undurchdringlicher, und Hannah musste sich zusammenreißen, um nicht aufzuschreien. Sie hielt sich vor Augen, dass sie zwei Möglichkeiten hatte. Weiter dastehen und sich fragen, ob sie den Toten wirklich gesehen hatte, oder ins Schulgebäude rennen und Mike holen.

Die Hintertür öffnete sich quietschend, und Hannah sprang vor Schreck fast aus dem Hemd. Dann hörte sie eine Stimme. »Hannah? Gibt es ein Problem?«

Es war Mike. Sie atmete auf. Anscheinend hatte sie eine dritte Möglichkeit. Sie könnte mit Ja antworten und ihn bitten, schnell herzukommen. Das wäre das Klügste. Wenn sie nur die Sprache wiederfände.

»Hannah?«

»Hier … drüben.« Sie stieß die zwei Wörter abgehackt hervor.

»Was ist los? Du klingst komisch.«

Sie holte tief Luft und redete so klar, wie es eben ging. »Da liegt jemand im Container.«

Mike kam sofort herbeigelaufen. Er zog seine Taschenlampe hervor, leuchtete in den Müllbehälter und stöhnte. »Es ist Sheriff Grant.«

»Tot?«, fragte sie mit rauer Stimme, und Mike beugte sich weit über den Rand, um nach dem Puls zu tasten.

»Ja.«

Mühsam schluckend versuchte sie zu begreifen, dass jemand, mit dem sie vor knapp drei Stunden noch gesprochen hatte, jetzt tot in einem Müllcontainer lag.

»Es sieht ganz so aus, als hätte ihm jemand auf den Kopf geschlagen. Er könnte noch eine weitere Wunde haben. Vorne an der Uniform ist ein großer Blutfleck.«

Widerwillig schaute Hannah auf die Stelle, die Mike mit der Taschenlampe beschien. Er hatte recht. Da war ein dunkler Fleck auf dem Uniformhemd. Sie räusperte sich und zwang sich zu sprechen. »Das ist kein Blut.«

»Nicht?«

Sie schüttelte den Kopf. »Das ist Schokoladenguss. Sheriff Grant ist gestorben, als er einen meiner Muffins gegessen hat!«

4

Kaum betrat Hannah ihre Wohnung, klingelte auch schon das Telefon. Sie wusste genau, wer da anrief, und ging sofort in die Küche, um abzunehmen. »Hallo, Mutter.«

»Hallo, Mutter? Woher wusstest du, dass ich es bin?«

»Wer hätte es sonst sein sollen? Andrea hat dich wahrscheinlich sofort angerufen, nachdem Bill sie informiert hatte.«

»Also … tatsächlich war es so.« Delores schien es ein wenig zu beunruhigen, dass Hannah ihre Klatschquelle erraten hatte. »Ich bin fassungslos, weil du schon wieder eine Leiche gefunden hast!«

»Das stimmt, aber sei nicht neidisch. Die nächste darfst du finden.« Hannah schaute zu Moishe hinunter, der an ihrem Bein entlangstrich und so stark dagegen drückte, dass sie fast das Gleichgewicht verlor. Sein Futternapf war leer. Anscheinend hatte er gegen das neue Futter nichts einzuwenden. »Sekunde, Mutter. Lass mich kurz Moishes Napf auffüllen, dann können wir weiterreden.«

Sie legte das Telefon auf den Tisch und ging zum Besenschrank, wo sie das Katzenfutter aufbewahrte. Sie drehte den Schlüssel im Vorhängeschloss, öffnete die Tür und schüttete von dem neuen Futter eine Portion in die Schale.

Anderen mochte es seltsam erscheinen, Katzenfutter hinter Schloss und Riegel aufzubewahren, doch nur so war es vor ihrem Stubentiger sicher, der keine Scheu hätte, sich morgens, mittags und abends daran zu bedienen. Er hatte jeden anderen Verschlussmechanismus am Besenschrank überwunden, nicht jedoch das Vorhängeschloss. Allerdings machte er Fortschritte am Holz der Tür. An der unteren Ecke waren Kau- und Kratzspuren zu sehen, und vermutlich war es nur eine Frage der Zeit, bis ihr vierbeiniger Mitbewohner erneut triumphieren würde.

»Okay, Mutter. Bin wieder da.« Hannah nahm das Telefon und setzte sich dabei an den Tisch. »Was hast du gehört?«

»Nicht viel. Bill hat Andrea nur erzählt, dass du Sheriff Grant im Müllcontainer an der Schule gefunden hast.«

»Genau so war es.«

»Die arme Nettie tut mir wirklich leid.«

»Mir auch.« Nettie Grant, die Frau des Sheriffs, hatte sich vor drei Jahren aus der Öffentlichkeit zurückgezogen, nachdem ihr einziges Kind bei einem Autounfall ums Leben gekommen war.

»Das wird sehr schwer für sie werden«, fuhr Delores fort. »Sie war gerade dabei, über Jamies Tod hinwegzukommen, und nun ist ihr Mann auch tot! Denkst du, sie hängen zusammen?«

»Wer?«, fragte Hannah reichlich verwirrt.

»Nicht wer, sondern was! Ich meine Jamies Tod und Sheriff Grants Tod.«

»Ich sehe nicht, wie die beiden Todesfälle zusammenhängen könnten, Mutter.«

»Gebrauche deinen Verstand, Hannah. Wir wissen, dass Nettie nach Jamies Tod in Trauer versunken ist, und sie hat fast ein ganzes Jahr gebraucht, um aus der Depression herauszufinden. Das Unglück muss auch ihren Mann schwer getroffen haben. Es würde mich nicht überraschen, wenn seine Trauer übermächtig wurde und er das Leben nicht mehr ertragen konnte.«

»Du meinst … er hat sich umgebracht?«

»Selbstverständlich. Glaubst du das auch?«

»Nein.«

»Warum nicht? Mir leuchtet das ein.«

Hannah seufzte schwer. Sie hatte ihre Mutter mit den grausamen Details verschonen wollen, doch sie wollte sie auch nicht mit der Selbstmordtheorie durch die Stadt laufen lassen. »Das war kein Selbstmord.«

»Woher willst du das wissen?«

»Es ist unwahrscheinlich, dass Sheriff Grant einen meiner Muffins gegessen, sich selbst den Hinterkopf eingeschlagen und sich dann zum Müllcontainer geschleppt hat, um hineinzuklettern und zu sterben. Ich gebe zu, die Muffins waren nicht optimal gelungen, aber so schlecht waren sie auch nicht.«

»Frivole Bemerkungen sind nicht angebracht!«

»Du hast recht«, sagte Hannah und war dann still. Ihre Mutter war eine intelligente Frau. Es würde vielleicht einen Augenblick dauern, doch dann würde sie das Offensichtliche erkennen.

»Moment mal!« Delores war so aufgeregt, dass ihre Stimme zitterte. »Sagtest du, Sheriff Grant ist an einem Schlag auf den Hinterkopf gestorben?«

»Genau.«

»Aber das ist unmöglich, außer …« Delores dehnte das letzte Wort, sodass ein längeres Zischen aus dem Hörer kam. »Er wurde ermordet! Warum hast du das nicht gleich gesagt?!«

»Du hast nicht danach gefragt.«

»Nun, ich frage jetzt. Und eine gute Tochter hätte es mir erzählt, ohne dass ich extra nachbohren muss! Setz dich hin, falls du nicht schon sitzt, und erzähl mir alles, was passiert ist. Und wage nicht, etwas auszulassen!«

Zehn Minuten später legte Hannah auf. Ihr Nacken schmerzte, weil sie sich das Gerät beim Telefonieren zwischen Ohr und Schulter geklemmt hatte, um beide Hände frei zu haben und sich in Kühlschrank und Vorratskammer etwas zu essen zu suchen.

Sie war fündig geworden, wenn es auch beileibe kein Steak war. Sie öffnete sich eine Dose Thunfisch, verrührte ihn mit etwas Mayonnaise und verteilte etwas davon auf einer Scheibe Pumpernickel. Eine zweite Scheibe bestrich sie mit Frischkäse, den sie in der Mikrowelle streichfähiger gemacht hatte, und belegte ihn mit hauchdünnen Scheiben der milden Zwiebeln, die Lisa in ihrem Gewächshaus zog. Nachdem sie die belegten Brotscheiben zum Sandwich vereint und in Viertel geschnitten hatte, goss sie sich ein Glas von dem »Château Schraubverschluss« ein, den es zurzeit im Supermarkt im Sonderangebot gab.

»Du hast dein eigenes leckeres Essen.« Hannah schaute zu Moishe hinunter. Er drückte sich wieder gegen ihr Bein, und mit seinen dreiundzwanzig Pfund konnte er beträchtlichen Druck ausüben.

Er miaute, und Hannah sah ein, dass sie sich albern verhielt. Wem wollte sie etwas vormachen? Mit ihren Thunfisch-Sandwiches konnte selbst das teuerste Katzenfutter der Welt nicht mithalten.

Als sie es trotz seiner Versuche, sie zum Stolpern zu bringen, auf das Sofa geschafft hatte, schaltete sie den Fernseher ein und biss in ihr Sandwich. Köstlich! Lisas Zwiebeln waren ausgezeichnet. Sie musste unbedingt daran denken, ihr das morgen früh zu sagen, wenn sie zur Arbeit kam. Aber erst einmal galt es, ein ganzes Sandwich zu verputzen, und Hannah widmete sich der Aufgabe mit wahrer Hingabe.

Nachdem sie es vertilgt und Moishe mit ein paar Bröckchen Thunfisch begütigt hatte, schaute sie fern und trank dabei ihren Wein.

Das Programm der Kabelsender war montags kaum erwähnenswert, und sie schaltete durch die Kanäle und wunderte sich, dass jemand damit zufrieden sein konnte, zu Hause zu bleiben und fernzusehen. Es gab nur eine Sendung, die sie interessierte: eine Doku über festliche Früchtekuchen und ihre Entwicklung im Lauf der Zeit.

Gespannt verfolgte sie die Sendung. Die meisten gezeigten Früchtekuchen sahen schön aus, wenn sie in Scheiben geschnitten waren. Die kandierten Früchte erinnerten an geschliffene Edelsteine und schimmerten im Licht. In einer perfekten Welt würden Früchtekuchen so gut schmecken, wie sie aussahen, fand Hannah immer. Doch soweit es sie betraf, taten sie das leider nicht. Es gab nur einen Früchtekuchen, der ihr schmeckte, und das war ihr eigener. Das Rezept hatte sie sich für ihren Vater ausgedacht, und der Kuchen enthielt weder Zitronat noch anderes kandiertes Obst. Er hieß »Dads Schokofrüchtekuchen«, und sie hatte vor, das Rezept im Lake Edener Kochbuch zu veröffentlichen.

Die Sendung war fast zu Ende, als Hannah aus dem Augenwinkel einen orange-weißen Fleck hinaushuschen sah.

Es war Moishe, der zur Waschküche lief, obwohl er erst vor wenigen Minuten dort gewesen war. Nun, da sie darüber nachdachte, war sie sich fast sicher, dass sie ihn schon mehrere Male denselben Weg hatte nehmen sehen.

»Geht es dir gut, Junge?«, fragte sie und stand auf. Eigentlich ging er nur in die Waschküche, um seine Toilette zu benutzen. Wenn das neue Futter seine Verdauung durcheinanderbrachte, würde sie morgen früh beim Tierarzt anrufen.

Als sie durch die Tür trat, stand Moishe bei seiner Toilette. Doch anstatt hineinzusteigen, wie sie erwarten würde, beugte er nur den Kopf über den Rand und ließ etwas aus dem Maul hineinfallen, was er dann mit einer Pfote vergrub.

»Seltsam«, murmelte Hannah, die ihren Kater zurück zur Küche laufen sah. Vor einigen Monaten hatte er in seiner Toilette eine halbe Maus vergraben. Vielleicht hatte er wieder eine gefangen und erwies ihr die Ehre eines Begräbnisses?

Hannah nahm die Schaufel und exhumierte, was Moishe mit Katzenstreu bedeckt hatte. Es war keine Maus, nicht mal eine halbe Maus. Auch kein Grashüpfer oder Nachtfalter. Es war ein unversehrter Brocken des neuen Katzenfutters. Argwöhnisch pflügte sie die Katzenstreu um und förderte weitere Beweisstücke zutage. Mit seiner Wahl der Entsorgung gab er einen bildlichen Kommentar zu der Genießbarkeit seines Abendessens ab.

»Na gut.« Seufzend akzeptierte Hannah die Tatsache. Nichts war je so einfach, wie es schien.

Sie ging in die Küche und sah ihn neben seiner Futterschale stehen. Er beobachtete jede ihrer Bewegungen. Seine gelben Augen schienen aufzuleuchten, als sie auf den

Besenschrank zuhielt, und sobald sie den Sack mit seinem altgewohnten Trockenfutter hervorholte, funkelten sie vor Eifer.

»Du hast gewonnen, Moishe.« Sie spülte seinen Napf aus und füllte ihn neu. Ihr war klar, dass sie vor seinem Katzenverstand kapitulierte, doch sie wollte sich um keinen Preis die ganze Nacht sein hungriges Miauen anhören müssen.

Am nächsten Tag war es im *Cookie Jar* brechend voll. Anscheinend hatte die ganze Stadt von dem Mord an Sheriff Grant gehört, und Hannah vermutete, dass ihre Mutter mindestens die halbe Einwohnerschaft selbst informiert hatte.

»Auf keinen Fall«, antwortete Hannah auf Bertie Straubs Frage, während sie ihr Kaffee nachschenkte. Das sagte sie schon den ganzen Vormittag über. Jeder, der auf einen Kaffee und etwas Gebäck hereinkam, wollte von ihr wissen, ob sie in dem Mordfall ermittelte.

»Aber wollen Sie nicht helfen?«, fragte Bertie und drehte sich lächelnd zu Andrea um, die soeben von der Straße hereinkam.

»Soweit ich kann, ja, doch nur wie jeder andere Bürger auch.«

»Und wenn die Polizei Sie darum bittet? Würden Sie es dann tun?«

»Das wird sie nicht.« Hannah trat zur Seite, um Andrea hinter die Ladentheke zu lassen. »Einer ihrer Kollegen ist ermordet worden, da werden sie ganz allein ermitteln wollen. Es würde mir nicht im Traum einfallen, mich einzumischen, und ich bin in keiner Weise betroffen.«

»Doch, bist du«, flüsterte Andrea, sodass Hannah es gerade noch verstehen konnte, und lächelte dabei mit unbewegten Lippen. Hannah war beeindruckt. Sie hatte nicht gewusst, dass ihre Schwester bauchreden konnte.

»Backstube«, hauchte Andrea ihr mit demselben starren Lächeln zu. »Ich muss mit dir sprechen.«

Hannah bedeutete Lisa, ihren Platz einzunehmen, und ging mit Andrea durch die Schwingtür nach hinten. Ihre Schwester setzte sich auf einen Hocker an die Backinsel, und Hannah gesellte sich zu ihr. »Was ist? Du wirkst beunruhigt.«

Andrea wurde blass. »Oh je! Glaubst du, das ist aufgefallen?«

»Du meinst, draußen im Café?« Hannah deutete zur Schwingtür.

»Ja.«

»Keinem außer mir. Und mir auch nur, weil ich dich so gut kenne. Was beunruhigt dich?«

»Alles! Meine ganze Welt dreht sich, und ich kann nichts dagegen tun!«

Hannah beschloss, lieber nicht darauf hinzuweisen, dass sich die Welt drehen musste, weil sie sonst den Boden unter den Füßen verlieren würden. »Du siehst blass aus. Ich denke, du brauchst ein Glas Orangensaft.«

»Kaffee«, widersprach Andrea. »Ich hatte heute noch keinen. Ich war zu aufgebracht, um mir welchen zu brühen.«

Wie kann man dazu zu aufgebracht sein, fragte sich Hannah, während sie zur Kaffeemaschine ging und Andrea eine Tasse voll eingoss. Das war vor allem deshalb so verwunderlich, weil Andrea stets lediglich einen Löffel voll Instantkaffeepulver in eine Tasse gab, sie mit Wasser auffüllte und in der Mikrowelle auf Trinktemperatur erhitzte.

»Danke, Hannah.« Ihre Schwester nahm die Kaffeetasse entgegen und schloss die Hände darum. Nach einem ausgiebigen Schluck seufzte sie dankbar. »Der tut so gut! Jetzt fühle ich mich schon fast wieder, als hätte ich alles im Griff.«

»Gut. Warum war das eben noch anders? Und was hatte das zu bedeuten, was du gerade gesagt hast?«

»Was habe ich denn gesagt?«

»Ich habe Bertie erklärt, dass ich nicht ermitteln werde, weil ich nicht betroffen bin, und du sagtest: ›Doch, bist du.‹ Und zwar, ohne die Lippen zu bewegen.«

»Oh, das. Das habe ich in der siebten Klasse gelernt. Mr Becker gab uns schlechte Noten, wenn er uns im Unterricht beim Schwätzen erwischte. Also haben wir alle gelernt zu reden, ohne die Lippen zu bewegen. Er hat uns nie wieder erwischt, und wir haben es das ganze Jahr über getan.«

»Das meine ich nicht! Ich spreche davon, dass du gesagt hast, ich würde mich doch in die Ermittlung einmischen.«

»Wirst du. Du *musst*, Hannah. Bill braucht dich.«

»Bist du sicher?«

»Völlig.«

Hannah sah ihre Schwester ruhig an. »Heißt das, Bill hat dich gebeten, mich zu fragen, ob ich den Mordfall untersuchen will?«

»Nicht direkt.«

»Also indirekt?«

»Es ist wegen Mike.« Andrea trank noch einen Schluck Kaffee, und ihre Augen funkelten vor Zorn. »Er ist ein Superarsch! Ich kann nicht glauben, dass ich ihn jemals in mein Haus eingeladen und ihn mit Sandwiches und anderem versorgt habe. Er wendet sich plötzlich gegen uns wie eine falsche Ratte!«

»Schlange«, korrigierte Hannah automatisch.

»Was?«

»Wie eine falsche Schlange, nicht wie eine falsche Ratte. Was hat Mike getan?«

»Er hat uns bitter enttäuscht, *das* hat er getan! Wenn du noch ein Wort mit ihm redest, werde ich … werde ich dich enterben!«

Da Andrea damit nur drohte, wenn sie sehr aufgebracht war, hielt Hannah ihr nicht entgegen, dass eine Schwester die andere nicht enterben konnte. Wenn sie nicht alles täuschte, redete sich Andrea gerade in Rage. Ihre Wangen waren rot, und ihre Augen blitzten vor Wut. Hannah hatte sie nicht mehr so zornig erlebt, seit ihr jemand roten Traubensaft auf ihren rosa Kaschmirpulli geschüttet hatte.

»Mike ist … schrecklich! Er ist ein … ein …« Andrea stockte und griff schützend um ihren Bauch. »Besser, ich sage nicht, was ich denke. In einer Zeitschrift stand, dass Babys schon im Mutterleib hören können, und der kleine Billy soll nicht mitbekommen, wie wütend ich bin.«

»Bleib einfach ruhig und erzähl mir, was Mike getan hat, was dich so aufregt.«

»Mike …« Andrea holte tief Luft und stieß den Atem aus. »Er glaubt, Bill hat Sheriff Grant ermordet!«

5

Für Hannah war das wie ein Schlag in den Magen. Sie wollte Andrea gerade fragen, was das bedeutete, doch da fiel ihr auf, wie bleich sie war, und sprang auf, um ihr eine medizinische Dosis Schokolade zu holen.

»Iss, Andrea.« Sie gab ihr zwei Schwarz-Weiß-Kekse. »Die Schokolade tut dir gut.«

»Mir würde es guttun, wenn Mike tot umfiele!«

»Unter diesen Umständen verständlich.« Hannah zeigte auf die Plätzchen. »Iss. Sofort.«

»Schon gut, meinetwegen.« Andrea klang noch verärgert, biss aber von einem Plätzchen ab. Dann noch einmal und noch einmal, und weg war es. Der zweite Keks verschwand so schnell wie der erste. Erleichtert registrierte Hannah, dass ein wenig Farbe in Andreas Wangen zurückkehrte.

»Du siehst schon besser aus«, bemerkte sie, und ihr selbst ging es auch besser. Sie hatte bereits überlegt, Doc Knight anzurufen, so blass war Andrea gewesen.

»Mir ist auch gar nicht mehr flau. Aber ich bin noch immer wütend auf Mike.«

»Daraus kann ich dir keinen Vorwurf machen.« Hannah tätschelte ihre Hand.

»Das ist einfach schrecklich! Ich bin sprachlos vor Zorn.«

»Bist du nicht«, erwiderte Hannah und bereute es sofort. Das war nicht der Augenblick für semantische Feinheiten. »Erzähl mir alles ganz genau. Vielleicht kann ich irgendwie helfen.«

Andrea atmete tief durch. »Es fing heute Morgen bei der Arbeit an. Mike sagte, er muss Bill suspendieren, weil Bill gestern Abend allein zu Hause war und für die Tatzeit kein Alibi hat.«

»Moment mal. Mike hat ihn suspendiert? Ist er dazu überhaupt befugt?«

»Er ist jetzt kommissarischer Sheriff, da Grant tot ist. Das ist so vorgesehen. Der ranghöchste Deputy übernimmt die Pflichten, bis ein neuer Sheriff gewählt ist.«

»Oh.« Hannah griff nach ihrer Umhängetasche und holte einen der kleinen Blöcke hervor, die sie überall parat hatte, um sich Wichtiges notieren zu können. »Bill hat also kein Alibi für die Tatzeit. Wann wurde Grant denn ermordet?«

»Ich glaube nicht, dass Bill das weiß. Mike hat ihn aus dem Revier verbannt, bevor er etwas über die Ermittlung erfahren konnte.«

»Okay. Bill war also allein zu Hause. Wo warst du?«

»Ich bin mit Tracey und zwei ihrer Freundinnen im Einkaufscenter ins Kino gegangen. Jetzt wünschte ich, ich wäre zu Hause geblieben. Der Film war grauenhaft, einer dieser furchtbaren Trickdinger, in denen die Leute nicht echt aussehen und …«

»Okay.« Hannah unterbrach, was eine Schimpfkanonade über die Qualität von Kinderfilmen zu werden drohte. »Zurück zu Bills Suspendierung. Geht es dabei nur um die Vorschriften? Oder denkt Mike wirklich, dass Bill den Mord begangen hat?«

»Das weiß ich nicht mit Sicherheit. Aber laut Bill klang Mike sehr ernst, als er ihn suspendierte. Ich bin noch völlig erschüttert. Ich dachte, er wäre Bills bester Freund. Es macht mich fassungslos, dass er sich so von ihm distanziert.«

»Wirklich unfassbar.« Hannah pflichtete ihr bei, denn ihr fiel es auch schwer, das zu glauben. Doch es war die Wahrheit. Es sei denn, sein böser Zwillingsbruder war nach Lake Eden gekommen, hielt den guten Mike gefesselt in einem Schrank versteckt und agierte an seiner Stelle.

»Bill hat Sheriff Grant nicht umgebracht! Mein Mann ist kein Mörder.«

»Selbstverständlich nicht«, sagte Hannah in beruhigendem Ton. Es war wahr. Bill würde keiner Fliege etwas zuleide tun, außer wenn er angelte. »Lass uns die Sache systematisch angehen. Was genau hat Bill gestern Abend getan, solange du weg warst?«

»Er hat sich ein Football-Spiel angesehen. Und das hat er Mike auch erzählt. Er hat ihm sogar die Höhepunkte des Spiels geschildert, doch Mike meint, das reicht nicht, weil Bill die Szenen auch aus den Sportnachrichten kennen kann.«

Hannah tätschelte wieder ihre Hand. »Wir müssen beweisen, dass Bill gestern Abend zu Hause war. Vielleicht hat jemand von den Nachbarn ihn gesehen. Es braucht nur eine Person, die an eurem Haus vorbeigegangen ist und ihn in der kritischen Zeit gesehen hat.«

»Ich weiß. Daran habe ich schon gedacht. Ich habe heute Morgen alle Nachbarn in unserem Block angerufen, doch keiner hat Bill gesehen.«

Hannah sah zu, wie Andrea eine Papierserviette zu

einem Seil drehte. Stellte sie sich dabei vor, der Zellstoff wäre aus Hanf und läge als Schlinge um Mikes Hals? Mike war ein Freund gewesen, dem sie vertraut hatten, praktisch ein Mitglied der Familie. Hannah konnte verstehen, warum ihre Schwester sich verraten fühlte.

»Wirst du uns helfen, Hannah?«

»Natürlich. Mach dir keine Sorgen.«

»Ich kann nicht anders! Gestern sah die Zukunft noch so rosig aus. Laut den neuen Umfrageergebnissen hatte Bill wirklich gute Chancen, gewählt zu werden. Doch da Sheriff Grant ermordet wurde, ändert sich alles zum Schlimmsten. Wenn der kleine Billy zur Welt kommt, wird er vielleicht einen arbeitslosen Vater haben. Vielleicht sogar einen, der im Gefängnis sitzt, wenn Mike seinen Willen bekommt!«

Hannah schüttelte den Kopf. »Das wird nicht passieren. Das verspreche ich dir.«

»Wie kannst du das wissen?«

»Ich werde es nicht dazu kommen lassen. Fahr nach Hause, Andrea. Bill dürfte sich hundeelend fühlen und kann nicht mal etwas dafür. Das heißt, er braucht jetzt jemanden, der sich liebevoll um ihn kümmert. Nach meinem Catering-Termin komme ich zu euch, und wir legen uns einen Plan zurecht, um Bill zu entlasten.«

»Okay.« Andrea schaute erleichtert, nachdem Hannah ihr etwas Konstruktives zu tun gegeben hatte. »Um wie viel Uhr ist dein Catering-Termin?«

»Um zwölf. Ich sollte spätestens gegen halb eins bei euch sein.«

»Perfekt.« Andrea stand auf. »Ich bereite uns etwas zum Lunch zu. Es gibt heute geröstete Erdnussbutter-Sandwiches mit Gelee.«

»Klingt gut.« Ihre Schwester war die schlechteste Köchin der Welt, aber Erdnussbutter-Sandwiches verlangten keine großen Kochkünste.

Den restlichen Vormittag über gab es viel zu tun, und im Café fand man allenfalls noch einen Stehplatz. Hannah und Lisa mussten gemeinsam bedienen, bis um kurz nach elf die gewohnte Flaute eintrat, weil es den Leuten zu spät für einen Morgenkaffee und zu früh für ein Lunch-Plätzchen war. Sowie der letzte Kunde zur Tür hinaus war, winkte Hannah ihre Partnerin zu ihrer bevorzugten Sitznische an der hinteren Wand und berichtete ihr von Bills Suspendierung.

»Du willst mich auf den Arm nehmen!«, keuchte Lisa und riss die Augen auf. »Mike verdächtigt ihn im Ernst?«

»Das hat Andrea gesagt. Und es muss wahr sein, sonst hätte er ihn nicht suspendiert.«

»Aber das ist … das ist … lächerlich!«, stotterte Lisa.

»Natürlich. Ich kann nur hoffen, dass das ein großes Missverständnis ist. Aber wenn nicht …«

»Du wirst den Fall aufklären und Bill entlasten, Hannah«, unterbrach Lisa sie. »Natürlich. Was sonst? Du wirst ihn retten.«

Hannah lachte. »Das hört sich an, als wäre ich Superwoman.«

»Schätze, ja.« Lisa grinste verlegen. »Du bist eine gute Ermittlerin. Das sagt jeder. Und ich will, dass du dir wegen unseres Geschäfts keine Gedanken machst. Ich werde die Arbeit so lange übernehmen.«

Hannah klopfte ihr auf den Rücken. »Das war mir

schon klar. Dich als Partnerin zu haben ist fast zu schön, um wahr zu sein. Niemand kann so nett sein. Ab und zu frage ich mich, ob du ein total schreckliches geheimes Laster hast.«

»Zum Beispiel?« Lisa sah sie gespannt an.

»Ich weiß nicht. Lass mir Zeit zum Überlegen, dann fällt mir bestimmt etwas ein. In der Zwischenzeit könntest du vielleicht ausklamüsern, worin Mutter Koesters Geheimzutat besteht. Beatrice hat mich heute Morgen noch mal angerufen, weil sie fürchtet, dass Almas Rezept nicht ins Kochbuch aufgenommen werden kann.«

»Ich arbeite daran«, versicherte Lisa. »Gestern Abend habe ich Marshmallow-Creme ausprobiert, aber die verwandelte den Teig in eine klebrige Masse. Soll ich dir beim Einladen helfen?«

»Einladen?«

»Für das Catering. Du sollst in einer knappen Stunde dort sein.«

Hannah schlug sich an die Stirn. »Stimmt. Das hätte ich fast vergessen.«

»Kein Wunder. Du hast den Kopf mit anderen Dingen voll.«

»Wohl wahr.« Hannah lächelte sie an. »Wie gut, dass ich in einer Kleinstadt lebe.«

»Wieso das?«

»Wenn ich nicht mehr weiß, was ich vorhatte, weiß es garantiert ein anderer.«

Hannah hatte die letzte Kiste Plätzchen verstaut, als Mike mit seinem Streifenwagen vorfuhr und ausstieg. Er sah so anziehend aus, dass sie an sich halten musste, um ihm nicht in die Arme zu fliegen. So sehr es ihr gefallen würde, wenn er sie umarmte und küsste – und das würde ihr enorm gefallen –, musste sie doch bedenken, dass er der Mann war, der Bill suspendiert hatte und ihn praktisch des Mordes bezichtigte.

Mike sah auf den ersten Blick, dass etwas im Argen lag. »Was ist los? Du schaust aus, als hätte dir jemand dein Lieblingsspielzeug weggenommen.«

»Typisch«, murmelte Hannah kaum hörbar. Sie wollte Mike noch immer. Nichts könnte das ändern. Doch die Loyalität zur Familie war wichtiger. »Wie kannst du es wagen, Bill zu suspendieren? Das ist absurd!«

»Du hast davon gehört?«

»Und ob!«

»Ich wollte das nicht, Hannah, doch ich musste es tun. Versuche, es von meiner Warte aus zu betrachten. Bill hat ein Motiv. Er ist bei der Wahl gegen Sheriff Grant angetreten, und viele Leute haben ihn gestern mit ihm streiten hören, bevor er das Revier verließ. Du kennst doch Barbara Donnelly? Grants Sekretärin?«

»Ja.« Hannah kannte sie seit Jahren, und Barbara war offen und ehrlich. Wenn sie sagte, dass Bill sich mit Sheriff Grant gestritten hatte, dann entsprach das der Wahrheit.

»Barbara saß an ihrem Schreibtisch, als Bill aus Grants Büro gestürmt kam, und sie hörte Grant brüllen: Wenn du Sheriff werden willst, dann nur über meine Leiche.«

Hannah schnaubte. »Das ist doch bloß eine Redewendung. Ich bin ehrlich überrascht, dass Barbara das ernst genommen hat.«

»Hat sie nicht. Aber sie sagte, dass sowohl Bill als auch Sheriff Grant ziemlich wütend waren. Wenn sie sich später begegnet sind, könnte die Wut wieder aufgeflammt sein. Jemand war zornig genug, um dem Sheriff den Kopf einzuschlagen. Und da Bill für die Tatzeit kein Alibi hat, bleibt mir nichts anderes übrig, als ihn von der Ermittlung auszuschließen.«

Hannah musste zugeben, dass er recht hatte. Doch das würde sie ihm nicht verraten. »Du sagst, er hat kein Alibi für die Tatzeit. Wann genau wurde Sheriff Grant denn ermordet?«

»Zwischen acht und halb zehn.«

Sie prägte sich das ein, und dann sah sie ihm direkt in die Augen. »Du überraschst mich, Mike. Ich dachte, Partner halten immer zusammen. Bist du Bill gegenüber denn gar nicht loyal?«

»Selbstverständlich bin ich das!« Mike wirkte empört. »Bill ist mein bester Freund. Das weißt du. Aber bei einer Mordermittlung muss ich mein persönliches Empfinden außen vor lassen. Gerade weil Bill mein Partner und bester Freund ist, muss ich peinlich genau darauf achten, ihn nicht zu begünstigen. Es ist wirklich wichtig, dass ich mich hier genau an die Vorschriften halte. Und da ich den Fall allein bearbeite, wird die Sache nicht einfach.«

»Du ermittelst allein?« Das verblüffte sie. »Warum lässt du dir von keinem Deputy helfen?«

»Weil ich niemandem trauen darf außer Lonnie Murphy, und der ist erst in zwei Wochen wieder da.«

Hannah war verwirrt. »Aber weshalb kannst du nur Lonnie und keinem anderen trauen?«

»Weil Lonnie erst seit Kurzem bei uns ist und Sheriff Grant die neuen in den ersten sechs Monaten immer gut behandelt hat. Danach war die Schonzeit allerdings vorbei.«

»Was meinst du damit?«

»Nach den sechs Monaten fing er an, sie zu kritisieren. Er konnte äußerst unangenehm werden, wenn es um die Vorschriften ging, und fast jeder auf dem Revier hatte reichlich Gründe, ihn zu hassen.«

»Zum Beispiel?«

»Er hat Beförderungen verzögert, bezahlten Urlaub verweigert und kleinliche Verweise erteilt, die die Leistungsbilanz der Deputys schmälerten. Mike zählte es an den Fingern ab. »Du musst davon gehört haben, Hannah. Bill wusste über alles Bescheid. Sheriff Grant hat ihn letztes Jahr drangekriegt.«

»Ich erinnere mich. Andrea hat mir erzählt, dass Bill einen Verweis bekommen hat, weil seine Krawatte schief saß, nachdem er die ganze Nacht jemanden observiert hatte.«

»Von genau solchen Dingen rede ich hier. Im Augenblick gehe ich die Personalakten durch und sehe mir die Verweise an. Die meisten sind völliger Blödsinn.«

»Und du meinst, ein Kollege könnte Grant wegen eines ungerechten Verweises umgebracht haben?«

»Eigentlich nicht. Ich will nicht glauben, dass einer der Deputys das getan hat, doch es ist meine Pflicht, jeden zu überprüfen.«

Hannah horchte auf. »Wie bei einer internen Ermittlung?«

»Genau. Und ich könnte wirklich Bills Hilfe gebrauchen. Sei ein bisschen nachsichtig mit mir, Hannah. Bill zu suspendieren hat mir genauso wehgetan wie ihm.«

Hannah würdigte das keiner Antwort. Stattdessen sah sie Mike an, bis er den Blick senkte.

»Tja …«, sagte er und wechselte das Standbein. »Ich sollte mich wieder auf den Weg machen. Wir sehen uns.«

Nicht, wenn ich es verhindern kann, dachte sie, ein alter Spruch aus Highschool-Zeiten, sprach jedoch nichts dergleichen aus, sondern wartete, bis Mike weggefahren war. Dann stieg sie in ihren Lieferwagen und fuhr zu ihrem Catering-Termin.

6

Es war nach ein Uhr, als Hannah sich wieder ins Auto setzte. Das Catering war gut verlaufen; die Veranstaltung war ein Erfolg gewesen. Marge Beeseman hatte dabei die Freiwilligen zusammenbekommen, die sie für ihre Büchersammelfahrten brauchte, den Damen des Fördervereins der öffentlichen Bücherei hatten die Schokoladen-Kirsch-Plätzchen geschmeckt, und Hannah war es gelungen, ihrer Mutter auszuweichen. Es war offensichtlich gewesen, dass Delores nicht von der Suspendierung ihres Schwiegersohnes wusste. Und da Andrea ihr bisher nicht davon erzählt hatte, wäre es in Hannahs Augen nicht nett gewesen, ihrer Schwester vorzugreifen.

Hannah atmete einmal tief durch, als sie in Andreas und Bills Einfahrt einbog. Sie würde sehr taktvoll sein müssen, und Takt war nicht gerade ihre Stärke. Bill war sicher verärgert und aufgewühlt über die Suspendierung, und Andrea würde sich ärgern, wenn Hannah auch nur ein kritisches Wort über ihre Sandwiches äußerte.

Da Andreas Volvo vor der Garage stand, parkte Hannah dahinter. Sie ging zur Haustür und drückte auf den Klingelknopf. Was sie hörte, brachte sie zum Grinsen. Andrea und Bill hatten eine dieser neumodischen Klingeln, die eine Melodie spielten, und man vernahm die ersten vier Takte der *Vikings*-Hymne. *Vikings*-Fans waren absolut loyal.

Als Andrea die Tür öffnete, schaute sie Hannah entschuldigend an. »Tut mir leid, dass du so lange warten musstest. Ich habe gerade das Brot getoastet.«

»Oh.« Hannah trat ein und schnupperte. Es roch angekokelt. Andrea hatte den Toast verbrennen lassen. »Gibt es etwas Neues?«

»Nichts. Komm mit. Bill wartet schon auf dich.«

Hannah folgte ihrer Schwester durch den Flur in die helle, sonnige Küche. Als Andrea und Bill das Haus damals gekauft hatten, war die Küche der größte Anreiz für sie gewesen. Sie war als »Gourmetküche« bezeichnet worden, und Hannah beneidete die beiden um den eingebauten Doppelbackofen, die Kochinsel mit dem Grill in der Mitte und die Polsterbänke, die sie an drei Seiten umgab, sodass man mehrere Esser daran bewirten konnte. Es würde ihr selbst Freude bereiten, vor den Augen von Familie und Freunden kleine Fleischspieße als Vorspeise zu grillen. Auch große Gerichte würden mehr Spaß machen. Es gehörte sogar ein Drehspieß dazu, an dem man Braten oder ganze Hähnchen grillen konnte, während die Gäste zusahen, wie die Vorspeise langsam über dem Grill bräunte.

Andreas Küche war wirklich ideal. Sie war so groß wie anderer Leute Esszimmer und Küche zusammengenommen. Es gab einen Erker mit einem runden Eichentisch und einen rustikalen Backsteinkamin, der dem weitläufigen Raum etwas Heiteres verlieh. Jetzt brannte darin ein Feuer, und Hannah war ziemlich sicher, dass das Bill zu verdanken war. Andrea gab sich nicht gern damit ab, da sie kaum Zeit in der Küche verbrachte.

Hannah sah Bill auf der Fensterbank im Erker sitzen, von der man in den von Bäumen abgeschirmten Garten blickte. Als sie zu ihm ging, um ihn zu begrüßen, dachte sie wieder, was für ein schönes Paar ihr Schwager und ihre Schwester doch abgaben. Andrea sah mit ihren langen blonden Haaren, den blauen Augen und der zierlichen Figur umwerfend aus. Sogar jetzt, im achten Schwangerschaftsmonat, war sie eine atemberaubende Schönheit. Bill hatte dunkle Haare und braune Augen und die Statur eines Quarterbacks. Im vergangenen Jahr hatte er ein wenig Bauch angesetzt, aber seit er mit Mike jeden Morgen Sport trieb, war sein Rettungsring wieder verschwunden. »Wie geht es dir, Bill?«

»Angesichts der Umstände ganz okay. Andrea meint, du hättest ein paar Ideen.«

Hannah schaute zu ihrer Schwester, doch die war damit beschäftigt, die Sandwiches zusammenzuklappen. »Äh … sicher. Uns wird schon was einfallen. Mach dir keine Sorgen.«

»Hier kommt das Mittagessen!« Andrea trat mit einem Tablett zum Küchentisch. »Wir können nach dem Essen darüber reden.«

»Danke, Liebling.« Bill lächelte sie an, während er zum Tisch ging und sich setzte. Hannah folgte seinem Beispiel, aber das Lächeln wollte ihr sofort vergehen, als sie die Sandwiches sah. Sie wusste, sie waren mit Erdnussbutter und Gelee bestrichen, doch darauf wäre sie nie gekommen, wenn Andrea ihr das vorher nicht gesagt hätte. Der Toast war fast schwarz, und der Belag, der an den Seiten herausquoll, war hellbraun und grün!

»Was für Gelee ist das?«, fragte sie und starrte auf die Sandwiches.

»Minze. Ich dachte, ich hätte noch ein ganzes Glas Traubengelee vorrätig, doch da war nur noch Minzgelee im Regal. Greif zu, Hannah. Sie schmecken besser, wenn der Toast noch warm ist.«

Hannah seufzte und hoffte, enttäuscht zu klingen. »Danke, Andrea. Das sieht köstlich aus, aber ich muss passen.«

»Warum das?«

»Ich habe die Dummheit begangen, mich beim Catering mit Keksen vollzustopfen.«

»Ach, Mensch!« Andrea kniff die Lippen zusammen. »Die habe ich extra für dich zubereitet.«

»Das tut mir leid«, antwortete Hannah, und das war die Wahrheit. Doch es würde ihr noch mehr leidtun, wenn sie eins der Sandwiches äße.

»Aber du wusstest, dass ich für uns etwas zu essen richte. Das habe ich dir vorher gesagt.«

»Ja, das stimmt. Es war nur so, dass Mutter zu mir kam und …«

»Das erklärt alles.« Andrea fegte den Rest der Ausrede mit einer Geste beiseite. »Ich esse auch immer, sobald sie in der Nähe ist. Das ist tröstlich. Ich denke, das ist ein Rückfall in die Kindheit, als sie uns noch ständig kritisierte.«

»Noch?« Hannah zog die Brauen hoch.

»Ja, zumindest was mich betrifft. Ich habe getan, was sie wollte: Ich habe geheiratet, ihr eine Enkelin geschenkt, und bald wird sie auch einen Enkelsohn zum Verwöhnen haben. Ich werde nicht mehr kritisiert. Mutter konzentriert sich in der Hinsicht ganz auf dich.«

»Das ist wahr«, stimmte Hannah seufzend zu. »Aber was für dich das Richtige ist, muss für mich nicht unbedingt auch richtig sein, und das scheint sie nicht zu begreifen.«

»Natürlich ist es für dich das Richtige. Du hast nur noch nicht deinen Mister Right gefunden. Und der ist ganz sicher nicht der Mann, den wir bisher dafür gehalten haben! Diese Ratte! Ich kann noch immer nicht fassen, dass er ...«

»Die Sandwiches sind fantastisch, Liebling!« Bill unterbrach sie und brachte sie damit vom Thema ab. »Das Minzgelee ist wirklich mal was anderes. Das mag ich.«

»Ehrlich?« Andrea strahlte ihn an.

»Absolut.« Er drehte den Kopf zu Hannah. »Da du nicht isst, rede mit mir. Hast du eine gute Idee, wie sich meine Unschuld beweisen lässt?«

»Vielleicht. Zumindest habe ich Informationen mitgebracht. Ich weiß jetzt, dass Sheriff Grant gestern Abend zwischen acht und halb zehn getötet wurde. Und dass du dich mit ihm gestritten hast, bevor du gegangen bist.«

»Wir hatten einen Wortwechsel«, gab Bill zu, »aber mehr nicht. Sheriff Grant hat mir eine Gehaltserhöhung angeboten, wenn ich meine Kandidatur aufgebe. Ich habe abgelehnt.«

»Und darauf schrie er: ›Nur über meine Leiche‹?«

»Genau so war's. Natürlich hat er das nicht so gemeint. Er hat das ständig gesagt. Da kannst du auf dem Revier jeden fragen.«

»Ich glaube dir.« Hannah sah ihm in die Augen. »Wie wär's, wenn du einige Kollegen um einen Gefallen bittest? Bestimmt kann dir jemand erzählen, was bei der Ermittlung herauskommt.«

»Das würden sie sogar tun, doch ich darf sie nicht darum bitten, Hannah. Ein suspendierter Ermittler darf sich in keiner Weise einmischen. Das ist gegen die Vorschriften.«

»Vergiss mal die Vorschriften. Wenn du dich nicht einmischst, könntest du für einen Mord angeklagt werden, den du nicht begangen hast! Du wirst doch nicht dasitzen und Däumchen drehen und darauf warten, dass Mike den Mörder fasst, oder?«

»Natürlich nicht. Ich habe Mike versprochen, zu Hause zu bleiben und den Ball flach zu halten, aber keine Vorschrift verbietet den Angehörigen eines suspendierten Detectives, sich an der Aufklärung zu beteiligen.«

Hannah grinste. »Du meinst eine gewisse Schwägerin?«

»Du hast es erfasst. Ich darf einer Spur nicht aktiv nachgehen, doch ich kann dir Ratschläge geben. Du brauchst nur mit den Hinweisen, die du findest, zu mir zu kommen, und wir stecken die Köpfe zusammen.«

»Abgemacht! Und jetzt konzentrieren wir uns darauf, dir ein Alibi zu verschaffen. Hat dich gestern zwischen acht und halb zehn jemand angerufen?«

Er dachte nach. »Zwei Personen, und die werden mir nichts nützen. Das waren beides Werbeanrufe.«

Hannah hob eine Hand. »Warte mal. Solche Werbeanrufe könnten durchaus hilfreich sein. Ich habe mal eine Woche lang für eine Telemarketingfirma gearbeitet, in einer Sommerpause am College.«

»Eine Woche lang?« Andrea schaute verwirrt. »Wurdest du gefeuert?«

»Nein, ich habe gekündigt. Es hat mich erschreckt, wie gut ich das mit der Zeit konnte. Ich wollte nicht für den Rest meines Lebens Teppichreinigungen verkaufen. Aber ich weiß noch, dass unsere Anrufe automatisch aufgezeichnet wurden. Der Vorgesetzte konnte sich ausdrucken lassen, um welche Uhrzeit wir eine bestimmte Nummer angerufen haben und wie lange das Gespräch gedauert hat.«

Andrea reckte einen Daumen in die Höhe, bevor sie

sich Bill zuwandte. »Erinnerst du dich, was dir der Telefonverkäufer andrehen wollte, Liebling?«

»Ich erinnere mich an den ersten. Es ging um Timesharing. Du kennst das. Zuerst erklären sie, man hätte einen Wochenendaufenthalt in einer Ferienanlage gewonnen, und wenn man dort ankommt, wollen sie dir einen Timesharing-Vertrag andrehen. In diesem Fall war es ein Resort in den Tropen. Ich habe nicht bis zum Ende zugehört, sondern der Frau gesagt, dass ich nicht interessiert bin, und aufgelegt.«

Hannah wechselte einen Blick mit ihrer Schwester. »Um wie viel Uhr war das?«

»Bin mir nicht sicher. Ich habe nicht auf die Uhr gesehen. Aber das war nicht sehr lange, nachdem Andrea gegangen war.«

»Okay. Und der zweite Anruf?«

»Der kam von einer Dachdeckerfirma, doch ich weiß den Namen nicht mehr. Angeblich arbeiten sie derzeit in unserer Gegend. Doch das behaupten sie ja immer.«

»Vielleicht stimmte es diesmal«, erwiderte Hannah. »Zumindest ist es einen Versuch wert. Haltet einfach die Augen offen, ob jemand ein neues Dach bekommt und welche Firma damit beauftragt ist.«

»Das kann ich übernehmen«, bot Andrea an. »Wenn ich Tracey von der Schule abgeholt habe, werden wir ein bisschen herumfahren und Ausschau halten. Aber wie spüren wir den Timesharing-Anbieter auf?«

»Gus York«, antwortete Hannah.

»Gus York hat sich auf Timesharing eingelassen?«

»Nicht, dass ich wüsste, doch Irma war gestern Abend in meiner Klasse und erwähnte, dass Gus zu Hause geblieben ist, um Werbeanrufe anzunehmen. Sie sagt, es gibt ihm einen Kick, die Telefonverkäufer zu ärgern, indem er sich ihren Vortrag bis zu Ende anhört, viele Fragen stellt und dann erklärt, dass er doch nicht interessiert ist.«

»Das hört sich an, als hätte Gus zu viel Freizeit«, bemerkte Bill.

»Da hast du recht, aber er könnte sich an den Namen des Timesharing-Anbieters erinnern, wenn er auch von ihm angerufen wurde.« Andrea griff nach einem Notizblock, auf dem in großer grüner Schrift *Lebensmittel* stand, und notierte sich ein Stichwort. Dann schrieb sie noch eins darunter, und während Hannah zusah, fügte sie ein drittes, viertes und fünftes hinzu.

»Du hast ein halbes Blatt vollgeschrieben, damit du an den Anruf bei Gus York denkst?«

Andrea schüttelte den Kopf. »Sei nicht albern.«

»Was hast du dann geschrieben?«

»Meine Einkaufsliste. Mir ist gerade wieder eingefallen, dass wir Traubengelee brauchen, außerdem Erdnussbutter, Apfelsaft, Instantkaffee und Brot.«

Schokoladen-Kirsch-Plätzchen

Backofen auf 190 Grad vorheizen, das Blech später in der Mitte einschieben.

240 g Butter
200 g weißer Zucker
2 geschlagene Eier
1 TL Vanilleextrakt
3 EL Maraschino-Kirschsaft
1 TL Backpulver
½ TL Backnatron
½ TL Salz
250 g gehackte Pecannüsse
240 g Mehl, ungesiebt
30 g Cornflakes
1 Glas Maraschino-Kirschen zum
Garnieren

Die Butter zerlassen, den Zucker zugeben und verrühren, dann die Eier. Vanilleextrakt, Kirschsaft, Backpulver, Backnatron und Salz zugeben und verrühren, das Mehl einrühren und die Nüsse unterheben.

Die Cornflakes zerdrücken und in eine kleine Schüssel

geben. (Ich fülle sie in eine Plastiktüte und zerdrücke sie darin mit den Fingern.)

Aus dem Teig walnussgroße Kugeln formen (Größe einer *geschälten* Walnuss). Wenn der Teig zu klebrig ist, stellen Sie ihn für eine halbe Stunde kalt und versuchen es erneut. Die Teigkugeln in den zerdrückten Cornflakes wälzen und auf ein gefettetes Blech legen, jeweils 12 Stück. Drücken Sie sie ein wenig flach, damit sie nicht wegrollen können.

Maraschino-Kirschen vierteln und je ein Stück auf eine Teigkugel legen und mit der Fingerspitze hineindrücken.

10 bis 12 Minuten backen, bis die Plätzchen schön gebräunt sind. 2 Minuten lang auf dem Blech abkühlen lassen, dann auf ein Kühlgitter legen.

Ausbeute: 6 bis 7 Dutzend

Die Schokoladen-Kirsch-Plätzchen sind sehr hübsch. Im *Cookie Jar* sind sie besonders am Valentinstag beliebt. Ich backe sie auch zu Weihnachten und verziere eine Hälfte mit roten, die andere Hälfte mit grünen Kirschen.

7

»Ich bin wieder da, Moishe«, rief Hannah beim Öffnen der Wohnungstür und streckte die Arme aus. Wie zu erwarten, sprang ihr pelziger orange-weißer Medizinball in ihre Arme und schnurrte laut. Wer brauchte da einen Ehemann? Moishe begrüßte sie stets enthusiastisch.

»Hast du Hunger? Oder hast du mich vermisst?«, fragte sie, obwohl sie wusste, dass die Antwort auf beide Fragen Ja lautete. Sie schob mit dem Fuß die Tür zu, setzte Moishe auf die Rückenlehne der Couch und legte den Mantel auf den Stuhl neben der Tür.

Der Kater miaute und lief in die Küche. Hannah wusste, was er wollte, und folgte ihm. Sie gab ihm frisches Wasser und öffnete den Besenschrank, um den anderen Napf mit dem regulären Futter zu füllen. »Ich hatte keine Zeit, um mir bei Doktor Bob neuen Rat zu holen«, sagte sie, als sie den Napf auf die Matte stellte. »Das bedeutet, du bekommst heute Abend noch mal eine Gnadenfrist, aber …«

In dem Moment klingelte das Telefon. Sie überlegte, den Anrufbeantworter anspringen zu lassen, doch sie war gerade in der Laune, sich mit einem Verkäufer anzulegen.

»Oh, Hannah! Gott sei Dank bist du zu Hause!«

»Andrea?« Hannah ließ sich auf einen der Stühle aus

Aluminiumrohr fallen, die sie zusammen mit dem Küchentisch gebraucht gekauft hatte. »Du klingst nicht gut. Was ist passiert?«

»Du musst mir helfen!«

»Kommt das Baby schon?«

»Nein! Das hat nichts mit dem Baby zu tun.«

Hannah tat ihr Bestes, um ruhig zu bleiben. Ihre Schwester schien kurz vor einem Nervenzusammenbruch zu stehen. »Sag mir einfach, wo das Problem liegt, und ich behebe es.«

»Du musst sofort etwas unternehmen, um Bills Unschuld zu beweisen!« Andrea schnaufte und atmete aufgeregt.

»Bin schon dabei. Was hat dich so aufgeregt? Als ich bei euch war, ging es dir noch gut.«

»Rehgulasch.«

»Wie bitte?«

»Rehgulasch! Während ich mit Tracey umhergefahren bin und nach Dachdeckern Ausschau gehalten habe, kam Bills Vater von der Farm vorbei. Er brachte uns Fleischpakete aus ihrer Tiefkühltruhe und einen Haufen Gemüse. Bill hat etwas Fleisch aufgetaut und kocht Rehgulasch!«

»Das ist doch nett.«

»Überhaupt nicht! Verstehst du denn nicht?«

Hannah atmete tief durch und zuckte mit den Schultern, obwohl sie wusste, dass ihre Schwester das nicht sehen konnte. »Nein. Was ist falsch an Reh… äh … Wildgulasch?«

»Ich bin prinzipiell dagegen. Das ist wichtig. Auf gar keinen Fall werde ich ein Bambi essen!«

»Das ist nicht Bambi. Bambi hat überlebt, zusammen mit Thumper und Flower. Es war Bambis Mutter, die zu Gulasch verarbeitet wurde.«

»Das ist noch schlimmer! Bloß gut, dass Tracey nicht zu Hause ist.«

Hannah atmete auf, weil sich ein neues Thema auftat. »Wo ist sie denn?«

»Karen Dunwright hat Geburtstag, und die Mädchen übernachten auf der Farm. Sie hat alle Mädels ihrer Klasse eingeladen. Aber zurück zum Gulasch, Hannah … Was soll ich tun?«

»Iss das Gemüse und lass das Fleisch liegen. Zu schade, dass ihr keinen Hund habt. Dann könntest du …«

»Schon klar«, unterbrach Andrea, »doch wir haben keinen.«

»Okay. Du könntest dir eine Schürze anziehen und die Tasche mit Plastikfolie ausschlagen. Lass die Fleischstücke hineinfallen, wenn Bill nicht hinsieht, und entsorge sie, nachdem du den Tisch aufgeräumt hast.«

»Das sollte klappen.« Andrea klang sehr erleichtert. »Trotzdem muss ich hier raus. Ich traue mich nicht, nach dem Abendessen zu Hause zu bleiben.«

»Warum nicht?«

»Seit Bill den ganzen Tag da ist, hilft er mir im Haushalt.«

»Wie lieb von ihm!« Hannah wünschte, sie hätte auch so einen Mann.

»Ganz im Gegenteil. Bill hat die Küche geputzt.«

»Was spricht dagegen?«

»Traceys Naturkundeprojekt lag in einem Schälchen auf der Fensterbank. Sie sollte eine Kartoffel keimen lassen und dann einpflanzen.«

»Oh, oh«, stöhnte Hannah, weil sie schon ahnte, was passiert war. »Bill hat sie weggeworfen?«

»Genau. Ich habe sie aus dem Müll geborgen, doch der Keim war abgebrochen, und jetzt muss Tracey von vorne anfangen. Sie wird darüber nicht glücklich sein, wenn sie morgen nach Hause kommt.«

»Nein, vermutlich nicht. Aber das war ein Versehen, das jedem passieren kann. Ich werfe keimende Kartoffeln auch immer weg.«

»Selbst eine, die auf dem Fensterbrett in einem Schälchen liegt?«

»Nein.«

»Das dachte ich mir. Kannst du dir einen Vorwand einfallen lassen und mich gleich nach dem Essen abholen? Ich bin drauf und dran, ihn zu erwürgen.«

»Verstehe«, sagte Hannah schnell. »Vielleicht können wir heute Abend jemanden befragen. Lass mich kurz in meine Notizen sehen.« Sie zog den Block heran und blätterte darin. Bisher hatte sie mit der Familie des Opfers noch nicht gesprochen und wusste nicht, ob Nettie ein Alibi hatte. Das könnte die richtige Gelegenheit sein, es in Erfahrung zu bringen.

»Ich habe etwas«, erklärte sie und hörte Andrea aufatmen. »Und Bill wird nichts dagegen einwenden können. Sag ihm, ich hole dich gleich nach dem Essen ab, und wir fahren zu Nettie Grant, um ihr zu kondolieren.«

»Wollen wir kondolieren oder ermitteln?«

»Ein bisschen von beidem.«

»Gut! Ich bin bereit, Hannah. Hupe einfach, wenn du da bist, dann komme ich raus.«

Als Hannah vor Andreas Haus hielt, spähte sie durch die offenen Vorhänge ins Wohnzimmer. Bei den Todds war zurzeit nicht alles eitel Sonnenschein. Das Sofa, das Bills

Eltern den beiden zur Hochzeit geschenkt hatten, stand nicht mehr am gewohnten Platz, genau wie der Fernseher. Anscheinend hatte Bill sich nicht nur mit Wischmopp und Staubsauger betätigt, sondern auch das Wohnzimmer umgeräumt. Hannah hatte noch Andreas Skizzen vor Augen, die sie seinerzeit angefertigt hatte. Ihre Schwester hatte jedes Einrichtungsstück sorgfältig ausgewählt und sich genau überlegt, wo was stehen sollte. Kein Wunder, dass sie den dringenden Wunsch hatte, ihr Heim zu verlassen!

Hannah hupte kurz, und Andrea kam herausgeeilt. Sie riss die Beifahrertür auf, sprang auf den Sitz und knallte sie hinter sich zu. »Fahr los. Schnell. Bevor Bill mir einen wärmeren Mantel aufdrängt oder mir hinterherruft, ich hätte die Handschuhe vergessen.«

»So schlimm?« Hannah legte den Gang ein und setzte zurück.

»Du kannst es dir nicht ausmalen. Ich habe beim Essen einmal geniest, und er dachte gleich, ich hätte mich lebensgefährlich erkältet.«

»Hast du?«

»Nein. Ich habe nur Staub in die Nase bekommen, das ist alles.«

»Wie war das Essen?« Hannah erreichte das Ende der Einfahrt, bog auf die Straße und fuhr los.

»Grauenvoll. Das Gemüse war noch hart, und Bill hat weder die Möhren noch die Kartoffeln geschält. Er ist ein furchtbarer Koch.«

Hannah biss sich auf die Zunge und deutete nicht einmal an, dass Andrea im Glashaus saß und mit Steinen warf.

»Aber dein Trick mit der Schürze hat super funktioniert. Und dabei fällt mir ein … Sobald du einen Hund siehst, halt an.«

»Was?«

»Halt an, sobald du einen Hund siehst. Ich habe das Rehfleisch in der Manteltasche und werde es verfüttern.«

»Okay, aber ich dachte, du wirfst es in die Mülltonne.«

»Das wollte ich, bis mir einfiel, dass Bill den Müll rausträgt. Er wäre gekränkt, wenn er das Fleisch sieht.«

Hannah musterte ihre Schwester von der Seite, doch die scherzte offenbar nicht. Sie war wirklich besorgt, sie könnte Bills Gefühle verletzen. Vielleicht machte das eine Ehe aus: ständiges Geben und Nehmen. Diesmal war Andrea auf der Geberseite, nächstes Mal vielleicht er. »Ich bewundere dich, Andrea. Wenn jemand ins *Cookie Jar* käme und die Tische und Stühle umstellen würde, ohne mich zu fragen, würde ich ihm gehörig die Meinung geigen.«

»Das würde ich niemals tun«, erwiderte Andrea lächelnd. »Ich sage mir einfach, dass Bill irgendwann wieder zur Arbeit geht, und wenn es so weit ist, breche ich an der grässlichen Couch seiner Eltern ein oder zwei Beine ab und behaupte, er hätte sie beim Umräumen angeknackst. Und dann kann ich ins Möbelgeschäft gehen und eine neue kaufen, die mir gefällt.«

Zwanzig Minuten später, nachdem sie unterwegs angehalten und den Schäferhund von Gil und Bonnie Surma glücklich gemacht hatten, parkte Hannah vor Netties Doppelhaushälfte. »Sei so gut und nimm den Beutel Cashew Crisps vom Rücksitz, ja?«

»Sicher.« Andrea griff nach hinten. »Willst du die Nettie schenken?«

»Ich würde mich unwohl fühlen, wenn ich mit leeren Händen käme.«

»Ich fühle mich unwohl, weil ich überhaupt herkomme. Ich sollte keinen Kondolenzbesuch machen, solange Bill verdächtigt wird, ihren Mann ermordet zu haben.«

»Unsinn.« Hannah nahm sie bei der Hand und zog sie mit. »Nettie weiß, dass Bill kein Mörder ist. Außerdem ist sie ganz allein und kann wahrscheinlich Gesellschaft gebrauchen.«

»Woher willst du das wissen?«

Hannah deutete über die Schultern. »Keine Autos vor dem Haus. Heute Nachmittag standen sie da sicher in zwei Reihen.«

»Und was, wenn Nettie müde ist und sich ausruhen will?«

»Dann entschuldigen wir uns und gehen. Aber ich möchte wetten, dass sie sich freut, uns zu sehen, vor allem da du nichts zu Abend gegessen hast und ich auch nicht.«

Andrea blickte sie verwirrt an. »Was hat das damit zu tun?«

»Ganz bestimmt haben Netties Freunde lauter Essen mitgebracht. Ihr Kühlschrank dürfte randvoll sein. Da ist sie froh, wenn zwei Hungrige etwas wegfuttern.«

»Du könntest recht haben. Bei einem Todesfall bringen die Leute immer die leckersten Gerichte vorbei. So war das auch, als Dad gestorben war.«

»Ich erinnere mich. Die schiere Anzahl von Aufläufen, Wackelpuddings und Kuchen war überwältigend. Fast wie eine Potluck-Party, zu der jeder was mitbringt, nur dass niemand gelacht hat.«

Cashew Crisps

Backofen auf 175 Grad vorheizen, das Blech später in der Mitte einschieben.

360 g Butter
400 g Zucker
2 TL Vanilleextrakt
2 EL Rübensirup
1½ TL Backnatron
1 TL Backpulver
½ TL Salz
110 g gemahlene, gesalzene Cashewkerne
2 geschlagene Eier
360 g Mehl, ungesiebt

Die Butter zerlassen, den Zucker, den Vanilleextrakt und den Rübensirup zugeben und gründlich verrühren, ebenso das Backnatron, Backpulver und Salz.

Die gemahlenen Cashewkerne zugeben und unterheben. Nach und nach die geschlagenen Eier und das Mehl zugeben und gründlich verrühren.

Den Teig einige Minuten quellen lassen. Dann walnussgroße Kugeln formen und auf ein gefettetes Blech setzen, jeweils 12 Stück. Da der Teig noch aufgeht, besser etwas kleinere Kugeln formen. (Falls er klebt, stellen Sie ihn eine Weile kalt und versuchen es erneut.)

Die Kugeln mit einem Spatel ein wenig flach drücken, damit sie nicht wegrollen können.

10 bis 12 Minuten backen, bis die Ränder goldbraun sind. 2 Minuten abkühlen lassen, dann auf ein Kühlgitter legen.

Ausbeute: etwa 10 Dutzend

(Delores meint, ich sollte ein Stückchen Milchschokolade in der Mitte einbetten. Aber sie möchte bei JEDEM Plätzchenrezept, dass ich Schokolade verwende.)

8

Hannah klopfte, und als ihnen geöffnet wurde, wäre sie beinahe einen Schritt zurückgewichen, so verblüfft war sie. Nettie Grant stand in Jeans und rosa Pulli vor ihnen. Soweit Hannah wusste, hatte Nettie sich noch nie leger gekleidet, sondern immer elegante Designerkleidung getragen. Es gab jedoch noch eine Veränderung an ihr, und Hannah stand nur sprachlos da und starrte sie an. Nettie hatte sich die braunen Haare, die normalerweise tadellos gewellt und frisiert waren, zu einem nicht sonderlich ordentlichen Pferdeschwanz gebunden.

»Nettie?«, fragte Andrea, und Hannah sah ihr an, dass sie auch überlegte, ob die trauernde Witwe eine Verwandte hatte, die ihr wie aus dem Gesicht geschnitten war, sich aber anders kleidete und frisierte.

»Die steht vor euch.« Nettie lächelte sie an und winkte sie herein. »Sie wirken beide geschockt. Wahrscheinlich, weil ich anders aussehe als sonst.«

»So ist es.« Hannah erholte sich als Erste von dem Schock. »Sollen wir ein andermal wiederkommen?«

»Nein, und Sie können ruhig eine Weile bleiben. Die letzten Gäste sind vor einer Stunde gegangen, und Sie erwischen mich gerade dabei, wie ich einer Laune nachgebe.«

»Sie meinen die Jeans?« Hannah folgte ihr.

»Genau. Jim hat es gehasst, wenn ich sie getragen habe. Er meinte, das sei nicht das passende Erscheinungsbild für die Frau des Sheriffs. Es muss zwanzig Jahre her sein, seit ich die mal anhatte. Ich hatte schon befürchtet, sie würde mir nicht mehr passen, doch die Sorge war unbegründet. Natürlich war ich nie so schlank wie Sie, Andrea. Nicht einmal, als Jim und ich uns kennenlernten.«

»Im Moment bin ich nicht schlank. Doc Knight hat mich gestern gewogen. Ich habe in den letzten zwei Monaten zwanzig Pfund zugenommen.« Andrea ging zum Sofa und setzte sich.

»Die werden Sie im Nu wieder los sein, wenn Sie das Baby bekommen haben.« Nettie wandte sich Hannah zu. »Würden Sie beide gern etwas essen? Die Damen haben mir so viel gebracht, dass es noch Monate reicht.«

»Nun, vielleicht ein Häppchen«, antwortete Hannah. »Oder ein Dutzend Häppchen.«

Nettie lächelte. »Bedient euch. Kuchen und Brot stehen in der Küche auf der Anrichte und die Wackelpuddings und Fleischgerichte im Kühlschrank. Hat Ihre Mutter erzählt, dass sie heute Nachmittag hier war?«

Andrea und Hannah schüttelten den Kopf.

»Der gesamte Regency Romance Club war bei mir. Ihre Mutter hat darauf hingewiesen, dass Witwen im damaligen England mindestens ein Jahr lang in Trauer gehen mussten und danach Halbtrauer tragen durften. Das bedeutete Grau und Violett.«

»Wie lange mussten sie in Halbtrauer gehen?« Andrea neigte sich gespannt nach vorn, und das überraschte Hannah nicht. Ihre Schwester hatte sich schon immer für Modefragen interessiert.

»Laut Ihrer Mutter gewöhnlich ein bis zwei Jahre. Aber viele trugen nie wieder helle Farben. Und andere, wie Königin Viktoria, gingen den Rest ihres Lebens in Schwarz.« Nettie schaute an ihrem rosa Pulli hinunter und zuckte mit den Schultern. »Zum Glück haben sich die Sitten und Gebräuche sehr geändert. Natürlich werde ich mich so nicht in der Öffentlichkeit zeigen.«

Hannah stand auf, um in die Küche zu gehen. »Ich werde mal sehen, was die Damen Ihnen gebracht haben. Wie steht es mit Ihnen, Nettie? Darf ich Ihnen etwas mitbringen?«

»Ein Schinken-Sandwich wäre nett. Ich habe mich riesig gefreut, als ich den Schinken gesehen habe, den Carrie Rhodes mitgebracht hat. Er ist hauchdünn geschnitten und schmeckt absolut köstlich. Ich liebe Schinken, aber Jim hat sich nichts daraus gemacht. Wir hatten nie welchen im Haus, es sei denn, er hat mal woanders übernachtet.«

»Und du, Andrea?«, fragte Hannah.

Ihre Schwester schien sich unbehaglich zu fühlen, und Hannah sah ihr an, dass sie nervös war, weil sie gleich mit Nettie allein sein würde. »Schinken-Sandwich klingt wunderbar, doch ich komme mit. Dann kann ich dir tragen helfen.«

»Hannah kommt sicher einen Moment allein zurecht.« Nettie neigte sich zu ihr und berührte sie am Arm. »Ich muss mit Ihnen sprechen, Andrea.«

Netties Essbereich befand sich im Wohnzimmer, das mit der Küche einen Raum bildete, und da die Klappläden, mit denen sich die Küche abtrennen ließ, offenstanden, konnte Hannah ihre Schwester und Nettie im Auge behalten, während sie die Sandwiches zubereitete.

»Sehen Sie, Andrea«, hörte sie Nettie sagen. »Ich weiß wegen Bill Bescheid.«

»Tatsächlich?« Hannah sah Andreas panischen Gesichtsausdruck.

»Aber ich halte das für reinen Unsinn.«

»Dann glauben Sie also nicht, dass Bill …«

Nettie unterbrach sie und tätschelte ihr die Hand. »Selbstverständlich nicht! Und das habe ich Mike auch gesagt, als er hier war.«

Andrea entspannte sich sichtlich. Sie wagte sogar ein kleines Lächeln. »Ich habe mich unbehaglich bei dem Gedanken gefühlt, Sie zu besuchen, Nettie. Ich wollte Ihnen gern mein Beileid aussprechen, war mir aber unsicher, wie Sie das empfinden würden. Na ja … es hätte peinlich werden können.«

»Senf, Nettie?«, rief Hannah von der Küchenzeile.

»Ja, danke.«

»Andrea?«

»Für mich auch. Doc Knight sagte, ich soll mit dem Würzen sparsam sein, doch heute bin ich ansonsten sehr brav gewesen.«

Hannah strich Senf auf die Brothälften legte ein Salatblatt auf den Schinken, klappte die Hälften zusammen und viertelte sie auf dem Schneidbrett. Da die Sandwiches gleich waren, legte sie die Stücke auf eine Platte und in die Mitte ein paar saure Gürkchen, die sie im Kühlschrank gefunden hatte.

»Essen ist fertig«, rief sie und trug die Platte zum Sofatisch. »Soll ich jemandem etwas zu trinken holen? In der Küche stehen einige Softdrinks.«

»Ich nehme eine Diät-Cola, wenn es welche gibt«, sagte Andrea. »Und wenn nicht, dann etwas anderes mit weniger Zucker.«

»Für mich auch.« Nettie lächelte Hannah an. »Es sei

denn, Sie würden gern Wein trinken? Ihre Mutter hat mir eine schöne Flasche Bordeaux mitgebracht.«

Hannah schüttelte den Kopf. »Danke, nein, ich muss fahren, und meine Schwester darf keinen Alkohol trinken.«

»Aber das heißt nicht, dass Sie auch verzichten müssen«, warf Andrea rasch ein und zwinkerte Hannah zu. »Ich finde, Sie sollten sich ein Glas gönnen, Nettie. Es war ein harter Tag, und Sie müssen sich entspannen. Hannah? Wie wär's, wenn du Nettie ein Glas einschenkst?«

Einen kurzen Moment lang war Hannah durch das Zwinkern verwirrt, doch dann verstand sie. Ihre Schwester glaubte, dass Nettie nach ein paar Schlucken Wein mitteilsamer sein würde. Hannah entdeckte die Flasche auf der Bar am Ende des Wohnzimmers, ging sie öffnen, goss ein und brachte das Glas ihrer Gastgeberin.

»Danke.« Nettie legte ihr Sandwich ab und trank einen Schluck. »Wenn Sie später etwas Süßes möchten, es gibt jede Menge Desserts. Vier Kuchen habe ich eingefroren, aber es stehen noch mindestens fünf auf der Anrichte.«

Hannah fiel ein, was sie selbst mitgebracht hatte, und übergab Nettie die Tüte. »Das hätte ich fast vergessen. Die Kekse sind für Sie. Obwohl ich damit Eulen nach Athen trage.«

»Keineswegs.« Nettie schüttelte den Kopf. »Bisher hat niemand Plätzchen mitgebracht, und die esse ich lieber als Kuchen. Was für welche sind es?«

»Cashew Crisps. Ich hoffe, sie schmecken Ihnen.«

»Ich bin verrückt danach.« Sie zog einen aus der Tüte und biss hinein. »Mmm. Sie schmecken fabelhaft. Ich habe einen gekostet, als sie in Ihrem Sortiment noch neu waren, und habe Jim erzählt, ich hätte den besten Keks meines Lebens gegessen.«

»Dann überrascht es mich, dass er nie welche für Sie gekauft hat. Er kam zweimal die Woche zu uns, um Bestelltes abzuholen.«

»Oh, das meiste hat er mit aufs Revier genommen. Und für zu Hause hätte er diese Sorte nicht gekauft. Er mochte keine Cashewkerne.«

Andrea und Hannah wechselten einen Blick. »Aber Sie schon?«

»Das sind meine Lieblingsnüsse. Darum mag ich diese Plätzchen so sehr.«

Hannah biss in ihr Sandwich und kaute nachdenklich. Anscheinend waren Netties Vorlieben und Abneigungen für ihren Mann belanglos gewesen. Sheriff Grant hatte sich aus Schinken nichts gemacht und deshalb keinen im Haus haben wollen. Und obwohl Hannah seit einem Jahr Netties Lieblingsplätzchen im *Cookie Jar* anbot, hatte er nie welche für zu Hause gekauft.

»Ich weiß, was Sie denken.« Nettie sah Hannah in die Augen.

»Wirklich?«

»Ich glaube, ja. Sie finden, dass mein Mann egoistisch war. Und Sie haben recht. Jim hielt sich für den Mittelpunkt des Universums und glaubte, jeder müsste ihn umkreisen wie ein Satellit. Diejenigen, die ihm nützlich waren, mochte er. Die anderen lehnte er ab.«

Eine Träne lief ihr über die Wange, und Hannah beugte sich zu ihr. »Alles okay?«

»Ja. Es ist nur so: Wenn man sechsundzwanzig Jahre mit einem Mann verheiratet war, vermisst man ihn, wenn er schließlich tot ist.« Nettie holte tief Luft und blickte ihre Besucherinnen direkt an. »Darf ich offen sein?«

»Natürlich«, antwortete Hannah.

»Sie haben sicher erraten, dass das Leben mit Jim kein Zuckerschlecken war. Es gab große Probleme in unserer Ehe, die wir nicht lösen konnten. Sie wissen wahrscheinlich, dass ich fast einen Nervenzusammenbruch gehabt hätte, als Jamie ums Leben gekommen war.«

»Das muss schrecklich gewesen sein.«

»War es. Ich bin ein ganzes Jahr zur Therapie gegangen, bevor ich langsam lernte, mit dem Verlust klarzukommen. Doch ich habe es geschafft. Jim dagegen nicht. Das ist einer der Gründe, weshalb ich am Samstag vor Jims Tod mit Howie Levine gesprochen habe. Ich war bei ihm, um mich wegen einer Scheidung beraten zu lassen.«

Andrea fiel die Kinnlade herunter, und Hannah musste sich konzentrieren, damit ihr nicht das Gleiche passierte. Sie hatte von einer Trennung der Grants nichts läuten hören.

»Niemand weiß das außer Ihnen beiden. Mein Gespräch mit Howie war vertraulich, aber früher oder später wird jemand davon erfahren. Und da ich kein Alibi habe, wird mich das zur Hauptverdächtigen machen.«

Hannah merkte auf. »Sie haben kein Alibi?«

»Nein. Ich war allein in meinem Nähzimmer und habe einen Wandbehang für einen Kunden fertiggestellt.«

»Wo ist das Nähzimmer?«, fragte Hannah, um die Lage der Fenster zu erfahren. Es war immerhin möglich, dass ein Nachbar Nettie zur Tatzeit beim Nähen gesehen hatte.

Andrea und Hannah folgten ihr die Treppe hinauf und den oberen Flur entlang. An der zweiten Tür hielt sie an, öffnete sie und bat die beiden herein. »Das ist es. Hier habe ich an dem Abend gearbeitet, als Jim getötet wurde.«

Hannah schaute überrascht durch den kleinen, vollgestellten Raum. Sie hatte sich Netties Arbeitszimmer größer vorgestellt. Immerhin war sie in der ganzen Umgebung seit

Jahren für ihre Wandbehänge bekannt. Ihre Arbeiten waren in mehreren Handarbeitszeitschriften abgebildet gewesen, und sie hatte bereits viele Auszeichnungen dafür erhalten. Im vergangenen Jahr hatte ein berühmter Raumgestalter mehrere Wandbehänge bei ihr bestellt, um das Haus eines Prominenten damit einzurichten. Im nationalen Fernsehen war eine Besichtigungstour gesendet worden, bei der der prominente Hausbesitzer vor dem großen Wandbehang interviewt worden war. Seitdem wurde Nettie mit Aufträgen von Leuten überschüttet, die bereit waren, große Summen zu zahlen, um einen original Nettie-Grant-Wandbehang zu besitzen.

»Wie hübsch!«, schwärmte Andrea. Es war ihr gelungen, sich zwischen der Nähmaschine und dem Schneidetisch mit den Stoffballen durchzuschieben, und nun stand sie vor dem Wandbehang, den Nettie zuletzt fertiggestellt hatte. »Die Kühe sehen so lebendig aus, dass ich immerzu denke, gleich muhen sie. Wer bekommt den?«

»Der Molkereiverband von Minnesota hat ihn für seine Zentrale bestellt.«

Hannah schaute sich ebenfalls den Wandbehang an, versuchte aber gar nicht erst, sich zu nähern. Das Zimmer war so klein; sie könnte sich nicht an Andrea vorbeiquetschen, ohne sie ins Taumeln zu bringen. »Er gefällt mir sehr, Nettie. Die Kühe sehen aus, als würden sie sich auf unsere Kosten amüsieren.«

»Genau die Wirkung wollte ich erzielen. Ich hätte nur nicht gedacht, dass das jemandem auffällt.« Nettie lächelte Hannah an. »Der Kunde hat größten Wert darauf gelegt, dass jede in Minnesota vertretene Rinderart abgebildet ist.«

Hannah schob sich am Bügelbrett entlang zum Fenster und musste das Bügeleisen festhalten, das ins Wackeln geriet. Die Vorhänge bestanden aus einem dichten, schweren Stoff, sodass man von draußen keine Silhouette im Zimmer sehen würde. »Waren die Gardinen gestern Abend zurückgezogen?«

»Ja. Ich verstehe, worauf Sie hinauswollen, Hannah, aber das wird nichts. Die Maschlers, die nebenan wohnen, waren nicht zu Hause.«

»Sie haben sie gefragt?«

»Mike hat mit ihnen gesprochen. Er rief sie an, gleich nachdem ich ihn ins Nähzimmer geführt hatte, um ihm zu zeigen, womit ich gestern Abend beschäftigt war. Jerry hat Kate an der Schule abgesetzt und ist dann mit zwei Freunden bowlen gegangen. Und Richie war mit Freunden aus.«

»Also haben Sie niemanden von nebenan gesehen oder gehört?«

»Ich habe den Fernseher gehört. Sie müssen ihn angelassen haben, um Einbrecher abzuschrecken, und ich wünschte, sie hätten einen anderen Sender gewählt. Da lief irgendein Kung-Fu-Film, und das Schreien und Ächzen hat mich verrückt gemacht.«

Andrea schaute überrascht. »Das war wirklich rücksichtslos von Kate, den Ton so laut zu stellen.«

»Ach, so laut war er gar nicht. Ich hätte nichts davon gehört, wenn mein Fenster geschlossen gewesen wäre. Aber ich musste es öffnen, weil ich Stoff geschnitten habe. Die Fasern und der Staub bringen mich sonst zum Niesen. Das ist ein sehr kleiner Raum, und es ist unmöglich, ihn staubfrei zu halten.«

»Er ist wirklich winzig«, bestätigte Hannah und schaute sich noch einmal um.

»Es ist das kleinste Zimmer im Haus. Als Jamie tot war, dachte ich, ich könnte mit meinem Nähzeug in sein Zimmer umziehen. Das ist viel größer. Aber Jim wollte nicht, dass ich darin etwas verändere. Er war so unnachgiebig, dass ich darauf verzichtet habe.«

»Sie meinen … da ist alles noch genauso wie vorher, als Jamie noch lebte?«

»Ja. Ich habe versucht, Jim zu überreden, Jamies Sachen für einen wohltätigen Zweck zu spenden, doch er wollte sich von nichts trennen, nicht einmal von der Kleidung.«

Hannah blickte zu ihrer Schwester. Die sah ein wenig erschrocken aus, und das war verständlich. Das Zimmer eines verstorbenen Jungen drei Jahre lang unberührt zu lassen war nicht nur merkwürdig, sondern grenzte an Besessenheit.

»Er wollte mich darin nicht mal putzen lassen«, fuhr Nettie fort. »Er sagte, er würde das selbst erledigen. Und er hielt das Zimmer verschlossen, sodass ich auch nicht hineinkonnte, wenn er nicht zu Hause war.«

»Hat er sich manchmal darin aufgehalten?« Andrea hatte sich so weit gefasst, dass sie das fragen konnte.

»Fast jeden Abend. Er benutzte das Zimmer als Büro. Umgeben von Jamies Sachen fühlte er sich ihm nahe, sagte er.«

Hannah war nachdenklich, als sie mit Nettie und Andrea zurück nach unten ging. Wenn man einen Menschen täglich sah und mit ihm in derselben Kleinstadt lebte, glaubte man, ihn zu kennen. Doch wie sich herausstellte, hatte sie über Sheriff Grant eigentlich kaum etwas gewusst.

Ein paar Augenblicke später saßen die drei Frauen im Wohnzimmer und aßen jede ein Stück von Rose MacDermotts berühmtem Kokoskuchen. Hannah hatte die Stücke doppelt so groß geschnitten, wie Rose sie im Café servierte, nach dem Motto »Je größer, desto besser«.

»Hat Rose Ihnen ihr Rezept für das Lake Edener

Kochbuch gegeben?«, fragte Nettie, nachdem sie den letzten Bissen gegessen hatte.

»Noch nicht«, antwortete Hannah schmunzelnd. »Sie verspricht es zwar ständig, doch ich glaube nicht, dass sie dazu bereit ist.«

Andrea nickte. »Vielleicht fürchtet sie, dass es ihrem Umsatz im Café schadet, wenn die Leute ihn selbst backen können.«

»Das würde nicht passieren.« Nettie klang überzeugt. »Die meisten Leute haben gar keine Zeit zum Backen. Ich habe mich nie an einen Kuchen herangewagt. Jetzt bereue ich es. Was Jim wirklich wollte, war eine Filmehefrau.«

Andrea runzelte die Stirn. »Eine was?«

»Eine Ehefrau wie im Film. Sie kennen den Typ. Sie ist eine großartige Mutter, kann traumhaft kochen, ist immer perfekt geschminkt und chic angezogen, selbst wenn sie die Schränke auswäscht, und setzt die Bedürfnisse ihres Mannes an oberste Stelle. Ich habe versucht, solch eine Frau zu sein, und das ist mir wohl gelungen, solange Jamie noch lebte. Aber nach seinem Tod kam mir das immer mehr wie eine Farce vor.« Ihr liefen Tränen die Wangen hinunter, und sie wischte sie mit dem Handrücken weg. »Wann wollen Sie mich denn nun ausfragen?«

Andrea schluckte. »Ausfragen?«

»Sie beide untersuchen doch den Mordfall, nicht wahr?«

»Ja, aber …«

»Sie müssen mich als Verdächtige ausschließen. Andernfalls würden Sie Ihre Sache nicht gut machen. Ich bin stark genug, um Jim den Kopf einzuschlagen und ihn zu einem Müllcontainer zu schleifen. Und Kate Maschler, die alte Schnüffelnase, hat mich gestern gesehen, als ich mit Jim gestritten habe.«

»Worüber?« Das kam Hannah über die Lippen, bevor sie die Frage höflicher formulieren konnte.

»Das möchte ich wirklich nicht näher ausführen. Das ist etwas Persönliches und kann unmöglich etwas mit dem Mord an Jim zu tun haben.«

»In Ordnung.« Hannah sah es, wenn jemand dichtmachte. Nettie würde über den Streit mit ihrem Mann kein weiteres Wort verlieren.

»Solange Sie keinen wahrscheinlicheren Kandidaten gefunden haben, bin ich die Hauptverdächtige.«

Andrea warf Hannah einen Blick reiner Verzweiflung zu, und Hannah sah, dass es ihr überlassen blieb, darauf einzugehen. Sie hatte Delores sagen hören, dass Nettie geradlinig war, doch mit einer solchen Unverblümtheit hatte sie nicht gerechnet. »Sie sind eine Verdächtige, aber wir halten Sie nicht für die Täterin.«

»Warum?«

»Warum hätten Sie Ihrem Mann zur Schule folgen und das Risiko eingehen sollen, von jemandem gesehen zu werden? Eine Ehefrau kann einen abgeschiedeneren Ort für einen Gattenmord finden.«

Nettie dachte kurz darüber nach. »Das leuchtet mir ein. Aber wenn ich ihn nicht umgebracht habe, wer dann?«

»Wir hatten gehofft, Sie könnten uns das sagen«, warf Andrea ein. »Hatte Sheriff Grant irgendwelche Feinde?«

Nettie starrte sie einen Moment lang an und fing dann an zu lachen, was man bei einer Frau, die eben noch vor Trauer geweint hatte, nicht erwarten würde. Sie lachte Tränen, und schließlich endete das mit einem bebenden Seufzer. »Ja«, antwortete sie, »und wenn ich die alle aufzähle, sitzen wir die ganze Nacht hier.«

9

Am nächsten Tag war Hannah im Untergeschoss der katholischen Kirche St. Peter beim Catering und servierte der St. Jude Society Kaffee und Plätzchen, als Andrea hereingeeilt kam und beinahe Father Coultas umgerannt hätte.

Atemlos, aber breit lächelnd trat sie neben ihre Schwester. Nach kurzem Verschnaufen und einem Schluck Wasser hatte sie sich so weit von ihrem Sprint erholt, dass sie sprechen konnte. »Gus York hat Notizen gefunden, die er sich bei dem Anruf des Timesharing-Verkäufers gemacht hat. Sie standen auf der Rückseite seiner Gasrechnung. Die Firma heißt *Fun in the Sun* und hat ihren Sitz in Fort Lauderdale in Florida.«

»Und du hast dich dort erkundigt, ob sie bei euch angerufen haben?«, fragte Hannah. Sie schenkte gerade einen Kaffee für Bridget Murphy ein.

»Ja.« Andrea füllte eine Tasse mit Tee für Immelda Giese, die bei Father Coultas als Haushälterin arbeitete, seit er in Lake Eden lebte. »Diese Kekse sehen wunderbar aus. Was für welche sind das?«

»Hannahs Bananas«, antwortete Immelda. »Hannah hat sie extra für mich gebacken. Probieren Sie einen, meine

Liebe. Die enthalten Kalium und sind gut für Sie, vor allem in Ihrem Zustand.«

»Zustand?« Andrea schaute verwirrt.

Hannah stupste sie an. »Schwangerschaft.«

»Oh. Klar.« Andrea nahm sich einen. »Und die hat sie nur Ihnen zuliebe gebacken?«

»So ist es. Father Coultas liebt mein Bananenbrot. Das backe ich sonst jede Woche für ihn, aber wir warten darauf, dass der neue Backofen ins Pfarrhaus geliefert wird. Als Hannah sagte, sie würde Bananenplätzchen backen, haben wir uns riesig gefreut.«

Andrea biss hinein, und sofort zog ein Lächeln über ihr Gesicht. »Die schmecken herrlich!«

»Fast so gut wie Immeldas Bananenbrot«, meinte Hannah diplomatisch und bemerkte, wie erfreut die Haushälterin aussah, als sie den Serviertisch verließ und sich einen Platz suchte.

Ein Weilchen gaben sie noch Getränke und Gebäck aus, aber bald waren alle Anwesenden versorgt, und Hannah und Andrea konnten sich unterhalten.

»Was hast du bei deinem Anruf erfahren?«, fragte Hannah.

»Sie wollen zurückrufen. Die Mitarbeiterin, die die Telefonate überwacht, muss die Mitschnitte anfordern, und das kann bis morgen dauern, aber spätestens am Nachmittag wird sie sie haben. Sie hat versprochen, mich auf dem Handy anzurufen, sobald sie da sind.«

»Gut gemacht.« Hannah lächelte. Hätte jemand anders ihr erzählt, dass ein Kundenwerber einen Rückruf und Informationen versprochen hatte, hätte sie sich keine Hoffnungen gemacht. Doch ihre Schwester konnte Leute mühelos dazu bringen, alles für sie zu tun, was sie wollte.

Nicht, dass sie sie manipulierte, aber jeder fühlte sich gut, wenn er Andrea helfen konnte.

»Die Plätzchen sind wirklich lecker.« Andrea nahm sich ein zweites von dem Tablett, das Hannah auf den langen Tisch gestellt hatte. »Backst du die zu Halloween?«

»Nein, da werde ich mir etwas Passenderes überlegen.«

»Letztes Jahr waren es Schokokekse mit Orangenguss, stimmt's?«

Hannah nickte. »Vielleicht backe ich die wieder.«

»Apropos Halloween.« Andrea nahm sich noch einen Keks. »Tracey möchte wissen, ob du zur Halloween-Party im Gemeindezentrum und in den Spukkeller gehst.«

»Selbstverständlich. Wie jedes Jahr.«

»Gut. Tracey ist wegen des Kostüms schon aufgeregt und möchte, dass du es siehst.«

»Was wird sie denn?«, wollte Hannah wissen. Ihre fünfjährige Nichte sah in jedem Kostüm niedlich aus.

»Sie schwankt noch zwischen einer Märchenprinzessin und einer Piratin.«

Hannah lachte. »Was für ein Gegensatz! Ich wette, sie entscheidet sich für die Prinzessin.«

»Vielleicht, aber sie liebt den Papagei, der zu dem Piratenkostüm gehört. Er sitzt auf der Schulter, und wenn man auf einen Knopf drückt, spricht er. Die Märchenprinzessin hat dagegen nur einen Zauberstab, und der leuchtet nicht mal.«

»Der sprechende Papagei ist definitiv ein Plus«, sagte Hannah ernst und füllte die Kaffeekanne, mit der sie an den Tischen die Runde machen wollte.

»Geh du mit dem Kaffee vor. Ich folge dir mit dem heißen Wasser und den Teebeuteln. Danach können wir uns aufteilen und die Plätzchen nachreichen.«

»Danke, Andrea.« Hannah war froh über ihre Hilfe. Zu zweit war Catering immer einfacher. »Was sagt der Papagei?«

»Du weißt schon … ›Potz Blitz‹ und ›Johoho‹ und ›eine Flasche voll Rum‹! Was Piraten eben so sagen. Auch etwas über einen toten Mann auf einer Kiste.«

»›Fünfzehn Mann auf des toten Mannes Kiste‹.«

»Genau das. Und dann noch: ›Ein Drink für den Teufel und keiner für den Rest!‹«

»Wie war das mit einem Drink für den Teufel?« Father Coultas kam zum Catering-Tisch.

Andrea errötete ein wenig. »Entschuldigen Sie bitte, Father Coultas. Ich habe Hannah nur gerade von dem sprechenden Papagei erzählt, der zu Traceys Piratenkostüm gehört.«

»Den Papagei kenne ich«, erwiderte er. »Immeldas Enkel hatte das Kostüm voriges Jahr ausgeliehen, und der Vogel blieb immer bei ›Ho‹ stecken. Er sagte nur ständig ›Hohoho‹ und klang wie ein verstörter Santa Claus. Die arme Immelda hat das verrückt gemacht, bis die Batterie leer war.«

Als Hannah nach dem Catering mit den übrig gebliebenen Plätzchen die Backstube betrat, kam Lisa durch die Schwingtür gestürmt. »Gott sei Dank, dass du zurück bist!«

»Was ist los?« Die roten Flecken auf Lisas Wangen waren nicht zu übersehen.

»Nichts ist los. Ich habe nur gerade etwas gehört, was du wissen solltest. Warte kurz. Herb ist hier. Ich bitte ihn, die Theke zu übernehmen.«

Hannah goss sich einen Kaffee aus der Backstubenkanne ein und ließ sich am Backtisch nieder. Einen Augenblick später kam Lisa zurück und setzte sich neben sie. »Du hast also etwas gehört?«

»Genau. Ich habe die Ohren gespitzt, wie du gesagt hast, und habe erfahren, dass Sheriff Grant und seine Frau am Montag einen großen Streit hatten, als er zum Mittagessen nach Hause kam.«

Hannah riss die Augen auf. Das könnte der Streit sein, zu dem Nettie sich nicht näher hatte äußern wollen. »Andrea und ich haben Nettie gestern Abend besucht. Sie erzählte, dass sie sich mit ihrem Mann gestritten hat, wollte aber nicht näher auf den Grund eingehen. Von wem hast du das gehört, Lisa?«

»Von Kate Maschler, doch sie hat es nicht mir erzählt, sondern Becky Summers.«

»Du hast wieder die unsichtbare Kellnerin gespielt?«

»Ja. Ich stand am Nachbartisch, um Kaffee nachzuschenken, und sie haben mich gar nicht bemerkt. Kate erzählte Becky, dass Nettie dem Sheriff zu seinem Wagen gefolgt ist und so wütend aussah wie noch nie. Kate öffnete gerade das Fenster und hörte Nettie rufen, dass sie die andere Haushälfte an ›sie‹ vermieten wolle und das Recht dazu habe, weil sie das Haus vor ihrer Ehe geerbt habe.«

»Klingt ernst«, erwiderte Hannah. »Was hat der Sheriff geantwortet?«

»Er sei es leid, sich das ständig anzuhören. Sie solle damit aufhören, und er wolle ›die‹ um keinen Preis unter seinem Dach haben.«

»Wer war damit gemeint?«

»Das weiß ich nicht. Kate und Becky haben in dem

Moment die Stühle zurückgeschoben und sind gegangen. Meinst du, das ist wichtig, Hannah?«

»Könnte sein.« Sie dachte darüber nach. Wenn Nettie jemandem versprochen hatte, ihm die andere Hälfte des Hauses zu vermieten, und ihr Mann hatte diesen Leuten gesagt, sie dürften nicht einziehen, dann könnte das zu einem Streit geführt haben, der eskalierte und mit einem Mord endete.

»Ich denke, du solltest schnell zu Claire laufen. Beim Hinausgehen erwähnte Becky, sie müsse noch ein passendes Kleid für die Hochzeit ihres Neffen finden. Wahrscheinlich ist sie mit Kate nebenan.«

Hannah eilte hinaus. Auf einen Sprung bei Delores und Carrie reinzuschauen kostete sie Überwindung, aber niemand musste sie erst überreden, ihre Nachbarin auf der anderen Seite zu besuchen. Claire Rodgers war eine gute Freundin, und Hannah war ohnehin neugierig, wie Claires Beziehung mit Reverend Knudson von der Lutheranischen Gemeinde lief.

Es wehte ein kühler Wind, als sie über den Parkplatz huschte und an der Hintertür der Boutique klopfte. Sie hörte weit oben Gänse schreien, die nach Süden zogen, und schaute zum schlachtschiffgrauen Himmel hinauf. Gerade erschien eine ausgefranste V-Formation über den Wipfeln der Kiefern, die die Third Street säumten. Die Singvögel waren schon fort, und nun flohen die Gänse vor dem kalten Winter. Bald würden nur noch die Wintervögel übrig sein, die Blauhäher, die Rotkardinäle und die blau-orangefarbenen Kleiber, die wie Edelsteine in den Zweigen leuchteten.

»Hannah!« Claire schaute freudig überrascht, als sie die Tür öffnete. »Komm rein. Es ist kalt draußen.«

»Allerdings. Sind Kundinnen bei dir?«

»Nicht mal eine. Das war ein lahmer Nachmittag.«

»Tut mir leid zu hören«, erwiderte Hannah bedauernd. Der Umsatz von Einzelhändlern war oft ungewiss.

»Ach, das ist in Ordnung. Der Vormittag lief gut, und Becky Summers war gerade noch hier. Sie hat drei Kleider gekauft.«

»Wie geht es deinem Reverend?«

»Sehr gut.« Claire lächelte selig, anders konnte man es nicht nennen. »Und er hat mich überzeugt. Am Sonntag vor Weihnachten wird er unsere Verlobung bekannt geben.«

»Du hast Ja gesagt!« Hannah grinste ihre Freundin an. Nach einer unglücklichen Affäre hatte Claire endlich einen Mann gefunden, den sie lieben und dem sie vertrauen konnte.

»Du wirst doch auch kommen, ja, Hannah?«

»Das möchte ich um nichts auf der Welt verpassen«, versprach sie. Claire war nervös, weil sie nicht wusste, wie die Gemeinde reagieren würde. Außer Hannah, Andrea und Norman wusste niemand in der Stadt, dass Claire eine Zeit lang ein Verhältnis mit Bürgermeister Bascomb gehabt hatte. »Wenn dir deswegen jemand das Leben schwer macht, sag mir Bescheid. Derjenige bekommt nie wieder ein Plätzchen bei uns.«

Claire lachte, wurde aber schnell ernst. »Du weißt es? Das habe ich schon vermutet. Du bist eine gute Freundin, Hannah.«

»Eine, die dich aushorchen will. Du hast das mit Bill gehört, oder?«

»Natürlich, und die ganze Sache ist absurd. Du versuchst, ihn reinzuwaschen?«

»Ja. Haben Kate und Becky den Streit erwähnt, den Sheriff Grant mit seiner Frau hatte?«

»Sie haben davon gesprochen.«

»Ist zufällig der Name der Leute gefallen, an die Nettie die andere Haushälfte vermieten will?«

Claire schüttelte den Kopf. »Den scheinen sie nicht zu kennen. Sie spekulierten darüber, während Becky die Kleider anprobierte. Kate meinte, es sei jemand mit einem Kind.«

»Wirklich?« Hannah merkte auf. Das würde die Gerüchteküche anheizen. »Wieso glaubt sie das?«

»Kurz bevor Sheriff Grant wegfuhr, hat er wohl noch das Fenster heruntergekurbelt und geschrien, dass er das Kind nicht unter seinem Dach haben will. Nur dass er nicht ›Kind‹ sagte.«

»Was denn?«

»Das weiß ich nicht, aber es muss etwas Gemeines gewesen sein, denn Kate wollte es nicht wiederholen.«

»Und du, Claire? Hast du eine Ahnung, wer die umstrittenen Mieter sein könnten?«

»Vielleicht Verwandte von Nettie. Letztes Jahr fragte sie mich um Rat, weil sie ein Weihnachtsgeschenk für ein kleines Mädchen kaufen wollte. Ich habe sie auf die *Pinke Giraffe* in Anoka aufmerksam gemacht, sie aber gewarnt, dass der Laden teuer ist. Sie meinte, das spiele keine Rolle, weil es für die Familie ist und sie etwas Besonderes kaufen möchte.«

Hannah war beeindruckt. Claire hatte zwei Fakten zusammengefügt und ihr eine sehr gute Spur geliefert. »Weißt du zufällig, was sie gekauft hat?«

»Ja. Sie hat mir alles erzählt, als sie das nächste Mal ins Geschäft kam. Sie hatte einen Kinderstuhl entdeckt, der wie ein sitzender Plüschbär aussah, und die *Pinke Giraffe* hat ihn in der Weihnachtswoche kostenlos geliefert.«

Hannah dankte ihr, ging zur Hintertür hinaus und lief über den Parkplatz in ihre warme Backstube. Nachdem sie sich die Hände gewaschen und eine Schürze angezogen hatte, die sie beim Bedienen trug, ging sie nach vorn ins Café und löste Lisa an der Ladentheke ab.

»Oh! Gut, dass du wieder da bist!«

Hannah bemerkte den verzweifelten Gesichtsausdruck ihrer Partnerin. »Warum?«

»Deine Mutter. Sie hat in den letzten zwanzig Minuten sechs Mal angerufen.«

»Oh, oh.« Hannah seufzte. Verständlich, dass Lisa aufgeregt war. »Geh mal verschnaufen. Ich halte hier so lange die Stellung.«

Lisa schüttelte den Kopf. »Ich brauche keine Pause. Ich möchte nur, dass du zu deiner Mutter rübergehst, bevor sie noch mal hier anruft. Beim letzten Mal klang sie wirklich misstrauisch. Wahrscheinlich denkt sie, dass ich dich in der Vorratskammer verstecke.«

»Okay. Ich gehe.« Hannah hängte die Schürze an den Haken und lief zur Vordertür hinaus. Wenig später betrat sie das Antiquitätengeschäft. Die Ladenglocke läutete, und Delores schaute hinter dem antiken Verkaufstisch auf.

»Hannah! Das wurde aber auch Zeit! Komm mit.«

Hannah hatte allenfalls Zeit zu blinzeln, bevor Delores sie bei der Hand nahm und die Treppe hinaufzog. Sie führte sie in das Zimmer, das sie und Carrie für ihre Kaffeepausen nutzten.

»Setz dich. Ich verlange eine Erklärung!«

»In welcher Sache?« Hannah war gründlich verwirrt.

»Warum hast du es mir gestern nicht erzählt, als wir

uns beide in der Bücherei aufgehalten haben? Eine Mutter sollte nicht die Letzte in der Stadt sein, die es erfährt!«

Hannah überlegte hastig. Offenbar hatte Delores von Bills Suspendierung erfahren. »Es stand mir nicht zu. Ich wusste, dass Andrea dir die Neuigkeit lieber selbst eröffnen würde.«

»Oh. Das ist etwas anderes.« Der harte Ausdruck in Delores' Blick verlor sich. »Ich wünschte wirklich, Andrea hätte mir das eher gesagt. Aber vermutlich wollte sie mich nur schonen.«

»Ganz bestimmt, Mutter«, versicherte Hannah gezwungen.

»Der arme Bill!« Delores seufzte und schüttelte den Kopf. »Die arme Andrea! Und das in ihrem Zustand! Kannst du Mike nicht zur Vernunft bringen? Sicher glaubt er gar nicht, dass Bill den Mord begangen hat!«

»Das habe ich schon versucht. Gestern habe ich mit ihm darüber gesprochen, aber er wollte kein bisschen nachgeben. Er ist stur wie ein Esel.«

»Nun … ich bin froh, dass sich das jetzt herausgestellt hat. Denk nur, wie schrecklich es wäre, wenn du ihn geheiratet hättest.«

»In der Richtung besteht wohl keine Gefahr. Zurzeit jedenfalls nicht«, murmelte Hannah leise.

»Was hast du gesagt, Liebes?«

»Ach, nichts Mutter. Ich habe nur laut gedacht.«

»Du wurdest also gewarnt, was seinen wahren Charakter angeht. Das ist doch etwas wert.«

»Wohl wahr.«

»Andrea meinte, dass du wieder ermitteln willst. Ich möchte dir helfen, Liebes. Was soll ich für dich tun?«

Hannah wollte schon antworten, sie würde darüber

nachdenken müssen, als ihr einfiel, dass Delores tatsächlich etwas für sie tun könnte. Sie musste herausfinden, wem das Spielzeuggeschäft den Kinderstuhl geliefert hatte, und ihre Mutter war genau die Richtige für diese Aufgabe.

»Was ist es, Liebes? Dir ist etwas eingefallen, nicht wahr?«

»Ja, und es geht um Folgendes.« Sie erzählte, was sie über den Streit zwischen Nettie und ihrem Mann am Tag seiner Ermordung wusste und dass Nettie an eine Familie mit einem kleinen Mädchen vermieten wollte. Sie beschrieb das Weihnachtsgeschenk von der *Pinken Giraffe* und stellte dann die entscheidende Frage. »Meinst du, du könntest herausfinden, wer das Geschenk bekommen hat?«

»Aber natürlich!« Delores freute sich sichtlich, dass ihre Tochter sie darum bat. »Doch warum sprichst du Nettie nicht einfach darauf an?«

»Weil ich damit vermutlich nichts erreichen würde. Ich habe sie bereits gefragt, worum es bei dem Streit gegangen ist. Sie sagte, das sei etwas Persönliches und sie wolle nicht darüber reden.«

Delores zuckte mit den Schultern. »Dann kommst du da nicht weiter. Wenn Nettie über etwas nicht reden möchte, können sie keine zehn Pferde dazu bringen. Aber es sollte nicht schwer sein zu erfahren, wem das Geschenk galt. In der *Pinken Giraffe* kennt man mich. Da kaufe ich fast alle Geschenke für Tracey.«

»Könntest du jetzt anrufen und nachfragen?«

»Durchaus, doch es wäre besser, wenn ich mich persönlich erkundige. Es ist schwieriger, etwas abzulehnen, wenn man demjenigen ins Gesicht sieht.«

»Du hast recht. Kannst du dir heute Nachmittag zwei Stunden freinehmen und hinfahren?«

Delores schüttelte den Kopf. »Das würde nichts nützen. Mittwochs haben sie tagsüber geschlossen. Sie öffnen erst um neunzehn Uhr. Aber heute Abend habe ich keine Zeit.«

»Warum nicht?«

»Weil ich … schon Pläne habe.«

»So?« Hannah wartete einen Moment, doch ihre Mutter führte das nicht weiter aus. »Was für Pläne?«

»Private.«

Hannah verdaute die Antwort, und da Delores nicht mehr preisgab, begann sie, sich Sorgen zu machen. »Ist etwas nicht in Ordnung?«

»Zum Beispiel?«

»Zum Beispiel … Deine privaten Pläne haben nichts mit einem Besuch bei Doc Knight zu tun, oder?«

»Natürlich nicht!« Delores gab ein kleines Lachen von sich. »Wenn ich krank werde, bist du die Erste, die es erfährt. Es ist nur … etwas Privates. Und ich möchte das nicht diskutieren.«

Hannah sah ihre entschlossene Miene und wusste, sie würde auf Granit beißen, wenn sie weiter nachhakte. In der Hinsicht konnte Delores es mit Nettie aufnehmen. Anstatt ihre Mutter mit Fragen zu verärgern, kam Hannah auf die dringliche Aufgabe zurück. »Wirst du morgen zur *Pinken Giraffe* fahren können?«

»Ja. Ich werde Tracey aus der Vorschule abholen und mitnehmen.«

Hannah grinste. »Das ist vielleicht keine gute Idee. Es könnte gefährlich werden.«

»Was meinst du? Wie könnte es in solch einem Geschäft gefährlich werden?«

»Nicht für dich oder Tracey«, erklärte Hannah und grinste breiter. »Aber für deine Kreditkarten.«

Delores lachte. »Da hast du recht, Liebes. Doch unser Antiquitätengeschäft wirft einiges ab, und ich kann es mir leisten, mein einziges Enkelkind ein wenig zu verwöhnen. Hat Claire gesagt, was Nettie gekauft hat?«

»Ja, einen Kinderstuhl in Form eines sitzenden Plüschbären, und er wurde kurz vor Weihnachten geliefert.«

»Sicher kann ich …« Delores hielt inne, weil es vor der Tür laut schepperte. »Was war das?«

»Keine Ahnung. Das klang, als hätte jemand etwas Schweres fallen gelassen, das jetzt über den Boden rollt.«

»Entschuldigung.« Luanne Hanks, Delores' und Carries Angestellte, schaute zur Tür herein. »Ich hatte einen Schirmständer aus Messing im Arm und bin gestolpert. Keine Sorge, er ist nicht beschädigt. Ich habe ihn schon untersucht.«

Delores ging zu ihr und legte einen Arm um ihre Schultern. »Der Schirmständer ist unwichtig. Ich mache mir vielmehr Sorgen um Sie. Sie zittern, Luanne, und sind bleich wie ein Gespenst. Haben Sie sich wehgetan?«

»Nein, mir geht es gut. Ich habe nur befürchtet, dass er jetzt verbeult ist.«

»Unsinn! Sie wissen, der bringt gerade mal zwanzig Dollar ein. Und das an einem guten Tag.«

Hannah schaute über den Fußboden. Da lag nichts, über das die junge Frau gestolpert sein konnte.

»Nein, da war nichts«, sagte Luanne, die Hannahs Blick richtig deutete. »Ich bin bloß über meine eigenen Füße gestolpert.«

»Na, ich bin froh, dass du dir nichts getan hast.« Hannah winkte den beiden zum Abschied und lief die Treppe hinunter. Wenn sie sich richtig erinnerte, war Luanne in der Gymnastikmannschaft der Mädchen gewesen, bevor sie die Highschool abgebrochen hatte. Normalerweise war sie so trittsicher wie eine Gämse, und deshalb durfte man bezweifeln, dass sie über die eigenen Füße gestolpert war. Da stimmte etwas nicht. Luanne hatte zutiefst erschrocken ausgesehen, als sie ins Zimmer geschaut hatte, und ganz sicher nicht wegen des Schirmständers. Was hatte Luanne solche Angst eingejagt? Und hatte das mit dem Mordfall zu tun?

Hannahs Bananas

Den Backofen noch nicht vorheizen – der Teig muss vor dem Backen durchkühlen.

360 g Butter
400 g Zucker
2 mittelgroße oder 3 kleine sehr reife Bananen
4 TL Backnatron
1 TL Salz
2 Eier (mit der Gabel geschlagen)
480 g Mehl, ungesiebt
250 g fein gehackte Walnüsse oder Pecannüsse
100 g weißen Zucker in einem Schälchen für später bereitstellen

Die Butter zerlassen, nach und nach den Zucker, die geschlagenen Eier, das Backnatron und Salz zugeben und unterrühren. Nehmen Sie Bananen, deren Schale schwarze Flecken hat, sodass sie fast überreif sind. Mit der Gabel zerdrücken, bis ein glatter Brei entsteht (oder den Mixer verwenden). Den Bananenbrei zugeben und gründlich untermengen. Anschließend das Mehl und die gehackten Nüsse einrühren. Die Schüssel abdecken und für 4 Stunden in den Kühlschrank stellen (über Nacht geht auch).

Wenn Sie bereit sind zu backen, heizen Sie den Ofen auf 175 Grad vor.

Aus dem Teig walnussgroße Kugeln formen. Da er recht klebrig ist, ziehen Sie sich am besten Einmalhandschuhe über, oder Sie formen ihn mit nassen Händen. Die Kugeln in dem bereitgestellten Zucker wälzen und jeweils 12 Stück auf ein gefettetes Blech setzen und ein wenig flach drücken, damit sie nicht wegrollen können. Die Teigschüssel in den Kühlschrank stellen, bis es Zeit ist, die nächsten Kugeln zu formen.

Das Blech auf die mittlere Schiene setzen, und die Teiglinge 10 bis 12 Minuten backen, bis sie goldgelb sind. 2 Minuten abkühlen lassen, dann auf ein Kühlgitter legen.

Diese Plätzchen lassen sich gut einfrieren. In Folie und einem Gefrierbeutel bleiben sie 3 Monate lang schmackhaft (sofern sie nicht vorher weggenascht werden).

Ausbeute: etwa 10 Dutzend

Carrie Rhodes liebt diese Plätzchen auch. Sie sagt, dass sie jeden Tag eine Banane isst und dass das alle Frauen mittleren Alters tun sollten, weil sie mehr Kalium brauchen. (Ich beiße mir immer auf die Zunge, wenn sie das sagt – Carrie ist fünfundfünfzig, und die wenigsten Frauen werden hundertzehn Jahre alt!)

10

Hannah dachte noch über Moishe nach, als sie am Donnerstag auf ihren Parkplatz hinter dem *Cookie Jar* einbog. Am Morgen hatte sie sich in der Tierarztpraxis ein neues Infoblatt mit Ratschlägen besorgt, und Sue hatte ihr versichert, dass auf jeden Fall einer der zehn Tipps wirken werde und dass Moishe das Fressen nicht ewig verweigern könne. Doch Hannah kannte ihn besser. Wenn ihr Kater entschied, das Seniorenfutter nicht zu mögen, konnte er noch sturer sein als ein gewisser Detective, den sie aus ihrem Leben verbannt hatte.

»Hi, Lisa«, rief sie in der Tür. »Tut mir leid, dass ich so spät komme.«

»Ist okay. Ich habe damit gerechnet.« Lisas Stimme tönte aus dem Laden, und einen Moment später kam sie mit einem dampfenden Becher Kaffee durch die Schwingtür. »Hast du das Problem mit Moishe gelöst?«

»Nein. Ich habe mir ein neues Blatt mit Ratschlägen abgeholt, doch derjenige, der das geschrieben hat, kennt meinen Kater nicht.«

»Stimmt. Und was, wenn du etwas frisches Katzengras über das neue Futter streust?«

»Das ist Tipp Nummer sieben.« Hannah hielt ihr

das Blatt hin. »Und Nummer acht rät, Thunfischsaft darüberzuträufeln. Mir machen beide keine große Hoffnung.«

Lisa überlegte. »Vielleicht ist Moishe zu schlau, um sich übers Ohr hauen zu lassen. Hast du ihm bei einem vertraulichen Gespräch erklärt, warum das neue Futter gut für ihn ist?«

»Natürlich. Ich kam mir ein bisschen albern vor, als ich mich zu ihm auf den Boden gekniet habe. Ich denke, er hat mich verstanden, Lisa. Er hat wirklich aufmerksam zugehört. Aber als ich fertig war und aufgestanden bin, ist er über seinen Futternapf gestiegen und hat ihn dabei mit einer Pfote umgekippt.«

»Oh, oh. Dann hast du ein echtes Problem am …« Lisa stockte, weil die Hintertür geöffnet wurde und Andrea hereinkam. »Hi. Komm rein.«

»Danke. Es ist schön warm bei euch.« Andrea ging zu einem der Hocker und setzte sich.

»Möchtest du einen Kaffee?«, bot Hannah an.

»Ja! Ich habe mein Kaffeekontingent extra aufgespart. Deiner schmeckt viel besser als mein Pulverkaffee.«

Hannah ging zur Kaffeemaschine. Dass Instantkaffee mit einem frisch gemahlenen und gebrühten nicht mithalten konnte, wusste eigentlich jeder.

»Bitte sehr.« Sie stellte ihrer Schwester den Becher hin. »Was führt dich so früh hierher?«

»Die Frau von der Timesharing-Firma hat zurückgerufen. Sie hat für mich nachgesehen.«

»*Fun in the Sun*?« Hannah griff nach ihrem Notizblock.

»Genau. Einer ihrer Mitarbeiter hat Bill um zwanzig nach acht angerufen, und das Gespräch dauerte eine Minute.«

»Gut. Lass mich das kurz aufschreiben.«

»Ich fürchte nur, das hilft ihm gar nicht. Ich bin von unserem Haus zur Schule gefahren und habe die Zeit gestoppt. Die Fahrt hat zwanzig Minuten gedauert. Nicht, dass er es getan hat, aber Bill hätte Sheriff Grant um acht Uhr getötet haben und rechtzeitig wieder zu Hause gewesen sein können, um den Anruf von der Firma anzunehmen.«

»Falsch.« Hannah blätterte durch den Schreibblock bis zu einer bestimmten Seite. »Nachdem ich den Sheriff gefunden hatte, stand ich auf dem Schulparkplatz, und Mike hat ihn nach Blutflecken abgesucht. Er stellte fest, dass sie neben Grants Auto am größten waren, und schloss daraus, dass der Mord dort verübt wurde. Da der Wagen mindestens zehn Meter von dem Müllcontainer entfernt stand, muss der Mörder noch ein paar Minuten gebraucht haben, um die Leiche dorthin zu schleifen und hineinzuwuchten.«

»Und hätte Bill das getan, hätte er den Anruf von *Fun in the Sun* verpasst.«

»Absolut.«

»Danke, Hannah.« Andrea lächelte sie erleichtert an. »Könnte der andere Anruf von der Dachdeckerfirma Bill vollends entlasten, wenn der zum richtigen Zeitpunkt gekommen ist?«

»Vielleicht. Hast du mir nicht erzählt, dass du mit Tracey um Viertel vor zehn vom Kino nach Hause kamst?«

»Stimmt. Ich habe auf die Uhr gesehen, als wir aus dem Auto stiegen. Ich hatte ein schlechtes Gewissen, weil ich mit Tracey so lange unterwegs gewesen war, obwohl sie am nächsten Tag Schule hatte. Ich habe ihr gesagt, sie soll ins Haus laufen, ihrem Dad ein Küsschen geben und sich sofort bettfertig machen.«

Hannah schlug eine freie Seite auf und rechnete. »Der zweite Anruf könnte Bill entlasten, wenn er gegen zehn vor neun gekommen ist. Der Zeitrahmen ist eng, doch das würde reichen.«

»Großartig! Ich werde herumfahren und nach Dachdeckern Ausschau halten. Ich muss herausfinden, wer der zweite Anrufer war.«

»Nimm deinen Kaffee mit.« Hannah schüttete ihn in einen Pappbecher.

»Danke. Sobald ich etwas erfahren habe, melde ich mich.«

Lisa wartete, bis Andrea gegangen war, und wandte sich Hannah zu. »Was hat das mit den Dachdeckern auf sich?«

Sie begriff sofort, als Hannah ihr erklärte, woraus sich das Zeitfenster ergab und wieso der zweite Werbeanruf Bill ein Alibi geben könnte.

»Ich rufe sofort Herb an«, versprach Lisa.

»Willst du nachhören, ob er von derselben Firma angerufen wurde?«

»Das würde nichts bringen. Herb legt immer sofort auf, wenn eine fremde Stimme fragt: ›Wie geht es Ihnen heute Abend?‹ Aber weil er stündlich seine Runde dreht, könnte er auf Dachdeckerautos achten.«

Hannah hatte gerade die vorbestellten Pecannussplätzchen gebacken, als jemand anrief. Da Lisa nicht sofort abnahm, vermutete Hannah, dass sie einen Kunden bediente, und ging zum Wandtelefon. »*Cookie Jar*, Hannah Swensen am Apparat.«

»Gut, dass ich dich erwische, Hannah.«

»Hallo, Mutter«, sagte sie schnell. Delores klang ein wenig außer Atem. »Wo bist du?«

»An dem Münzfernsprecher auf der Straße vor der *Pinken Giraffe*. Rate mal, wer den Bärenstuhl zu Weihnachten bekommen hat!«

Hannah rollte mit den Augen. »Sheriff Grant ist tot, Bill ist der Hauptverdächtige, Norman ist in Seattle und spielt vielleicht Zahnarzt mit seiner Ex-Verlobten, und ich bin schlecht auf Mike zu sprechen. Mein Leben ist also gerade ziemlich düster, und da willst du mit mir ein Ratespiel veranstalten?«

»Es tut mir leid, Liebes. Lass mich noch mal anfangen.« Delores klang ein wenig reuig. »Es ist nur so, dass es mich ziemlich überrascht hat. Meine Freundin im Geschäft sagte, dass sie den Stuhl an Suzie Hanks geliefert haben!«

»Luannes Tochter?«

»Ja. Was glaubst du, was das bedeutet?«

Hannah blinzelte. Und blinzelte noch einmal. »Ich weiß nicht so recht, aber ich werde es herausfinden. Erzähl niemandem davon ein Wort, bevor du wieder von mir hörst, in Ordnung?«

»Aber … aber … aber …«

Delores stotterte wie ein schlecht eingestellter Motor, und Hannah unterbrach sie. »Beruhige dich, Mutter. Das hat vielleicht gar nichts zu bedeuten.«

»Aber wie könnte es das?«

Hannah überlegte hastig. »Nettie ist in mehreren Wohltätigkeitsvereinen aktiv, nicht wahr?«

»Das stimmt.«

»Nehmen wir an, einer davon hat beschlossen, einem bedürftigen Kind etwas wirklich Schönes zu Weihnachten zu schenken. Suzie Hanks würde die Kriterien erfüllen.«

»Das stimmt auch wieder.« Delores klang nachdenklich. »Doch warum sollte Nettie Claire dann erzählen, dass sie ein Geschenk für ein Kind in der Familie sucht?«

»Vielleicht waren noch andere Kundinnen im Geschäft und sie wollte diskret sein. Du weißt, wie empfindlich Luanne auf Mitleid reagiert.«

Daraufhin war Delores ein paar Augenblicke lang still. Hannah wusste, dass ihre Mutter sich das durch den Kopf gehen ließ. Das Schweigen hielt an, und sie hörte nur Knistern in der Leitung. Schließlich räusperte sich Delores. »Da hast du recht, Hannah. Und Nettie ist klug genug, um zu wissen, dass Luanne den Stuhl sofort zurückschickt, wenn sie von der Spende erfährt. Aber meinst du, so ist es gewesen? Das erscheint mir ziemlich weit hergeholt.«

»Mir auch, doch es wäre möglich.« Hannah versuchte, so zu klingen, als glaubte sie das selbst. »Du musst unbedingt dichthalten, bis du von mir hörst. Ich laufe schnell rüber ins Antiquitätengeschäft und spreche Luanne darauf an.«

»Sie ist auf der Ferguson-Farm bei der Auktion. Sie versteigern dort eine schöne Tretnähmaschine und ein Butterfass aus Eiche, das ich unbedingt haben möchte, auch einige Stücke aus Milchglas. Du weißt, wie beliebt die zurzeit sind. Versprich mir, dass du sie beim Bieten nicht ablenkst, Hannah. Sie muss sich konzentrieren.«

»Werde ich nicht, aber ich muss der Sache auf den Grund gehen. Und sowie ich Bescheid weiß, erzähle ich es dir.«

Delores seufzte betrübt. »Du ahnst nicht, wie schwer es mir fallen wird, das selbst vor meinen engsten Freundinnen geheim zu halten und sie nicht einmal nach ihrer Ansicht ...«

»Untersteh dich!« Hannah fiel ihr warnend ins Wort.

»Also gut, ich behalte es für mich. Meine Lippen sind versiegelt, bis ich von dir höre. Doch das sollte besser bald sein!«

Hannah meldete sich bei Lisa ab und fuhr zur Ferguson-Farm. Die lag nur anderthalb Kilometer von Normans neuem Haus entfernt, und da die Bauarbeiter gerade nicht dort waren, bog Hannah in die Einfahrt ein und schaute sich an, wie weit die Arbeiten fortgeschritten waren.

»Was hält man davon? Allmählich sieht es aus wie ein Haus«, sagte sie zu dem Purpur-Grackel, der im Hof an etwas pickte. Das Fundament war gegossen, der Rohbau stand, und die Innenwände waren fast fertig verputzt. Sobald das Dach gedeckt und Türen und Fenster eingesetzt waren, würde das Haus vor dem Winter geschützt sein.

Als sie die Haustür öffnete, kam sie sich wie ein Eindringling vor, obwohl Norman sie schon mehrmals eingeladen hatte, sich den Baufortschritt anzusehen. Die Tür zu öffnen war sogar ein wenig albern. Die hohen Fenster an den Seiten fehlten noch, sie hätte auch durch den Rahmen steigen können. Trotzdem hatte es etwas Feierliches, den Knauf zu drehen und das Haus, das Norman und sie für den Traumhaus-Wettbewerb entworfen hatten, durch die Tür zu betreten.

»Hübsch«, murmelte sie, als sie im Flur stand und die Treppe hinauf zu dem Balkon im ersten Stock blickte. Dann stieg sie nach oben und ging den Korridor entlang zu den Kinderzimmern. Die sahen noch kahl und langweilig aus, doch sie stellte sich ein Jungenzimmer vor, in dem Flugzeugmodelle unter der Decke hingen, und ein Mädchenzimmer mit einer breiten Fensterbank, auf der man sitzen und träumen konnte. Es gab noch ein Zimmer, das als Büro oder Hobbyraum gedacht war … und das große Schlafzimmer.

Sie hielt den Atem an, als sie über die Schwelle trat. Es war genauso, wie sie es sich ausgemalt hatte, mit einem Balkon, auf dem das glückliche Paar morgens einen Kaffee trinken und über den See schauen konnte. Es hatte auch einen Natursteinkamin, der es im Winter mollig warmhalten und für eine gewisse Romantik sorgen würde.

Hannah spürte einen Kloß im Hals und seufzte. Vermutlich bräuchte Norman nur eine kleine Ermutigung von ihr, und er würde ihr einen Antrag machen. Dann würde das Haus ihr gehören, dieses herrliche Haus, und Norman würde ihr ein fast perfekter Ehemann sein, davon war sie überzeugt. Nur eines hielt sie davon ab, ihn zu ermutigen: der Fluch der Unentschlossenheit. Wie durfte sie von Norman einen Heiratsantrag annehmen, zu dem sie ihn ermutigt hatte, obwohl sie in Wirklichkeit unsicher war, ob sie ihre Beziehung mit Mike aufgeben wollte?

Und was für eine Beziehung ist das überhaupt, dachte sie stirnrunzelnd, da ihr die Auseinandersetzung wegen Bill noch vor Augen stand. Doch obwohl sie mit ihm über Kreuz lag, weil er ihrem Schwager nicht vertraute und nicht hinter ihm stand, fühlte sie sich unbestreitbar zu ihm hingezogen. So sehr ihr die Vorstellung gefiel, in dem Traumhaus zu wohnen, so sehr wusste sie auch, dass sie noch nicht bereit war, sich zu entscheiden.

Hannah sah sich noch einmal um und ging zur Treppe. Sie hatte für heute genug bewältigt, und da lag immer noch das Gespräch mit Luanne vor ihr. Die Haustür fiel hinter ihr zu, und während sie zum Auto eilte, versuchte Hannah, nicht daran zu denken, wie endgültig das geklungen hatte. Ihr Liebesleben – oder nicht vorhandenes Liebesleben – wurde allmählich zu einem Problem. Aber damit konnte sie sich jetzt nicht befassen. Norman konnte warten, Mike konnte warten. Das Wichtigste war nun, Bill von dem Verdacht des Mordes zu befreien.

11

Die Ferguson-Farm war groß. Von dem zweigeschossigen Farmhaus, das genau in der Mitte stand, erstreckte sich das Ackerland, so weit das Auge reichte. Hannah fuhr zum Haus, stellte den Wagen ab und folgte den Pappschildern zu der offenen Scheune, in der die Versteigerung stattfand.

Beim Näherkommen hörte sie Chuck Ganz, den Auktionator, Zahlen und Sprüche herunterrasseln, so schnell, dass man meinen konnte, er redete in einer Fremdsprache. Ein guter Auktionator braucht drei Dinge, hatte er einmal gesagt: ein gutes Gedächtnis für Zahlen, eine flinke Zunge, die sie so schnell ausspuckt, dass man gerade noch folgen kann, und den Mut eines Grizzlys, um bereit zu sein, sich vor all die Leute zu stellen und zu riskieren, sich zum Narren zu machen.

Es klang ganz so, als ginge der Bieterkampf gerade auf sein Ende zu, und sie blieb einen Moment am Rand stehen und hörte zu. Chuck stand auf einem Podest am anderen Ende der Scheune und redete ununterbrochen mit ausholenden Gesten. Obwohl von Kopf bis Fuß in Schwarz gekleidet, trug er stolz einen gelben Schlips zur Schau, den er gern als seinen »persönlichen Sonnenstrahl an einem wolkenverhangenen Tag« bezeichnete. Das sagte er zu Beginn einer jeden Auktion, und es war nicht besonders lustig, aber die Leute konnten ihn gut leiden und lachten jedes Mal, weil er es erwartete.

»Verkauft für dreiundachtzig Dollar an den Gentleman in dem hellbraunen Jägerrock«, rief Chuck und knallte mit seinem Hammer auf das Pult. »Bezahlen Sie bitte auf dem Weg nach draußen bei dem Herrn von der Bank.«

Hannah entdeckte Luanne etwa in der Mitte der Stuhlreihen, und neben ihr war ein Platz frei. Mehrere Leute waren aufgestanden, um sich die Beine zu vertreten, und Chuck stärkte sich gerade mit einem Becher Kaffee aus der großen Thermoskanne, die hinter ihm bereitstand. Hannah eilte durch den Mittelgang zwischen den Klappstühlen hindurch und drängte sich an Knien entlang, um zu dem freien Stuhl zu gelangen.

»Hallo.« Luanne blickte überrascht auf, als sie sich neben sie setzte. »Willst du auch auf etwas bieten?«

Hannah beugte sich nach vorn, um sich das Schienbein zu reiben. Ein Mann mit spitzen Cowboystiefeln hatte just in dem Moment die Beine übereinanderschlagen wollen, als sie sich an ihm vorbeigeschoben hatte. »Nein, ich bin nur hier, um mit dir zu sprechen.«

»Sekunde.« Luanne schaute in ihr Auktionsheft. »Ich muss beim nächsten Posten auf etwas bieten.«

Die Versteigerung begann, und Hannah sah zu, wie Luanne ihre Bietertafel hochhielt. Fast gleichzeitig zeigte Chuck auf sie und rasselte auf seine melodische Art eine Zahlenreihe herunter. Luanne zückte ihr Schild erneut, aber diesmal nickte Chuck ihr zu und blickte zu anderen Bietern, deren Gebote er wiederholte.

Hannah drehte sich zu den Leuten um. Überall schossen Bietertafeln in die Höhe. Luanne bot anscheinend auf ein sehr begehrtes Objekt. Das Bieten erlahmte kurz, gewann wieder an Fahrt und erlahmte ein zweites Mal. Wenn Hannah es richtig sah, bot nur eine Person gegen Luanne, ein älterer Mann mit schneeweißen Haaren in einem grauen Anzug. Hannah musterte ihn verstohlen, doch er kam ihr nicht bekannt vor. Vielleicht war er einer dieser Auktionsjunkies, von denen Chuck ihr einmal erzählt hatte, die von einer Farmauktion zur nächsten fuhren, um Antiquitäten zum Spottpreis zu ersteigern und sie mit einem ansehnlichen Profit weiterzuverkaufen.

Chuck rief bereits »zum Zweiten«, als Luanne ihr Schild noch einmal hob. Mit gelangweilter Miene sah sie schulterzuckend zu dem Mann im grauen Anzug hinüber, als wollte sie sagen: Ich bin mir nicht sicher, ob ich das Ding unbedingt haben will, aber ich gebe noch ein letztes Gebot ab.

Der Mann zog die Brauen zusammen und zuckte ebenfalls mit den Schultern, senkte sein Schild und nickte ihr zu.

»Verkauft! An die hübsche kleine Lady im grünen Pullover«, rief Chuck und zeigte auf Luanne.

»Super!« Luanne lächelte Hannah triumphierend an. »Über das antike Spinnrad wird sich deine Mutter freuen.«

Hannah erwiderte das Lächeln. Luanne hatte recht. Delores liebte alte Spinnräder. Doch Hannah war nicht gekommen, um über Antiquitäten zu plaudern. »Ich muss unbedingt mit dir über etwas sprechen, Luanne.«

»Okay. Lass mich nur kurz hören, was als Nächstes drankommt.«

Chuck nahm seinen Platz hinter dem Pult wieder ein, klopfte mit dem Hammer, um sich die allgemeine Aufmerksamkeit zu sichern, und wartete, bis es still geworden war.

»Posten Nummer zwo-sechs-neun, verehrte Damen und Herren. Wir nennen das unser ›Sportpaket‹: sechs handbemalte Entenlockvögel, ein ausgestopfter Elchkopf in erstklassigem Zustand, zwei Bowling-Kugeln, eine Angel, die schon bessere Tage gesehen hat, und eine Köderbox voller Fischköder.«

Luanne wandte sich Hannah zu. »Wir können jetzt reden. Ich biete erst wieder mit, wenn er zu den Möbeln kommt, die oben stehen. Carrie ist an einem Schlittenbett interessiert, das Mrs Fergusons Schwiegermutter gehört hat, und es gibt ein Kommodenset aus den Fünfzigern, das deine Mutter für einen Dekorateur ersteigern will, der das Schlafzimmer ihres Kunden in dem entsprechenden Stil gestaltet.«

»Ich mag keinen Retro-Look. Der ist so altmodisch.«

»Aber im Moment sehr beliebt bei …« Luanne stockte, als sie Hannah grinsen sah. »Ich verstehe. Retro, altmodisch. Wirklich!«

»Entschuldige. Ich konnte nicht widerstehen.« Hannah holte tief Luft. Das war kein Ort, um sich über Vertrauliches zu unterhalten, aber niemand beachtete sie, und es war unerlässlich, Luanne auf den Kinderstuhl anzusprechen.

Luanne schien Hannahs Stimmung zu spüren, denn sie runzelte die Stirn. »Was ist los? Du wirkst aufgeregt.«

»Bin ich. Ich muss wissen, warum Nettie Grant den Bärenstuhl für Suzie gekauft hat.«

»Oh!« Luanne war so erschrocken, dass sie sich mit beiden Händen an die Wangen fasste. Jedoch hielt sie in einer noch die Bietertafel, und Chuck deutete das als Gebot und gab es sogleich bekannt. Luanne und Hannah zogen die Brauen zusammen, während Chuck auf ein Übergebot wartete, doch niemand schien das Objekt kaufen zu wollen. Nachdem er noch einige Sprüche losgeworden war, zeigte er auf Luanne und schlug ihr den Gegenstand zu.

»Das tut mir leid«, murmelte Hannah zerknirscht. Sie hatte nicht gewollt, dass Luanne etwas bezahlen musste, was sie gar nicht haben wollte.

»Ist schon gut. Das sind nur zehn Dollar über dem Mindestgebot.«

»Wie hoch war das?«, fragte Hannah, weil sie Luanne entschädigen wollte.

»Vierzig Dollar. Der Elchkopf ist dreimal so viel wert, und für die Lockvögel bekommen wir allein pro Stück zehn Dollar.«

»Also ist das kein Verlustgeschäft?«

Luanne schüttelte den Kopf, und Hannah atmete erleichtert auf.

»Gut. Lass uns rausgehen, bevor du meinetwegen noch mal etwas versehentlich ersteigerst.«

Nachdem sie sich mit etlichen »Entschuldigung!« und »Verzeihung!« durch die Sitzreihe gedrängt hatten, verließen sie die Scheune und schlenderten den zerfurchten Weg entlang zum Haus. Es war verlassen, doch Hannah fand unbeirrt den Weg in die Küche.

»Keine Stühle?« Sie sah sich in dem leeren Raum um.

»Die haben sie mit dem Tisch zusammen verkauft.« Luanne lehnte sich an die Spüle. »Ich weiß das, weil ich sie gekauft habe.«

»Tja, dann bleibt noch der Unterschrank.« Hannah setzte sich auf die Arbeitsplatte und wartete, bis Luanne ihrem Beispiel gefolgt war.

»Nettie hat den Stuhl für Suzie gekauft, weil sie ihre Großmutter ist«, platzte die junge Frau heraus und blickte

Hannah unverwandt in die Augen. »Jamie Grant war Suzies Vater.«

»Das wusste ich nicht.«

»Niemand weiß es, nicht mal meine Mutter.« Luanne seufzte schwer. »Bis heute nicht. Aber da du der Sache schon so nahegekommen bist, hat es wohl keinen Zweck, das weiter geheim halten zu wollen.«

Hannah zuckte zusammen und fühlte sich ungeheuer schuldig. »Es tut mir leid. Ich weiß, das geht nur dich etwas an, aber …«

»Du musst der Sache auf den Grund gehen«, beendete Luanne den Satz. »Das ist in Ordnung. Ich bin sicher, du wirst es niemandem erzählen, der es nicht wissen muss. Außerdem … Der Grund, weshalb ich es geheim halten musste … na ja … Es gibt keine schonende Art, das zu sagen, aber … er ist tot.«

»Sheriff Grant?«

»Ja. Er hat gedroht, mir allen möglichen Ärger zu bereiten, wenn ich das ausplaudere.«

Hannah hörte zu, während Luanne sie aufklärte. In dem Sommer vor ihrem letzten Jahr an der Jordan High hatte sie ihre Mutter zum Revier begleitet, die dort putzte. Dabei hatte sie Jamie kennengelernt, der vom College nach Hause gekommen war.

Als Hannah ihr verständnisvoll zunickte, erzählte Luanne von den heißen Sommerabenden, an denen sie sich mit Jamie am Ende der Old Bailey Road getroffen hatte. Wenn sie Lust gehabt hatten, etwas zu unternehmen, waren sie im Shoppingcenter ins Kino oder im Eden Lake schwimmen gegangen. Wenn sie allein hatten sein wollen, hatte Jamie ein paar Dosen Bier mitgebracht, und sie hatten an der alten Holzstraße geparkt, von der man auf den See blicken konnte. Luanne fand es aufregend, dass sie mit einem Studenten zusammen war, und sah Jamie zwei Wochen lang fast jeden Abend, bis er zurück ans College musste.

»Ich weiß, ich war dumm«, gab sie nun seufzend zu.

»Das sind viele Sechzehnjährige«, sagte Hannah, denn sie erinnerte sich, wie aufregend ihre Freundinnen es damals gefunden hatten, wenn ein Schüler der Jordan High in den nächsten Ferien nach dem Abschluss als Student nach Hause gekommen war und eine von ihnen um ein Date gebeten hatte. »Wann hast du gemerkt, dass du schwanger bist?«

»Erst als Jamie fort war. Ich habe ihm in einem Brief erklärt, dass ich das Baby behalten will. Ich glaube wirklich, dass ihm an mir etwas lag und er das Richtige getan hätte. Vielleicht hätten wir nicht geheiratet, doch er hätte mir bestimmt mit der Kleinen geholfen. Aber am Tag nachdem ich den Brief eingeworfen hatte, kam er bei dem Autounfall ums Leben. Er konnte ihn nicht mehr lesen.«

»Was wurde aus dem Brief?«

»Jemand aus seiner Wohngemeinschaft hat seine Sachen zusammengepackt und an Jamies Eltern geschickt, darunter auch meinen ungeöffneten Brief.«

»Haben die Grants ihn geöffnet?«

»Ja, und beide haben ihn gelesen. Sheriff Grant hat Nettie gezwungen, Stillschweigen zu wahren und sich von dem Baby fernzuhalten.«

Hannah war geschockt. »Aber warum?«

»Weil ich nichts wert bin … das hat er jedenfalls zu mir gesagt.« Luanne holte tief Luft und straffte die Schultern. »Er hat mir vorgeworfen, ich hätte mich mit Absicht schwängern lassen, damit Jamie mich heiratet. Er hat mir sogar unterstellt, ich hätte Jamie verführt.«

Hannah schnaubte. »Erstens: Du weißt, du bist ein wertvoller Mensch. Und zweitens: Es gehören immer zwei dazu.«

»Ich weiß das. Und Sheriff Grant auch. Aber er wollte das nicht zugeben. Er sagte, wenn ich irgendwem erzähle, dass ich von Jamie schwanger bin, würde er mir das Leben schwer machen.«

»Das ist ziemlich brutal.« Hannah zog die Brauen in die Höhe.

»Ich weiß. Er war auch ein brutaler Mann. Er sagte, dass der Ruf und das Andenken seines Sohnes lupenrein wären und er dafür sorgen würde, dass das so bleibt. Und wenn ich klug wäre und den Mund hielte, bräuchte er auf dem Revier kein Personal auszuwechseln.«

Hannah war verwirrt. »Was meinte er damit?«

»Meine Mutter hat dort dreimal pro Woche geputzt. Das war unser Haupteinkommen.«

Hannah wurde flau im Magen. »Also hat er dich zum Schweigen genötigt, indem er drohte, deine Mutter zu entlassen?«

»Nicht so direkt, zumindest nicht mit diesen Worten, doch ich wusste, er würde sie sofort feuern, wenn ich mich nicht beuge.«

»Darum hast du also geheim gehalten, wer Suzies Vater ist?«

»Das ist *ein* Grund. Der andere ist, dass das niemanden etwas anging, nur Jamie und mich. Und Jamie war tot.«

»Und jetzt auch Sheriff Grant.« Hannah kniff ein wenig die Augen zusammen. »Es ist bestimmt erleichternd, dass er dir nicht mehr drohen kann.«

Luanne schluckte schwer. »Eigentlich nicht. Erinnerst du dich, dass ich den Schirmständer habe fallen lassen? Das ist mir passiert, weil ich furchtbare Angst habe. Ich bin in großen Schwierigkeiten, Hannah, und die ganze Sache wird rauskommen.«

»Über Suzies Vater?«

»Das ist nur ein Teil. Wenn die Leute erst mal wissen, dass Sheriff Grant mir gedroht hat, werden sie glauben, ich hätte ihn umgebracht.«

»Hast du denn?« Das rutschte Hannah heraus, bevor sie es verhindern konnte.

»Nein! Natürlich nicht!«

»Dann hör auf, dir Sorgen zu machen.«

»Kann ich nicht. Ich werde zur Verdächtigen, sowie jemand erfährt, dass ich mich mit ihm gestritten habe.«

»Gestritten?« Hannah blickte sie an. »Wann? Wo? Worum ging es?«

Luanne holte tief Luft. »Es war am Montagabend auf dem Schulhof. Und zwar, weil Nettie mich angerufen und mir angeboten hatte, die andere Hälfte ihres Hauses an uns zu vermieten. Sheriff Grant hatte davon erfahren und wartete auf mich, als ich auf den Parkplatz kam.«

»Okay.« Hannah erinnerte sich, dass Kate Maschler einen Streit zwischen Nettie und Grant gehört hatte. »Hast du Netties Angebot angenommen?«

»Nein. Hätte ich gern, doch ich war besorgt, wie ihr Mann reagieren würde. Ich sagte zu Nettie, dass wir liebend gern bei ihnen wohnen würden, aber nur wenn er zustimmt.«

Hannah wusste bereits, dass Sheriff Grant entschieden dagegen gewesen war und deswegen mit Nettie gestritten hatte. »Erzähl mir genau, was sich an dem Abend auf dem Parkplatz abgespielt hat.«

»Ich wollte an deinem Kochkurs teilnehmen, aber kurz

bevor ich zuschließen wollte, kam noch ein Kunde ins Antiquitätengeschäft. Ich habe ihn, so schnell es ging, bedient und bin dann zur Schule gefahren. Sheriff Grant stand auf dem Parkplatz und winkte mich zu seinem Wagen. Er wirkte sehr wütend.«

»Woran konntest du das erkennen?«

»Nun ja … er war rot im Gesicht und bewegte sich auf seine ungehaltene Art. Du weißt schon … ruckhaft. Ich wollte eigentlich nicht mit ihm reden, doch ich dachte, ich kann schlecht an ihm vorbeigehen und ihn ignorieren.«

»Verstehe. Sprich weiter.«

»Ich ging also zu ihm. Er aß etwas … einen Muffin, glaube ich … und er steckte ihn in eine Tüte auf dem Sitz. Er sagte, er wüsste, dass Nettie mir die andere Haushälfte angeboten hat.«

»Was hast du darauf erwidert?«

»Ich wollte erklären, dass ich das vorläufig abgelehnt habe, doch er brüllte mich an und warf mir vor, ich würde es ausnutzen, dass Nettie ihren Sohn so sehr vermisst. Und dann meinte er, dass Jamie ganz sicher gar nicht Suzies Vater gewesen sei. Und dann nannte er Suzie ein … ein …«

»Lass nur«, unterbrach Hannah hastig. »Ich kann mir denken, was er gesagt hat. Wie hast du darauf reagiert?«

»Ich war sprachlos. Er war einfach furchtbar und warf mir schreckliche Dinge vor. Ich merkte, dass ich gleich weinen würde, und darum bin ich zu meinem Auto gerannt und weggefahren.«

»Wohin?«

»Zurück zum Antiquitätengeschäft, und da habe ich eine Weile gesessen. Ich wollte niemandem begegnen, bis ich mich beruhigt hatte. Nachdem ich mich ein wenig abgeregt und mir das Gesicht gewaschen hatte, bin ich nach Hause gefahren.«

»Um wie viel Uhr bist du angekommen?«

»Kurz vor neun. Beim Reinkommen habe ich auf die Küchenuhr gesehen.«

»Und der Sheriff war noch am Leben, als du vom Schulparkplatz wegfuhrst?«

»Und ob!« Luanne schauderte leicht. »Ich habe ihn im Rückspiegel neben seinem Wagen stehen sehen. Er drohte mir mit der Faust.«

»Wie spät war es da?«

»Bin mir nicht sicher. Ich weiß noch, dass ich auf meine Armbanduhr guckte, als ich ausstieg, um zu deinem Kurs zu gehen. Ich habe nur ein paar Minuten mit Sheriff Grant gesprochen, also kann es höchstens zehn nach acht gewesen sein.«

»Ziemlich knapp.« Hannah nahm sich vor, Luannes Angaben auf ihrem Block zu notieren. »Hat dich jemand mit Grant zusammen gesehen?«

Luanne runzelte die Stirn und schüttelte den Kopf. »Wahrscheinlich nicht. Andernfalls hätte derjenige das schon der Polizei gemeldet. Da standen viele Autos auf dem Parkplatz, aber soviel ich weiß, waren die Leute alle im Gebäude.«

»Das genügt mir fürs Erste, Luanne.« Hannah ließ sich auf den Boden gleiten. »Danke, dass du zu mir so offen warst.«

»Musst du … jemandem erzählen, wer Suzies Vater war?«

»Nein, aber ich fürchte, meine Mutter ist inzwischen von selbst darauf gekommen.«

»Das hatte ich befürchtet.« Luanne wirkte wie ein

Häufchen Elend. »Ich wusste, sie würde sich in dem Spielzeuggeschäft erkundigen. Sie erfährt immer, was sie wissen will. Sie würde selbst einen Stein zum Reden bringen, und der würde nicht mal merken, dass er alles ausplaudert.«

»Stimmt«, pflichtete Hannah grinsend bei. Delores schaffte das mühelos. Andrea hatte das von ihr geerbt, und Hannah wünschte, sie besäße diese Fähigkeit auch.

»Glaubst du, sie erzählt es weiter?«

»Meine Mutter?« Hannah starrte Luanne nur ungläubig an.

»Schon gut.« Luanne schaute ein bisschen verlegen. »Ich hätte nicht zu fragen brauchen. Falls sie es noch keinem gesagt hat, dann sicher bald.«

»Ich habe ihr das Versprechen abgerungen, Stillschweigen zu bewahren, bis sie wieder von mir hört, und das sollte sie noch für ein paar Stunden aufhalten. An deiner Stelle würde ich Delores und Carrie anrufen und es ihnen persönlich erzählen. Es kann nicht schaden, wenn du sie auf deine Seite ziehst, nur für alle Fälle.«

»Du hast recht. Das wäre das Klügste. Oder meinst du, sie feuern mich, wenn sie hören, wer Suzies Vater war?«

Hannah blickte sie verwundert an. »Sie haben dich eingestellt, ohne danach zu fragen. Warum sollten sie jetzt ablehnend reagieren?«

»Dann glaubst du also nicht, dass sie das interessiert?«

»Oh, das wird sie sehr wohl interessieren. Sie werden dir wahrscheinlich damit in den Ohren liegen, dass du in Netties andere Haushälfte einziehst.«

»Weil sie jetzt ganz allein ist?« Luanne schaute bei der Frage ein wenig traurig.

»Nein, sondern weil sie dich länger arbeiten lassen können, wenn du in der Stadt wohnst.«

12

Am nächsten Morgen wurde Hannah von zufriedenem Schnurren geweckt. Es wurde lauter, und als sie in der Dunkelheit die Augen aufschlug, blickte sie in zwei gelbe Augen, die sie erwartungsvoll anstarrten.

»Na gut, ich stehe auf.« Stöhnend richtete sie sich auf und drückte auf den Alarmknopf des Weckers, damit er nicht klingelte. Moishe holte sie oft kurz vorher aus dem Schlaf, und das war ihr ganz recht. Es war viel schöner, vom Schnurren einer Katze geweckt zu werden als von elektronischen Pieptönen, die einem das Trommelfell durchlöcherten.

Sie schob die Füße in ihre Schaffell-Mokassins, die neben dem Bett standen, und tappte den Flur entlang zur Küche. »Komm, Moishe. Ich bin zu müde, um heute Morgen mit dir zu streiten. Du bekommst das Futter, das du magst.«

Obwohl sie das nicht tun sollte, hatte sie ihm schon am vergangenen Abend den Napf mit regulärem Katzenfutter gefüllt. Tipp Nummer sechs auf der Liste des Tierarztes hatte genauso wenig gefruchtet wie Nummer eins bis fünf. Am Vorabend hatte sie den Saft einer Dose Thunfisch über das Seniorenfutter gegossen und einen Moment lang geglaubt, damit Erfolg zu haben. Moishe war geradewegs zu seinem Napf gelaufen und hatte genüsslich über die Futterpellets geleckt. Und es dabei belassen. Später hatte sie bei näherer Betrachtung festgestellt, dass in dem Napf offenbar kein einziges Pellet fehlte.

Der Kaffee war fertig, und sie goss sich eine Tasse ein. Hannah hatte die Maschine mit einer Zeitschaltuhr ausgestattet, sodass der Kaffee morgens, wenn sie aufstand, schon durchgelaufen war. Nach einem stärkenden Schluck ging sie an den Besenschrank, in dem sie Moishes reguläres Futter aufbewahrte. Als sie den Futter- und den Wassernapf gefüllt hatte, trank sie ihren Kaffee und eilte aus der Küche, um zu duschen und sich anzuziehen.

Wie sie oft stolz behauptete, konnte sie sich mit halb geschlossenen Augen praktisch auf Autopilot für die Arbeit fertigmachen. Dieser Morgen bildete keine Ausnahme, und fünfzehn Minuten später kehrte sie in die Küche zurück, nun mit offenen Augen, trockenen Haaren und der gewohnten zweckmäßigen Kleidung, einer Jeans und einem langärmligen T-Shirt, auf dem stand: *Mit Schokolade wird alles leichter.*

Moishe hatte seinen Napf inzwischen leer gefressen, und sie füllte ihn noch einmal auf, bevor sie sich mit einem Kaffee an den Tisch setzte und ihren grün linierten Notizblock zur Hand nahm, der für die Lösung ihrer Mordfälle unverzichtbar war und den sie deshalb ständig bei sich trug. Er unterschied sich nicht von den anderen, die sie in jedem Zimmer in einer Schublade liegen hatte, ebenso in der Backstube, im Vorratsraum und an der Theke im *Cookie Jar.* Denn generell betrachtete sie es als großen Fehler, ohne Stift und Papier zu sein, vielleicht weil sie jahrelang in Vorlesungen am College mitgeschrieben hatte.

Was wusste sie inzwischen über den Mord an Sheriff

Grant? Sie überflog ihre Notizen. Laut dem Autopsiebericht war der Sheriff zwischen acht und halb zehn gestorben, und der Tod war durch einen Schlag mit einem stumpfen Gegenstand auf den Kopf verursacht worden. Grant hatte zwei Schritte von seinem Auto entfernt gestanden, als er angegriffen worden war. Der Mörder hatte ihn dann gute zehn Meter weit zum Müllcontainer geschleift und hineingeworfen.

Sie hielt inne und starrte auf ihre Notizen. Vielleicht war das nicht allzu wichtig, aber sie sollte herausfinden, ob Grant noch gelebt hatte, als der Mörder ihn zum Container gezogen hatte. Andrea könnte die Information beschaffen. Sie müsste nur Doc Knight anrufen, ihn etwas wegen der Schwangerschaft fragen und ihn nebenbei dazu bringen, von der Autopsie zu erzählen.

Nachdem sie *Container – tot oder lebendig?* auf ihre To-do-Liste gesetzt hatte, klappte sie den Block zu und griff nach ihrer Jacke. Doch ehe sie in die Ärmel fahren konnte, klingelte das Telefon.

»Mutter«, murmelte sie und erntete von Moishe ein kurzes Fauchen. Delores Swensen gehörte nicht zu den Menschen, die er liebte, nicht einmal zu denen, die er tolerierte. Hannah ließ ihre Jacke los und griff zum Telefon. »Hallo, Mutter.«

»Nein, ich bin's«, sagte Andrea. »Aber ich rufe wegen Mutter an. Weißt du, was mit ihr nicht stimmt?«

»Vieles«, antwortete Hannah grinsend. »Doch sie ist unsere Mutter, und wir lieben sie trotzdem.«

»Mach jetzt keine Witze! Ich glaube wirklich, da stimmt etwas nicht. Sie ist einfach nicht wie sonst, und … und … ich habe deswegen kaum geschlafen. Deshalb rufe ich so früh an.«

»Beruhige dich, Andrea. Aufregung ist nicht gut für das Baby. Inwiefern ist sie anders als sonst?«

»Du weißt, wie wichtig ihr Tracey ist. Mutter betet sie an, nicht wahr?«

»Absolut.«

»Und sie liebt es, etwas mit ihr zu unternehmen.«

»Das ist wahr.«

»Tja, ich habe sie gestern Abend angerufen und gefragt, ob sie nächsten Samstag mit uns in die Bücherei geht. Da gibt es nämlich eine Veranstaltung für Kinder und ihre Großeltern.«

»Das ist genau nach Mutters Geschmack. Sie liebt so etwas.«

»Das dachte ich auch.« Andrea seufzte. »Aber sie schien keine große Lust dazu zu haben. Und als ich dann vorschlug, sie könnte Tracey hinterher abholen und bei sich übernachten lassen, sagte sie, sie hätte vielleicht etwas anderes vor und würde mir noch Bescheid geben.«

Hannah runzelte die Stirn. Das sah Delores wirklich nicht ähnlich. Sie war glücklich, wenn Tracey bei ihr übernachtete. Ihre Enkelin stand bei ihr an erster Stelle. »Was hat Mutter denn vor? Hast du sie danach gefragt?«

»Natürlich, aber sie meinte, das geht mich nichts an. Und ich sollte daran denken, dass sie auch ein eigenes Leben hat.«

Hannah fiel die Kinnlade herunter. »Mutter hat ein eigenes Leben?«

»So hat sie es ausgedrückt. Glaubst du, es steckt ein Mann dahinter?«

»Mutter?! Auf keinen Fall.«

»Aber du wirst dem auf den Grund gehen, ja? Du bist eine so gute Ermittlerin, Hannah.«

»Ich werde es versuchen«, versprach sie widerwillig und setzte das gedanklich auf ihre To-do-Liste, gleich unter *Bill entlasten* und *Mord aufklären* und über *Unternehmen erfolgreich betreiben* und *Moishe an neues Futter gewöhnen.* »Ich sage es dir, sobald ich etwas herausgefunden habe.«

»Gut. Kann ich dir mit irgendetwas helfen?«

Ja, hör auf, mir Aufgaben aufzubrummen, dachte Hannah spontan, verkniff sich aber die Bemerkung und schaute auf ihren Notizblock. »Du kannst mir bei der Mordermittlung helfen. Denk dir einen Vorwand aus, um Doc Knight anzurufen, und bring ihn dazu, dir zu verraten, ob Sheriff Grant bereits tot war, als der Mörder ihn in den Container geworfen hat.«

»Igitt!«

»Ich weiß, aber ich will Mike um keinen Gefallen bitten, und Bill kann das derzeit nicht für mich herausfinden.«

Andrea seufzte. »Du hast recht. Ich erledige das gleich mal. Mir ist heute nicht ganz so übel wie gestern. Keine Sorge, ich werde alle Autopsieergebnisse erfahren.«

»Glaubst du, er verrät sie dir?«

»Selbstverständlich. Ich bin Immobilienmaklerin. Wir werden dazu ausgebildet, an Informationen zu kommen.«

Hannah dankte ihr und legte auf. Sie hatte Moishes Näpfe aufgefüllt und steckte gerade den Notizblock in die Handtasche, als das Telefon erneut klingelte. Sie zog den Block wieder heraus, setzte sich auf den Stuhl und nahm das Gespräch an. »Das ging aber schnell! Was hat Doc Knight gesagt?«

»Was ging schnell?«

Hannah stöhnte, als sie die Stimme erkannte. »Entschuldige, Mutter. Ich dachte, es wäre Andrea. Sie wollte mich zurückrufen.«

»Gibt es ein Problem mit dem Baby?«

»Nicht, dass ich wüsste. Wieso?«

»Du hast Doc Knight erwähnt.«

»Richtig.« Hannah lächelte. Vielleicht ließe sich Mutters Sorge um ihre schwangere Tochter ausnutzen. »Andrea hat vor zwei Minuten angerufen.«

»Aber es ist noch nicht mal halb sieben!«

»Ich weiß. Sie hat heute Nacht kaum geschlafen. Ich habe ihr geraten, den Doc zu kontaktieren, damit er ihr vielleicht etwas verschreibt.«

»Das war eine gute Idee. Die Ärmste ist wahrscheinlich krank vor Sorge um Bill.«

»Eigentlich nicht.« Hannah holte tief Luft und bereitete sich auf ihren Coup vor. »Andrea ist deinetwegen besorgt.«

»Meinetwegen? Warum sollte sie meinetwegen besorgt sein?«

»Sie sagte, du hättest dich nicht darum gerissen, Tracey nächsten Samstag bei dir übernachten zu lassen. Und als sie dich nach dem Grund fragte, hättest du geantwortet, du hättest auch ein eigenes Leben.«

»Oh.« Delores war zwei Augenblicke lang still. »Nun ja … ich kann meine Pläne vielleicht ändern und Tracey nehmen, wenn ihr das wichtig ist.«

»Was für Pläne?«

»Das geht dich nichts an, Liebes. Ich bin zwar deine Mutter, doch ich habe auch ein Recht auf Privatsphäre.«

Hannah gab auf. Delores würde sich nichts entlocken lassen. »Okay, Mutter, reden wir nicht mehr davon.«

»Gut. Du bist die Tochter mit dem meisten Verstand, Hannah. Außer wenn es um Männer geht. Wie du mit diesem schrecklichen Mike Kingston ausgehen konntest, ist mir unbegreiflich!«

Hannah sprang nicht darauf an. Es war schlicht noch zu früh, um sich zu streiten. »Ich muss jetzt zur Arbeit, Mutter. Hast du aus einem bestimmten Grund angerufen?«

»Ja. Danke, dass du mich daran erinnerst, Liebes. Ich wollte dir mitteilen, dass am Sonntag um zwei Uhr in der Jordan High für Sheriff Grant eine Trauerfeier abgehalten wird.«

»In der *Schule*?«

»Ja, in der Aula. Das ist der einzige Raum, der groß genug ist. Jeder in Lake Eden kannte ihn, und man rechnet mit großer Beteiligung. Du gehst auch hin, nicht wahr?«

Hannah seufzte. Sie hasste Beerdigungen. »Ich weiß noch nicht.«

»Aber du musst hingehen. Der Mörder mischt sich immer unter die Leute.«

»Wie bitte?«

»Das sieht man doch in jedem Film. Übrigens haben alle Geschäfte der Stadt am Sonntag geschlossen, zum Zeichen des Respekts.«

»Wirklich?« Hannah war überrascht. Sie hörte zum ersten Mal davon.

»Die Inhaber werden sich dazu entschließen, sobald sie die Mitteilung in der Zeitung lesen. Carrie und ich haben sie verfasst, und Rod hat versprochen, sie heute zu drucken.«

»Okay, Mutter«, antwortete Hannah. Da die Idee von Delores und Carrie stammte, würde jeder Ladenbesitzer in Lake Eden, der sein Geschäft am Sonntag öffnete, mit offener Kritik rechnen müssen.

»Andrea sollte auch teilnehmen«, fuhr Delores fort. »Es ist richtig, wenn Bill als Verdächtiger zu Hause bleibt, doch die Familie sollte vertreten sein.«

»Also wird sie mit dir zusammen hingehen?«, fragte Hannah und warf einen Blick auf ihre apfelförmige Küchenuhr. Die Zeiger rückten unaufhaltsam vor, und wenn sie mit Backen fertig sein wollte, bevor Lisa zur Arbeit kam, musste sie in spätestens fünf Minuten das Haus verlassen.

»Ich kann sie nicht begleiten, Liebes. Der Regency Romance Club hat sich etwas Besonderes ausgedacht. Wir gehen alle zusammen hin und sitzen hinter Nettie, zum Zeichen unserer Unterstützung.«

»Das ist nett«, erwiderte Hannah misstrauisch. Sie ahnte, was gleich kommen würde.

»Darum möchte ich, dass du Andrea begleitest. Ruf sie gleich an, wenn du im Café angekommen bist, und sag ihr, dass du der Meinung bist, sie sollte mit dir zur Trauerfeier gehen.«

Hannah wollte erwidern, dass sie noch nicht wüsste, ob sie teilnehmen würde, doch bevor sie den Mund öffnen konnte, beendete Delores das Gespräch und legte auf.

»Sie hat es wieder getan«, sagte Hannah zu Moishe, der mit angelegten Ohren auf das Telefon starrte. Er schien es immer zu wissen, wenn sie mit jemandem telefonierte, den er nicht leiden konnte. Beim Telefonieren war Delores gern diejenige, die das Gespräch beendete und auflegte, und meistens gelang ihr das auch. Das war nicht verwunderlich bei einer Frau, die immer das letzte Wort haben wollte.

13

Am Sonntagmorgen war Hannah unglaublich frustriert. Sie probierte die Ratschläge aus, die auf der Liste der Tierarztpraxis noch übrig waren, und Moishe hatte sein neues Futter nicht einmal gekostet. Sie nahm sich vor, Doktor Bob am Montagmorgen anzurufen. Vielleicht hatte er noch andere Anregungen, aber erst mal war sie mit ihrem Latein am Ende. Und da sie an diesem Morgen keine Lust hatte, sich gegen ihren sturen Mitbewohner durchzusetzen, gab sie nach.

Sie füllte seinen Napf mit dem regulären Trockenfutter. Dabei gab Moishe ein Geräusch von sich, das halb Schnurren, halb dankbares Miauen war. Anstatt es wie sonst sofort zu verschlingen, kam er zu ihr und rieb sich an ihren Beinen.

»Gern geschehen«, sagte sie und goss sich den zweiten Kaffee ein. »Du kannst ruhig fressen gehen. Ich werde hier sitzen bleiben und erst mal richtig wach werden.«

Während der Kater zufrieden die Pellets knusperte, richtete Hannah ihre Gedanken auf die Mordermittlung. An keiner Stelle kam sie sonderlich gut voran, doch eine ihrer Fragen war immerhin beantwortet. Doc Knight hatte sich zwar geweigert, Andrea eine Kopie des Autopsieberichts zu überlassen, ihr aber inoffiziell Auskunft gegeben. Sheriff Grant war durch den Schlag auf den Kopf praktisch sofort gestorben.

Hannahs Verdächtigenliste wurde länger, allerdings bezweifelte sie, dass jemand, den sie darauf notiert hatte, der Täter war. Da waren Nettie, die kein Alibi hatte, und Luanne, die auch keins vorweisen konnte. Außerdem Bill, aber sie weigerte sich, ihn zu verdächtigen. Es wäre großartig, wenn sie den zweiten Anrufer identifizieren könnte, doch sie hatte schon jede Dachdeckerfirma im weiten Umkreis kontaktiert und festgestellt, dass keine davon die Dienste von Telefonverkäufern in Anspruch nahm.

Andrea und Tracey fuhren umher und schauten, ob sich jemand ein neues Dach decken oder sein altes reparieren ließ, und Herb hielt bei seiner Streife nach Kleinlastern von Dachdeckern Ausschau. Trotz all der gemeinschaftlichen Mühe war die Firma, die zurzeit angeblich in der Umgegend arbeitete, noch nicht ausfindig gemacht.

Sie trank noch einen Schluck Kaffee, dann stand sie auf und reckte sich. Es war Zeit, den Tag zu beginnen. Das *Cookie Jar* war sonntags zwar geschlossen, doch sie würde hinfahren und sich einen Überblick über die Vorräte verschaffen. Da man sich dabei gewöhnlich nicht schmutzig machte und das höchstens zwei Stunden dauerte, kleidete sie sich schon für die Trauerfeier an. Vor der Arbeit würde sie sich für alle Fälle eine Schürze umbinden.

»Hätte ich mir denken können!«, murmelte Hannah oben auf der Trittleiter, als in der Backstube jemand anrief. In der einen Hand eine große Dose Kakao, in der anderen einen Beutel Kokosflocken, hielt sie inne und ließ es dreimal klingeln, dann stellte sie beides ins Regal zurück und stieg von der Leiter.

Es gelang ihr höchst selten, ein klingelndes Telefon zu ignorieren. Immerhin konnte es sich um einen Notfall handeln, um jemanden, der sofort ihre Hilfe brauchte. Es könnte Bill sein, der ihr Bescheid geben wollte, dass Andrea im Krankenhaus war und das Baby bekommen würde. Es könnte Norman sein, der von der Tagung anrief, sie zu Hause nicht erreicht hatte und es deshalb im *Cookie Jar* versuchte. Es könnte Mike sein, der ihr sagen wollte, dass er den Mörder gefasst hatte und Bill wieder zur Arbeit kommen durfte. Und es könnte ein Telefonverkäufer sein, was viel wahrscheinlicher war, selbst an einem Sonntag.

Sie eilte an den Apparat. »*Cookie Jar*, Sie sprechen mit Hannah Swensen.«

»Oh, Hannah! Bin ich froh, dass ich dich erreiche!« Es war Andrea, und sie klang, als wäre sie mit den Nerven am Ende.

Sie war sofort angespannt. »Was ist los?«

»Oh, oh! Warte mal kurz, okay?«

Hannah lauschte und hörte weiche Schritte, und dann fiel eine Tür ins Schloss. »Andrea?«

»Alles gut, ich bin jetzt dran«, antwortete ihre Schwester mit unterdrückter Stimme.

»Wo bist du?«

»Im Badezimmer.«

»Warum flüsterst du?«

»Weil Bill gerade wieder ins Schlafzimmer gekommen ist und ich nicht will, dass er mithört. Moment noch mal. Er klopft an die Tür.«

Hannah wartete. Was könnte sie auch anderes tun? Sie hörte, dass ihre Schwester etwas sagte, verstand aber nicht, was. Dann rauschte Wasser. »Andrea?«

»Ich bin noch dran. Ich habe Bill gerade erzählt, du hättest mich angerufen und ich hätte das Gespräch hier drinnen annehmen müssen, weil ich musste … Du weißt schon. Kannst du früher herkommen, bitte?«

Hannah blickte zur offenen Vorratskammer. Sie hatte mit der Inventur gerade erst begonnen, und wenn sie jetzt aufhörte, würde sie morgen früher anfangen müssen, um sie zu Ende zu führen. Allerdings könnte sie das mit Andrea zusammen erledigen. Sie könnte die Vorräte zählen, ihre Schwester alles notieren. »Kann ich. Aber warum?«

»Bill räumt gerade meinen Kleiderschrank aus. Ich versuche, verständnisvoll zu bleiben, doch er fragt mich ständig, warum ich dies und jenes aufhebe. Ich könnte ihn erwürgen!« Andrea holte tief Luft und schnaubte. »Es ist schrecklich, Hannah. Er meinte tatsächlich, ich soll die schönen roten Clogs wegwerfen, die ich mir letzten Sommer in der Mall gekauft habe.«

Hannah erinnerte sich an die Clogs. Andrea hatte sie bei einem gigantischen Ausverkauf für nur fünf Dollar bekommen. »Aber du hast mir erzählt, dass dir darin die Füße wehtun. Du könntest praktisch gar nicht darin laufen.«

»Das stimmt, doch ich müsste meine Füße nur mal an sie gewöhnen.«

»Du meinst, du müsstest sie einlaufen?«

»Nicht direkt. Clogs haben Holzsohlen, die kann man nicht einlaufen. Aber meine Füße werden sich anpassen.«

Hannah wollte ihr entgegenhalten, dass sich nicht die

Füße den Schuhen, sondern die Schuhe den Füßen anpassen sollten. Es wäre verrückt, das anders zu sehen, doch Hannah widerstand dem Impuls, ihr das zu erklären. Das wäre nicht die warmherzige, mitfühlende Bemerkung, die eine Schwester brauchte, die allmählich einem Zeppelin ähnelte.

»Also, kannst du mich eher abholen? Ich weiß nicht, wie lange ich seine Aufräumerei noch ertragen kann.«

»Klar«, antwortete Hannah, die ihr in diesem Stadium der Schwangerschaft nichts abschlagen wollte. »Bist du in fünfzehn Minuten startklar?«

»Ich kann sogar in fünf Minuten startklar sein. Beeil dich einfach. Er treibt mich in den Wahnsinn, und ich fürchte, ich könnte etwas sagen, was ich später bereue. Ich liebe ihn nämlich, weißt du?«

»Ich weiß.«

Beim Rauschen der Toilettenspülung legte Hannah auf. Andrea zog anscheinend alle Register, um ihre Legende zu untermauern, warum sie im Badezimmer telefonierte.

»Da drüben ist Mutter.« Andrea stupste Hannah an, als sie den Vorraum der Aula betraten. Obwohl sie eine halbe Stunde vor Beginn da waren, war der Regency Romance Club schon vollzählig versammelt.

Hannah schaute in die Richtung, in die ihre Schwester zeigte, und sah die Geste ihrer Mutter. »Oh, oh. Sie will, dass wir zu ihr kommen.«

»Das sollten wir tun.« Andrea seufzte und setzte sich in Bewegung. »Wahrscheinlich möchte sie dein Outfit kritisieren.«

»Was ist verkehrt daran?« Hannah sah an ihrem dunkelblauen Kleid hinunter und auf ihre Schuhe.

»Nichts, aber sie hat sicher etwas gefunden. Soll ich sie davon ablenken?«

»Das wäre großartig. Meinst du, du schaffst das?«

»Natürlich. Pass auf.«

Hannah sah ihre Schwester zu Delores hinübergehen und ihr etwas ins Ohr flüstern. Delores schaute einen Moment überrascht, dann lächelte sie breit, ein unüblicher Gesichtsausdruck bei einer Trauerfeier. Andrea sagte ihr noch einige Sätze ins Ohr und kam dann zu Hannah zurück.

»Es ist derart voll hier, ich dachte, irgendjemand wird mich noch umrempeln. Ich soll dich von ihr grüßen. Lass uns mit ein paar Leuten ins Gespräch kommen, bevor ihr wieder einfällt, was sie eigentlich von uns wollte.«

Hannah schaute über die Köpfe und entdeckte Beatrice Koester. »Da stehen Beatrice und Ted. Ich will ihn nach den Muffins seiner Mutter fragen.«

»Die mit der geheimen Zutat?«

»Genau. Bleib dicht hinter mir, und ich schirme dich gegen Rempler ab.« Hannah bahnte ihnen einen Weg durch die Leute. Beatrice sah in ihrem dunkelgrauen Kleid mit dem weißen Kragen wie immer aus wie aus dem Ei gepellt. Ted dagegen zog ständig an seinen Manschetten, als fühlte er sich in seinem Anzug unwohl. Hannah war sicher, dass er lieber einen Blaumann anhätte und ein Auto auf seinen Tieflader ziehen würde.

»Ich bin froh, dass ich Sie hier treffe, Ted«, sagte Hannah, nachdem sie Beatrice begrüßt und Andrea sie in ein Gespräch verwickelt hatte.

»Warum das?« Ted runzelte fragend die Stirn, sodass sich seine buschigen Brauen fast berührten.

»Ich habe versucht dahinterzukommen, woraus die geheime Zutat in den Schoko-Muffins Ihrer Mutter bestand.«

»Beatrice hat zu Hause auch daran herumgetüftelt. Ich habe noch nie so viele schlechte Muffins runtergewürgt. Ich musste ihr schließlich sagen, dass es mir reicht.«

»Oh.« Das beschwor ein Bild herauf, bei dem Hannah sich das Grinsen verkneifen musste. Beatrice war klein, gerade mal eins fünfzig groß, Ted dagegen über eins achtzig, und er sah aus, als könnte er zum Frühstück eine ganze Kuh verspeisen. »Ich dachte, vielleicht nützt es etwas, wenn Sie mir beschreiben, wie die Schoko-Muffins Ihrer Mutter geschmeckt haben.«

»Nach Schokolade. Und wenn man hineinbiss, war das kein lockerer Teig. Sie verstehen, was ich meine?«

»Ich glaube, ja. Sie waren schwer?«

»Und wie!« Ted grinste, sodass eine silberne Krone hervorblitzte. Norman hatte ihr mal erzählt, dass er die gern durch eine Keramikkrone ersetzen würde. »Eine Blechdose mit ihren Muffins wog wahrscheinlich so viel wie ein Luftfilter.«

Hannah verspürte einen starken Drang zu lachen, doch es gelang ihr, den zu unterdrücken. »Woran erinnern Sie sich sonst noch?«

»An den Guss. Das war der leckerste Schokoladenguss, den ich je gegessen habe. Meine Mutter konnte vielleicht backen!«

»Ganz bestimmt.« Hannah fragte sich, ob sie je ein Kind haben würde, das so etwas mal über sie sagte. »War noch etwas ungewöhnlich an ihnen? Etwas, was Sie noch nicht erwähnt haben?«

Ted dachte ein paar Augenblicke nach und nickte dann.

»Ja. Die Papierförmchen bestanden aus Goldfolie. Sie ließ sie aus Chicago kommen.«

Ehe Hannah noch etwas einfiel, was sie fragen könnte, wurden die Türen zur Aula geöffnet, und die Leute strömten hinein. Die Koesters stellten sich bei den anderen Trauergästen an, aber Andrea nahm Hannah bei der Hand und zog sie zum Seiteneingang, sodass sie das Gedränge umgehen konnten.

Aus den Lautsprechern der Aula kam leise Orgelmusik, für die zweifellos Digger Gibson gesorgt hatte, Lake Edens Bestatter. Hannah erkannte das Stück: das *Largo* von Händel. Diese Musik hatte er auch bei der Beerdigung ihres Vaters gespielt, und das brachte traurige Erinnerungen zurück. »Ich hasse Beerdigungen«, seufzte sie.

»Ich auch«, sagte Andrea genauso traurig und winkte sie in die hinterste Reihe auf der linken Seite. »Setz dich auf den zweiten Platz, ich nehme den am Gang. So werden wir die Reihe für uns haben.«

Hannah rückte seitwärts hinein und setzte sich. »Nur bis uns jemand bittet, aufzustehen, und sich an uns vorbeizwängt.«

»Das wird nicht passieren.« Andrea setzte sich ebenfalls und zeigte auf den Stuhl vor ihr. Zwischen der Rückenlehne und ihrem Bauch war nur ein Fingerbreit Luft. »An mir kommt keiner vorbei. Und ganz bestimmt traut sich niemand, mich zum Aufstehen aufzufordern.«

Hannah stellte schmunzelnd ihre Handtasche auf den leeren Sitz neben sich. Es schien, dass eine Schwangerschaft einige Vorteile mit sich brachte. Das wollte sie gerade aussprechen, als Sean und Don, die Zwillinge, die am Highway die Tankstelle und den Mini-Markt führten, durch die Seitentür kamen und sich direkt vor sie setzten.

»Hi, Andrea. Hi, Hannah«, grüßte Sean oder Don.

Hannah konnte die beiden nicht auseinanderhalten, weil sie nicht ihre Quick-Stop-Hemden trugen, bei denen der Name auf der Brusttasche aufgestickt war. Sie beschloss zu raten, da immerhin eine Fünfzig-Prozent-Chance bestand, es richtig zu machen. »Hi, Sean.«

»Ich bin Don. Er ist Sean.«

»Mal gewinnt man, mal verliert man«, murmelte sie leise. »Entschuldigt, Jungs. Ihr wisst, ich kann euch nicht unterscheiden. Wer hält jetzt in eurem Laden die Stellung?«

»Wir haben geschlossen«, antwortete der andere Zwilling, also Sean, wie sie jetzt wusste. »Wir fanden, wir sollten zur Trauerfeier kommen und zeigen, dass wir auf Sheriff Grant nicht mehr sauer sind.«

»Sauer?« Hannah horchte auf.

Don nickte. »Er hat uns verboten, die Likörpralinen weiter zu verkaufen. Sean hat ihm versichert, dass wir die nie an Jugendliche verkaufen, aber Sheriff Grant meinte, das spielt keine Rolle, und wir bräuchten eine Schanklizenz, selbst wenn sie nur einen Tropfen Alkohol enthalten.«

»Und die waren von den Süßwaren unser Bestseller«, klagte Sean.

»Wir hätten ihm das gar nicht so übelgenommen«, fuhr Don fort, »wenn er nicht mit einem Karton zum Regal gegangen wäre und sie alle beschlagnahmt hätte.«

»Wir hätten sie nämlich zurückgeben können und eine Gutschrift erhalten«, erklärte Sean.

»Ist das legal?«, fragte Hannah und sah ihre Schwester an.

»Das weiß ich nicht.« Andrea zuckte mit den Schultern, und dann blickte sie die Zwillinge prüfend an. »Ich wette, ihr wart ganz schön wütend.«

»Wir haben gekocht vor Wut«, gab Don zu. Ihm war offenbar nicht bewusst, dass er sich mit seinen Worten verdächtig machte.

»Ja, das waren wir.« Sean schaute ein wenig betreten. »Ich wollte zum Revier fahren und sie zurückverlangen, aber Don hat mich davon abgehalten.«

»Ich konnte ihm klarmachen, dass es nicht klug ist, einen Sheriff zu verärgern. Und als wir jetzt hörten, dass Sheriff Grant ermordet wurde, war ich wirklich froh, dass ich Sean zurückgehalten hatte.«

»Ich auch«, fügte sein Bruder hinzu. Er stand auf, um Leute in ihre Reihe zu lassen.

Während die Zwillinge mit ihren neuen Sitznachbarn eine Unterhaltung anfingen, stieß Andrea ihre Schwester an. »Hast du das mitbekommen?«

»Hab ich, und das ist ein Motiv … gewissermaßen. Ich frage mich, welcher der beiden am Montagabend gearbeitet hat. Und was der andere in der Zeit gemacht hat.«

»Ich werde herumfragen«, versprach Andrea. »Ich kenne ein paar Leute, die sie auseinanderhalten können.«

»Gut. Was hast du übrigens zu Mutter gesagt, um sie von ihrer Kritik an mir abzubringen?«

»Ach, das.« Andrea winkte lässig ab. »Nur dass wir das Baby nach ihr benennen, wenn es ein Mädchen wird.«

Hannah riss die Augen auf. »Ich dachte, du hättest das bereits Bills Mutter versprochen.«

»Hab ich auch.«

»Aber …« Hannah seufzte. »Okay, ich weiß, du denkst, es wird ein Junge, aber was machst du, wenn es doch ein Mädchen wird? Du kannst nicht beide Namen nehmen. Delores und Regina würden sich aufregen, wenn der Name der jeweils anderen der Rufname der Kleinen würde.«

Andrea schüttelte den Kopf. »Nur die Ruhe, Hannah. Ich weiß, dass es ein Junge wird. Mein Frauenarzt ist sich ganz sicher. Verrate es bloß keinem, okay? Bill ist altmodisch und möchte sich überraschen lassen.«

Die Trauerfeier dauerte lange, und Hannah rutschte unruhig auf ihrem Stuhl herum. Anscheinend wollte jeder, der Sheriff Grant gekannt hatte, eine Rede halten. Nettie tat ihr leid, die sich das alles anhören und auch noch dankbar für die Anteilnahme sein musste. Wieso glaubten die Leute, derart viel sagen zu müssen? Hannah interessierte es beispielsweise so gut wie gar nicht, dass Sheriff Grant einmal Lydia Gradins Wagen im Schneesturm aus dem Straßengraben gezogen hatte.

»Ich bin froh, dass der Sarg geschlossen ist.« Andrea neigte sich zu ihr, um mit ihr zu flüstern. »Es sieht immer so aus, als würden die Toten nur schlafen und könnten sich jeden Moment aufrichten.«

Hannah wollte nicht erwähnen, warum ein offener Sarg in diesem Fall unmöglich gewesen wäre. Sie hatte den Sheriff kurz nach seinem Hinscheiden gesehen, und Digger konnte mit Spachtelmasse und Make-up auch kein Wunder vollbringen.

Es schien, als würde die Reihe der Leute, die ein Loblied auf Grant singen wollten, niemals enden. Hannah schaute auf die Uhr. Es waren bereits anderthalb Stunden vergangen. Fast war sie so weit, Andrea anzustoßen und zu fragen, ob sie nicht Wehen vortäuschen wollte, damit sie gehen konnten. In dem Moment bestieg Digger das Podium.

»Wir alle haben Sheriff Grant gemocht, und ich weiß, einige von Ihnen haben eine ganze Weile gewartet, um Ihre Erinnerungen an ihn mit uns zu teilen, aber aus Rücksicht auf die Witwe bitte ich Sie nun, Platz zu nehmen, damit wir die Trauerfeier beschließen können.«

Hannah atmete auf, als die letzte Ehrung gesprochen war. Es wurde noch einmal daran erinnert, dass am Grab eine kurze Zeremonie stattfinden würde, dann verließen Hannah und Andrea ihre Plätze und gingen zum Auto.

»Fühlst du dich gut?« Hannah schloss die Beifahrertür auf, damit ihre Schwester einsteigen konnte.

»Ja. Ich will nur nicht am Grab stehen, das ist alles. Das deprimiert mich immer, und ich habe gerade in einem Artikel gelesen, dass sich die Gefühle der Mutter auf das ungeborene Baby übertragen können.«

»Okay.« Hannah ließ den Motor an. »Dann fahre ich dich schnell nach Hause. Ich muss nämlich auf den Friedhof.«

»Warum das?«

»Ich will sehen, wer dort ist. Vielleicht hält sich der Mörder unter den Leuten auf.«

»Meinst du?« Andrea schaute sie überrascht an.

»Mutter glaubt das. Sie hat das in Filmen gesehen.«

Andrea zuckte mit den Schultern. »Einen Versuch ist es wert. Dann los, Hannah. Ich werde so lange im Wagen sitzen und aufpassen, wer auf den Parkplatz fährt und auf dem Friedhof herumschleicht.«

»Danke, Andrea.« Hannah legte den Gang ein und fuhr los. »Ich kann immer ein zweites Paar Augen gebrauchen.«

»Ich weiß, und das wird dich etwas kosten.«

»Dachte ich mir.« Hannah deutete nach hinten. »Da liegen ein Dutzend Plätzchen für dich.«

»Welche Sorte?«

»Überraschungsplätzchen. Die waren Lisas Idee und sind von der Versammlung übrig geblieben, die ich gestern Abend beliefert habe.«

»Worin besteht die Überraschung?«

»Wenn ich dir das verrate, ist es keine mehr.« Hannah griff nach einem der Beutel und gab ihn ihr. »Koste einen und sag mir, ob er dir schmeckt.«

Andrea biss in einen hinein und lächelte. »Der ist gut, und in der Mitte stößt man auf einen dicken Brocken, das mag ich. Ist das eine Schokonuss?«

»Kann sein. Iss noch einen. Lisa hat ein halbes Dutzend verschiedene Überraschungen hineingebacken.«

»Mmm.« Andrea kaute. »Der schmeckt ein bisschen nach Nougat. Die gefallen mir, Hannah. Sie machen Spaß, weil man nicht weiß, was man in der Mitte bekommt. Wie werden sie gemacht?«

»Mit einer Mischung aus schokolierten Nüssen und Trockenfrüchten. Als Ersatz kann man auch die kleinen Schokoriegel verwenden, die man an Halloween verteilt, sagt Lisa. Man muss sie nur in Stücke schneiden.«

»Gute Idee.« Andrea nahm sich noch einen Keks. »Hast du dich schon wegen deiner Plätzchen entschieden?«

»Welche meinst du?« Hannah fuhr an das Friedhofstor heran und parkte neben dem schmiedeeisernen Zaun. Ein Stück entfernt konnte sie Sheriff Grants Grab sehen, aber bislang war niemand dort. Die Trauergäste waren anscheinend noch in der Schule und sprachen mit Nettie.

»Die, die du zur Halloween-Party mitbringen wirst.«

»Noch nicht«, antwortete Hannah und setzte in Gedanken auch das auf ihre To-do-Liste. »Bist du sicher, dass du allein im Auto bleiben willst?«

»Ganz sicher.« Andrea griff ein wenig fester um ihren Plätzchenbeutel. »Ich müsste von hier aus die Leute am Grab sehen können. Sorge dafür, dass du auf der anderen Seite des Grabes stehst, dann haben wir alles im Blick.«

»Gute Idee. Noch etwas?«

»Ja. Glaubst du, du kannst dich davonstehlen, bevor sie das Schlussgebet sprechen? Ich will weg sein, wenn der Sarg ins Grab gelassen wird. Davor graut mir am meisten.«

»Mir auch«, gab Hannah zu. Ihr war klar, dass Andrea wie sie selbst an ihren Vater dachte, und nahm sie einen Moment lang in die Arme.

Überraschungsplätzchen

Den Ofen nicht vorheizen – der Teig muss vor dem Backen durchkühlen.

240 g Butter
200 g weißer Zucker
100 g brauner Zucker
2 Eier
1 TL Backnatron
½ TL Salz
1 TL Vanilleextrakt
2 EL Wasser (oder Kaffee, wenn vom Frühstück welcher übrig ist)
360 g Mehl, ungesiebt
1 Packung Bridge Mix oder andere schokolierte Nüsse und Früchte***
4 bis 5 Dutzend Walnusshälften (oder Pecannusshälften)

*** Wenn ich die nicht im Haus habe, nehme ich auch gern Schokoladenwaffeln oder Minischokoriegel, die ich in Viertel schneide. Sie können auch große Schokoriegel verwenden und entsprechend klein schneiden.

Die Butter zerlassen und den Zucker einrühren. Die Eier schlagen und zusammen mit dem Backnatron, Salz, Vanilleextrakt und Wasser (oder Kaffee) unterrühren. Das Mehl zugeben und gründlich verrühren. Dann den Teig für mindestens eine Stunde kalt stellen (über Nacht geht auch).

Den Backofen auf 190 Grad vorheizen, das Blech später in der Mitte einschieben.

Mit einem Esslöffel Teig abstechen und eine schokolierte Nuss, eine Rosine oder ein Stückchen Waffel oder Schokoriegel damit umhüllen, mit einer Walnuss- oder Pecannusshälfte belegen und auf ein gefettetes Blech setzen, jeweils 12 Stück.

10 bis 12 Minuten backen, bis sie schön gebräunt sind. 2 Minuten lang abkühlen lassen und auf ein Kühlgitter legen.

Ausbeute: 8 bis 12 Dutzend

(Wenn ich Hershey's Miniatures verwendet habe, versucht Delores immer zu erraten, welches Plätzchen Puffreisschokolade enthält. Wenn sie eins mit einem Mr.-Goodbar-Stück erwischt, gibt sie es an mich weiter.)

14

Niemand stand am Grab, der Hannahs Argwohn erregte, es sei denn man hielt es für verdächtig, dass Bertie Straub während der Zeremonie, ohne zu blinzeln, auf den Sarg starrte. Aber Hannah vermutete stark, dass Bertie nur abschätzte, wie viel Nettie für die Beerdigung ausgegeben hatte.

Andrea hatte auch niemanden bemerkt, der sich verdächtig benahm, und Hannah ärgerte sich während der Rückfahrt, weil sie den Rat ihrer Mutter befolgt hatte.

»Hallo, Moishe«, rief sie beim Öffnen ihrer Wohnungstür und wappnete sich für den fliegenden Fellball, der ihr in die Arme sprang. Sie trug ihn in die Küche, setzte ihn an seinem Fressplatz ab und füllte den Napf mit dem Futter, das er mochte. Dann ging sie ins Schlafzimmer und zog sich ihr gewohntes Sonntagsoutfit an.

Fünf Minuten später machte sie es sich in Jeans und einem alten Pullover auf der Couch bequem, um sich mit Nichtstun zu entspannen. Sie verspürte einen leichten Hunger, aber der konnte warten. Ihr stand der Sinn nach der geistlosen Berieselung durch eine Doku, deren Thema sie nicht im Geringsten interessierte. Dabei konnte sie sich einrollen und dösen und vielleicht ein bisschen von dem

Schlaf nachholen, der ihr seit dem Mord an Sheriff Grant entgangen war.

Sie wachte auf, weil das Telefon klingelte und eine näselnde Stimme die Paarungsrituale der Mistkäfer schilderte. Sie langte nach dem Apparat und meldete sich, bevor ihr einfiel, dass sie den Anrufbeantworter anspringen lassen könnte.

»Oh, Hannah! Ich bin so froh, dass du zu Hause bist!«

Das war Andrea, und Hannah hätte beinahe laut gestöhnt. Sie war sich nicht sicher, ob sie heute Abend die Geduld hatte, sich mitfühlend die nächste häusliche Krise anzuhören. Doch schwesterliche Anteilnahme war wichtiger als Schlaf, Essen und Entspannung zu Hause. »Was ist los?«

»Bill hat den Kühlschrank ausgewaschen, während wir bei der Beerdigung waren, und hat meine Nagellackfläschchen daraus verbannt!«

Hannah fragte sich, ob sie richtig gehört hatte. Oder schlief sie noch und träumte nur sinnloses Zeug? Sie hätte schwören können, dass Andrea »Nagellackfläschchen« gesagt hatte. »Was hat er verbannt?«

»Meine Nagellackfläschchen.«

Also war sie wach, und mit ihrem Gehör war alles in Ordnung. Doch Andreas Antwort gab ihr Rätsel auf. »Warum stellst du deinen Nagellack in den Kühlschrank?«

»Weil er dann länger hält. Du weißt doch, wenn man ihn halb verbraucht hat, wird der Rest zähflüssig.«

»Nein, weiß ich nicht.«

Andrea seufzte so laut, dass Hannah es hörte. »Das wüsstest du aber, wenn du dir die Fingernägel lackieren würdest. Und das solltest du tun. Deine Nägel sind eine Schande. Mutter und ich haben kürzlich darüber gesprochen …«

Hannah fiel ihr ins Wort. »Vergiss es. In meinem Beruf sehen lackierte Nägel höchstens drei Minuten schön aus, dann sind sie ruiniert.«

»Wahrscheinlich hast du recht. Jedenfalls … wenn man Nagellack im Kühlschrank aufbewahrt, trocknet er nicht aus. Den Tipp habe ich aus einer Beauty-Kolumne, und es funktioniert tatsächlich. Meine Fläschchen stehen immer in den runden Löchern in der Tür.«

»Im Eierfach?«

»Ach, dafür sind die Vertiefungen! Vorher habe ich die Fläschchen in die Fleischschublade gelegt, aber da sind sie herumgerollt. Darum habe ich sie schließlich ins Eierfach gestellt, da passten sie so schön hinein.«

»Und Bill hat sie alle rausgeworfen?«

»Nun ja … nicht direkt rausgeworfen, doch es kommt auf das Gleiche hinaus. Er hat sie in eine Vorratsdose gestellt, und jetzt kann er sich nicht mehr erinnern, wo er sie hingeräumt hat. Bis wir sie wiederfinden, wird der Lack garantiert eingetrocknet sein. Ich bin wirklich wütend auf ihn und muss mich abregen. Und es gibt noch einen Grund.«

»Welchen?« Hannah machte es sich wieder bequem. Das Gespräch würde wohl noch eine Weile dauern.

»Bill sagt, weil Tracey nicht da ist, will er heute Abend den Dachboden ausmisten.«

»Wo ist sie denn?«

»Bei Mutter. Sie rief an und fragte, ob Tracey bei ihr übernachten darf. Ich glaube, sie hatte ein schlechtes Gewissen, weil sie mich neulich abgewiesen hat.«

Hannah schnaubte. »Mutter und ein schlechtes Gewissen?«

»Du hast recht. Das kann nicht sein. Aber Bill wird wollen, dass ich mit ihm auf den Dachboden steige, und ich weiß genau, es wird großen Streit geben wegen der Sachen, die er wegwerfen und die ich behalten will.«

»Und du denkst, wenn du ihm nicht helfen kannst, weil du etwas anderes vorhast, vergisst er vielleicht den Dachboden und guckt Sport oder tut etwas anderes Harmloses?«

»Genau. Also, wann kannst du mich abholen?«

Hannah reckte sich, um munterer zu werden, und sah auf ihre Armbanduhr. Es war schon viertel nach acht. »In fünfundvierzig Minuten?«

»Perfekt. Ich lasse mir für Bill eine Ausrede einfallen. Hupe einfach, wenn du da bist, dann komme ich raus.«

»Ich habe die Namensliste mitgebracht, die Nettie uns gegeben hat«, sagte Andrea, als Hannah aus der Einfahrt zurücksetzte. »Ich dachte, wir gehen sie zusammen durch und versuchen, uns zu erinnern, ob wir jemanden davon bei der Trauerfeier oder auf dem Friedhof gesehen haben.«

»Das ist gut. Wohin gehen wir?«

»Lass uns bei *Bertanelli's* essen. Ich habe Lust auf Pizza.«

»Du hast noch nicht zu Abend gegessen?«

»Doch, natürlich, aber nur wenig. Bill hat Hähnchen gebraten, und das schmeckte nicht besonders. Du fährst, und ich rufe dabei ein paar Leute von der Liste an.«

Hannah sah auf die Uhr. Es war schon viertel nach neun. »Meinst du nicht, es ist ein bisschen zu spät dafür?«

»Bei uns ja, doch ich habe Ivan Hill noch nicht befragt. Er lebt in Kalifornien, und dort ist es erst viertel nach sieben.«

Hannah fuhr stadtauswärts. Wenn Andrea Appetit auf Pizza hatte, dann sollte sie die bekommen. »Wer ist Ivan Hill?«

»Der Vater des Jungen, der bei dem Unfall bei Jamie im Auto gesessen hat.«

»Stimmt.« Hannah bog auf den Highway ein. Wenn Netties Angaben korrekt waren, könnte der Mann der Mörder sein. Sheriff Grant hatte Mr Hill immer wieder belästigt und versucht, einen Beweis zu finden, dass dessen Sohn betrunken gefahren war, obwohl laut Unfallbericht Jamie am Steuer gesessen hatte. Sheriff Grant hatte sich nicht überwinden können, seinen eigenen Sohn als den Schuldigen zu sehen, nicht einmal als der Laborbericht bestätigte, dass Jamies dreimal so viel Alkohol im Blut gehabt hatte wie erlaubt. Nach Netties Ansicht war es möglich, dass der leidgeprüfte Mr Hill schließlich ausgerastet war und beschlossen hatte, den Belästigungen ein Ende zu machen.

Hannah hielt den Blick auf die Straße gerichtet, hörte jedoch zu, als Andrea anrief und Ivans Frau erreichte. Nachdem sie erklärt hatte, dass Sheriff Grant tot war, verlief das Gespräch einseitig, und außer Phrasen wie »Oh, das ist schrecklich« und »Das tut mir entsetzlich leid« war nichts mehr zu entnehmen.

»Tja, das war ein Reinfall.« Andrea legte auf und warf ihr Handy in die Handtasche. »Ivan Hill hatte am Abend vor dem Mord einen Herzinfarkt.«

»Er ist tot?«

»Nein, er wird überleben. Aber seine Frau sagt, ihm wurden drei Bypässe eingesetzt, und er hängt noch an allen möglichen Schläuchen. Was den Mord an Sheriff Grant angeht, ist er aus dem Schneider. Er konnte auf keinen Fall so kurz nach einer Herz-OP nach Minnesota fliegen und dem Sheriff den Kopf einschlagen.«

»Wohl nicht.« Hannah parkte vor ihrer bevorzugten Pizzeria. Sie gehörte Bertram und Ellie Kuehn, die beide keinen Tropfen italienisches Blut in sich hatten. Aber wenn man ihre Vornamen zusammenzog, klang es italienisch, und darum hatten sie ihr Restaurant *»Bertanelli's«* genannt.

»Ich kann es kaum erwarten.« Andrea schnallte sich ab und stieg aus. »Ich werde weiter telefonieren, bis unser Essen kommt. Ich nehme Ellies Pizza mit allem. Und du?«

»Ich auch. Was ist mit den Sardellen?« Hannah musste sich anstrengen, um mit Andrea mitzuhalten. Obwohl sich ihre Schwester ständig beklagte, dass sie Probleme mit dem Gleichgewicht hatte, konnte sie sich sehr schnell bewegen, wenn es Essen gab.

»Moment. Ich prüfe das.« Sie hielt mitten in ihrem Watschelgang inne und schaute auf ihre Fußgelenke. Selbst im düsteren Schein des Neonschriftzugs, der sie zur besten Pizza im Winnetka County lockte, sah man, dass sie geschwollen waren.

»Du solltest besser darauf verzichten«, riet Hannah. »Deine Fußgelenke sehen aus wie Würste.«

»Ich weiß. Vermutlich sollte ich überhaupt keine Pizza essen, aber ich habe schreckliche Lust darauf.«

»Wie wär's mit einem Kompromiss?«, schlug Hannah vor. »Wir bestellen uns eine mittlere Pizza statt einer großen, und dann isst du nicht so viel.«

Andrea warf ihr ein freches Grinsen zu, während sie die Tür aufzog und der Duft frisch gebackener Pizza sie empfing. »Was wetten wir?«

Fünf Minuten später hatten sie ihre Bestellung aufgegeben. Sie saßen an einem Tisch im hinteren Bereich, vor sich eine große Diät-Cola und eine Platte mit zwei Streuern, die Parmesan und roten Pfeffer enthielten, sowie ein Körbchen mit einzeln verpackten Feuchttüchern.

»Ich liebe dieses Restaurant.« Andrea schaute sich mit unverhohlener Begeisterung um. »Hier schmeckt die Pizza am besten, und es gibt immer …«

»Was hast du?«, fragte Hannah, als ihre Schwester sich mitten im Satz unterbrach.

Sie holte tief Luft, und dann zitterte ihre Stimme. »Er ist hier!«

»Wer?«, hakte Hannah nach, ohne den Kopf zu drehen.

»Mike.« Andrea klang angewidert. »Er sitzt in einer Nische in der Nähe des Fensters mit jemandem, den ich nicht kenne. Sie trägt eine Uniformjacke, also hat Mike sie vielleicht eingestellt, um …« Andrea stockte und schluckte schwer. »Um Bill zu ersetzen.«

Hannah setzte sich aufrechter hin, um mehr sehen zu können. Der Magen rutschte ihr in die Kniekehlen, als sie Mike entdeckte. Er sah so hinreißend aus, und sie wünschte sich so sehr, der zermürbende Konflikt wäre schon ausgestanden. Da saß er, bloß ein paar Meter entfernt, und sie konnte ihn nicht mal so anlächeln, wie es die Neue gerade tat, oder über den Tisch nach seiner Hand greifen wie sie oder … Sie schnappte nach Luft, als Mikes Begleiterin sich zu ihrer Nische umdrehte.

»Was läuft da?« Diesmal war es Andrea, die fragte, ohne den Kopf zu drehen. »Dein Gesicht hat gerade eine komische Farbe angenommen.«

»Also Grün.«

»Was?«

»Ach, nichts. Die Frau bei Mike ist ein neuer Deputy.«

»Na, das erleichtert mich! Wer ist sie denn?«

Hannah beschloss zu antworten, obwohl sie selbst keineswegs erleichtert war. »Sie heißt Shawna Lee Quinn.«

»Was für ein Name! Als wäre sie eine Schauspielerin oder Sängerin.«

Oder eine Stripperin, dachte Hannah, verkniff sich aber die Bemerkung. »Sie ist ganz neu auf dem Revier. Sheriff Grant hatte sie eingestellt, als eine der Sekretärinnen in den Ruhestand gegangen ist.«

»Woher weißt du das?«

»Als ich zuletzt dort war und mit Mike noch geredet habe, hat er sie mir vorgestellt.«

»Oh. Und was macht sie mit ihm?«

Hannah seufzte. »Wahrscheinlich alles.«

»Was?«

»Ach, nichts. Vielleicht hat Mike ihr ein Essen versprochen, wenn sie Überstunden macht. Als kommissarischer Sheriff kann er das tun.«

»Sie ist zweifellos attraktiv«, bemerkte Andrea, die gerade beobachtete, wie Shawna Lee sich die Jacke auszog. »Und sie kleidet sich vorteilhaft. Das ist ein wirklich teurer Pullover.«

Ja, nur schade, dass es ihn nicht mehr in ihrer Größe gab! Hannah verkniff sich auch diese Bemerkung, ein sarkastischer Spruch aus ihrer Highschool-Zeit.

»Oh, gut. Da kommt unsere Pizza.« Andrea strahlte, als die Kellnerin auf ihren Tisch zuhielt. »Für jeden eine Hälfte?«

Hannah stimmte zu, obwohl sich ihr mühsam angekurbelter Appetit in dem Moment verflüchtigt hatte, als Shawna Lee ihre Jacke ausgezogen hatte, um ihre unglaubliche Figur zu zeigen. Wie Hannah sich erinnerte, hatte sie seinerzeit schon gedacht, als Mike sie ihr vorgestellt hatte, dass die Sekretärin hübsch war. Aber da hatte sie noch keine Eifersucht empfunden. Natürlich war das eine berufliche Situation gewesen, und sie hatte Shawna Lee nicht in Aktion erlebt. Das war an diesem Abend anders. Nun benahm sich Shawna Lee, als hätte sie mit Mike ein Date. Sie sah ihn mit verführerischem Augenaufschlag an und langte über den Tisch, um ihm an den Arm zu fassen. Vielleicht war das ja ein Date. Das war jedenfalls nicht unmöglich. Schließlich hatte Hannah klar gezeigt, dass sie nichts mit ihm zu tun haben wollte.

»Iss deine Pizza.« Andrea schaute besorgt, als ihr auffiel, zu wem Hannah hinüberblickte. »Du willst ihn nicht. Er ist ein blöder Arsch, und er war zu Bill nicht fair.«

»Genau.«

»Nicht nur das. Die beiden verdienen einander. Als Mike die Speisekarte las, hat sie dem Mann in der Nachbarnische schöne Augen gemacht. Anscheinend ist sie genauso loyal wie Mike.«

»Klar.«

»Also iss deine Pizza und vergiss ihn. Ohne ihn bist du besser dran. Mit einem Mann, der ...« Andrea unterbrach sich, weil ihr Handy summte. Sie angelte es aus ihrer Handtasche. »Hallo?«

Hannah warf noch einen Blick zu Mike hinüber, dann nahm sie sich ein Stück Pizza. Auf keinen Fall würde sie sich von ihm das Essen vermiesen lassen!

»Hallo, Doc. Ich dachte, Ärzte arbeiten sonntags nicht.«

Hannah biss ein Stück ab und kaute nachdenklich. Das musste Doc Knight sein, der Andrea wegen einer Frage zurückrief.

»Ich habe sehr gern ein paar Minuten Zeit, sofern Sie es mir nicht übelnehmen, dass ich gleichzeitig kaue und rede. Hannah und ich haben eben unsere Pizza bekommen.«

Hannah nahm den nächsten Bissen und runzelte die Stirn. Die Pizza war nicht ganz so gut wie gewöhnlich. Allerdings war sie zuletzt mit Mike hier gewesen. Und sie hatten in derselben Nische gesessen, in der er jetzt mit Shawna Lee saß.

»Oh nein!« Andrea stöhnte und riss Hannah aus ihren Gedanken. »Sie kennen mich, Doc. Ich war noch nie blutarm. Sie nehmen mich auf den Arm, nicht wahr?«

Hannahs Aufmerksamkeit war jetzt ganz auf ihre Schwester gerichtet, denn Andrea klang eindeutig erschrocken.

»Gut, mache ich«, sagte sie schwer seufzend. »Aber ich hoffe, Sie wissen, was Sie tun. Sie haben keine Ahnung, wie schrecklich das für mich sein wird.«

Als Andrea auflegte, sah Hannah sie besorgt an. »Was hat er gesagt? Es ist doch nichts Schlimmes, oder?«

»Es wird mir gut gehen, solange ich seinen Rat befolge.«

»Welchen?« Hannah lehnte sich zurück und wartete.

»Ich leide an Blutarmut und habe Wassereinlagerungen. Beides ist schlecht für das Baby. Ich soll meine Vitamindosis verdoppeln, mindestens neun Stunden schlafen, und ich darf kein Salz zu mir nehmen.«

»Oh, oh«, stöhnte Hannah und blickte auf die Pizza.

»Nimm du meine Hälfte mit nach Hause. Ich darf sie nicht essen.« Andrea schaute äußerst deprimiert.

»Ich kann verstehen, warum dir das zu schaffen macht«, erwiderte Hannah und winkte der Kellnerin, damit sie ihr einen Karton für die Pizza brachte.

»Nein, kannst du nicht. Das Schlimmste habe ich dir noch nicht erzählt. Der Doc wollte mich eigentlich ins Krankenhaus überweisen, bis das Baby kommt, doch er hat versprochen, das nicht zu tun, solange ich mich an die Einschränkung halte.«

»Welche Einschränkung?«

»Ich darf täglich höchstens vier Stunden auf den Beinen sein!«

»Ach du je.« Hannah verzog das Gesicht. Für Andrea, die gewöhnlich von morgens bis abends in Bewegung war, war die verordnete Ruhe eine echte Bestrafung. »Versuche, es gelassen zu nehmen. Es sind nur noch ein paar Wochen.«

Andrea öffnete den Mund, und Hannah befiel das mulmige Gefühl, gleich den ungebremsten Zorn ihrer Schwester abzubekommen, als Andreas Handy erneut summte. »Noch mal Glück gehabt«, murmelte sie, während sie den Anruf annahm. »Hallo, Schatz«, grüßte sie betont munter. Sie gab sich große Mühe, gut gelaunt zu klingen. Also musste der Anrufer entweder Tracey oder Bill sein. »Harry Wilkox? Natürlich erinnere ich mich an ihn! Er ist okay, oder?«

Hannah bugsierte die Pizzahälften in die Faltschachtel, die die Kellnerin gebracht hatte, und hörte zu, erfuhr jedoch nichts Interessantes, da Andrea fünfmal hintereinander nur Ja sagte und dann das Gespräch beendete.

»Lass uns gehen.« Andrea warf ihr Handy in die Tasche und stand auf. »Bill hat gerade einen Anruf von Harry Wilcox erhalten und will, dass wir sofort nach Hause kommen.«

Harry Wilcox war ein ehemaliger Deputy des Winnetka County, den Hannah noch aus Bills erstem Jahr bei der Polizei kannte. Er war sein Mentor und auch sein erster Partner gewesen. »Harry und seiner Frau geht es gut?«

»Ja. Aber Harry hat gehört, dass Sheriff Grant ermordet

wurde. Er hat Bill angerufen, um mit ihm darüber zu sprechen. Bill sagt, Harry hat eine Ahnung, warum der Sheriff ermordet wurde.«

»Okay. Ich bin so weit.« Hannah nahm den Pizzakarton und wollte sich von der Sitzbank erheben, doch Andrea hielt sie am Arm auf.

»Lass uns auf dem Weg zur Tür an Mike vorbeigehen. Wenn er grüßt, können wir ihn ignorieren.«

»Also wirklich, Andrea!« Sie tat ihr Bestes, um schockiert zu klingen. »Meinst du nicht, das wäre kindisch?«

Andrea überlegte kurz und nickte dann. »Schon ein bisschen. Ich nehme es dir nicht übel, dass du das nicht tun willst.«

»Habe ich das behauptet?«, fragte Hannah grinsend. »Wir gehen an ihm vorbei und zeigen, was ihm entgeht.«

Die Swensen-Schwestern hakten sich unter, setzten ein Lächeln auf und blickten stur geradeaus, als sie nebeneinander an Mikes Nische vorbeigingen. Hannah warf verstohlen einen Blick zur Seite und hatte Mühe, das Lächeln beizubehalten. Mike schenkte Shawna Lee seine volle Aufmerksamkeit und bemerkte sie gar nicht.

Sie marschierte zur Tür, ohne ihn eines zweiten Blickes zu würdigen. Als sie die Tür aufdrückte und ihre Schwester vorbeiließ, schwor sie sich, Mike dafür büßen zu lassen, dass er nicht mal in ihre Richtung geblickt hatte. Sie wusste noch nicht, welche, aber sie würde sich eine gerechte Strafe ausdenken.

15

Andrea seufzte verärgert, als Hannah auf ihr Haus zufuhr. »Bill hat es wieder gemacht!«

»Was denn?«

»Er hat die Mülltonnen vor die Einfahrt gestellt. Soll ich sie zur Seite ziehen, damit du vor die Garage fahren kannst?«

»Bemüh dich nicht. Hinter Bills Wagen auf der Straße ist genug Platz für mich.«

Nachdem Hannah geparkt hatte, ging Andrea voraus zur Haustür und tastete in ihrer Tasche nach dem Schlüsselbund. »Ich hoffe, Harry hat zum richtigen Zeitpunkt angerufen.«

»Welcher wäre das?«

»Bevor Bill mit dem Dachboden fertig wurde. Mit ein bisschen Glück ist er nicht zu dem großen Karton am Schornstein vorgedrungen, und ich muss mich nicht seinen Fragen stellen, warum ich die alten Zeitschriften aufgehoben habe.«

»Hallo, Schatz!«, rief Bill ihr entgegen, als sie das Haus betraten. »Bring Hannah mit in die Küche. Ich habe ihr Kaffee gekocht.«

Hannah folgte ihrer Schwester, und sie setzte sich mit

ihr an den Tisch. Sobald sie die Hände um den Becher Kaffee gelegt und seinen Duft eingeatmet hatte, lächelte sie. »Das ist echter Kaffee!«

»Französische Röstung. Ich habe die Bohnen frisch gemahlen«, erklärte Bill und wandte sich seiner Frau zu. »Doc Knight hat angerufen. Er wollte dich sprechen. Ich habe ihm deine Handynummer gegeben. Es ist doch alles in Ordnung?«

Andrea seufzte. »Ja. Ich brauche nur etwas mehr Ruhe. Er hat bei mir Blutarmut und Wassereinlagerungen festgestellt.«

»So etwas hatte ich schon befürchtet. Gut, dass ich zu Hause bin und mich um dich kümmern kann. Doc Knight hat dir Anweisungen gegeben, ja?«

»Ja.« Andrea rollte mit den Augen, da Bill gerade nicht hinsah, und Hannah musste sich das Lachen verkneifen. »Wir können nachher darüber sprechen. Erzähl uns, was Harry gesagt hat. Hannah muss bald nach Hause.«

»Das werde ich tun, aber erst, wenn du auf der Couch sitzt und die Beine hochgelegt hast. Deine Knöchel sind geschwollen. Komm, Hannah. Nimm deinen Kaffee und begleite uns ins Wohnzimmer.«

Sobald Andrea es sich bequem gemacht hatte, berichtete Bill das Wesentliche von seinem Gespräch mit Harry. »Sheriff Grant hat ihn vor die Entscheidung gestellt, ohne Abzüge früher in den Ruhestand zu gehen oder weiterzuarbeiten und eine Herabstufung hinzunehmen. Alles wegen eines Falles, an dem Harry arbeitete.«

»Welcher Fall war das?«, wollte Andrea wissen.

»Der Dew-Drop-Inn-Fall.«

»Oh, der!« Andrea richtete sich ein wenig auf. »Erinnerst du dich an die Sache, Hannah?«

»Nein. Aber ich weiß, dass in dem Gebäude, in dem Sean und Don jetzt den *Quick Stop* betreiben, früher der *Dew Drop Inn* war.«

»Zu der Zeit warst du wohl auf dem College«, sagte Andrea. »Der Fall ging durch alle Zeitungen. Sheriff Grant hat ihn durch eine Großrazzia gegen illegales Glücksspiel und Alkoholausschank abgeschlossen.«

»Das passierte kurz vor der letzten Sheriff-Wahl«, sagte Bill. »Und wahrscheinlich war das der Grund, warum er sie haushoch gewonnen hat.«

»Das meinte damals jeder«, warf Andrea ein. »Aber ich wüsste nicht, dass ich Harrys Namen in dem Zusammenhang gelesen habe.«

»Weil er nicht in der Zeitung stand. Sheriff Grant hat den Fall am Tag der Razzia übernommen und für alles, was Harry vorher geleistet hatte, die Lorbeeren eingeheimst. Und als Harry sich darüber beschwerte, beschuldigte Grant ihn der Gehorsamsverweigerung und zwang ihn, in den Ruhestand zu gehen.«

Andrea staunte mit offenem Mund. »Das ist furchtbar! Ich kann nicht glauben, dass Sheriff Grant die Frechheit besessen hat, Harry den Fall unter der Nase wegzureißen!«

»Tja, genau das hat er getan. Und Harry meinte, wenn wir uns mit den jeweiligen Akten beschäftigen, werden wir ein Muster finden. Er ist dahintergekommen, dass Sheriff Grant auch anderen den Fall entzogen und ihn dann ›aufgeklärt‹ hat, um seine Wiederwahl zu sichern.«

»Das leuchtet ein. Und das ist ein Motiv«, stellte Hannah fest, zog ihren Block hervor und machte sich Notizen.

Andrea runzelte die Stirn. »Wie meinst du das?«

»Harry war ziemlich sauer auf Grant, stimmt's, Bill?«

»Und wie! Das war der größte Fall seiner Laufbahn,

und Grant hat den ganzen Ruhm geerntet. Harry sagt, dass er nichts dagegen tun konnte. Er war auf das Pensionsgeld angewiesen, und Sheriff Grant ließ ihm keine andere Möglichkeit.«

»Der größte Fall seiner Laufbahn«, murmelte Hannah. »Das schmerzt. Selbst Jahre später dürfte ihn das noch wurmen. Vielleicht hat jemand eine alte Rechnung beglichen.«

»Harry?« Bill klang bestürzt. »Das ist verrückt. Auf keinen Fall ist er von Arizona hierher geflogen und hat Sheriff Grant umgebracht!«

Hannah trank weiter ihren Kaffee. Er war wirklich sehr gut. »Ich meinte nicht unbedingt Harry. Was, wenn der leitende Ermittler in einem der anderen Fälle beschlossen hat, Grants Praxis, anderen den Ruhm zu stehlen, ein für alle Mal zu beenden?«

»Ihn zu töten, bevor er es wieder tun kann, meinst du?«, fragte Andrea mit einem Gesichtsausdruck, als wäre ihr ein wenig übel.

»Genau das. Wer weiß über diese alten Fälle Bescheid?«

Bill zuckte mit den Schultern. »Das steht alles in den Akten, aber es würde Monate dauern, sie durchzugehen.«

»Das brauchen wir nicht zu tun.« Andrea wirkte sehr mit sich zufrieden.

Hannah runzelte die Stirn. »Nicht?«

»Natürlich. Wir besorgen uns die Informationen direkt von der Quelle.«

»Aber Sheriff Grant ist tot«, wandte Hannah ein.

»Nein, von der anderen Quelle, der Sekretärin«, erklärte Andrea. Als Hannah sie entsetzt anguckte, lachte sie. »Keine Sorge. Ich meine Barbara Donnelly. Sie war viele Jahre Grants Sekretärin und weiß über alles Bescheid, was im Revier vor sich gegangen ist. Ich wollte nur scherzen. Deshalb habe ich zuerst ›Sekretärin‹ gesagt, verstehst du?«

Hannah grinste. Einer hochschwangeren Frau, deren Mann als Hauptverdächtiger in einem Mordfall galt, konnte sie den Scherz durchgehen lassen. »Barbara sollte uns über die vergangenen Wahlen einiges sagen können, doch sie wird vielleicht nicht wissen, was Sheriff Grant für die diesjährige Wahl geplant hatte. Wir müssen herausfinden, ob ein Deputy an einem großen Fall arbeitete, mit dem Grant das Rennen gegen Bill hätte gewinnen können.«

Bill seufzte schwer, man konnte es fast »stöhnen« nennen. »Die Suspendierung kommt mich wirklich hart an! Wenn ich nur zum Revier fahren und mit den Jungs reden könnte, wüsste ich in zwei Sekunden Bescheid. Aber das ist verboten.«

»Ist schon gut, Schatz«, antwortete Andrea sanft, wohl weil ihr Mann so frustriert klang. »Du tust schon viel, um zu helfen.«

»Vielleicht. Ich wünschte nur, ich könnte mehr tun. Wenigstens kann ich dafür sorgen, dass du viel Ruhe und die richtige Ernährung bekommst. Und ich kriege im Haus einiges geschafft. Da fällt mir ein … Ich habe einen großen Karton mit alten Modezeitschriften entsorgt, der auf dem Speicher stand. Du musst sie mal dort abgestellt und dann vergessen haben. Das ist also auch erledigt.«

»Du hast den Speicher schon fertig aufgeräumt?« Andreas Stimme schwankte leicht, und Hannah fragte sich, was ihre Schwester dort noch gehortet hatte.

»Na klar. Das war nicht schwer, nachdem ich die vielen Säcke voll alter Klamotten rausgeschafft hatte.«

Andrea keuchte auf. »Aber die habe ich aufgehoben, damit Tracey damit Verkleiden spielen kann!«

»So viele Kleidungsstücke kann sie gar nicht benutzen. Da standen Dutzende Säcke und Tüten. Ich habe meinen Dad angerufen. Er hat sie abgeholt. Mom wird die Sachen für ihre Quilts verwenden.«

Andrea hob den Kopf und blickte an die Decke. Hannah vermutete, dass sie um göttliches Eingreifen flehte, damit sie ihren Mann nicht erwürgte. Vielleicht war das ein guter Moment, um sich zu verabschieden. »Ich mache mich jetzt besser auf den Weg.« Sie stand auf. »Ich muss morgen früh raus.«

»Ich auch.« Bill stand ebenfalls auf. »Ich will morgen das Wohnzimmer streichen.«

»Ach so?«, murmelte Hannah, da es Andrea anscheinend die Sprache verschlagen hatte.

»Dad hat versprochen, zum Heimwerkermarkt zu fahren und mir Farbe zu besorgen. Ich dachte, ich nehme ein ganz strahlendes Gelb, damit der Raum freundlicher wirkt. Lackfarbe wäre gut. Dann brauchen wir die Wände nur abzuwischen, wenn sie schmutzig geworden sind.«

Hannah schaute Andrea an, die noch immer aussah, als zöge sie einen Gattenmord in Erwägung, und nahm die Sache in die Hand. »Du kannst diese Woche nicht streichen.«

»Warum nicht?«

»Laut Wettervorhersage soll es regnen, und bekanntlich wird Lackfarbe nicht ganz trocken, wenn die Luftfeuchtigkeit hoch ist.«

»Wirklich?« Bill zog die Brauen hoch. »Das höre ich zum ersten Mal.«

»Aber es ist wahr. Wenn du mir nicht glaubst, komm ins *Cookie Jar* und fass den Fenstersims in der Backstube an. Vor zwei Jahren habe ich ihn kurz vor einem Gewitter gestrichen, und seitdem fühlt er sich klebrig an.«

Andrea warf ihr einen dankbaren Blick zu und sah dann Bill an. »Ziehst du dir eine Jacke an und bringst Hannah zu ihrem Wagen? Da der Mörder noch frei herumläuft, sollten wir kein Risiko eingehen.«

Kaum war Bill hinausgegangen, winkte sie Hannah näher. »Danke, Schwesterherz. Das mit der Lackfarbe war brillant.«

»Danke. Und auch wahr.«

»Wie auch immer. Aber eins ist klar: Wir müssen schnellstmöglich Bills Unschuld beweisen. Wenn ich noch lange zu Hause bleiben und die Füße hochlegen muss, während er hier seine Lieblingsprojekte verwirklicht und mich wie ein Baby behandelt, dann bringt mich das um.«

Hannah unterhielt sich noch ein paar Augenblicke lang mit Bill und stieg dann in ihren Wagen. Sie startete den Motor, und als sie das Licht einschaltete, fiel ihr etwas auf, das sie bei der Ankunft nicht bemerkt hatte.

Sie ließ das Fenster herunter. »Bill?«

»Ja, Hannah?«

»Seit wann ist dein Rücklicht zerbrochen?«

»Ach, das.« Er zuckte mit den Schultern. »Das muss am Montagabend passiert sein. Als ich am Dienstagmorgen zur Arbeit aufgebrochen bin, war es kaputt. Ich musste am Revier durch die Kfz-Prüfstelle fahren, und die haben mir eine Verwarnung geschrieben.«

Hannah war verblüfft. »Ihr habt am Revier eine Kfz-Prüfstelle?«

»Klar. Wir bilden Zivilisten für Kfz-Prüfstellen aus. Dadurch haben die Polizisten mehr Zeit für andere Pflichten. Damit die Anwärter üben können, haben wir die Prüfstelle am Revier eingerichtet. Sie halten alle Fahrzeuge an, die auf den Parkplatz fahren und die ihn verlassen.«

Hannah nickte und wartete, dass Bill die Relevanz ihrer Frage verstand. Sie wurde nicht enttäuscht.

»Warte mal!« Er klang plötzlich aufgeregt. »Die Prüfstelle war am Montagabend, als ich das Revier verließ, noch in Betrieb. Und da war das Rücklicht noch in Ordnung. Das heißt, es muss am Montagabend nach sechs Uhr passiert sein, denn am nächsten Morgen um sieben habe ich die Verwarnung bekommen.«

»Genau.« Hannah lächelte ihn an wie eine stolze Mutter. Bill wurde im logischen Kombinieren immer besser.

»Andrea hat mir von deiner zeitlichen Berechnung wegen der Werbeanrufe erzählt. Wenn ich denjenigen finde, der mein Auto angefahren hat, und wenn das zur richtigen Zeit passiert ist, könnte das mein Alibi sein!«

»So ist es. Das wäre möglich.« Hannah stieg noch einmal aus, um sich das zerbrochene Rücklicht anzusehen. »Wo hast du am Montagabend geparkt?«

»Fast an derselben Stelle wie jetzt. Ich habe hinter mir Platz gelassen, sodass da noch jemand sein Auto hinstellen konnte, ohne die Einfahrt zu blockieren.«

»Du hast mit Besuch gerechnet?«

»Eigentlich nicht, aber Andrea wollte mit Tracey ins Kino, und ich dachte, vielleicht kann ich meinen Vater überreden, sich mit mir das Spiel anzusehen.«

»Ich wünschte, es wäre dazu gekommen«, murmelte Hannah. Denn dann steckten sie jetzt nicht in dieser Klemme.

»Ich auch. Aber meine Mutter hatte die Nachbarn zum Abendessen eingeladen, und er musste zu Hause bleiben.«

Eins der Wohnzimmerfenster wurde geöffnet, und Andrea streckte den Kopf heraus. »Stimmt etwas nicht?«

»Nein, im Gegenteil«, antwortete Hannah und tauschte mit Bill ein Lächeln. »Jemand hat am Montagabend Bills Auto touchiert. Wenn wir herausfinden, wem das passiert ist und wann, könnte das Bills Alibi werden.«

»Welche Farbe hatte das fremde Auto? Kann man das erkennen?«

Hannah beugte sich über das zerbrochene Rücklicht. Die Plastikabdeckung wurde nur noch von einer Kante gehalten, aber darauf war ein Abrieb von dunkelgelbem Lack zu sehen. »Hier ist tatsächlich Farbe, ein goldgelber Lack, aber kein Metallic.«

»Den Wagen habe ich Montagabend gesehen«, rief Andrea. »Kommt noch mal rein, dann erzähle ich euch davon. Am offenen Fenster ist es eisig.«

Hannah grinste, als ihre Schwester das Wohnzimmerfenster zuknallte. Es war ein stiller Abend und gar nicht so kalt, doch es war klar, dass Andrea Teil des Teams sein wollte und deshalb verlangte, sie sollten ins Haus kommen.

Andrea brauchte nur ein paar Augenblicke, um ihre Informationen preiszugeben. Wie Hannah vermutet hatte, hätte ihre Schwester ihnen das bisschen auch durchs offene Fenster mitteilen können, doch Andrea war immer am liebsten bei allem dabei. Als sie mit Tracey vom Kino nach Hause gekommen war, so erzählte sie, hätten die Autos dicht an dicht geparkt, und sie hätte sich an einem maisgelben Mercedes vorbeizwängen müssen, um in ihre Einfahrt zu gelangen.

»Bist du sicher, dass er maisgelb war?«, fragte Bill.

»Oh ja. Dabei dachte ich nämlich, wenn ich einen nagelneuen Mercedes kaufen würde, dann bestimmt nicht in der Farbe eines alten Kühlschranks.«

Hannah lachte. Für ihre Schwester war die Farbe abgestempelt. In den späten Sechzigern und frühen Siebzigern hatte es alle Küchengeräte außer in Weiß in drei Farben gegeben: in Maisgelb, Avocadogrün und Hellbraun, und diese Geräte hatten noch viele Jahre in den Küchen gestanden. Einen dieser Farbtöne davon heutzutage bei einem neuen Auto zu sehen, das konnte einen geistig gesunden Menschen schon mal ins Stutzen bringen. »Wem gehört der Mercedes? Hast du eine Ahnung?«

»Nein, aber Lorna Kusak sollte es wissen. Sie hat an dem Abend eine Firelight-Candle-Party gegeben, und deshalb parkten so viele Autos am Straßenrand. Ich habe sehr bedauert, dass ich schon etwas vorhatte und nicht hingehen konnte. Firelight hat einen neuen Duft herausgebracht, Himbeer-Frappé, und ich hätte gern so eine Duftkerze fürs Badezimmer gehabt. Die würde genau zu den Handtüchern passen, und …«

»Bist du absolut sicher, dass der Mercedes neu war?« Hannah unterbrach sie, bevor eine Diskussion über Badezimmerdekoration daraus werden konnte.

»Er war eindeutig neu. Er hatte noch das Kurzzeitkennzeichen vom Autohändler, und ihr wisst, was das bedeutet.«

Bill fing an zu grinsen. »Ich weiß. Warte hier, Schatz. Hannah und ich laufen mal eben zu Lorna und fragen nach.«

»Gute Idee.« Hannah folgte ihm zur Tür. Wenn jemand

in einer Kleinstadt wie Lake Eden ein neues Auto hatte, war der Eigentümer berechtigt, damit anzugeben. Lorna sollte also erfahren haben, wem der Mercedes gehörte. »Wir kommen gleich zurück und berichten dir, versprochen. Und wenn Lorna eine dieser Himbeer-Frappé-Kerzen übrig hat, kaufe ich sie dir.«

Zehn Minuten später telefonierte Bill mit Betty Jackson. Er stellte den Apparat auf Lautsprecher, damit Andrea und Hannah mithören konnten. Hannah trank eine Tasse aufgewärmten Kaffee, während Andrea an ihrer neuen Kerze schnupperte.

»Es tut mir leid, dass ich so spät anrufe, Betty, aber es ist wirklich wichtig.«

»Das ist in Ordnung, Bill«, erwiderte Betty herzlich. »Ich habe morgen frei und bleibe heute lange auf, um durch die Kanäle zu zappen. Meine neue Antennenschüssel ist fantastisch. Über vierhundert Sender, und ich probiere sie alle aus.«

»Sport?« Bill wirkte neidisch.

»Fünfundzwanzig, die über jede bekannte Sportart berichten.« Betty lachte vergnügt. »Sogar Curling aus der Eishockeyhalle in Bemidji. Ist das nicht unglaublich?«

»Wow!« Bill seufzte beeindruckt, und Andrea stieß ihn mit dem Fuß an. Kurz guckte er erschrocken, dann fiel ihm ein, warum er Betty eigentlich angerufen hatte.

»Wissen Sie schon, dass ich befördert wurde?«, fragte Betty, bevor Bill das Gespräch auf ihren und seinen Wagen bringen konnte. »Ich bin jetzt Chefassistentin bei Max' Cousin in der Molkerei. Sie läuft sehr gut. Ich habe gerade zwei neue Sekretärinnen eingestellt, die meine bisherige Arbeit machen sollen. Aber deshalb rufen Sie sicher nicht an. Wahrscheinlich möchten Sie die Telefonnummer meiner Versicherung, weil ich am Montagabend Ihren Kotflügel touchiert habe. Ich habe vergessen, die auf den Zettel zu schreiben, den ich Ihnen unter den Scheibenwischer geklemmt habe.«

Hannah hob die Hand, und ihre Schwester klatschte sie ab, doch noch waren sie nicht über den Berg. Sie lehnten sich zurück und warteten, dass Bill die entscheidende Information bekam, die ihn entlasten würde.

»Der muss weggeflogen sein, Betty. Unter dem Scheibenwischer klemmte nichts.«

»Wirklich? Woher wissen Sie dann …« Betty stutzte und lachte verlegen. »Unwichtig. Sie sind schließlich Polizist. Natürlich konnten Sie auch ohne meine Nachricht herausfinden, dass ich es war. Ich bin ehrlich zerknirscht, Bill. Ich kann gar nicht glauben, dass ich die Entfernung falsch eingeschätzt habe. Der Mercedes ist viel länger als mein alter VW.«

»Ist schon gut, Betty. Ich verstehe das.«

»Gott sei Dank!« Sie klang erleichtert. »Warten Sie kurz, ich hole mein Versicherungskärtchen, damit Sie den Schaden ersetzt bekommen.«

»Das ist nicht nötig«, erwiderte Bill schnell, bevor sie das Telefon hinlegen konnte.

»Aber ich habe eine gute Versicherung. Die werden sich um alles kümmern. Sie müssen nur den Schaden melden, dann ersetzt man Ihnen …«

»Ich brauche das nicht, Betty«, unterbrach Bill. »Ich hole mir bei Ted Koester auf dem Schrottplatz ein Rücklicht und setze es selbst ein.«

»Sind Sie sicher?«

»Absolut. Wenn ich den Schaden melde, erhöhen sich Ihre Versicherungsbeiträge, und das wäre in dem Fall unsinnig.«

»Nun gut, Bill. Sie müssen es wissen. Ich bezahle aber das Rücklicht. Sagen Sie mir nur Bescheid, wie viel es gekostet hat.«

»Das werde ich tun. Wissen Sie noch, um wie viel Uhr Sie meinen Wagen gerammt haben, Betty? Das könnte sehr wichtig sein.«

»Das weiß ich noch genau.« Sie klang überzeugt. »Es war zehn nach neun. Um fünf nach habe ich Lornas Haus verlassen, weil ich rechtzeitig zu Hause sein wollte, um die Zehn-Uhr-Nachrichten zu sehen, und vorher wollte ich meine Katzen füttern und die Waschmaschine füllen.«

»Und Sie wissen wirklich genau, wie spät es war?«

»Ja. Ich habe auf die Uhr geschaut, als ich ins Auto gestiegen bin. Wollen Sie den Schaden nicht doch der Versicherung melden, Bill? Die Schuld liegt eindeutig bei mir.«

»Nicht nötig, Betty. Und wenn wir uns das nächste Mal sehen, erinnern Sie mich, dass ich Sie umarme.«

»Wegen des zerbrochenen Rücklichts?« Sie klang verwirrt.

»Nicht direkt. Sondern wegen der Uhrzeit. Das war der glücklichste Unfall, den ich je hatte.«

Einen Moment lang war es still in der Leitung, und dann klang Betty erst recht verwundert. »Nun gut. Wenn Sie es sagen.«

»Würde es Ihnen etwas ausmachen, die Angaben zu bestätigen, falls Mike Kingston Sie heute noch anruft?«

»Nein …«, antwortete sie vorsichtig. »Sie werden mich doch nicht anzeigen, oder?«

»Ganz bestimmt nicht. Sie müssen ihm nur sagen, um wie viel Uhr Sie mein Auto gerammt haben, damit er weiß, dass es zu der Zeit vor meinem Haus stand.«

»Oh. Ja, sicher, das kann ich tun.« Betty klang, als wäre sie neugierig geworden, aber sie stellte keine Fragen. »In zwanzig Minuten möchte ich mir einen Film ansehen. Könnten Sie ihn bitten, vorher anzurufen?«

Bill versprach es, und sowie er aufgelegt hatte, wählte er Mikes Handynummer. Als der Bettys Telefonnummer bekommen und versprochen hatte, sie sofort anzurufen, legte Bill auf und umarmte Andrea und Hannah. »Danke für eure Hilfe. Es wird wunderbar, wieder zur Arbeit zu gehen!«

»Ganz bestimmt.« Andrea war sichtlich begeistert, weil Bills Hausmannphase hinter ihr lag.

»Mike wird uns ein Frühstück spendieren, um das zu feiern«, sagte Bill zu Hannah. »Ich werde morgen früh um sechs Uhr auf dem Revier sein und mit ihm durchgehen, was die Ermittlung ergeben hat, und wir treffen uns dann um halb sieben in der *Corner Tavern*.«

Andrea strahlte. »Oh, gut. Ich liebe die Pfannkuchen dort.«

»Du nicht, Schatz«, erwiderte er. »Du musst hierbleiben und die Füße hochlegen. Hannah wird dir hinterher etwas mitbringen, nicht wahr, Hannah?«

Sie bestätigte das. Ihr war klar, wie enttäuscht ihre Schwester war. Doch Bill würde wieder arbeiten gehen, und wenigstens musste Andrea nicht mehr zusehen, wie er seinen Hausmannspflichten nachkam. »Sieh es positiv, Andrea. So kannst du länger schlafen.«

»Stimmt.« Jetzt schaute sie schon fröhlicher. »Ich stelle mir den Wecker auf halb neun, Hannah. Dann bin ich auf, wenn du mir das Frühstück bringst. Darf ich dir schon mal sagen, was ich haben möchte?«

»Klar.« Hannah griff nach ihrem Notizblock und schlug eine freie Seite auf.

»Ich möchte Pfannkuchen und Heidelbeersirup und zwei gewendete Spiegeleier und gebratenen Speck und ...«

»Kein Salz«, unterbrach Hannah sie.

»Richtig. Also keinen Speck. Dann nehme ich noch Bratkartoffeln, Weizenvollkorntoast ohne Butter, aber viele von den kleinen Marmeladendöschen und eine fleischlose Beilage, zum Beispiel Tomaten mit Zucker.«

Hannah verzog das Gesicht. Andrea und Michelle hatten Delores' Angewohnheit übernommen, sich Zucker auf die Tomatenscheiben zu streuen. Hannah hielt es wie ihr verstorbener Vater: Sie bestreute sie mit Salz.

»Okay. Etwas zu trinken?«

»Schokoladenshake. Der enthält kein Salz.«

»Das ist wirklich seltsam«, bemerkte Bill stirnrunzelnd.

»Schokoladenshake zum Frühstück?«

»Hm?« Bill blickte verwirrt auf, und damit war klar, dass er nicht zugehört hatte, während Andrea ihre Bestellung aufgegeben hatte.

»Was ist seltsam?«, fragte Hannah ihren Schwager und griff nach ihrer Jacke. Es war schon elf Uhr durch, und wenn sie nicht bald nach Hause fuhr, brauchte sie gar nicht mehr ins Bett zu gehen.

»Im Hintergrund war Musik zu hören, als ich mit Mike telefoniert habe, und soweit ich weiß, ist seine Stereoanlage kaputt.«

Hannah warf Andrea einen Blick zu, und die erwiderte ihn. Nachdem sie Mike bei *Bertanelli's* mit Shawna Lee gesehen hatten, konnte man sich leicht ausrechnen, dass er hinterher mit zu ihr gegangen war. Und wenn das der Fall war, schien er sich nach der ältesten Swensen-Schwester nicht gerade zu sehnen, solange sie ihm ihre Gunst entzog.

16

Der Montagmorgen kam früher als gedacht, nämlich um halb fünf, als Hannah sich in ihrem Bett umdrehte und auf einem Höcker landete. Wie sie feststellte, bestand er aus den Futterpellets, die sie am Abend in Moishes Napf geschüttet hatte.

»Also gut, ich gebe auf.« Seufzend setzte sie sich auf, schaltete die Nachttischlampe ein und schob die Füße in die Pantoffeln. Moishe bestand auf seinem gewohnten Futter. So viel war klar. Und vielleicht hatte er ihr mit der frühen Stunde sogar einen Gefallen getan. Wenn sie es schaffte, bis fünf Uhr so beweglich und munter zu sein, dass sie Auto fahren konnte, wäre sie mit dem Backen fertig, bevor sie zu dem Frühstück mit Bill und Mike aufbrechen musste.

Sie gab Moishe das reguläre Futter und kippte währenddessen eine zweite Tasse von dem starken Kaffee hinunter, den ihre Großmutter früher »Schwedisches Plasma« genannt hatte, dann ging sie zurück in ihr Schlafzimmer, um ihr Bettlaken abzuziehen und die Futterpellets zu entfernen. Anstatt sie zu verwahren, öffnete sie das Schlafzimmerfenster, fasste das Laken bei den Ecken und schüttelte es aus. Sicher gab es draußen genügend streunende Katzen, die nicht so wählerisch waren wie Moishe und sich freuen würden.

»Was möchtest du zum Frühstück, Hannah?« Mike lächelte sie über den Tisch hinweg an.

Eine Erklärung, was zwischen dir und Shawna Lee läuft, dachte sie, antwortete aber: »Pfannkuchen, Ahornsirup und Spiegeleier.«

»Kaffee?«, erkundigte sich die Kellnerin und schenkte Hannah ein Lächeln.

»Ja, bitte, und viel davon. Ich habe heute Nacht wenig Schlaf bekommen.

»Ich auch«, sagte Mike, und Hannah kniff die Lippen zusammen. Auf keinen Fall würde sie fragen, warum!

»Ich habe geschlafen wie ein Baby«, verkündete Bill. »Wahrscheinlich, weil der Druck von mir abgefallen ist. Es war furchtbar, meine Unschuld nicht beweisen zu können.«

»Sei nur froh, dass wir nicht in Frankreich sind.« Mike griff nach der Kaffeekanne, um Hannah einzuschenken. »Bei denen heißt es, schuldig bis zum Beweis des Gegenteils, nicht andersherum wie bei uns.«

Hannah biss die Zähne zusammen. Ihr schien es, als hätte das Winnetka County das französische System übernommen. Bill war suspendiert gewesen, bis er seine Unschuld bewiesen hatte.

Zwanzig Minuten später hatten sie alles verputzt und nichts übrig gelassen. Bill ging an die Theke, um Andreas Frühstück zum Mitnehmen zu bestellen, während Mike bei Hannah in der Sitznische blieb.

Er lächelte sie breit an und griff über den Tisch, um ihre Hand zu berühren. »Ich habe dich in den letzten paar Tagen wirklich vermisst, Hannah.«

Es waren sieben, also mehr als ein paar, dachte sie, wahrte jedoch einen möglichst neutralen Gesichtsausdruck. Sie hätte auch gegen seine Gefühlsbeschreibung argumentieren können. Wie sollte man sein Date mit Shawna Lee Quinn in Sehnsucht nach ihr umdeuten können?

»Ich hätte gestern Abend deine Hilfe gebraucht«, fuhr er fort.

»Ach, wirklich?« Hannahs Brauen schossen in die Höhe. Von ihrer Nische aus hatte es nicht so ausgesehen, als würde Mike von irgendwem Hilfe brauchen! »Wobei?«

»Erinnerst du dich an die Sekretärin, die ich dir vorgestellt habe, als du zuletzt auf dem Revier warst?«

Hannah tat, als müsste sie überlegen. »Du meinst, die neue? Sharon Lee oder so ähnlich?«

»Shawna Lee. Sie war vorher bei der Polizei von Minneapolis. Eine Kollegin von mir.«

Hannah mimte harmloses Interesse. »Kann sein, dass du das erwähnt hast.«

»Sie ist erst seit einem Monat bei uns und kennt hier niemanden. Sie könnte wirklich eine Freundin gebrauchen.«

Wie wär's stattdessen mit einer Feindin? Das könnte ich regeln, dachte Hannah, sagte aber nichts dergleichen. Eifersucht war ein hässliches Gefühl, und es war besser, sich das nicht anmerken zu lassen. »Sie wird sicher eine finden. Die Leute hier sind freundlich.«

»Das stimmt. Ich erwarte nicht, dass du sie mit offenen Armen aufnimmst, doch ich dachte, vielleicht kannst du sie jemandem vorstellen …«

»Ronni«, sagte Hannah wie aus der Pistole geschossen.

»Was?«

»Ronni Ward.« Sie nannte ihm Lake Edens dreifache Siegerin des Bikini-Wettbewerbs und die koketteste Person im weiten Umkreis. »Gibt sie noch die Aerobic-Kurse drüben am Bahnhof?«

»Ja. Der ist ziemlich beliebt bei den Deputys.«

»Bestimmt. Vielleicht sollte Shawna Lee sich da anmelden. Ich denke, sie hat viel mit Ronni gemeinsam, und sie sind im selben Alter.«

»Danke, Hannah.« Er schenkte ihr ein Lächeln, das ihren Puls beschleunigte. »Ich wusste, dir würde etwas einfallen. Du bist der netteste Mensch, den ich kenne, und ein wahrer Problemlöser.«

Hannah fragte sich nur, ob sich zwei kokette Frauen gegenseitig neutralisierten, als subtrahierte man eine Zahl von sich selbst. Als sie aufblickte, sah sie Bill auf ihre Nische zukommen. Es war verblüffend, was ein Alibi ausmachte. Seit er wieder zum Dienst durfte, hielt er sich aufrechter, bewegte sich selbstbewusster und lächelte viel häufiger.

»Andreas Frühstück ist in zehn Minuten fertig. Die Kellnerin bringt es dir an den Tisch. Mike und ich sollten jetzt gehen. Wir haben heute viel zu tun.«

»Ich bin echt froh, dass ich bei dir nicht mehr in Ungnade stehe, Hannah.« Mike rutschte zu ihr auf die Bank und küsste sie auf die Wange. Hannah hätte ihm gern den Kopf zugedreht, damit sich ihre Münder berührten, aber weil Bill dabeistand, ließ sie es. »Ich wette, du bist erleichtert«, bemerkte Mike grinsend.

Hannah wusste nicht, worauf sich das bezog. »Warum sollte ich erleichtert sein?«

»Weil Bill jetzt wieder mit mir an dem Fall arbeitet und du nicht mehr zu ermitteln brauchst.«

»Das stimmt.« Ihr Schwager lächelte sie an. »Wir sind wirklich dankbar für alles, was du beigetragen hast, aber jetzt ist es Zeit, beiseitezutreten und die Profis übernehmen zu lassen.«

»Du … äh …« Vor Verblüffung blieb ihr für einen Moment der Mund offen stehen, und sie hoffte, dass das außer ihr keinem aufgefallen war. »Du willst, dass ich *beiseitetrete*?«

»Ja.« Bill zog den Reißverschluss seiner Jacke zu. »Keine Sorge, Hannah. Da wir wieder beide an dem Fall arbeiten, haben wir zwei ausgebildete Beobachter, um die Sachlage einzuschätzen.«

Und das von dem ausgebildeten Beobachter, der Andreas hellblaues Wohnzimmer mit gelber Lackfarbe überstreichen wollte, dachte sie.

Mike zog die Brauen zusammen. Wenigstens ihm war ihre fehlende Begeisterung aufgefallen. »Ich hoffe doch, du wirst dich aus unserer Ermittlung raushalten. Du hast doch vor aufzuhören, oder?«

Sie starrte Mike einen Moment lang an. Wem wollte er etwas vormachen? Die Ermittlung jetzt aufzugeben war, als holte sie einen Kuchen aus dem Ofen, bevor der Teig überhaupt Zeit hatte aufzugehen. Doch sowohl Mike als auch Bill schien es damit ernst zu sein, und da wäre es wohl unklug zu erwidern, dass es nicht ihre Art war, Dinge nur halb zu erledigen.

»Natürlich werde ich aufhören«, antwortete sie.

»Ich dachte wirklich, sie wären klüger«, bemerkte Andrea, als sie sich auf ihren Stapel Pfannkuchen stürzte. »Sie erwarten wirklich, dass wir aufhören?«

»Das haben sie gesagt. Und ich habe zugestimmt.«

»Wirklich?« Andrea fiel die Gabel aus der Hand; sie landete klirrend auf dem Teller. »Aber das war eine Lüge, nicht wahr?«

»Nicht direkt. Ich würde es als Halbwahrheit betrachten. Ich habe versprochen, die Ermittlung aufzugeben, aber nicht gesagt, wann.«

»Das ist etwas anderes.« Andrea lächelte erleichtert. »Also, was tun wir als Nächstes?«

»Da du nicht herumlaufen darfst, kannst du hier unser Büro führen.«

»Wir haben ein Büro?« Andrea schaute belustigt drein.

»Ab jetzt.«

»Okay, ich führe das Büro. Soll ich die übrigen Leute von Netties Liste anrufen und sehen, ob sie ein Alibi haben?«

»Das wäre großartig. Du bist wirklich gut am Telefon.«

»Natürlich. Ich bin Immobilienmaklerin. Was wirst du derweil tun?«

»Ich fahre zum Revier und frage Barbara Donnelly aus, was sie über die alten Fälle weiß, die Sheriff Grant an sich gerissen hat. Und dabei werde ich sie auch nach seinem Terminplan fragen. Wenn wir wissen, woran er gearbeitet und wen er am Tag seines Todes getroffen hat, könnte uns das weiterbringen.«

»Den Zeitablauf rekonstruieren«, sagte Andrea und nickte dabei weise. »Das tun sie immer in den Detektivfilmen, aber uns hat das bisher kaum etwas genützt.«

»Ich weiß.« Hannah gab einen tiefen Seufzer von sich.

Den Zeitablauf von Sheriff Grants Todestag zu ermitteln würde wahrscheinlich genauso viel bringen, wie am Grab zu stehen und nach einem Verdächtigen Ausschau zu halten.

»Nun, es gibt für alles ein erstes Mal.« Andrea war wie immer optimistisch. Sie nahm sich den Ahornsirup-Donut, den Hannah ihr als Dessert mitgebracht hatte, und biss herzhaft hinein.

»Okay, ich bin jetzt weg.« Hannah schüttelte ihr die Kissen auf, legte das Telefon neben sie, damit sie es gleich zur Hand hatte, und holte ihr einen zweiten Kuli für den Fall, dass der andere versagte. Dann winkte sie zum Abschied und ging hinaus zu ihrem Lieferwagen.

Sie würde kurz bei Lisa reinschauen, damit sie Herb ausrichtete, er solle die Suche nach dem Dachdeckerauto abblasen, und dann bei der Tierarztpraxis halten, um sich neuen Rat wegen Moishes Abneigung gegen das Seniorenfutter und der wachsenden Spannungen zu holen. Auf dem Weg zum Revier würde sie bestelltes Gebäck ausliefern. Und wenn sie in den hässlichen grünen Gängen im Revier zufällig Shawna Lee begegnete, dann würde sie deren Absichten, sich Mike unter den Nagel zu reißen, auf nette, wirklich sehr nette Art durchkreuzen.

»Hannah? Sind Sie das?« Shawna Lees Mund verzog sich zu einem Lächeln, als Hannah das Vorzimmer des Sheriffs betrat. »Mike hat mir alles über Sie erzählt und darüber, wie nett Sie waren. Ich weiß, wir sind uns erst einmal begegnet, aber ich habe das Gefühl, als wären wir schon Freundinnen!«

Hannah zwang sich, ein freundliches Gesicht zu machen. Von übersprudelnder Begeisterung konnte sie pro Tag nur ein gewisses Quantum ertragen. Noch eine Bemerkung von Shawna Lee wäre eine zu viel. »Hallo. Ist Barbara gerade in der Pause?«

»Nein.« Die Polizistin setzte ein betrübtes Gesicht auf. »Das ist so traurig, Hannah! Barbara hat sich beurlauben lassen … Sie wissen schon, diese Trauerfallausnahme? Ich fürchte, auf unbestimmte Zeit.«

»Was heißt das?«

»Das heißt, wir wissen nicht, wie lange sie wegbleiben wird.« Shawna Lee nahm die Frage wörtlich. »Barbara hat viele Jahre für Sheriff Grant gearbeitet, nicht wahr? Und sie sagt, sie ist sich nicht sicher, ob sie diese Arbeit ohne ihn weitermachen kann. Sie waren wie Partner. Sie wissen, was ich meine?«

»Natürlich«, antwortete Hannah. »Also springen Sie für Barbara ein, bis sie wiederkommt?«

Shawna Lee nickte und brachte Bewegung in ihre blonden Locken. Dann neigte sie sich zu Hannah und sagte leise: »Unter uns: Ich glaube nicht, dass sie zurückkommt. Sie ist wirklich durchgedreht, als sie hörte, dass Sheriff Grant ermordet worden ist. Sie hat sogar eine ganze Reihe von Berichten falsch einsortiert.«

»Tatsächlich?« Das überraschte Hannah. Bisher hatte es stets geheißen, dass Barbara eine erstklassige Sekretärin war, und es würde ihr gar nicht ähnlichsehen, Polizeiberichte falsch abzulegen. »Erinnern Sie sich, worum es in den Berichten ging?«

»Eigentlich nicht. Ich achte nicht so sehr darauf. Ich habe sie nur herausgesucht und an der richtigen Stelle eingeordnet. Das hat mich Stunden gekostet, und ich habe alle gefunden außer einem. Sobald ich ein bisschen Luft habe, gehe ich die Hängemappen alle durch, bis ich ihn finde.«

»Ich bin neugierig«, gestand Hannah mit einem Lächeln, das Shawna Lee hoffentlich zur Indiskretion verleitete. »Woher wissen Sie, dass ein Bericht fehlt?«

»Das sehe ich an dem Hängeordner.«

»Welchem?«

»Es gibt einen, der leer ist.«

»Oh. Und Sie glauben nicht, dass Barbara die Angewohnheit hatte, ihre Hängeordner leer in den Aktenschrank zu hängen?«

Shawna Lee schüttelte den Kopf. »Das weiß ich genau. Es gibt keine weiteren leeren Hängeordner im Aktenschrank, dafür aber einen ganzen Stapel davon in ihrer Materialschublade. Da fehlt ein Bericht. Ich bin mir ganz sicher.«

»Nun, viel Glück bei der Suche.« Hannah wandte sich zum Gehen. Der fehlende Bericht könnte wichtig sein, und Shawna Lee hatte ihr schon alles verraten, was sie wusste. Daher musste Hannah jetzt mit Barbara Donnelly sprechen.

»Ich bin froh, dass Sie reingeschneit sind.«

»Wirklich?« Hannah drehte sich noch mal um.

»Ja. Ich war neugierig, wie es Ihrer Schwester geht. Bestimmt ist sie total erleichtert, dass ihr Mann wieder arbeiten geht. Sie wird bald Zwillinge bekommen, oder?«

»Sie bekommt keine Zwillinge.«

»Ach, nein?« Shawna Lee schaute überrascht. »Aber als ich sie hier zuletzt gesehen habe, war sie total dick und plump. Natürlich ist das verständlich. Es muss schrecklich schwer sein, attraktiv auszusehen, wenn man dermaßen schwanger ist.«

»Andrea kriegt das hin«, erwiderte Hannah gereizt. Shawna Lee hatte kein Recht, ihre Schwester zu kritisieren.

»Sie hat wirklich ein paar supersüße Schwangerschaftsoutfits. Trotzdem, sie ist bestimmt froh, wenn sie ihre alte Figur zurückhat. Bill wahrscheinlich auch.«

»Warum das?« Hannah wartete nur darauf, dass Shawna Lee etwas Gehässiges von sich gab und ihr Schicksal besiegelte.

»Es kann einem Kerl doch keinen Spaß machen, mit seiner Frau auf Tuchfühlung zu gehen, wenn sie aussieht wie ein Ballon.« Shawna Lee kicherte und schien nicht zu bemerken, dass Hannah ernst blieb. »Aber ich hoffe, Sie legen bei ihr und Bill ein gutes Wort für mich ein. Ich bin eine gute Sekretärin und fände es toll, die Stelle zu bekommen und für Bill zu arbeiten, vor allem, weil er jetzt die Wahl gewinnen wird.«

Hannah lächelte, und zwar keineswegs nett. »Da irren Sie sich, Shawna Lee. Bill wird vielleicht gar nicht Sheriff.«

»Warum nicht? Er ist der einzige Kandidat, seit Sheriff Grant tot ist.«

»Das ist wahr, doch Sheriff Grant könnte trotzdem die Wahl gewinnen. Die Wahlzettel sind schon gedruckt, und darauf steht sein Name.«

Shawna Lees Lippen verzogen sich zu einem vollkommenen Kreis, dann fasste sie sich und zog die Brauen zusammen. »Sie meinen, die Leute könnten einen toten Mann wählen?«

»Das ist schon vorgekommen.« Hannah präsentierte ihr die Tatsache mit einer gewissen Schadenfreude. »Wenn das passiert, wird Mike kommissarischer Sheriff bleiben, bis die Wahlkommission eine neue Wahl ansetzt.«

Shawna Lee legte den Kopf zur Seite und blickte Hannah einen Moment lang an. Dann lächelte sie. »Na, das wäre auch super. Mike ist jetzt mein Boss, und ich finde ihn toll. Nur unter uns: Er war es, der mich überredet hat, hierherzukommen und mich um den Job zu bewerben.«

»Sie hat tatsächlich gesagt, ich sehe aus wie ein Ballon?« Andreas Augen funkelten vor Wut. »Das war's. Sie wird nicht für Bill arbeiten. Nur über meine Leiche!«

Hannah nickte. »Das dachte ich mir.«

»Und zurzeit arbeitet sie für Mike?«

»Das hat sie mir erzählt.«

Bei Hannahs Tonfall zog Andrea die Brauen hoch. »Okay. Du kannst gelassen bleiben. Ich werde mich darum kümmern.«

»Was hast du vor?«

»Etwas, was wir gemeinsam angehen werden.«

»Nämlich?«

»Ich werde Barbara Donnelly anrufen und ein Treffen vereinbaren. Du überzeugst sie weiterzuarbeiten, sodass die kleine Miss Quinn wieder ins Schreibzimmer zurückmuss.«

»Dann ist sie zwar aus dem Vorzimmer raus, aber immer noch auf dem Revier.«

»Nicht mehr lange«, erwiderte Andrea mit einem wissenden Lächeln. »Es wird ihr nicht gefallen, zurückgestuft zu werden. Das kann ich dir garantieren. Und sie könnte sogar so unglücklich sein, dass sie kündigt.«

»Und was, wenn nicht?«

Andrea zuckte mit den Schultern. »Dann helfe ich ihr

vielleicht, eine bessere Stelle zu finden. Du weißt, wie das ist. Ein wahrer Immobilienprofi hat seine Ohren überall. Man hört von vielen interessanten Karrieremöglichkeiten.«

Eine Viertelstunde später verließ Hannah die Lake Edener Tierarztpraxis mit einer kleinen weißen Tüte. Der Inhalt hatte mehr gekostet, als Mike am Morgen fürs Frühstück bezahlt hatte, aber die Ausgabe lohnte sich. Doktor Bob hatte ihr für ihren alten Kater ein Fläschchen mit Vitaminen verschrieben, um ihm die Gesundheit zu erhalten. Wenn sie Moishe jeden Abend seine Dosis verabreichte, durfte sie das Seniorenfutter getrost wegwerfen und ihm das reguläre geben.

Sie setzte sich hinters Steuer und legte die weiße Tüte ins Handschuhfach. Zwar bezweifelte sie, dass irgendwelche Seniorenkatzen in ihren Wagen einbrechen würden, wenn sie die Tüte auf dem Sitz liegen sähen, doch sie wollte kein Risiko eingehen. Dann fuhr sie zum *Cookie Jar*, um dort kurz reinzuspringen.

»Deine Schwester hat angerufen«, sagte Lisa zur Begrüßung, als Hannah in die Backstube kam. »Barbara wird heute um drei Uhr bei Danielle Watson im Tanzstudio sein. Sie möchte ihrer Enkelin bei der Probe zusehen.«

»Danke, Lisa. Möchtest du eine Pause machen? Ich kann die Theke für eine Weile übernehmen.«

»Nein, ich komme zurecht. Heute war nicht viel Betrieb, abgesehen von ein paar Mädchen, die Naturwissenschaften geschwänzt haben. Sie wollten, dass ich MTV einschalte, während sie ihre Plätzchen aßen, und waren tief enttäuscht zu hören, dass wir kein Kabelfernsehen haben. Sie erzählten, dass es vergangenen Montagabend ein Riesenkonzert auf MTV gab, aber der Kabelempfang ausgefallen ist. Der Sender hat das Konzert heute Morgen um zehn wiederholt, und die Mädchen konnten es sich wieder nicht ansehen.«

Hannah wollte etwas erwidern, als ihr plötzlich ein Licht aufging. »Weißt du genau, dass der Kabelempfang Montagabend ausgefallen war?«

»Absolut. Dad wollte sich einen Film ansehen, und ich musste zur Videothek fahren, damit er etwas zu gucken hatte.«

»Weißt du auch, ob der Kabelempfang im ganzen Stadtgebiet ausgefallen war?«

»So hieß es offiziell: ›Lake Eden und Umgebung‹. Ich werde denen einen Tag von der Kabelrechnung abziehen.«

»Gute Idee.« Hannah nahm ihren Notizblock aus der Tasche und blätterte darin. »Danke für die Information, Lisa. Das widerspricht einer meiner Notizen.«

»Welcher?«

»Hier ist sie.« Hannah gesellte sich zu ihr hinter den Tresen. Sie blickte zu den wenigen besetzten Tischen, doch niemand achtete auf sie. »Nettie hat demnach kein Alibi. Sie arbeitete allein in ihrem Nähzimmer und hatte das Fenster geöffnet. Als ich sie fragte, ob jemand von den Maschlers sie gesehen haben könnte, verneinte sie, weil die alle außer Haus waren. Aber sie sagte auch, dass von nebenan der Fernseher zu hören war, und Kate hätte einen Kung-Fu-Film laufen lassen.«

»Um wie viel Uhr?«

»Zwischen sieben und neun.«

Lisa schüttelte den Kopf. »Unmöglich. Ohne Kabelempfang bekommt man nur vier Sender rein, und keiner von denen zeigt Filme. Glaub mir, ich weiß das. Ich habe mir die Programme angesehen, bevor ich wegen Dad zur Videothek gefahren bin.«

»Also … muss da eine DVD gelaufen sein.« Hannah runzelte die Stirn. »Aber Kate würde keine DVD einschalten und dann das Haus verlassen.«

»Bestimmt nicht. Doch ihr Sohn ist Teenager, nicht wahr?«

»Richie. Kate hat bei Mike ausgesagt, dass er mit Freunden unterwegs war.«

»Das stimmt nicht. Richie war mit seinen Freunden bei sich zu Hause. Und wahrscheinlich hat er das seinen Eltern verschwiegen. Sie haben sich eine DVD angesehen, den Film, den Nettie gehört hat, und dann haben sie das Haus verlassen, bevor Kate und Jerry heimgekommen sind.«

»Und die Jungs haben gelogen, weil sie bei dem Film Bier getrunken haben?«

»Gut zu wissen, dass du noch nicht so alt bist.« Lisa klopfte Hannah auf den Rücken. »Wenn nicht wegen Bier, dann haben sie wegen eines Mädchens gelogen. Und in dem Fall dürften sie sich nicht so sehr auf den Film konzentriert haben.«

»Stimmt. Also sollte ich mit Richie sprechen?«

»Sicher. Es sei denn, du willst das jemanden erledigen lassen, der jünger ist und sich mit der Teenagermentalität besser auskennt.«

Hannah grinste. »Und das wärst dann du?«

»Genau. Und ganz zufällig hat eins der Mädchen, die heute Vormittag hier waren, ihr Unterrichtsheft liegen gelassen. Ich werde in der Schule anrufen und Bescheid geben, dass es hier liegt, und wenn sie es abholt, werde ich sie fragen, welches Mädchen mit Richie Maschler zusammen ist. Und dann spreche ich diejenige an und finde heraus, was sich am Montagabend wirklich abgespielt hat.«

17

Hannah nahm den Eingang an der Straßenseite des Supermarktes *Red Owl* und stieg die lange Treppe in den ersten Stock hinauf. Die Stufen waren neu mit Teppich ausgelegt, und sie bewunderte die Tanzschrittdiagramme, mit denen Danielle die Wände dekoriert hatte und die alle in einer anderen Farbe gehalten waren.

Von oben hörte sie Musik, die stetig lauter wurde. Und als sie die schwere Tür am Ende der Treppe aufzog, schallte sie ihr entgegen, ein peppiges Jazzstück, das sie nicht kannte.

Einen Moment lang blieb sie stehen und schaute sich um. Danielles Tanzstudio war beeindruckend. Außer in dem hinteren Bereich, wo gepolsterte Theaterstühle auf einem dicken roten Teppichboden standen, blickte man auf glänzenden Parkettboden und Spiegelwände. Die einzige unverspiegelte Wand war die zur Straße hin, und da befanden sich die hohen, schmalen Fenster, die Danielle gefallen hatten, als Andrea ihr das Loft damals gezeigt hatte.

Hannah blickte zur Decke und bemerkte dort Schienen. Einen Moment lang rätselte sie, dann entdeckte sie die roten Samtvorhänge, die in Wandnischen zusammengerafft waren. Offenbar konnte man sie hervorziehen und den Raum damit unterteilen.

»Raffiniert«, murmelte sie und schaute sich den Verlauf der Schienen an. Solche Vorrichtungen hatte sie bisher nur in Krankenhäusern gesehen, wo man Patienten in Zwei- und Drei-Bett-Zimmern damit eine gewisse Privatsphäre verschaffen konnte.

Danielle kam herbeigeeilt, sowie sie Hannah an der Tür bemerkt hatte. »Wie schön, dich zu sehen! Tracey macht sich in ihrem Tanzkurs sehr gut.«

»Das freut mich.« Hannah lächelte herzlich. Danielle sah ausgesprochen gut aus. Der angstvolle Blick, der in der Vergangenheit ihre Ausstrahlung dominiert hatte, war genauso verschwunden wie das stark deckende Make-up, das sie damals benutzt hatte, um die Blutergüsse zu kaschieren und die Gewalttätigkeit ihres Mannes zu verheimlichen. »Wie läuft das Geschäft, Danielle?«

»Besser, als ich je gedacht hätte. Und das, nachdem Boyd meine Idee, ein Tanzstudio zu eröffnen, immer verächtlich kommentiert hat! Er meinte, in einer Kleinstadt wie Lake Eden könnte so etwas nie richtig laufen.«

»Anscheinend lag er falsch«, erwiderte Hannah. Wie bei vielen Dingen, fügte sie in Gedanken hinzu.

»Meine Kurse sind alle voll belegt, und ich würde gern einen Tanzlehrer oder eine Tanzlehrerin für die Abende einstellen, damit ich mehr Kurse anbieten kann. Weißt du vielleicht jemanden?«

Hannah war schwer in Versuchung, ihr Shawna Lee als Mitarbeiterin vorzuschlagen. Die wäre mit zwei Jobs ausgelastet und hätte kaum noch Zeit, um mit Mike auszugehen. Aber weil Danielle eine Freundin war und Freunde einander nicht hinters Licht führten, ließ Hannah die Idee fallen. »Ich rufe dich an, wenn mir jemand einfällt.«

»Großartig. Ich möchte gern einen weiteren Kurs für

Gesellschaftstanz anbieten. Ich habe genug Namen auf der Warteliste.«

Hannah war überrascht. »Ich hätte nicht gedacht, dass sich die Jugendlichen heutzutage dafür noch interessieren.«

»Sogar einige, aber ich spreche von meinem Seniorenkurs. Ich liebe den Unterricht mit ihnen, Hannah. Die meisten kennen die Grundschritte schon. Sie brauchen nur eine Auffrischung und etwas Übung. Und die Cheerleader bringen eine Menge Spaß. Sie werden bei der Halloween-Party eine Tanznummer aufführen, und Mr Purvis lässt sie in Freistunden hier üben. Du wirst doch bleiben und zusehen, oder?«

»Das hatte ich vor. Ich treffe mich hier mit Barbara Donnelly. Ich muss sie sprechen.«

»Natürlich. Deine Mutter erwähnte, dass du wieder ermittelst, und Sekretärinnen wissen immer viel über ihren Chef. Barbara ist im Umkleideraum und hilft den Mädchen bei den Frisuren, aber da drüben auf dem Sitz am Ende der ersten Reihe liegen ihr Mantel und ihre Handtasche. Du kannst dich auf den Platz daneben setzen.«

Als Danielle zum Umkleideraum eilte, um zu sehen, ob ihre Cheerleaderinnen fertig waren, nahm Hannah den Sitz neben Barbaras ein. Er war bequem gepolstert und umgab sie wie ein Kissen. Sie saß darin so behaglich, dass sie beinahe eingenickt wäre. Weil sie am vergangenen Abend spät ins Bett gekommen und zu nachtschlafender Zeit wegen Moishes Futterpellets aufgewacht war, hatte sie nur vier Stunden Schlaf bekommen. Das war nicht genug. Das verrieten ihr schon die dunklen Schatten unter ihren Augen, wenn sie in den Spiegel schaute.

Aus den Lautsprechern klang angenehme Musik. Hannah lehnte sich in das Rückenpolster und schloss die Augen, um sie zu genießen. Es wäre schön, dazu zu tanzen, und ihr stünden gleich zwei Männer zur Verfügung. Norman hatte sogar Tanzstunden genommen und sich derart verbessert, dass sie nicht mehr den Drang hatte zu führen, wenn sie mit ihm tanzte. Und Mike … Tja … mit Mike zu tanzen war wie … Daran durfte sie jetzt wirklich nicht denken.

Eine warme Hand berührte sie am Arm, und Hannah lächelte. Mike war da, um sie auf die Tanzfläche zu führen. Er kam ein bisschen zu spät. Die Musik spielte schon eine ganze Weile, aber vielleicht hatte er viel zu tun gehabt. Jetzt tätschelte er ihren Arm, sagte ihren Namen, und sie versuchte, die Augen zu öffnen. Sie war nur ein wenig eingedöst und hatte Musik gehört, während er …

»Hannah? Aufwachen.«

Nein, das war nicht Mike. Das war die Stimme einer Frau. Ihrer Zimmergenossin? Nein, das College hatte sie hinter sich.

»Hannah? Kommen Sie zu sich, Hannah.«

»Hm?« Sie riss die Augen auf und fuhr erschrocken hoch. Barbara Donnelly stand neben ihr und sah sie verständnislos an. Was tat sie in ihrem Schlafzimmer?

»Entschuldigung, aber Sie haben angefangen zu schnarchen«, erklärte Barbara schmunzelnd. »Es wundert mich, dass Sie bei der lauten Musik schlafen konnten.«

Hannah schüttelte den Kopf. »Ich habe nicht geschlafen, nur die Augen ausgeruht.«

»Sicher. Und haben die Innenseite der Lider nach Löchern untersucht.«

Hannah suchte nach Anzeichen. Ihre Augen fühlten sich kratzig an, ihr Arm, den sie auf die benachbarte Rückenlehne gelegt hatte, kribbelte, und ihre Zähne waren mit einem pelzigen Belag überzogen. Es war nicht zu leugnen. Sie hatte geschlafen. »Sie haben gewonnen. Ich gebe es zu. Aber ich schnarche nicht.«

»Selbstverständlich nicht. Niemand schnarcht.« Barbara setzte sich. Mit ihrem hochgewachsenen eleganten Körper und dem dunklen straffen Knoten im Nacken sah sie aus wie eine alternde Primaballerina. »Sie wollten mit mir über Sheriff Grant sprechen?«

»So ist es.«

»Und die Jungs wissen nicht, dass Sie hier sind?«

Hannah grinste. Barbara war auf Draht. »Bills Alibi wurde gestern Abend bestätigt. Er ist heute früh wieder arbeiten gegangen. Mike hat uns heute Morgen zum Frühstück eingeladen, um das zu feiern, und meinte, ich sollte erleichtert sein, weil ich nun nicht weiter zu ermitteln brauche.«

»Für einen so hervorragenden Polizisten kann er ganz schön dumm sein, wenn es um Frauen geht«, bemerkte Barbara und tauschte mit Hannah ein Lächeln. »Natürlich war Sheriff Grant auch kein Traummann.«

»Das habe ich schon gehört. Sie glauben nicht, dass Nettie …?« Hannah ließ den Rest der Frage unausgesprochen und wartete, was Barbara daraus machen würde.

»Niemals.« Grants ehemalige Sekretärin schüttelte den Kopf. Sie klang sehr entschieden. »Ihre Ehe war keine Idylle, doch Nettie liebte ihn. Sie hätte sich vielleicht scheiden lassen, ihn aber ganz bestimmt nicht umgebracht.«

»Das dachte ich auch. Haben Sie irgendeine Idee, wer es getan haben könnte?«

Barbara dachte darüber nach und seufzte. »Im Grunde nicht. Viele Leute konnten ihn nicht leiden, doch ich glaube nicht, dass einer von ihnen den Mord begangen hat.«

In dem Moment setzten sich die Vorhänge in Bewegung, und sie blickten beide zur Decke hoch. Innerhalb von dreißig Sekunden war eine Bühne abgeteilt, und hinter dem Vorhang hörten sie die Mädchen aus der Umkleide kommen und ihre Plätze einnehmen.

»Es geht los«, erklärte Barbara lächelnd. »In den letzten zwei Wochen habe ich das bestimmt schon dreißig Mal gesehen, aber es wird mir nie langweilig. Krista ist wirklich gut. Sie werden begeistert sein.«

»Ganz bestimmt«, sagte Hannah mit einem schmerzlichen Verlustgefühl. Barbara lächelte genauso, wie Hannahs Großmutter gelächelt hatte, als sie in die Grundschule gekommen war, um Hannah als Pilgerin bei ihrer ersten Thanksgiving-Aufführung zu sehen. Sie hatte ihr geholfen, sich den Text einzuprägen, und genau gewusst, was Hannah tun und sagen würde, doch das schien ihr nicht das Geringste auszumachen. Sie platzte vor Stolz, als Hannah sich am Schluss mit ihren Klassenkameradinnen vor dem Publikum verbeugte.

Die Musik schwoll an und ging in Tschaikowskys *Schwanensee* über. Das war eine gute Wahl für Halloween, weil die Musik in mehreren berühmten Horrorfilmen vorkam. Nach ein paar Takten öffnete sich der Vorhang, und Hannah hätte beinahe laut gelacht, als sie die Kostüme der Cheerleaderinnen sah.

»Sind sie nicht entzückend?«, flüsterte Barbara.

»Entzückend« war nicht das erste Wort, das Hannah zu den Kostümen einfiel. Da wurde offenbar eine finstere Version von *Schwanensee* aufgeführt, denn die Mädchen trugen alle schwarze Gymnastikanzüge und an den Armen schwarze Fledermausflügel.

Ein Mädchen schritt zur Bühnenmitte und tanzte ein Solo. Dabei senkte sie den Oberkörper und lief in Kreisen über die Bühne, als flöge sie. Das Mädchen kam Hannah bekannt vor, und sowie sie wusste, wer sie war, drehte sie sich zu Barbara und flüsterte: »Wann ist Krista so groß geworden?«

»Als ich gerade mal nicht hingesehen habe. Mir ist, als hätte ich ihr letzte Woche noch *Pu der Bär* vorgelesen. Die neben ihr ist Leah Koester.«

»Beatrice' Enkelin?«

»Genau. Ich wundere mich, dass Beatrice heute nicht hier ist. Sie hat bisher nur eine einzige Probe verpasst, und das war die am letzten Montag.«

»Da war sie bei mir im Kochkurs«, erklärte Hannah.

»Ich weiß. Als uns beiden klar wurde, dass wir die Probe verpassen würden, haben wir Ted gebeten, die Mädchen hinterher abzuholen und zur Geburtstagsparty einer Klassenkameradin zu bringen. Das werden wir ganz sicher nicht noch einmal tun!«

»Warum nicht?«

»Ted muss sehr in Eile gewesen sein, denn er trug noch seinen Overall. Er hat sich nicht umgezogen oder an der Schule angehalten, um dort Beatrice' Wagen zu nehmen, was er eigentlich hatte tun sollen. Die Mädchen mussten in seinem Pick-up mitfahren, und Kristas neues Partykleid hat dabei einen Rostfleck bekommen.«

»Wie schade«, erwiderte Hannah mitfühlend.

»Ich kann die Haltung meiner Schwiegertochter nicht verstehen. Sie hat gar nicht erst versucht, den Fleck zu entfernen. Sie sagte Krista, das Kleid sei ruiniert, und sie würden im Shoppingcenter ein neues kaufen!«

»Das scheint mir ein bisschen voreilig zu sein«, gab Hannah vorsichtig zurück. Ihr war klar, dass sie gerade an lauter Fettnäpfchen vorbeibalancierte.

»Gut, dass Krista ein wenig Vernunft von meiner Familie geerbt hat! Sie hat das Kleid zu den Hollenbeck-Schwestern gebracht.«

Hannah verstand sofort. Da Marguerite und Clara die Tischtücher der Kirchengemeinde wuschen und die immer fleckenlos sauber wurden, musste Krista sich bei ihnen Rat geholt haben. »Haben sie ihr verraten, wie sie den Fleck rausbekommt?«

»Sie wollten verreisen, und Krista hat sie gerade noch angetroffen, doch sie kommen dieses Wochenende zurück. Sie haben ihr angeboten, das Kleid dazubehalten und den Fleck nach ihrer Rückkehr zu behandeln.«

Nachdem alle Mädchen ihr Solo getanzt hatten, ging die Nummer zu Ende, und der Vorhang schloss sich. Die Eltern und Großeltern, die bei der Probe zugeschaut hatten, klatschten, und Hannah applaudierte ebenfalls.

»Hat es Ihnen gefallen?«, wollte Barbara wissen.

»Es war wunderbar und wird bei den Jugendlichen bestimmt ein großer Erfolg. Hätten Sie noch ein paar Augenblicke Zeit, Beatrice? Ich möchte Sie etwas fragen.«

»Ich habe nichts Besonderes vor. Die Mädchen werden von jemand anders zur Schule mitgenommen. Ich brauche später nur die Treppe hinunterzugehen und noch ein paar Lebensmittel einzukaufen.«

Hannah holte Block und Stift aus der Tasche und erkundigte sich nach Grants Terminplan in der Woche vor seinem Tod. Sie notierte sich alles, was Barbara an Terminen aufzählte, aber keiner davon kam ihr ungewöhnlich vor. »Gab es etwas, was Sie stutzig gemacht hat? Ein sonderbarer Anruf oder Besucher?«

»Nein.« Barbara schüttelte den Kopf. »Das geht mir schon durch den Kopf, seit ich Urlaub genommen habe. Es ist absolut nichts Ungewöhnliches vorgefallen.«

»Sie sagten, er verbrachte wenig Zeit auf dem Revier?«

»Das stimmt. Aber auch das war nicht ungewöhnlich. Sheriff Grant war ein guter Politiker und hat vor der Sheriff-Wahl immer an einem wichtigen Fall gearbeitet.«

»An was für einem zum Beispiel?«, hakte Hannah nach, obwohl sie genau wusste, woran Barbara dachte.

»Einem, der viel öffentliche Aufmerksamkeit bekam und durch den er zeigen konnte, was für ein guter Sheriff er war, damit er wiedergewählt wurde.«

»Und das hat er vor jeder Wahl gemacht?«

»Ehe Sie fragen: Ich weiß nicht, in welcher Sache er diesmal ermittelt hat. Ich habe nicht mal eine Ahnung. Sheriff Grant hat nie jemanden eingeweiht, auch mich nicht. Das erfuhr man erst, wenn er es den Medien bekannt gab.«

»Okay. Was die vergangenen Fälle betrifft, glauben Sie, Sheriff Grant wurde von einem Detective ermordet, der wütend war, weil Grant ihm eine prestigeträchtige Ermittlung weggenommen hat?«

Barbara schaute sie zunächst erschrocken an, dann lächelte sie. »Sie sind wirklich eine gute Detektivin! Wie haben Sie das herausgefunden?«

»Durch Harry Wilcox. Er hat Bill angerufen und meinte, das könnte ein Mordmotiv sein.«

»Er hat recht, in gewisser Weise. Das taugt als Motiv, doch in dem Fall spielte es keine Rolle. Bevor ich das Revier verließ, habe ich die Detectives überprüft, die ihren Fall verloren hatten, und keiner von denen hätte Sheriff Grant umbringen können.«

»Wieso nicht?«, wollte Hannah wissen.

»Einer ist letztes Jahr bei einem Unfall ums Leben gekommen, ein anderer hat sich zum Zeitpunkt des Mordes mit seiner Frau in Europa aufgehalten, und ein dritter war zur Geburt seiner Enkelin nach Chicago geflogen.«

»Haben Sie auch Harry überprüft?«

»Natürlich. Ich habe angerufen und mit seiner Frau geplaudert. Sie erwähnte, dass sie an dem Abend bei einer Dinnerparty waren.«

»Danke, Barbara.« Hannah notierte sich die relevanten Angaben. Barbara hatte ihr Arbeit abgenommen, und es war Zeit zu gehen. »Ich war eben auf dem Revier und habe mit Shawna Lee gesprochen. Sie vertritt Sie zurzeit.«

Barbara starrte Hannah überrascht an. »Tatsächlich?«

»Ja. Sie sind nicht glücklich darüber?«

Barbara schaute sehr verlegen. »Nicht, dass Shawna Lee inkompetent wäre. Sie ist eine sehr gute Sekretärin. Aber im Umgang mit Leuten ist sie … nun ja … sagen wir, ich hätte sie für die Aufgabe nicht genommen. Womit war sie gerade beschäftigt, als Sie dort waren?«

»Sie meinte, sie hätte ein paar Berichte gefunden, die falsch einsortiert waren, und wollte das korrigieren.«

Barbara runzelte die Stirn. »Ich hoffe doch sehr, sie hat das nicht herumerzählt, vor allem weil sie wahrscheinlich denkt, die Fehler wären mir unterlaufen.«

»Was sie den Leuten erzählt, weiß ich nicht, doch sie glaubt tatsächlich, Sie hätten die Berichte falsch abgelegt. Sie war aber sehr verständnisvoll. Sie sagte, Sie hätten viele Jahre für Sheriff Grant gearbeitet und wären wegen seiner Ermordung verständlicherweise erschüttert und aufgewühlt.«

»Das ist wahr«, räumte Barbara ein. »Doch ich habe die Berichte nicht falsch einsortiert. Sheriff Grant ist es, der kein Schriftstück in den richtigen Ordner legen konnte. Er hat ständig Berichte heraus- und mit nach Hause genommen. Und er bestand darauf, sie selbst wieder zurückzulegen, damit ich nicht wusste, woran er arbeitete.«

»So geheimniskrämerisch war er?«

»Oh ja. Niemand sollte Bescheid wissen, nicht einmal ich. Ich nannte ihn immer ›James Bond‹.«

Hannah grinste, weil Barbara den gutaussehenden, charmanten James Bond mit dem klein geratenen, untersetzten Sheriff Grant verglich. »Das haben Sie ihm bestimmt nicht ins Gesicht gesagt.«

»Doch. Er nahm das als Riesenkompliment. Er hatte ein Faible für James Bond. Ich glaube, er hielt sich selbst für eine Art Superspion.« Barbara kicherte. »Er glaubte wirklich, er könnte mir verheimlichen, welche Berichte er mitgenommen hatte.«

»Aber das konnte er nicht?«

»Himmel, nein! Ich wusste es immer. Das waren die, die ich später im falschen Hängeordner gefunden habe.«

Hannah lachte, wurde jedoch schnell wieder ernst, weil ihr ein Gedanke kam. »Glauben Sie, die besagten Berichte hatten mit dem wichtigen Fall zu tun, in dem er ermittelte, um seine Wiederwahl zu sichern?«

»Oh, nein. Dann hätte er sie bei sich zu Hause behalten.«

Hannah holte scharf Luft, weil ihr etwas einfiel, das Shawna Lee gesagt hatte. »Shawna Lee erwähnte, dass ein Bericht fehlt.«

»Wieso denkt sie das?«

»Weil ein Hängeordner im Aktenschrank leer ist.«

»Dann hat sie recht. Ich würde nie einen leeren Ordner weghängen.«

»Können Sie erkennen, welcher Bericht fehlt, wenn Sie in den Aktenschrank schauen?«

Barbara schüttelte den Kopf. »Tut mir leid. Die Hängemappen sind nicht beschriftet. Ich hätte nicht die leiseste Ahnung.«

Hannah saß nachdenklich da. Ihr kam der leise Verdacht, dass der fehlende Polizeibericht ein wichtiges Indiz in dem Mordfall Grant war, doch sie wusste nicht, wie sie ihn finden sollte. »In Filmen ist es immer viel einfacher.«

»Das glaube ich gern! Und es ist auch viel aufregender und mit einer Liebesgeschichte verbunden.«

»Bei der Liebesgeschichte bin ich mir nicht sicher.« Hannah sah Shawna Lees glühende Blicke vor sich, die sie Mike bei *Bertanelli's* zugeworfen hatte. »Ich habe gehört, dass Sie eventuell kündigen wollen. Aber das werden Sie nicht tun, oder?«

»Nun ja … ich habe sehr lange dort gearbeitet, und die Bezahlung ist nicht besonders gut. Ich spiele mit dem Gedanken, früher in den Ruhestand zu gehen.«

»Bitte nicht«, erwiderte Hannah mit zusammengezogenen Brauen.

»Warum?«

»Dazu sage ich nur das: Shawna Lee. Wenn Bill die Wahl gewinnt, wird sie womöglich seine Sekretärin. Andrea ist deswegen sehr aufgebracht. Ich soll Sie deshalb anflehen, den Job nicht aufzugeben.«

»Ich verstehe. Und wenn Bill nicht gewinnt?«

»Dann wird Mike kommissarisch im Amt bleiben, bis ein neuer Sheriff gewählt ist. Und Shawna Lee wird seine Sekretärin sein.«

»Also möchten Sie auch, dass ich wieder zur Arbeit gehe?«

»Ja. Wie stehen Sie dazu? Sie werden uns nicht im Stich lassen, oder?«

»Nun ja …« Barbara seufzte. »Ich könnte wohl noch für eine Weile arbeiten, zumindest bis der neue Sheriff sich gut eingearbeitet hat.«

Hannah strahlte. »Danke! Wir haben gehofft, dass Sie mindestens noch einen Monat bleiben. Damit hätte Andrea genug Zeit, um Shawna Lee andere Karrierechancen zu erschließen.«

»Andere Karrierechancen?« Barbara schaute sie verwirrt an.

»Genau. Vorzugsweise im Ausland oder auf einem anderen Planeten.«

18

»Ich dachte, ich hätte dich reinkommen hören.« Lisa erschien in der Schwingtür zur Backstube.

»Klingt, als wäre vorne viel los«, sagte Hannah angesichts des Stimmenlärms aus dem Café.

»Es ist rappelvoll. Ich habe Neuigkeiten für dich von der Maschler-Front.«

»Wirklich?« Hannah hängte ihre Jacke an den Haken neben der Tür und sah Lisa erwartungsvoll an.

»Komm nach vorn, wenn du so weit bist, dann erzähle ich es dir. Da reden sowieso alle über Mike, und wenn du ihnen erst mal gesagt hast, was sie wissen wollen, werden sie uns nicht mehr beachten.«

»Wieso über Mike? Was wollen sie wissen?«, fragte Hannah hastig und hielt beim Händewaschen inne.

»Babs Dubinski hat gestern Abend bei Mike im Jeep eine blonde Frau gesehen, als er gerade vom Highway kam und in seinen Apartmentkomplex einbog. Das hat sie beim Friseur allen erzählt, als sie sich die Haare machen ließ, und danach konnten sie es wohl nicht mehr erwarten und kamen sofort zu uns herüber.«

»Warum?«, hakte Hannah nach, obwohl sie die Antwort kannte.

»Um herauszufinden, ob du das schon weißt. Und um es dir als Erste zu erzählen, falls du ahnungslos bist.«

»Herr, gib mir Kraft«, murmelte Hannah seufzend. »Sag ihnen einfach, du hättest es mir schon berichtet, und jetzt wüsste ich es.«

Lisa schüttelte den Kopf. »Das nützt nichts. Ich werde ihnen einen Knüller präsentieren müssen, sonst gehen sie nie.«

»Okay.« Hannah überlegte kurz. »Sag ihnen, ich wüsste es nicht mit Sicherheit, glaubte aber, dass die Frau seine vorübergehende Sekretärin Shawna Lee Quinn ist. Und dass ich keine Ahnung hätte, warum sie in seinem Jeep saß.«

»Das sollte funktionieren. Wenn sie einen Namen bekommen, werden sie wieder ins *Cut'n Curl* rübergehen und sehen, was sie über Shawna Lee zusammentragen können. Wenn alle weg sind, komme ich nach hinten und gebe Entwarnung.«

»Danke, Lisa.« Hannah wahrte ein neutrales Gesicht, bis Lisa wieder verschwunden war. Dann wusch sie sich weiter die Hände, allerdings mit mehr Kraft als nötig. Sie musste herausfinden, was zwischen Mike und Shawna Lee lief. Und wenn er bei ihrer nächsten Begegnung mit ihr nicht entgegenkommender war, würde sie einfach über die Straße ins *Cut'n Curl* gehen und Bertie und ihre Kundinnen auf ihn hetzen!

Es dauerte eine Weile, bis Lisa Entwarnung gab, und Hannah hatte Zeit, für den nächsten Tag den Teig für die Sirupplätzchen anzurühren. Sie hatte die Schüssel gerade in den Kühlraum gestellt, als Lisa in der Tür erschien.

»Sie sind weg. Du kannst jetzt nach vorne kommen.«

Hannah vergeudete keine Zeit und schob sich durch die Schwingtür in den Verkaufsraum. Sie war sich feige vorgekommen, weil sie in der Backstube geblieben war. Ihr Blick fiel auf die Glasdosen hinter dem Ladentisch, und sie schnappte überrascht nach Luft. »Wo sind all die Plätzchen geblieben?«

»Bertie und ihre Kundinnen haben jede vier Stück gegessen.«

»Anscheinend ist nichts so appetitanregend wie ein bisschen Klatsch.« Hannah goss sich Kaffee ein und setzte sich neben Lisa auf einen der hohen Hocker hinter dem Tresen. Die letzten Gäste waren vier Damen an einem Tisch weiter hinten, und die waren in ihre eigene Unterhaltung vertieft. »Ich werde die Gläser auffüllen, wenn du mir von Richie Maschler erzählt hast.«

»Das klingt nach Bestechung.« Lisa lächelte sie schelmisch an.

»Das ist eine. Hast du mit ihm selbst gesprochen?«

»Nein, aber mit Cheryl Coombs.«

Hannah zog verwirrt die Brauen zusammen. »Was hat die damit zu tun?«

»Sie selbst nichts, doch ihre Tochter Amber ist mit Richie zusammen.«

»Verstehe. Und du hast Cheryl gefragt, wo Amber am vergangenen Montagabend war?«

»Genau. Wie sich herausstellt, sollte Amber eigentlich zu Hause für einen Algebra-Test lernen. Cheryl musste an dem Abend arbeiten, und Amber durfte nicht aus dem Haus.«

»Aber sie ist trotzdem weggegangen, und Cheryl hat sie erwischt?«

»Auf frischer Tat. Cheryls Boss hat ihr erlaubt, früher Feierabend zu machen, und als sie nach Hause kam, war Amber nicht da.«

»Oh, oh. Um wie viel Uhr kam Amber zurück?«

»Erst um Viertel vor zehn, fünfzehn Minuten bevor Cheryl regulär von der Arbeit heimgekommen wäre.«

»Und Amber hat zugegeben, dass sie mit Richie zusammen war?«

»Sie hat Cheryl gestanden, dass sie bei ihm zu Hause war und mit ihm einen Kung-Fu-Film geguckt hat. Sie plädierte darauf, dass sie nicht wirklich allein waren, weil Nettie nebenan bei offenem Fenster im Nähzimmer gearbeitet hat, doch Cheryl hat das nicht gelten lassen und Amber zur Strafe das Handy weggenommen.«

»Das ist eine Strafe?« Hannah war verblüfft. Ihr schien es eher eine Strafe zu sein, ein Handy zu haben. Wenn sie eins hätte, könnte Delores sie Tag und Nacht anrufen!

»Kein Handy zu haben ist schlimmer als Stubenarrest«, erklärte Lisa mit einem Lächeln in den Mundwinkeln. »Du weißt, wie Mädchen sind. Sie lieben es, stundenlang zu telefonieren.«

»Nicht nur Mädchen«, meinte Hannah seufzend und dachte dabei an ihre Mutter, die Königin der Weitschweifigkeit. »Danke, Lisa. Ich nehme die Glasdosen mit und fülle sie auf.«

»Okay. Ich halte hier die Stellung. Was soll ich tun, wenn Mike hereinkommt?«

Hannahs Brauen schossen in die Höhe. »Wie kommst du darauf, dass er sich im *Cookie Jar* blicken lässt?«

»Die Klatsch-Hotline. Irgendjemand wird was zu ihm sagen.«

Hannah dachte kurz darüber nach. Bertie und ihre Damen dürften inzwischen mehrere Leute angerufen haben, und Delores stand ganz oben auf ihrer Liste. Wenn ihre Mutter davon erfuhr, würde sie Andrea anrufen, und die würde Bill anrufen, und Bill würde Mike gegenüber eine Bemerkung machen, und … »Du hast recht. Er wird herkommen. Wenn er da ist, halte ihn hin.«

»Wie soll ich das machen?«

Hannah zuckte mit den Schultern. »Keine Ahnung. Sag ihm, ich sei beschäftigt. Das ist sogar wahr.«

»Es mag wahr sein, aber er wird wissen wollen, warum er nicht mit dir sprechen kann.«

»Stimmt.« Hannah überlegte weiter, und dann warf sie resignierend die Hände in die Höhe. »Ich weiß nicht, wie du ihn am besten aufhältst. Du warst Jahrgangsbeste deiner Klasse. Lass dir etwas einfallen.«

Im *Cookie Jar* war es gewöhnlich eine Stunde vor Ladenschluss voll, weil die Leute noch schnell ein Plätzchen essen oder ein Dutzend für die Familie mit nach Hause nehmen wollten. Hannah bediente an der Theke, während Lisa die gekauften Kekse einpackte, bis der Ansturm vorbei war und nur drei Tische noch besetzt waren.

»Ich gehe wieder in die Backstube und fange mit den Teigen für morgen an«, sagte Hannah.

Lisa schüttelte den Kopf. »Das kann ich erledigen. Du hast heute Abend deinen Kochkurs.«

»Das wird kein Problem sein. Ich hole mir unterwegs einen Happen und esse im Auto. Und zu Hause muss ich mich nur umziehen, Moishe füttern und ihm seine Vitamine geben.«

»Vitamine?« Lisa schaute besorgt. »Als Tablette? Bei Katzen ist das schwierig. Sie spucken sie aus, sobald man nicht mehr hinsieht.«

»Ich habe ein Fläschchen mit Tropfpipette bekommen. Ich muss ihm nur das Maul öffnen und etwas hineinträufeln. Das sollte einfach sein.«

»Hoffentlich behältst du recht.« Lisa schien mehr sagen zu wollen, doch in dem Moment ging die Ladentür auf, und Beatrice Koester kam herein. Sie stellte einen Karton auf den Tresen, und Lisa schaute verwirrt hinein. »Was ist das alles?«

»Meine Hausaufgaben von Hannahs Kurs. Ich habe drei Flaschen mit Dressing, eine Tüte geputzten Salat und einen Stapel Pappschälchen. Ich dachte, Sie könnten Ihre Kunden probieren lassen und herausfinden, welche Soße am besten schmeckt.«

»Gute Idee.« Hannah drehte sich zu Lisa. »Geh doch an den Tischen mal fragen, ob jemand eine Dressingprobe machen möchte. Dann können wir die Meinungen auswerten und das beliebteste in das Kochbuch aufnehmen.«

»Was für Soßen sind das?« Lisa nahm die Flaschen heraus und schüttelte sie.

»Russisches, französisches und Gorgonzola-Dressing. Ted und mir schmeckt das französische am besten, aber das ist Ansichtssache.«

»Die Flaschen gefallen mir«, bemerkte Lisa. »Sie sind für Salatsoßen genau richtig. Wo haben Sie die her?«

»Aus dem Keller von Teds Mutter. Die füllten da drei Regalfächer. Ted fand es verrückt, dass ich die alle eingepackt und mitgenommen habe, doch die kann man für vieles gebrauchen.«

»Danke, Beatrice.« Hannah lächelte sie herzlich an. »Kommen Sie heute Abend zum Kurs?«

»Ja. Ich habe noch mehr von den Dressings, sodass die anderen auch kosten können.«

»Gut. Ich werde früher da sein, weil ich noch eine Muffin-Variante ausprobieren möchte. Ist Ihnen inzwischen etwas eingefallen, was ich wissen sollte?«

»Eigentlich nicht.« Beatrice runzelte die Stirn. »Ich habe gestern Abend zwei alte Freundinnen von Alma angerufen, aber die wussten auch nichts. Eine hat Teds Mutter sogar nach dem Rezept gefragt, als sie schon sehr krank war. Sie hätte es gern gehabt und versuchte, Alma zu überzeugen, dass es der Nachwelt erhalten bleiben sollte. Aber meine Schwiegermutter sagte, dass das ihr Geheimnis sei und sie es mit ins Grab nehmen wolle.«

Hannah schauderte und fragte sich, wie viele Geheimnisse Sheriff Grant wohl mit ins Grab genommen hatte. Man konnte sich leicht denken, dass eins davon der Grund für seine Ermordung war.

»Was haben Sie, Hannah?«, wollte Beatrice besorgt wissen. »Sie sehen aus, als wäre eine Gans über Ihr Grab gelaufen.«

»Das könnte sogar sein«, antwortete Hannah und wunderte sich über die alte Redewendung.

»Soll ich Lisa bei der Dressingprobe helfen?«, bot Beatrice an.

»Das wäre nett, falls Sie die Zeit haben.«

»Hab ich. Ich muss erst um halb sieben zum Schrottplatz fahren. Ted arbeitet heute länger, und ich bringe ihm das Abendessen.«

»Ich dachte, er schließt montags früher.« Hannah fiel ein, was sie auf dem Schild an der Einfahrt gelesen hatte, als sie zuletzt daran vorbeigefahren war.

»Normalerweise ja. Aber weil ich bei Ihrem Kurs sein werde, kann er ebenso gut länger arbeiten, findet er. Mit Autoverwertung lässt sich viel Geld verdienen.«

»Das freut mich«, erwiderte Hannah.

»Das Geschäft läuft so gut, dass wir eine neue Schrottpresse kaufen konnten. Die ist viel schneller als die alte, und es ist verblüffend zu sehen, wie ein Auto hinterher als Blechwürfel herauskommt.«

»Das kann ich mir vorstellen.« Hannah überlegte, wie sie sich auf höfliche Art davonmachen könnte. Beatrice war heute ungewöhnlich gesprächig.

»Das müssen Sie sehen, um es zu glauben. Kommen Sie doch mal zum Schrottplatz, wenn Sie ein bisschen Zeit haben.«

»Unbedingt.« Hannah erkannte, dass Beatrice ihr gerade die Gelegenheit gegeben hatte, sich zu verabschieden. »Und apropos Zeit, ich muss mich beeilen, vor allem weil ich heute früher in der Schule sein will. Bis später, Beatrice.«

19

Hannah wollte gerade aus ihrer Parkbucht zurücksetzen, als Mike mit seinem Streifenwagen vorfuhr und ihr den Weg versperrte. Im Außenspiegel sah sie, dass er ausstieg und zu ihrem Wagen kam. Am unteren Rand der Spiegelfläche stand: *Gespiegelte Objekte sind näher, als sie scheinen.* Stattdessen hätte da stehen sollen: *Objekte im Spiegel sind wütender, als sie aussehen.* Mike sah aus, als würde er gleich Gift und Galle spucken, und mit dieser Miene zog er die Beifahrertür auf und stieg ein.

»Warum erzählst du in der Stadt herum, ich hätte dich für eine Blondine fallengelassen?«, fragte er mit zornblitzenden Augen.

»Habe ich gar nicht.«

»Nicht?«

»Ich zumindest nicht. Babs Dubinski hat dich gestern Abend mit einer blonden Frau im Auto gesehen, als du in deinen Apartmentkomplex eingebogen bist.«

»Das war Shawna Lee. Ich habe sie bloß nach Hause gefahren.«

»Shawna Lee wohnt bei dir?«

»Natürlich nicht! Sie wohnt in einem der anderen Häuser, mehr nicht. Ihr Wagen ist nicht angesprungen, und sie musste noch Lebensmittel einkaufen, also habe ich sie zum *Red Owl* gefahren.«

»Oh.« Hannah schaffte es, ein freundliches Gesicht zu wahren. Sie wollte ihn fragen, warum besagte Einkaufsfahrt bei *Bertanelli's* geendet hatte, doch sie verkniff sich das.

»Zum Dank hat sie mich zum Abendessen eingeladen, aber sie ist eine lausige Köchin, und deshalb bin ich mit ihr in die Pizzeria gegangen.«

Hannahs argwöhnisches Herz schlug schneller, als Mike sie anlächelte. Sie sagte sich jedoch, dass er von Shawna Lees lausigen Kochkünsten nur auf eine Art erfahren haben konnte, und ihr Herz kehrte zu seinem gewohnten Rhythmus zurück.

»Du fragst dich wahrscheinlich, woher ich weiß, dass sie so miserabel kocht.« Anscheinend hatte er Hannahs Gedanken gelesen.

»Eigentlich … ja«, gab sie zu.

»Wir haben auf dem Revier mal ein Lunch-Büffet veranstaltet, zu dem jeder etwas beisteuern sollte, und sie hat einen Thunfischauflauf mitgebracht. Er schmeckte scheußlich.«

»Oh, wirklich?« Die aufgerichteten Nackenhärchen legten sich, und ihr ging es sofort besser. Wenigstens war die Frau, die hinter ihm her war, beim Kochen keine Konkurrenz für sie.

»Es gibt nur eine Ausnahme, und zwar beim Backen. Ihre Brownies sind fantastisch.«

»Wie schön.« Hannah nahm sich vor, für ihn niemals Brownies zu backen.

»Ich war schon immer verrückt nach Brownies«, erzählte er weiter, ohne zu merken, dass er sich ein immer tieferes Grab schaufelte. »Und ihre bergen stets eine Überraschung, weil sie irgendwas in den Teig tut. Letzten Dienstag waren es Minimarshmallows und Pecannüsse. Vielleicht solltest du das Rezept mal ausprobieren. Das wäre wahrscheinlich ein Erfolg in deinem Laden.«

Mike grinste auf seine gewinnende Art, und wie immer beschwor das bei Hannah Bilder herauf, wie sie im Sommer Händchen haltend spazieren gegangen waren oder sich im Winter unter eine hohe Kiefer gestellt und mit einem Kuss die Kälte vertrieben hatten. Aber Mike hatte gerade vorgeschlagen, sie solle Shawna Lees Brownies nachbacken und in ihrem Geschäft verkaufen, und je mehr sie darüber nachdachte, desto wütender wurde sie. Am liebsten hätte sie ihm gegen das Schienbein getreten. Nur mit eisernem Willen gelang es ihr, die Füße auf der Bodenmatte zu lassen.

»Also ist zwischen uns alles okay?«

»Warum sollte es nicht okay sein?« Hannah unterbrach ihre Überlegungen, wie viele Jahre sie wohl für tätlichen Angriff mit Körperverletzung gegen einen kommissarischen Sheriff bekommen würde.

»Weil ich mit Shawna Lee einkaufen und dann bei *Bertanelli's* war.«

»Doch, alles okay.« Was sollte sie auch anderes sagen?

»Und ich schätze, ich sollte dir auch gleich den Rest erzählen, bevor das jemand anders tut. Nach dem Pizzaessen bin ich mit Shawna Lee in ihre Wohnung gegangen und habe ihr die Surround-Tonanlage angeschlossen.

»Wie ein guter Nachbar«, erwiderte sie innerlich schäumend.

»Ich denke, sie würde dir ihr Brownie-Rezept geben, wenn ich sie frage. Möchtest du das?«

Hannah blinzelte, bis das Rot am Rand ihres Blickfelds verschwand. »Nein, danke. Ich bin mir sicher, dass ich auch ohne das ganz gute Brownies hinbekomme.«

»Wenn du welche backst, kann ich sie gern für dich probieren und dir sagen, ob sie so gut sind wie ihre.«

»Klar.« Hannah kniff die Lippen zusammen, damit ihr nichts rausrutschte, was als verbaler Angriff auf einen kommissarischen Sheriff gewertet werden konnte.

»Bill wartet auf mich. Ich muss los.«

Mike drehte sich zu ihr und zog sie in die Arme, bevor Hannah die Kraft aufbrachte, ihn abzuwehren. Seine Lippen schmiegten sich an ihre, und obwohl sie wusste, dass sie eine Sklavin ihres Verlangens war, zog sie den Kopf nicht zurück. Mike zu küssen war ein Spiel mit dem Feuer, bei dem es darum ging, die Hitze zu genießen, ohne sich zu verbrennen.

»Du hast mir wirklich gefehlt, Hannah«, hauchte er und zog sie enger an sich. Und obwohl sich ein Fuß unter dem Bremspedal verkeilt hatte und sie unbequem saß, war seine Umarmung erregend.

Lange Augenblicke vergingen in purer Seligkeit, dann ließ er sie los. Hannah hörte sich heftig atmen und holte tief Luft, um sie in einem bebenden Seufzer durch die Nase zu entlassen.

»Wie wär's mit einem Abend diese Woche?«, fragte er und öffnete die Beifahrertür.

»Was?«

»Willst du diese Woche mit mir essen gehen? Ich rufe dich an, wenn ich mich freimachen kann, und wir machen eine Zeit aus.«

»Sicher«, antwortete Hannah, und im nächsten Moment besann sie sich der guten Manieren, die Delores ihr beigebracht hatte. »Das wäre wirklich schön, Mike. Danke für die Einladung.«

Er strich ihr mit den Fingerspitzen über die Wange und stieg aus. Während die Tür zufiel, blinzelte sie und atmete noch mal tief durch. Was würde eine raffiniertere Frau mit einem Mann wie Mike tun? Es spielte anscheinend keine Rolle, wie wütend sie auf ihn war. Er schaffte es trotzdem, dass sie weiche Knie und Herzklopfen bekam.

Sie schnallte sich an, startete den Motor und vergewisserte sich mit einem Blick in den Rückspiegel, dass Mike und Bill weggefahren waren. Doch sie sah nur Grau. Ihre Fenster waren beschlagen. Mit dreißig war sie ein bisschen zu alt dafür, doch sie konnte sich endlich zu den Pärchen zählen, die bei kaltem Wetter im parkenden Auto knutschten, dass die Scheiben beschlugen.

»Na komm, Moishe. Doktor Bob meinte, du würdest die Tropfen mögen. Sie schmecken wirklich gut.« Hannah hielt Moishe mit einer Hand fest und tippte mit der Pipette an sein Maul. »Mach auf, dann ist es in einer Sekunde vorbei.«

Moishe blickte sie hasserfüllt an und hielt das Maul fest geschlossen. Für einen Kater, der gern miauend durch die Wohnung streifte, war er ungewöhnlich still geworden, sowie er die Pipette in ihrer Hand gesehen hatte.

»Wehe, ich komme deinetwegen zu spät«, warnte sie und stupste ihn kräftiger an. »Runter mit den Vitaminen, und dann bekommst du das Futter, das du magst.«

Moishe gab ein Fauchen von sich, aber sein Maul blieb geschlossen. Hannah sah, dass er ihr nicht glaubte.

Er fauchte lauter, als sie immer wieder mit der Pipette eine Lefze antippte, und plötzlich sauste er wie ein geölter Blitz unter ihrer Hand weg, sprang einen Salto, landete mit dumpfem Geräusch auf dem Teppich und flitzte zum Schlafzimmer.

»Oh, oh.« Hannah stöhnte, weil sie schon das Schlimmste fürchtete. Wie erwartet hatte Moishe sich höchst wirksam unter dem Bett verschanzt, wo sie, wie er sehr wohl wusste, nicht an ihn herankam.

»Du weißt, dass ich dich von da nicht hervorziehen kann«, beschwerte sie sich, als sie auf Knien unter der Tagesdecke durchspähte. »Komm heraus und nimm deine Medizin, Moishe. Andere Katzen mögen sie auch.«

Ein klagendes Miau kam aus der Dunkelheit unter dem Kopfende. Hannah legte sich auf den Bauch und streckte den Arm so weit wie möglich aus, bekam jedoch nichts weiter zu fassen als ein zerknülltes Papiertaschentuch, eine alte Socke mit einem Loch und einen Kugelschreiber.

Er miaute wieder, als sie die Hand zurückzog. Seufzend stemmte sie sich vom Boden hoch. »Klar. Du wolltest das Maul nicht aufmachen, als ich die Pipette in der Hand hatte, aber jetzt tust du es auf einmal!«

Nachdem die fünf Gruppen mit Backen beschäftigt waren, gab Hannah Beatrice einen Wink, damit sie zu ihr an das Blech mit den Muffins kam, die sie gebacken hatte. »Kosten Sie bitte einen. Ich habe sie diesmal nicht mit Guss bestrichen, aber vermutlich können Sie mir auch so sagen, ob ich auf dem richtigen Weg bin.«

»Ich denke, das kann ich.« Beatrice nahm sich einen

Muffin und zog das Papier ein Stück herunter. Sie biss hinein, kaute und schluckte. Dann schüttelte sie den Kopf. »Tut mir leid, Hannah. Der schmeckt noch nicht, wie er sollte. Almas waren schwer, aber nicht *so* schwer. Schmecke ich da Erdnussbutter?«

»Ja. Almas Geheimzutat war offenbar nicht so zäh. Ich habe schon geahnt, dass ich es nicht getroffen habe, doch da der Teig einmal angerührt war, wollte ich ihn auch verbacken.«

»Er schmeckt nicht wie Almas, aber trotzdem gut.« Beatrice nahm sich einen zweiten. »Vielleicht haben Sie damit ein neues gutes Rezept kreiert.«

»So entwickle ich sie alle. Ich stelle mir vor, wie der Geschmack sein soll, und beginne mit einem Grundteig. Dann füge ich Zutaten hinzu, bis das Plätzchen so schmeckt, wie ich es mir vorgestellt hatte. Manchmal höre ich kurz vor dem eigentlichen Ziel mit dem Herumprobieren auf, weil ich über eine wirklich gute Variante gestolpert bin. Ich weiß noch, als ich zum ersten Mal …«

»Hannah? Wir haben ein Problem.«

Sie unterbrach sich und drehte sich um. Winnie Henderson winkte sie zu ihrer Gruppe. Sie sah verzweifelt aus. Es kam selten vor, dass Winnie ihre Gelassenheit verlor. Sie nannte zwar nie ihr genaues Alter, Hannah wusste jedoch, dass sie vier Ehemänner überlebt und jedem davon zwei Kinder geboren hatte, die ihr inzwischen fast dreißig Enkel beschert hatten, die gern bei ihrer Grannie zu Besuch waren. Und sie hatte in jüngeren Jahren in der Frauen-Baseballmannschaft gespielt und konnte noch immer einen Ball vom Platz schlagen.

»Wir reden später noch mal«, sagte Hannah zu Beatrice und eilte zu Winnies Gruppe. »Wo liegt das Problem?«

Winnie zeigte auf die Schüssel und bewegte den Teig mit dem Rührlöffel. »Er duftet großartig, doch wenn wir ihn so lassen, wird das Bananenbrot schwer wie ein Stein. Rühren Sie mal und sehen Sie selbst.«

»Nicht nötig.« Hannah schüttelte den Kopf, als Winnie ihr den Löffel hinhielt. »Ich sehe es schon. Der Teig ist viel zu fest und wird wahrscheinlich nicht aufgehen. Haben Sie alle Zutaten richtig abgemessen?«

Geraldine Goetz, die dafür zuständig war, nickte energisch. »Das weiß ich genau. Luanne stand die ganze Zeit neben mir, und wir haben alle Mengen doppelt geprüft.«

»Haben Sie das Mehl gesiebt?«

»Nein«, antwortete Lolly Kramer. »Im Rezept steht, es soll ungesiebt sein. Ich habe es aus der Tüte in den Messbecher gelöffelt und mit einem Messer glattgestrichen, wie Sie uns gesagt haben.«

Hannah lächelte. »Das war genau richtig, Lolly. Und wenn Sie korrekt abgemessen und die richtigen Zutaten eingerührt haben, muss der Fehler im Rezept liegen. Wer hat das eingereicht?«

»Regina Todd.« Winnie gab ihr die Kopie. »Meinen Sie, wir sollten sie anrufen und fragen, ob sie etwas ausgelassen hat?«

»Bemühen Sie sich nicht. Wenn das Reginas Rezept ist, weiß ich, wo der Fehler liegt. Zeigen Sie mir die Eier, die Sie verwendet haben, Patsy.«

Patsy Beringer öffnete den Kühlschrank, nahm einen Eierkarton heraus und gab ihn ihr. »Ich habe die Eier aus diesem Karton genommen. Die sind okay, oder?«

»Wären sie, wenn das Rezept nicht von Regina stammte.« Hannah seufzte erleichtert, weil sie das Problem schon gelöst hatte. Zwischen ihren Familien würden die Fetzen fliegen, wenn Hannah das Rezept von Andreas Schwiegermutter nicht in das Lake Edener Kochbuch aufnähme.

»Was ist an Reginas Rezepten anders?«, fragte Winnie, und Hannah fiel ein, dass ihre Bemerkung für andere rätselhaft war und sie sie nicht erklärt hatte.

»Regina hat Legehennen, und deren Eier sind doppelt so groß wie die, die man im Supermarkt kaufen kann. Wenn sie von drei Eiern spricht, meint sie drei von ihren, keine gewöhnlichen.«

Winnie ging ein Licht auf. »Ah, ich verstehe. Mehr Eier bedeuten mehr Flüssigkeit. Aber wie viel Flüssigkeit bringt ein Ei?«

»Sie wären überrascht. Wenn in einem Rezept die Größe nicht angegeben wird, nimmt man am besten mittelgroße bis große Eier. Davon bringt ein Ei eine Vierteltasse.«

»Also ergeben drei Eier eine Dreivierteltasse?« Winnie klang entschieden überrascht.

»So sollte es sein.« Hannah gab Lolly Kramer den Eierkarton zurück. »Prüfen wir es nach. Ich denke, wenn wir die Eier verdoppeln, sollte der Bananenbrotteig die richtige Konsistenz bekommen. Schlagen Sie drei Stück auf, Lolly, und schlagen Sie sie mit einer Gabel. Dann sehen wir, wie viel Flüssigkeit sie ergeben. Das müssen wir sowieso tun, weil wir sie nachträglich in den Teig einrühren wollen.«

Lolly schlug drei Eier in einen Cup-Messbecher und schlug sie mit einer Gabel, bis das flüssige Ei gleichmäßig gelb war. Dann stellte sie das Gefäß hin, damit sie den Pegel ablesen konnten.

»Eine Dreivierteltasse«, gab sie bekannt und trat weg,

damit sich die anderen ebenfalls davon überzeugen konnten. »Messen Sie die Eier immer so ab, Hannah?«

Sie schüttelte den Kopf. »Nur wenn sie ungewöhnlich klein oder groß sind. Und ich schlage sie vor dem Abmessen. Auf diese Weise kann ich einen Rest Ei für etwas anderes verwenden, wenn es zu viel war, oder noch ein Ei hineinschlagen, wenn es zu wenig war.«

Winnie, die viel mehr Kraft hatte, als ihre zierliche Statur vermuten ließ, goss die geschlagenen Eier in die Teigschüssel und rührte kräftig. Es dauerte ein paar Augenblicke, aber schließlich waren sie eingearbeitet.

»Nun fühlt er sich richtig an.« Winnie rührte noch einmal um und gab Hannah den Löffel. »Prüfen Sie es.«

Hannah überprüfte die Konsistenz. »Jetzt sollte es mit dem Bananenbrot klappen. Schütten Sie den Teig in die Formen, und ab damit in den Ofen. Wenn er gut wird, verdoppeln wir die Angabe im Rezept.«

Auch andere Gruppen baten Hannah um ihre Meinung zu verschiedenen Backproblemen, und bald füllte sich der Hauswirtschaftsraum der Jordan High mit köstlichen Gerüchen. Da buken ein Kuchen mit Äpfeln, einer mit Pecannüssen, ein Zitronenmohnkuchen, Hannahs selbst kreierte Deutsche Schoko-Cookies und das Bananenbrot nach dem Rezept von Andreas Schwiegermutter. Alle Düfte zusammen machten ihnen den Mund wässrig.

Hannah ging von Gruppe zu Gruppe, achtete darauf, jede Schülerin einzubeziehen, beantwortete Fragen, gab Ratschläge, wenn sie gebraucht wurden, und bot ihre fachkundige Meinung an, als Donna Lempke sich mit der Entscheidung schwertat, ob sie den Zitronen-Mohn-Kuchen ihrer Gruppe schon aus dem Backofen ziehen oder noch einen Moment damit warten sollte. Als schließlich alle Gebäckstücke und auch die Backöfen auskühlten, setzte sich Hannah an das Lehrerpult und stellte Rezepte für ihre Schülerinnen zusammen, damit sie sie nach Hause mitnahmen und ausprobierten.

Es war still in dem großen Raum, obwohl die Mitglieder der Klasse miteinander plauderten. Das machte Hannah stutzig, und dann wurde ihr klar, dass sie den Geräuschpegel mit dem der vergangenen Woche verglich. Nicht Mike gab heute den Selbstverteidigungskurs. Von nebenan kamen weder Schreie noch Pfiffe. Rick Murphy hatte das Training übernommen und ihr vorher versprochen, in der zweiten Hälfte des Unterrichts mit seinen Schülern nach draußen zu gehen, wo sie übten, sich einem parkenden Wagen zu nähern und im Dunkeln einen Parkplatz zu überqueren.

Sobald die Frauen ihre Hausaufgaben bekommen und die fertigen Kuchen unter sich aufgeteilt hatten, machten sich alle außer Hannah auf den Heimweg. Als sie allein war, prüfte sie noch einmal, ob die Kochinseln picobello sauber waren. Danach brauchte sie nur noch den Müll rauszutragen.

Sie nahm den Beutel und ging zum Ausgang, drückte die Tür auf und blieb nach einem Schritt stehen. Das war sicherlich albern, aber es kam ihr vor, als forderte sie das Schicksal heraus, wenn sie wieder zu demselben Container ginge, in dem sie Sheriff Grant gefunden hatte.

»Hannah?«, sagte jemand dicht hinter ihr.

Fast hätte sie den Müllbeutel fallen lassen. Sie fuhr herum und atmete erleichtert auf, als sie Rick Murphy erblickte. »Sie haben mich erschreckt, Rick!«

»Verzeihung. Ich wollte eigentlich längst hier stehen, doch ein Schüler brauchte einen Rat, wie er sein Haus am besten einbruchsicher machen kann. Geben Sie mir den Beutel, ich werfe ihn in den Container.«

»Das wollen Sie für mich tun?« Hannah war verblüfft. »Ich kann das auch selbst, Rick. Ich habe zwei gesunde Arme.«

»Ich weiß, aber Mike hat mich gebeten, nach dem Unterricht auf Sie zu warten und das zu übernehmen. Und anschließend soll ich Sie zu Ihrem Auto bringen. Da Mike nicht hier sein kann, sollte ich dafür sorgen, dass Sie nicht allein sind.«

Fünf Minuten später saß Hannah in ihrem Lieferwagen. Sie war auf dem Weg nach Hause und strahlte wie der Weihnachtsbaum vor dem Gemeindezentrum. Mike war um sie besorgt und hatte Rick gebeten, auf sie aufzupassen. Das war wirklich süß von ihm, und fast vergaß sie darüber, dass Shawna Lee eine perfekte Figur hatte und angeblich fantastische Brownies backte … aber nur fast.

20

Hannah stand in der Backstube an der Spüle und zog sich Handschuhe über. Der blutige Kratzer, den Moishe ihr zugefügt hatte, als sie ihn festgehalten und ihm seine Vitamine hatte einflößen wollen, sollte sich nicht infizieren.

Lisa streckte den Kopf herein. »Telefon für dich. Es ist Kurt Howe.«

»Okay, sag ihm, ich komme sofort.« Hannah seufzte und ging zum Wandapparat. Wenn das so weiterging, hatte sie einen miesen Dienstag vor sich. Es hatte um fünf Uhr früh mit einem Knall angefangen, weil Moishe beschlossen hatte, in der Toilette zu angeln. Das hatte er bisher nur ein Mal getan, und zwar kurz nachdem sie ihn bei sich aufgenommen hatte. Moishe war ein kluges Tier. Seit er erkannt hatte, dass ihr sein Tun missfiel, ließ er alles stehende Wasser außer dem in seinem Napf unberührt.

Nachdem Hannah sich aus dem Bett gequält hatte, um im Badezimmer die verblüffend große Wasserpfütze aufzuwischen, war ihr der Gedanke gekommen, er könnte das mit Absicht getan haben, um sie zu bestrafen, weil sie ihm wieder die Vitamine hatte einflößen wollen. Nach mehrere Tassen Kaffee hatte sie die Überlegung als paranoid abgetan und einen weiteren Versuch gewagt, der dann zu dem Kratzer geführt hatte.

»Hallo, Kurt.« Sie zuckte zusammen, weil die Wunde unter der Latexfolie zu pochen anfing. Kurt arbeitete bei dem Verlag, der das Lake Edener Kochbuch herausbringen wollte.

»Hallo, Hannah. Ich rufe an, um zu hören, wie es mit dem Kochbuch vorangeht.«

»Gut. Ich gebe einen Abendkurs an der Schule, in dem wir alle Rezepte testen. Dann werden wir ein großes Büffet für die Stadt veranstalten und alle abstimmen lassen, welche Rezepte aufgenommen werden sollen.«

»Wann soll das stattfinden?«

Die Frage überraschte sie. Kurt war bisher nicht derart interessiert gewesen. Vielleicht wollte er nach Lake Eden kommen und mit abstimmen? »Wir haben noch kein Datum festgelegt, doch ich möchte es gleich nach Thanksgiving über die Bühne bringen. Wir würden uns freuen, wenn Sie auch vorbeikämen.«

»Ich werde es versuchen. Rufen Sie einfach an und geben meiner Sekretärin Bescheid. Ich habe großartige Neuigkeiten. Ich konnte den Verleger überzeugen, das Kochbuch früher herauszubringen. Wir finden, es würde sich bestens als Festtagsgeschenk eignen.«

»Sie meinen Weihnachten?«

»Weihnachten, Chanukka, Kwanzaa, was immer Sie wollen. Es handelt sich hauptsächlich um Büffetrezepte, nicht wahr?«

»Nun ja ... so kann man sie nennen. In Lake Eden sprechen wir von ›Potluck‹. Zu einem Potluck-Picknick bringt beispielsweise jeder etwas mit.«

»Mir persönlich gefällt das besser. ›Potluck‹ ist ursprünglicher. Aber mein Verlag möchte ›Festtag‹ und ›Büffet‹ im Titel haben. Meinen Sie, damit könnten Sie leben?«

»Tja …«

»Er ist überzeugt, dass es sich dann beim gehobenen Publikum wie in New York und Los Angeles besser verkauft.«

Hannah zog die Brauen bis zum Haaransatz hoch. Als Kurt zum ersten Mal mit ihr über das Kochbuch gesprochen hatte, hatte sie sich vorgestellt, dass es nur in ihrem County oder allenfalls noch in ganz Minnesota in die Buchhandlungen kommen würde. Sie hätte nie gedacht, dass es im ganzen Land angeboten werden könnte.

»Hannah? Ich weiß, Leute haben abgestimmt, und Sie selbst möchten *Götterspeise – ein Lake Edener Potluck-Kochbuch* als Titel, doch der Verleger meint, das würde sich landesweit nicht gut machen. Er will es *›Festtagsbüffet‹* nennen. Wenn Sie absolut nicht damit einverstanden sind, kann ich noch mal zu ihm gehen und etwas anderes vorschlagen.«

»Nein«, antwortete Hannah und klang plötzlich heiser. »Nein, er weiß es wahrscheinlich am besten. Schließlich ist ›Büffet‹ nur eine modernere Bezeichnung für ›Potluck‹. Aber das sind recht einfache Speisen. Ist das denn in Ordnung?«

»Nennen Sie mir ein Beispiel.«

»Nun ja … da wären Ednas Stampfkartoffeln. Sie bringt sie jedes Jahr zum Potluck-Pick… äh … zum Büffet mit. Und von meiner Mutter stammen der Hawaii-Braten und ein paar Minnesota-typische Aufläufe.«

»Das klingt wunderbar. Ich bekomme schon Appetit.«

»Ich weiß, was Sie meinen.« Ihr knurrte auch bereits der Magen. »Aber wenn der Verleger einen raffinierteren Titel möchte, müssen die Rezepte dann auch raffiniertere Namen bekommen?«

»Zum Beispiel?«

»Statt ›Minnesota-Auflauf‹ vielleicht ›Minnesota-Kasserolle‹.«

»Nein, ›Auflauf‹ klingt gut. Dabei denken die Leute an ein Dinner mit Familie und Freunden. Behalten Sie die ursprünglichen Rezeptnamen bei, Hannah. Wenn uns bei einem Zweifel kommen, rufen wir Sie an und sprechen darüber.«

»Und unsere Deadline bleibt dieselbe?«

Kurt lachte leise. »Ich fürchte nein. Das ist der Grund für meinen Anruf. Halten Sie sich fest.«

»Warum?« Hannah hielt den Atem an. Sie hatte das Gefühl, dass ihr seine Antwort nicht gefallen würde.

»Wir brauchen das Manuskript in drei Wochen.«

»Drei Wochen?!« Hannah war so geschockt, dass ihr fast das Telefon aus der Hand gefallen wäre. »Aber ursprünglich hieß es doch, es müsste erst in drei Monaten fertig sein!«

»Ich weiß. Das ist eine sagenhafte Gelegenheit. Mein Verleger will alle Register ziehen, um das Kochbuch zu einem Erfolg zu machen. Ich weiß, das ist ein enger Terminplan und bedeutet viel Arbeit, doch denken Sie nur, wie stolz alle sein werden, wenn ihr Lieblingsrezept landesweit erschienen ist.«

»Ich denke nur rasch nach«, erwiderte Hannah. Und das tat sie. Mit etwas Hilfe könnte sie das vielleicht hinbekommen.

»Also kann ich meinem Verleger grünes Licht geben?«

Hannah holte tief Luft und atmete aus. Und dann sagte sie die Worte, mit denen Sie sich noch mehr Stress aufhalste. »Ja, Kurt. Geben Sie grünes Licht.«

Eine Stunde später stand Hannah am Ladentisch der Apotheke. Lisa hatte darauf bestanden, dass sie sich bei Jon Walker eine antibiotische Salbe besorgte. Die Kratzwunde von ihrem Kater war mittlerweile geschwollen und druckempfindlich.

»Hallo, Hannah«, grüßte Jon. »Was haben Sie an der Hand?«

»Mein Kater hat mich gekratzt.« Sie zeigte ihm die Stelle. »Lisa hat mich geschickt, damit ich mir eine antibiotische Salbe hole.«

»Das war klug. Katzenkratzer können gefährlich sein. Haben Sie noch nie von der Katzenkratzkrankheit gehört?«

»Ich kenne den Begriff nur von einer alten Rock-Platte meines Vaters, die er in der Garage laufen ließ. Da war auch ein Song über Giftefeu drauf.«

»Bei einem schweren Verlauf können Sie im Krankenhaus landen. Aber keine Sorge, Hannah. Wir behandeln den Kratzer frühzeitig. Sie sollten auch ein Antibiotikum einnehmen, um die Infektion zu bekämpfen, und ich gebe Ihnen noch eine rezeptfreie Salbe mit. Auf das verschreibungspflichtige Medikament müssen Sie etwas länger warten. Ich bringe es Ihnen am Nachmittag in meiner Pause vorbei, wenn Sie mir dafür ein Plätzchen spendieren.«

»Sehr gern, doch ich habe kein Rezept.«

»Das werden Sie bekommen, sobald ich mit Doc Knight telefoniert habe. Hier ist Ihre Salbe. Tragen Sie die morgens, mittags und abends auf die Wunde auf. Sie sollte nicht mit Wasser in Berührung kommen.«

Fünf Minuten später, als Hannah durch die Ladentür das *Cookie Jar* betrat, telefonierte Lisa gerade. Sie winkte sie zu sich, und Hannah eilte hinter den Tresen.

»Das ist Andrea«, sagte Lisa, »und du solltest den Anruf

in der Backstube annehmen. Sie meint, sie hat Neuigkeiten über ›du wüsstest schon, was‹. Ich bleibe dran, bis du den Hörer abgenommen hast.«

Hannah nahm sich die Zeit, zuerst Salbe auf den Kratzer zu tupfen, dann ging sie ans Telefon. »Ich bin jetzt dran.«

»Und ich lege auf«, gab Lisa zurück, und Hannah hörte es klicken.

»Hallo, Hannah«, grüßte Andrea. »Ich rufe an, um dir zu erzählen, dass Sean und Don für den Montagabend ein wasserdichtes Alibi haben. Kurz vor acht kam ein Bus an die Tankstelle, der einen platten Reifen hatte. Sean und der Fahrer haben den Reifen gewechselt, Don hat derweil im Laden die Fahrgäste bedient.«

»Okay. Ich notiere das auf meinem Block.«

»Und ich habe sämtliche Leute auf Netties Liste angerufen. Die haben auch alle ein Alibi.«

Hannah schluckte vor Verblüffung. »Wirklich jeder? Aber das waren so viele!«

»Nein, eigentlich nicht, denn ich konnte das Personal vom Revier auslassen, weil Bill und Mike die Kollegen schon überprüft hatten.«

»Du hast recht.« Hannah reckte den Daumen, obwohl ihre Schwester das nicht sehen konnte. »Es hat keinen Sinn, die Arbeit doppelt zu machen. Also hast du die Alibis aufgeschrieben, und jetzt soll ich sie nachprüfen?«

»Nein, das habe ich schon erledigt.«

»Wirklich? Woher nimmst du die Zeit dafür?«

»Das ist ein Berufsgeheimnis. Habe ich auf der Maklerschule gelernt. Erinnerst du dich an die alte Parfümwerbung? ›Versprechen Sie ihr alles, aber schenken Sie ihr Arpège‹?«

»Eigentlich nicht.«

»Du würdest dich erinnern, wenn du es mal getragen hättest. Es ist fast das Gleiche … nur anders.«

»Okay.« Damit ließ Hannah das Thema fallen, da Andreas Antwort mehr Fragen aufwarf, aber nichts erklärte.

»Und was jetzt? Ich bin an die Couch gefesselt, ich habe schon alles getan, was mir eingefallen ist, und ich werde verrückt, wenn ich hier tatenlos herumsitze.«

»Ich habe eigentlich keine …« Hannah stockte, als ihr die perfekte Lösung für die Langeweile ihrer Schwester einfiel. Andrea konnte viel schneller tippen als sie. Und seit Hannah zugesagt hatte, Kurt Howes neue Deadline einzuhalten, überlegte sie, woher sie die Zeit nehmen sollte, all die Rezepte abzutippen.

»Was?«, fragte Andrea. »Dir ist etwas eingefallen, das ich dir abnehmen kann, stimmt's?«

»Ja. Hast du deinen Laptop parat?«

»Er liegt neben mir. Was brauchst du?«

»Könntest du etwas für mich tippen? Es ist sehr wichtig.«

»Was denn?«

»Die Rezepte für das Lake Edener Kochbuch, nur dass es jetzt nicht mehr so heißen wird. Es wird ›Festtag‹ und ›Büffet‹ im Titel haben, doch die Namen der Rezepte müssen wir nicht ändern.«

Daraufhin war Andrea erst mal still, und als sie sich dazu äußerte, klang sie besorgt. »Ich denke, du erzählst besser von Anfang an. Für einen logisch denkenden Menschen redest du nicht verständlich.«

Es dauerte ein paar Minuten, aber schließlich kannte Andrea die ganze Geschichte von Kurt Howes Anruf und der vorgezogenen Deadline. »Und es wird rechtzeitig vor Weihnachten erscheinen?«, fragte sie.

»Das hat Kurt gesagt.«

»Dann werde ich deine Rezepte natürlich abtippen. Bring sie mir vorbei, und ich fange sofort an.«

Hannah sah zur Uhr. »Ich fahre um elf hier weg und bringe dir ein Mittagessen mit. Was möchtest du?«

»Pizza, doch die darf ich ja nicht essen. Zu viel Salz.«

»Was darfst du denn essen?«

»Ich habe hier eine Liste.« Hannah hörte ein leises Rascheln. Offenbar faltete Andrea ein Blatt Papier auseinander. »Ich habe meinen Diätplan jetzt vor mir. Wie es aussieht, darf ich fast alles zu mir nehmen, was nicht gut schmeckt.«

Hannah lachte. Sie konnte nicht anders. Manchmal war Andrea lustig, ohne es zu bemerken. »Wie wär's mit einem Chefsalat mit separatem Dressing? Ich kann unterwegs bei Rose' Café anhalten.«

»Das klingt gut. Aber dann brauche ich ein Dessert. Bringst du mir Plätzchen mit?«

»Sicher. Welche Sorte möchtest du?«

»Plätzchen mit Schokolade und Pekannüssen. Ich lechze nach Schokolade, und Pekannüsse esse ich am liebsten. Aber du hast keine Zeit, für mich zu backen, oder?«

»Doch, habe ich.« Hannah plante schon, welche Zutaten sie für Andreas Wunschplätzchen verwenden würde.

Andreas Pecannuss-Lieblinge

Den Ofen auf 175 Grad vorheizen, das Blech später in der Mitte einschieben.

480 g Butter
600 g weißer Zucker
300 g brauner Zucker
4 TL Vanilleextrakt
4 TL Backnatron
2 TL Salz
4 Eier
600 g Mehl, ungesiebt
510 g Schokotropfen
500 g gehackte Pecannüsse

Die Butter zerlassen, den Zucker zugeben und verrühren. Den Vanilleextrakt und das Backnatron unterrühren. Die Eier schlagen und einrühren. Die Hälfte des Mehls, die Schokotropfen und die gehackten Nüsse zugeben und gründlich vermengen. Dann das restliche Mehl hinzugeben und gründlich unterrühren.

12 teelöffelgroße Teigmengen auf ein gefettetes Blech fallen lassen. Sollte der Teig dafür zu klebrig sein, stellen

Sie ihn ein paar Minuten kalt und versuchen Sie es erneut.

10 bis 12 Minuten backen, bis die Plätzchen schön gebräunt sind.

2 Minuten abkühlen lassen, vom Blech nehmen und auf ein Kühlgitter legen.

Ausbeute: etwa 10 Dutzend

Andrea sagt, das seien die besten Plätzchen, die sie je gegessen hat, und ich hätte ihr damit das Leben gerettet.

21

Hannah saß auf dem hohen Hocker hinter ihrer Kasse und schaute zufrieden in die Welt. Alle Tische waren besetzt und die Gäste mit Kaffee, Tee und Gebäck versorgt. Nun aßen und tranken sie, plauderten und amüsierten sich. Die Glasdosen waren aufgefüllt, der Verkaufstresen war blitzblank, und die Zuckerdosen, Sahnekännchen und Süßstoffspender waren bis zum Rand gefüllt. Sie hatte auch die Rezepte zu Andrea gebracht, ebenso einen von Rose' bestem Chefsalat, und es gab nichts weiter zu tun, bis Lisa aus der Mittagspause zurückkehrte.

»Hi, Hannah!« Jon Walker kam herein und setzte sich an die Theke. »Hier sind Ihre Pillen. Doc Knight sagt, Sie sollen sofort zwei Stück einnehmen und eine heute Abend vor dem Schlafen. Danach täglich dreimal eine.«

»Danke, Jon.« Hannah nahm die weiße Tüte entgegen, versteckte sie hinter der Theke und servierte ihm drei von seinen bevorzugten Hafer-Rosinen-Plätzchen auf einer Serviette zusammen mit einer Tasse heißem, schwarzem Kaffee. »Das geht aufs Haus. Und danke für den persönlichen Service.«

»Kein Problem. Das verschriebene Antibiotikum ist teuer, sollte aber helfen. Ich habe Ihnen einen Sonderpreis berechnet, weil ich weiß, dass Ihre Krankenversicherung Medikamente nicht abdeckt.«

»Wie teuer war es?« Hannah hielt den Atem an. Sie war diesen Monat zwar nicht pleite, von ihrem Budget war jedoch auch nicht mehr viel übrig. Moishes Spritzen und der Tierarztbesuch waren nicht billig, und sein Vitaminpräparat war teurer als vergleichbare Präparate für Menschen.

»Die Rechnung liegt in der Tüte.«

Hannah nahm sie heraus und schluckte schwer, als sie die Summe sah. Die kleine Flasche Tabletten, die Jon ihr gebracht hatte, kostete über achtzig Dollar!

»Preisschock«, bemerkte er mitfühlend. »Ted Koester hat genauso geguckt.«

»Ted nimmt die auch?«

»Ja. Und als er sie bei mir abholte, erzählte er allen Kunden davon. Ich verstoße jetzt also nicht gegen meine Verschwiegenheitspflicht. Er hat sich letzte Woche den Arm an einem Stück Blech verletzt. Die Wunde hätte sich vielleicht nicht entzündet, wenn er sie sofort ausgewaschen hätte, aber das hat er nicht getan.«

»Der Ärmste. Einen Augenblick, Jon. Ich hole meine Handtasche und stelle Ihnen einen Scheck aus.«

Zwei Minuten später war das erledigt, Hannah saß wieder auf ihrem Hocker, und Jon trank seinen Kaffee. »Werden Sie die Apotheke wieder für Halloween dekorieren?«, fragte sie.

»Die Frauen arbeiten schon daran. Wenn ich nicht als verrückter Chemiker hinter der Ladentheke auftauche und grünlichen Glibber in einem Becherglas rühre, werden die Kinder enttäuscht sein.«

»Sie finden es wirklich toll, die Geschäftsleute im Kostüm

zu sehen. Lisa hat Kürbisse geschnitzt, um sie ins Schaufenster zu stellen.«

»Als was verkleiden Sie sich?«

»Lisa wird als schwarze Katze gehen. Letzte Woche hat sie mir das Kostüm gezeigt.«

»Sie wird bestimmt niedlich aussehen, doch ich habe nach Ihrem gefragt.«

Hannah schüttelte den Kopf. »Ich werde in der Backstube bleiben, und falls ich aus irgendeinem Grund vorne erscheinen muss, werde ich mir dasselbe alte Laken umhängen wie im letzten Jahr und der ›Geist der vergangenen Plätzchen‹ sein.«

»Sie gehen auch wieder zu der Party im Gemeindezentrum, nicht wahr?«

»Die möchte ich nicht verpassen. Ich werde Tracey mitnehmen, weil Andrea zu Hause die Beine hochlegen muss.«

»Wegen der Schwangerschaft?«

»Doc Knight hat das angeordnet.«

»Werden Sie die Party mit Gebäck beliefern?«

»Natürlich. Zwanzig Dutzend wie immer. Ich habe nur noch nicht entschieden, welche Sorte. Ich würde gern besondere Halloween-Plätzchen backen.«

»Wie wär's mit Maisplätzchen? Die hat meine Mutter immer gebacken, als wir noch im Reservat lebten.«

»Maisplätzchen?« Hannah wunderte sich. Von solchen hatte sie noch nie gehört. Aber natürlich war Mais in der Küche der Ureinwohner eine der Hauptzutaten. Vielleicht war es ein Stammesbrauch, für Halloween Plätzchen mit Maiskörnern zu backen, doch das kam ihr sonderbar vor. Sie war sich ziemlich sicher, dass Halloween in der indianischen Kultur bedeutungslos war.

»Was ist los, Hannah? Haben Sie noch nie von Maisplätzchen gehört?«

»Nein, tatsächlich nicht.« Sie überlegte, wie sie ihre Frage formulieren sollte. »Ist das ein … äh … altes indianisches Rezept?«

Jon warf den Kopf in den Nacken und lachte schallend. An den Tischen drehten sich mehrere Leute um und schauten ihn neugierig an, doch er lachte nur umso lauter. Schließlich hatte er sich so weit gefangen, dass er sprechen konnte. »Ein altes indianisches Rezept? In gewisser Weise haben Sie recht. Meine Mutter ist alt und Indianerin.«

»*Das* meinte ich nicht!«, erwiderte Hannah und kicherte mit ihm. »Aber ich wüsste gern mehr darüber. Sind Maisplätzchen typisch indianische Küche oder Ureinwohnerküche oder wie immer man das heutzutage korrekt nennt?«

Jon zuckte mit den Schultern. »Das bezweifle ich. Soviel ich weiß, war meine Mutter die Einzige im Reservat, die sie gebacken hat.«

»Hat sie Maismehl verwendet? Oder Dosenmais?«, wollte Hannah wissen. Oder Cornflakes, hätte sie als Nächstes gefragt, doch Jon lachte wieder so schallend, er hätte sie sowieso nicht gehört.

»Nichts von alldem. Da ist überhaupt kein Mais drin, Hannah. Meine Mutter backte Kürbisplätzchen und verzierte sie mit Candy Corn.«

Entschlossen stieg Hannah die Treppe zu ihrer Wohnung hoch. Sie würde Moishe die Vitamintropfen endlich einflößen. Ein paar Stammkunden hatten ihr Tipps gegeben, wie man Katzen Medizin am besten verabreichte, und zwei davon klangen vielversprechend. Zuerst musste sie sich ein dickes langärmliges Sweatshirt anziehen. Alle waren sich einige gewesen, dass das wichtig war. Sie musste außerdem Handschuhe tragen, um sich vor Bissen und Krallen zu schützen.

Trudi Schumann hatte gemeint, Hannah sollte Moishe fesseln, damit sie beide Hände frei hätte. Sie hatte sogar vorgeschlagen, dafür Klebeband zu verwenden. Bei diesem nutzlosen Rat hatte Hannah die Ohren auf Durchzug gestellt. Es war allgemein bekannt, dass Trudi Katzen nicht mochte.

Vern Kleinschmidt hatte ihr geraten, Moishe vorher ein Beruhigungsmittel zu geben. Doch sowie er das ausgesprochen hatte, war ihm aufgegangen, dass sie Moishe dafür auch eine Pille verabreichen müsste. Und wenn sie ihn festhielte, um ihm diese Pille ins Maul zu stecken, dann könnte sie ihm auch gleich die Tropfen einflößen.

Lisa schlug die beste Gegenoffensive vor, und Hannah würde nach ihrem Rat vorgehen. Sie würde Moishe fest in einen Kopfkissenbezug einwickeln, sodass er sie nicht kratzen konnte, ihn längs auf ihren Schoß legen und mit den Knien festhalten. Dann hätte sie beide Hände frei und würde ihm mit einer die Nase zuhalten. Sowie er das Maul öffnete, um Luft zu holen, würde sie das Vitaminpräparat hineinträufeln.

»Ich bin zu Hause«, rief sie, als sie die Wohnungstür öffnete, aber kein orange-weißer Fleck sprang in ihre Arme. Anscheinend war Moishe untergetaucht. Vielleicht hatte er ein schlechtes Gewissen, weil er sie blutig gekratzt hatte. »Moishe? Wo bist du, Junge?«

Sie warf ihre Schultertasche und die Jacke über den

Stuhl neben der Tür und machte sich auf die Suche. Sie suchte im Wohnzimmer jeden Winkel ab, verzichtete lediglich darauf, die Couch anzuheben. Moishe war nicht dort.

Hannah schaltete in der Küche das Licht ein und schaute in den Spalt neben dem Kühlschrank, auf die Sitzflächen der Stühle, die unter den Tisch geschoben waren, und hinter den Papierkorb. Sie warf sogar einen Blick auf den Kühlschrank, obwohl er ihres Wissens seit Längerem nicht mehr hinaufgesprungen war. Moishe war auch nicht in der Küche.

Ebenso wenig in der Waschküche und im Gästezimmer. Hannah betrat ihr Schlafzimmer und rief nach ihm. Er musste da sein, denn ihre Wohnungstür hatte keine Katzenklappe.

Sie wollte gerade umkehren und noch mal durch alle Räume gehen, als sie ein klägliches Miauen hörte. Dann kam er unter dem Bett hervor. Bei seinem Anblick fuhr ihr der Schreck in die Glieder. Ihr armes Katerchen zitterte so stark, dass es nicht laufen konnte, und kroch auf dem Bauch auf sie zu.

»Komm her, mein Schätzchen«, lockte sie zärtlich und hob ihn vorsichtig auf die Arme. Sie hielt ihn ganz behutsam, weil er womöglich verletzt war, und setzte ihn auf das Daunenkissen, das er so liebte.

Moishe blickte zu ihr hoch, als sie sich neben ihn auf das Bett setzte, und sie hätte schwören können, dass er eine Träne wegblinzelte. Dann rückte er näher und leckte ihre Hand.

»Armer Schatz«, murmelte sie und beugte sich über ihn, um mit der Nase über seine Stirn zu streichen. »Hat dich etwas erschreckt?«

Er miaute wieder und drückte den Kopf in ihre Hand, um mehr Zärtlichkeiten zu erbitten. Hannah erfüllte den Wunsch und tastete ihn dabei nach Verletzungen ab. Nichts schien gebrochen zu sein, und Wunden waren nicht zu sehen oder zu fühlen.

Nachdem sie ihn ein Weilchen gekrault und gestreichelt hatte, beruhigte er sich wieder. Sie sorgte weiter für sein Wohlbehagen, indem sie ihm eine Handvoll Futterpellets mit Lachsgeschmack gab, und dann ging sie nachsehen, was ihm Angst eingejagt haben könnte.

Die Fenster waren verschlossen, und auch die Wohnungstür war abgeschlossen gewesen. In den anderen Räumen war alles an seinem Platz. Zuletzt ging sie ins Badezimmer. Und dort fand sie das vielsagende Beweisstück, das ihr verriet, was passiert war. Das Vitaminfläschchen, das sie auf dem Küchentresen stehen gelassen hatte, lag nun am Grund der Toilettenschüssel.

»Oh, oh«, stöhnte sie. Kein Wunder, dass Moishe gezittert hatte, als er unter dem Bett hervorgekommen war! Er wusste, dass er etwas angestellt hatte.

Sollte sie ihn bestrafen? Für den Bruchteil einer Sekunde erwog sie das, verwarf dann aber die Idee. Moishe war in seinem früheren Leben auf der Straße herumgestoßen und misshandelt worden. Ihre Wohnung war ein sicherer Hafen für ihn, und auf keinen Fall wollte sie das aufgebaute Vertrauen aufs Spiel setzen. Und wenn man sein Schoßtier nicht auf frischer Tat ertappte, wirkte eine Bestrafung bestenfalls verwirrend. Und die Tatsache, dass Moishe gezittert und miaut hatte und auf dem Bauch gekrochen war, bewies seine Reue.

Hannah holte das Fläschchen aus der Toilette, wusch es gründlich ab und stellte es in den Schrank unter dem

Waschbecken. Sie brachte es nicht fertig, etwas so Teures wegzuwerfen, doch sie würde es auch nicht mehr verwenden. Das wäre für sie beide nur wieder traumatisch. Es musste eine andere Möglichkeit geben, die keinen von ihnen aufregte. Für heute hatten sie jedenfalls genug durchgemacht. Und morgen früh würde sie zur Tierarztpraxis fahren und Doktor Bob erneut um Rat bitten.

22

»Ist das ein neues Plätzchenrezept?«, fragte Lisa am nächsten Morgen, als sie Hannah einen frischen Kaffee aus der Maschine hinter der Ladentheke brachte. Sie waren mit Backen fertig und entspannten sich jetzt an ihrem Lieblingstisch, bis es Zeit war zu öffnen.

»Ein neues Rezept, aber nicht für Plätzchen. Ich war heute früh kurz in der Tierarztpraxis, und Sue gab mir eins, mit dem ich Moishes Seniorenfutter selbst herstellen kann.«

»Oh, oh.« Lisa zog die Brauen zusammen. »Meine brillante Methode, ihm die Vitamine einzuflößen, war also gar nicht so brillant?«

»Vielleicht wäre sie es gewesen, ich weiß es nicht. Es kam nicht dazu. Bei meiner Heimkehr gestern Abend hatte sich Moishe unter dem Bett versteckt, und das Vitaminfläschchen lag in der Toilettenschüssel.«

»Damit ist wohl klar, was er von Nahrungsergänzungsmitteln hält.«

»Oh ja«, sagte Hannah grinsend. »Jedenfalls habe ich beschlossen, etwas auszuprobieren, mit dem wir beide leben können. Das Futter selbst zuzubereiten scheint nicht schwierig zu sein.«

»Lass mich mal sehen.« Lisa schaute auf das maschinengeschriebene Rezept. »Du willst ihm jeden Morgen und Abend Leber kochen?«

»Das ist es mir wert, wenn ich ihm dann keine Tropfen einflößen muss.«

»Was ist mit den übrigen Zutaten? Die machen auch Arbeit.« Lisa las die Liste und schauderte. »Das klingt widerlich, besonders als Frühstück.«

»Ich finde es gar nicht so übel. Das ist fast wie ein Omelett, wenn man mal drüber nachdenkt.«

»Ich will nicht darüber nachdenken, vor allem nicht am frühen Morgen. Was soll diese letzte Zutat? Kalziumkarbonat?«

»Das ist in Eierschalen drin. Sue sagt, ich kann die Schalen mörsern und das Pulver unter das Futter mengen. Dann hat man praktisch ein knuspriges Leberomelett mit Reis als Beilage.«

»Igitt. Mir wird schon schlecht. Ich weiß nicht, was schlimmer ist, die Leber oder die Eierschalen. Meinst du, er wird das fressen?«

»Ich denke schon. Zumal wenn ich es würze. An ein Omelett gehören Salz und Pfeffer und vielleicht ein Hauch Knoblauch.«

»Aber Tiere dürfen nichts Gewürztes fressen.«

»Sagt wer? Ich wette, das behaupten Leute, die noch nie Tierfutter probiert haben. Wenn ich eine Katze oder ein Hund wäre, würde ich mein Abendfutter ein bisschen gewürzt haben wollen. Ich würde es sogar in Ketchup ertränken, wenn ich die Kappe von der Flasche drehen könnte.«

Als Lisa aus der Mittagspause kam, übergab sie Hannah eine Tüte vom Supermarkt. »Bitte sehr. Ich habe einen Beutel Candy Corn gekauft. Wo soll ich ihn hinlegen?«

»Neben die Spüle in der Backstube.«

Hannah machte die Runde mit der Kaffeekanne, während Lisa den Beutel wegbrachte und sich die Hände wusch. Als sie zurückkam, hatte sie sich das Haarnetz und eine der hübschen Schürzen übergezogen, die eine Lake Edener Schneiderin für sie nähte.

»Du solltest mal das Gemeindezentrum sehen«, meinte Lisa. »Die Senioren helfen beim Dekorieren, und es sieht schon richtig nach Halloween aus.«

»Wie geht es mit dem Spukkeller voran?«

»Der ist fast fertig. Sie haben gerade die Möbel nach unten getragen. Edna stand in der Küche, um die Naschtüten zu füllen, und hatte eine Idee für Almas Muffins.«

»Lass hören.« Hannah war gespannt, denn Edna backte seit einem halben Jahrhundert und wusste, was sie tat.

»Sie meint, es muss etwas Dickflüssiges sein.«

»Da stimme ich ihr zu«, gab Hannah zurück. »Hat sie Vorschläge?«

»Nur einen, doch sie zweifelt selbst noch daran.«

»Was ist es?« Selbst wenn die Zutat nicht den gewünschten Geschmack brachte, könnte sie das auf die richtige Idee bringen.

»Gesüßte Kondensmilch.«

»Das könnte es sein! Das Rezept könnte mehr Süße vertragen, und sie hätte die richtige Konsistenz. Wieso hatte Edna Zweifel?«

»Weil Alma jeden Cent zweimal umgedreht hat.«

»Du meinst, gesüßte Kondensmilch war ihr zu teuer, um sie für einen Plätzchenteig zu verwenden?«

»Das nicht. Edna sagt, Alma hätte sie verwendet, aber sie schüttete auch ganz sicher keine weg.«

»Jetzt verstehe ich.« Über Hannahs Gesicht ging ein Lächeln. »Das Rezept verlangt nach einer halben Tasse Kondensmilch, und die Dosen enthalten mehr. Aber vielleicht hat Alma das Rezept verdoppelt.«

Lisa schüttelte den Kopf. »Das hat Edna auch überlegt. Doch dann bliebe immer noch eine Vierteltasse in der Dose übrig. Edna sagt, dass Alma das nicht geduldet hätte.

»Da hat sie wahrscheinlich recht.« Hannah füllte ihre Kaffeekanne auf. »Wenn du einen Moment Zeit hast, der Bürgermeister möchte noch ein Sirupplätzchen, und Mrs Jessup möchte ein Dutzend Erdnussbutterplätzchen mit nach Hause nehmen. Ruf mich, wenn es hektisch wird. Ich gehe den Teig für die Maisplätzchen anrühren.«

Hannah hatte gerade das erste Blech Maisplätzchen verziert, als es an der Hintertür klopfte. Sie schob es in den Ständer und eilte hin, um zu öffnen.

»Entschuldigen Sie die Störung, Hannah.« Barbara Donnelly stand frierend in dem bitterkalten Wind, der durch die Gasse pfiff. »Mir ist gerade etwas eingefallen, was Sie wissen sollten.«

Hannah schaute zu dem bleigrauen Himmel hoch. Der Wettermann im Radio hatte keinen Schnee angekündigt, aber da könnte er sich geirrt haben … mal wieder. »Kommen Sie rein und wärmen Sie sich auf.«

»Meinen Sie, es wird schneien?« Barbara trat in die warme Backstube und schnupperte genießerisch.

»Schon möglich. Setzen Sie sich auf einen der Hocker.

Ich hole Ihnen einen Kaffee. Sie können meine Vorkosterin sein für meine ersten Maisplätzchen.«

»Das ist eine Aufgabe, in die ich mich verbeißen kann«, witzelte Barbara und nahm die Plätzchen dankend an. »Die müssen für Halloween sein. Sehr hübsch! Die Candy Corns darauf gefallen mir.«

Hannah wartete, bis Barbara den ersten Bissen gekaut hatte, und stellte die entscheidende Frage. »Schmecken sie?«

»Sehr gut. Die sind genau richtig für die große Party.« Barbara nahm den nächsten Bissen. »Ich denke, er hatte ihn bei sich, Hannah.«

»Wer hatte was bei sich?« Hannah ließ nur das Wann und Warum aus. Laut ihrem alten Journalismus-Professor waren die fünf Ws das A und O guter Berichterstattung.

»Sheriff Grant. Ich habe mir wegen des fehlenden Berichts den Kopf zerbrochen und bin mir jetzt sicher, dass er ihn hatte. Es gibt nur zwei Schlüssel zum Aktenschrank. Einen hatte ich und den anderen Sheriff Grant.«

»Aber hätten Sie nicht bemerkt, dass er fehlte?« Hannah holte ihren kleinen Block und schlug ihn auf, um sich Notizen zu machen.

»Nur wenn ich einen Grund gehabt hätte, ihn herauszusuchen. Ich bin nicht jeden Tag die Akten durchgegangen.«

»Also haben Sie keine Idee, wohin Sheriff Grant den Bericht mitgenommen hatte?«

»Das nicht, aber ich weiß vielleicht, wo er sich jetzt befindet.«

Hannah blickte abrupt von ihrem Block auf, als hätte ein Puppenspieler am Faden gezogen. »Wo?«

»In seinem Aktenkoffer. Die wichtigen Dinge hat er immer darin aufbewahrt.«

»Aber … hätte Mike ihn nicht finden müssen?«

Barbara schüttelte den Kopf. »Nur wenn er weiß, wie man das Geheimfach öffnet. Und ich bin mir fast sicher, dass Sheriff Grant keinem etwas erzählt hat. Schließlich durfte niemand davon wissen.«

»Was für ein Geheimfach?«

»Das in dem James-Bond-Koffer, den ich ihm letztes Jahr zu Weihnachten geschenkt habe. Ich habe ihm immer James-Bond-Sachen geschenkt. Die kann man aus einem Katalog bestellen.«

»Und der hat ein Geheimfach.« Hannah notierte sich das. »Wie sieht er aus, Barbara?«

»Der Katalog?«

»Nein, der Aktenkoffer.«

»Es ist ein ganz gewöhnlicher aus braunem Leder. Das ist das Tolle daran. Man kommt nicht auf die Idee, dass er ein Geheimfach hat.«

»Also kann Mike ihn geöffnet und durchsucht haben, ohne zu bemerken, dass etwas darin versteckt ist?«

»Genau. Es ist auch knifflig, das Geheimfach zu öffnen. Es hat Butterfly-Verschlüsse, aber man sieht die nicht, es sei denn, man weiß, wo sie sind. Man muss sie in einer bestimmten Reihenfolge öffnen.«

»Kennen Sie die?«

»Natürlich. Ich musste Sheriff Grant beim ersten Öffnen helfen. Man braucht nur …«

»Das müssen Sie mir jetzt nicht erklären, Barbara. Wenn mir der Aktenkoffer in die Hände fällt, komme ich damit zu Ihnen. Irgendeine Idee, wo ich ihn finde?«

Barbara überlegte einen Moment lang. »Wenn er nicht

in seinem Dienstwagen liegt, muss er in seinem Arbeitszimmer zu Hause sein.«

»Kann er nicht auch in seinem Büro auf dem Revier sein?«

»Nein. Ich habe dort angerufen und danach gefragt.« Barbara hob die Hand, um Hannahs Frage zuvorzukommen. »Keine Sorge. Shawna Lee weiß nicht, warum ich mich danach erkundigt habe. Ich sagte nur, dass ein paar Schlüssel in Sheriff Grants Aktenkoffer liegen würden und sie die herausnehmen und Mike geben müsse.«

Hannah dachte darüber nach. »Wenn der Aktenkoffer in Sheriff Grants Streifenwagen lag, muss Mike ihn haben. Aber wenn er ihn nach Hause mitgenommen hat, befindet er sich wahrscheinlich noch im Arbeitszimmer. Am besten, ich fahre zu Nettie und sehe nach.«

»Das dürfen Sie nicht.«

»Warum?«

»Da klebt noch das Absperrband der Polizei. Nettie hat mir das erzählt, bevor sie abgereist ist.«

»Nettie ist verreist?«

»Gestern Morgen, nach Wisconsin. Jims jüngste Schwester ist schwer erschüttert, und Nettie möchte ihr bei den Kindern helfen. Sie wird mindestens eine Woche weg sein, wenn nicht zwei.«

Nachdem Barbara gegangen war, backte Hannah die übrigen Plätzchen, und währenddessen überlegte sie, wie sie in Netties Haus gelangen könnte, um besagtes Arbeitszimmer zu durchsuchen. Als sie die Bleche aus dem Ofen zog, war ihr noch keine Möglichkeit eingefallen. Seufzend nahm sie die Platte mit den Plätzchen, um sie nach vorn zu bringen, damit Lisa und ihre Kunden sie kosten konnten.

Sie war kaum an der Schwingtür, da klingelte das Telefon, und sie stellte die Platte ab und ging an den Apparat. »*Cookie Jar*, Sie sprechen mit Hannah Swensen.«

»Ach, bin ich froh, dass ich dich erwische, Liebes!«

Es war Delores. Hannah hätte beinahe gestöhnt. Sie war eigentlich nicht in der Stimmung, mit ihr zu sprechen. Doch sie war nun mal ihre Mutter und somit berechtigt, entgegenkommend behandelt zu werden. »Hallo, Mutter. Was kann ich für dich tun?«

»Das ist eine Unterstellung. Du nimmst an, dass ich etwas von dir will. Was, wenn das gar nicht der Fall ist?«

»Dann entschuldige ich mich«, sagte Hannah rasch.

»Schon besser.« Delores klang nun viel freundlicher. »Aber zufällig hast du recht. Ich möchte dich um einen Gefallen bitten.«

»Nun, was kann ich für dich tun, Mutter?« Hannah prustete vor Lachen und Delores auch. Das war einer der seltenen Momente, in denen Mutter und Tochter auf derselben Wellenlänge waren und sich am Humor der anderen erfreuten.

»Ich habe mich gefragt, ob du Zeit hättest, Tracey um fünf Uhr in der Betreuung abzuholen und mit ihr zum *Pumpkin Patch* zu fahren, um ihr Kostüm abzuholen. Ich hatte Andrea versprochen, das zu übernehmen, aber mir ist etwas dazwischengekommen.«

»Ich kann das erledigen.« Hannah schrieb sich einen Zettel, damit sie es nicht vergaß. »Welches Kostüm ist es?«

»Das Piratenkostüm. Andrea hat dort angerufen und es zurückhängen lassen. Und wenn du schon dort bist, könntest du auch gleich eins für dich aussuchen. Schließlich gehst du mit Tracey zum Halloween.«

»Das ist eine Idee«, erwiderte Hannah, um ihre Mutter zufriedenzustellen. Sie hatte nicht die Absicht, sich ein

Kostüm zu leihen, solange sie ein gutes Bettlaken mit zwei Gucklöchern als Gespensteraugen besaß.

»Danke, Hannah. Ich weiß es wirklich zu schätzen, dass du das für mich tust. Ich wäre furchtbar in Zeitnot, wenn ich all das erledigen und bis sechs Uhr zu Hause sein wollte. Und dabei hätte ich nicht mal mehr Zeit, um mich umzuziehen!«

»Umziehen wofür?« Hannah war neugierig. Soweit sie wusste, hatte ihre Mutter mittwochs kein Clubtreffen.

»Zum Tanzen mit Winthrop.«

»Winthrop?« Hannah klang nicht gerade gelassen, als sie den Namen wiederholte. »Wer ist Winthrop?«

»Oh, ein ganz fabelhafter, kultivierter Mann! Er erinnert mich an Kenneth Branagh. Er ist ein fantastischer Tänzer.«

»Winthrop?«

»Ja, Liebes. Mit Kenneth Branagh habe ich noch nicht getanzt.«

»Aber mit Winthrop?«

»Natürlich. Am vergangenen Mittwochabend haben wir Walzer getanzt.«

»Wo?«, fragte Hannah.

»Im *Red Owl*.«

Im ersten Moment war Hannah sprachlos, dann holte sie tief Luft. »Nur damit ich richtig verstehe, Mutter: Du hast im *Red Owl* getanzt?«

»So ist es, Liebes. Winthrop beherrscht den Walzer meisterhaft. Ich hatte schon ewig nicht mehr so viel Spaß!«

»Okay ...« Hannah suchte nach einer vernünftigen Erklärung. Als ihr keine einfiel, beschloss sie, freiheraus zu sagen, was sie dachte. »Ich weiß zwar, dass da Musik aus den Lautsprechern kommt, um die Leute zu berieseln, aber ich kann nicht glauben, dass du mit einem anderen Kunden zwischen den Regalen Walzer tanzt. Es überrascht mich, dass ihr dabei nicht die Suppendosenpyramide umgerissen habt, die gerade mitten im Laden steht!«

Kurz war es still in der Leitung. Dann fing Delores an zu lachen. Sie lachte so herzhaft, dass ihr nicht auffiel, dass Hannah nicht mitlachte. »Ich habe doch nicht im Supermarkt getanzt, Liebes«, sagte Delores, sobald sie sich ein wenig gefangen hatte. »Sondern darüber, in Danielles Studio. Das ist lustig, Liebes. Ich kann es kaum erwarten, das Winthrop zu erzählen.«

Hannah kam sich vor wie ein Vollidiot. Ihr war völlig entfallen, dass Danielle ihre Tanzschule »*Red Owl Tanzstudio*« genannt hatte. Was für ein dummes Missverständnis, und Delores dürfte sich mit diesem Winthrop köstlich darüber amüsieren. Doch diese Peinlichkeit war hier nicht das Problem. »Du hast mir noch immer nicht gesagt, wer Winthrop ist, Mutter.«

»Einer der Tanzschüler, Liebes. Carrie und ich haben uns bei Danielles Gesellschaftstanzkurs angemeldet, und die erste Stunde war letzten Mittwoch. Die arme Carrie ist an Earl Flensburg geraten und ihn nicht mehr losgeworden, aber ich habe Winthrop als Partner bekommen. Was für ein Riesenglück ich hatte, nicht wahr?«

»Ein Riesenglück«, pflichtete Hannah ihr bei, obwohl da vermutlich kein Glück, sondern gemeine Mogelei im Spiel gewesen war. Wenn Winthrop wirklich so attraktiv und leichtfüßig war, wie ihre Mutter ihn beschrieb, dann dürfte sie alle Strippen gezogen haben, um ihn als Partner zu bekommen. Hannah hätte gern gefragt, wie sie das organisiert hatte, doch Delores würde ihr das nicht verraten, und deshalb seufzte sie nur und meinte: »Okay,

Mutter. Dann viel Spaß heute Abend beim Walzer mit Winthrop.«

»Oh, heute ist der Tango an der Reihe, Liebes. Deshalb brauche ich Zeit, um mich dafür zurechtzumachen. Ich habe mir ein reizendes Kleid gekauft, das an beiden Seiten Schlitze hat. Die anderen Frauen werden mich beneiden.«

»Mmm«, machte Hannah, und das war der neutralste Kommentar, der ihr einfiel. Aber nachdem sie sich verabschiedet und aufgelegt hatte, wurde ihr klar, dass sie nun die Antwort auf Andreas Frage hatte. Ihre Mutter war mit einem Mann zusammen, zumindest beim Tanzunterricht. Als sie die Schwingtür aufstieß und sich zu Lisa gesellte, schoss ihr ein Bild in den Kopf: ihre Mutter mit einer Rose zwischen den Zähnen bei einem heißblütigen Tango.

Maisplätzchen

Den Backofen auf 190 Grad vorheizen, das Blech später in der Mitte einschieben.

400 g weißer Zucker
240 g Butter
1 Ei
450 g Kürbispüree (Glas oder Dose)
125 g gehackte Walnüsse
200 g gelbe Rosinen
1 TL Zimt
½ TL Kardamom
1 TL Salz
2 TL Vanilleextrakt
2 TL Backnatron
2 TL Backpulver
480 g Mehl, ungesiebt
1 Packung Candy Corn

Die Butter zerlassen, den Zucker einrühren. Die Masse auf Raumtemperatur abkühlen lassen, die Eier schlagen und unterrühren. Die übrigen Zutaten bis auf das Mehl nach und nach zugeben und verrühren. Das Mehl portionsweise einrühren. Den Teig mindestens 5 Minuten ruhen lassen.

Teelöffelgroße Mengen auf ein gefettetes Blech setzen, jeweils 12 Stück. (Sollte der Teig zu klebrig sein, stellen Sie ihn noch einige Minuten kalt.) Die Teiglinge mit einem Spatel flach drücken.

8 bis 10 Minuten backen.

Anschließend die noch heißen Plätzchen auf dem Blech mit einigen Candy Corns verzieren. Wenn Sie das sofort tun, haften sie besser.

Danach die Plätzchen auf ein Kühlgitter legen.

Ausbeute: 6 bis 7 Dutzend

Falls Sie die Plätzchen einmal nicht sofort mit den Candy Corns verzieren können, ist nicht alles verloren. Mit etwas Zuckerguss als Kleber halten sie auch auf den erkalteten Plätzchen.

Traceys Freundinnen mögen die Maisplätzchen ganz besonders und haben angeboten, mir nächstes Jahr beim Verzieren zu helfen.

23

»Das kann doch nicht wahr sein!« Andrea stotterte noch, als Hannah Traceys Kostüm in den Schrank gehängt hatte und wieder hereinkam.

»Ist es aber. Sie beschrieb ihn als ganz fabelhaften, kultivierten Mann. Sie hat ihn sogar mit Kenneth Branagh verglichen. Ich kann mich irren, doch sie klang ziemlich vernarrt.«

»Vernarrt? Du meinst … verliebt?«

»Verliebt ist sie vielleicht nicht unbedingt, aber jedenfalls mehr als höflich interessiert.«

Andrea seufzte gereizt. »Das hat mir noch gefehlt! Ehrlich, Hannah, ich habe mich noch nie so hilflos gefühlt. Ich gehe hier auf wie ein Hefekloß und sitze auf dieser besch-scheidenen Couch fest, während Mutter mit einem Gigolo durch die Stadt läuft!«

»Was ist ein Gigolo, Mommy?« Tracey kam ins Wohnzimmer und hatte die letzte Bemerkung gerade noch gehört.

»Tracey! Da bist du wieder. Ähm …« Andrea drehte sich zu Hannah und sah sie flehend an. »Tante Hannah wird es dir erklären.«

»Das ist ein italienisches Wort für einen Mann, der geschickt ist im geselligen Umgang, besonders mit Frauen.«

»Ach so«, sagte Tracey mit altkluger Miene. »Dann redet ihr wohl über Winthrop.«

»Du kennst ihn?«, fragten Andrea und Hannah wie aus einem Mund.

»Nein, aber er hat neulich angerufen, als ich bei Grandma war. Er sagte etwas Lustiges, denn Grandma wurde rot und hat gekichert.«

»Mutter hat gekichert.« Hannah warf ihrer Schwester einen Blick zu, bevor sie sich Tracey wieder zuwandte. »Weißt du zufällig Winthrops Nachnamen?«

»Harrington. Ich kann es sogar buchstabieren.«

»Das wäre nett, Liebes.« Andrea sah zu Hannah, die bereits in ihrer Handtasche nach dem Notizblock wühlte.

Hannah schrieb den Namen auf und stellte dann die nächstliegende Frage. »Woher weißt du, wie man das schreibt?«

»Das stand an den Blumen.«

»Welchen Blumen?«, wollten Andrea und Hannah wieder gleichzeitig wissen.

»Die Grandma bekommen hat. Bist du jetzt sauer? Ich weiß, ich darf nicht spionieren.«

Hannah sah Andrea an, die mannhaft kämpfte, um ein neutrales Gesicht zu wahren. »Deine Mutter ist diesmal nicht sauer, doch man darf wirklich nicht so neugierig sein. Wenn ein Mann einer Frau Blumen schickt, dann ist die Karte nur für ihre Augen bestimmt.«

»Ich weiß.« Tracey seufzte. »Aber ich wollte wissen, ob Winthrop hinter Grandmas Geld her ist.«

Andrea schaute bestürzt. »Wie kommst du darauf?«

»Das habe ich im Fernsehen gesehen, Mommy.«

»Du denkst, Winthrop könnte kriminell sein?«, hakte Hannah nach.

»Ich weiß nicht. Ich habe ja nur seine Karte gelesen. Es wäre ungezogen, euch zu erzählen, was da draufstand.«

»Nicht unbedingt«, widersprach Andrea unbedacht. »Das heißt, wenn Winthrop kriminell ist, sollten Tante Hannah und ich das erfahren, damit wir Grandma beschützen können.«

Das schien Tracey zu verwirren. »Das heißt, mal darf man spionieren und mal nicht?«

»So ist es«, antwortete Andrea. »Tante Hannah wird es dir erklären.«

Hannah brummte. Wenn sie ganz ehrlich sein dürfte, würde sie Tracey sagen, dass das Spionierverbot jedes Mal aufgehoben wurde, wenn ihre Mutter und ihre Tante etwas unbedingt herausfinden wollten. »Manchmal müssen wir das Verbot ignorieren. Das mag nicht anständig sein, aber nötig. Das ist sehr kompliziert, und ich möchte jetzt nicht in die Einzelheiten gehen.«

»Das ist für später, wenn ich älter bin?«

»Genau.«

»In Ordnung«, meinte Tracey. »Oben auf der Karte standen zwei Wörter, die ich noch nicht kannte.«

»Wirklich?« Hannah war überrascht. Tracey hatte letztes Jahr lesen gelernt und konnte eigentlich jedes Wort buchstabieren.

»Da stand *ma* und *cherries*, aber das zweite Wort war falsch geschrieben.«

»*Ma chérie*!«, flüsterte Andrea, sah kurz zu Hannah und sprach weiter mit Tracey. »Das ist ein französisches Kosewort. Stand da noch mehr Französisch?«

»Nein, denn ich konnte es lesen. Da stand: *Meine Arme sind leer ohne Sie.*«

»Ach du lieber Himmel!«, murmelte Hannah und versuchte, keine Miene zu verziehen. »War Grandma davon angetan?«

Tracey zuckte mit den Schultern. »Sie hat komisch geguckt, als sie das gelesen hat. Als ob sie gleich anfängt zu weinen.«

»Oh, oh!« Diesmal war es Andrea, die stöhnte. »Stand noch etwas dabei, Schatz?«

»Nur sein Name, Winthrop Harrington. Und dahinter war eine Elf.«

»Eine Elf?« Andrea schaute ratlos. »Was kann das bedeuten?«

Hannah konnte sich zuerst auch keinen Reim darauf machen, doch dann lachte sie.

»Ich glaube, ich weiß es. War unter und über der Elf ein Querstrich und hinter der Elf ein Punkt?«

»Ja! Woher weißt du das, Tante Hannah?«

»Das ist eine römische Zahl und bedeutet ›der Zweite‹. Das heißt, sein Vater hieß auch schon Winthrop Harrington.«

»Warum will er, dass Grandma das weiß?«

»Ich bin mir nicht sicher«, antwortete Hannah, wechselte aber einen vielsagenden Blick mit Andrea. Delores war wahrscheinlich in Winthrop Harringtons Herkunft verliebt, erst recht wenn dazu ein altes Herrenhaus aus der Regency-Ära und ein Adelstitel gehörten.

»Hat Grandma ihn mit einem Titel angesprochen, während sie telefonierten?«, fragte Andrea.

»Titel?« Tracey sah sie verwirrt an. »Du meinst, mit einem Buchnamen?«

Hannah schüttelte den Kopf. »Nein, sie meint einen Titel wie Graf oder Herzog.«

»Nein …« Tracey runzelte die Stirn. »Aber sie sagte ein böses Wort.«

»Wie bitte?«

»Grandma hat geflucht. Als ich dabeistand.«

Hannah war geschockt. Delores würde eher über glühende Kohlen laufen, als vor Tracey zu fluchen. »Was hat sie gesagt, Tracey?«

»Etwas, das man nur in der Kirche sagen darf.«

»In der Kirche?« Jetzt war Andrea vollends verwirrt.

»Deine Mutter wird es dir diesmal durchgehen lassen.« Hannah lächelte ihre Nichte an, die es offensichtlich nervös machte, welche Richtung das Gespräch nahm. »Wir müssen das unbedingt wissen. Das ist kein Trick und keine Falle, Tracey.«

Ihre Nichte überlegte einen Moment lang. »Na gut. Grandma sagte ›Lord‹.«

»Oh, oh. Das ist übel.« Hannah stöhnte. Doch als sie Traceys erschrockenes Gesicht sah, griff sie nach ihrer Hand. »Dich meine ich nicht, Liebes. Wenn man jemanden mit ›Lord‹ anspricht, ist das kein Fluchen. Damit redet man einen britischen Adligen an.«

»Ach so.« Tracey wirkte sehr erleichtert. »Jetzt verstehe ich, Tante Hannah. Das ist, wie wenn Anna Crinkles mit Lord Bluenose spricht.«

»Äh …« Hannah sah ihre Schwester fragend an.

»Das stimmt, mein Schatz«, antwortete Andrea und erklärte es Hannah. »Die kommen in einem Buch vor, das sie gerade liest. Vielleicht gehst du jetzt besser in dein Zimmer und liest es zu Ende, Tracey. Daddy will heute Abend mit dir zur Bücherei fahren und etwas Neues ausleihen.«

Nachdem Tracey davongestürmt war, blickten sich die Schwestern einen Moment lang wortlos an. »Nun wissen wir es also«, stellte Hannah schließlich fest. »Winthrop ist Brite, hat einen Titel, ist ein traumhafter Tänzer und erinnert sie an Kenneth Branagh. Stellen wir uns den Tatsachen: Sofern wir ihn nicht auf eine Polarexpedition schicken können, ist Mutter unrettbar verloren.«

»Nein, ich habe noch nicht gegessen, Mike.« Hannah hielt das Telefon in der linken Hand und warf mit der rechten die grob geschnittene Leber ins kochende Wasser. »Ich koche Moishe gerade das Abendessen.«

Wie zur Bestätigung miaute der Kater zu ihr herauf. Er drückte sich an ihren linken Fußknöchel und wartete auf sein Essen. Sie schaute zu ihm hinunter, und dann ging sie auf Mikes Frage ein. »Glaub mir, das willst du nicht wissen. Das würde dir ewig den Appetit verderben.«

Sie arbeitete einhändig weiter und holte die Leber mit einer Schaumkelle aus dem Wasser, aber nicht ohne leise zu stöhnen.

Sowohl Moishe als auch Mike reagierten darauf. Der Kater rieb sich noch fester an ihrem Knöchel, und Mike fragte, ob es ein Problem gebe.

»Nicht, wenn man eine Katze ist«, erklärte sie. »Ich kann in zwanzig Minuten fertig sein. Klingle einfach am Tor, und ich komme zur Straße.«

Nachdem sie aufgelegt hatte, richtete sie ihre Aufmerksamkeit wieder auf die Leber. Die war grau wie eine Leiche und roch wie … gekochte Leber. Da das allgemein nicht zu den lieblichen Düften zählte, war sie froh, dass sie Mike nicht gebeten hatte, sie an der Wohnungstür abzuholen.

»Ist gleich fertig, Moishe.« Sie nahm eine Bratpfanne aus dem Schrank und stellte sie auf den Herd, erhitzte sie und maß die Menge Öl ab, die für eine Katzenmahlzeit erlaubt war, dann gab sie die Leber und den Reis hinein, den sie zuvor gekocht hatte. Sie schlug ein Ei in den Mixer und warf die Schale mit hinein, schaltete ihn ein und wartete, bis sie keine Eierschale mehr gegen die Glaswand schlagen hörte, dann goss sie den Inhalt in die Pfanne.

»Hübsch«, seufzte sie und verrührte alle Zutaten zu einer unappetitlichen Masse. Mit ein paar Gewürzen würde es angenehmer riechen, doch sie hatte recherchiert und herausgefunden, dass Lisa recht hatte: Moishe durfte nichts Gewürztes fressen. Hannah schabte die Masse in seinen Futternapf und stellte ihn auf seine Fressmatte. Dabei setzte sie ein breites Lächeln auf. »Bon appétit.«

Moishe schnupperte an seinem Fressen, und Hannah fürchtete schon, er würde auch dieses ablehnen. Doch dann schnurrte er und nahm versuchsweise einen Happen.

»Schmeckt es dir?«, fragte sie und kam sich vor wie die Schülerin einer berühmten Kochschule, die verzweifelt auf ein Lob des Chefkochs hoffte.

Moishe hielt sich nicht damit auf, zu ihr aufzublicken. Er nahm den nächsten Happen und dann noch einen. Der Kater, der ein paar Tage lang an seinem Futter nur gerochen hatte, langte jetzt tüchtig zu.

»Dem Himmel sei Dank!«, murmelte Hannah und gab einen schweren Seufzer von sich. Endlich hatte sie etwas gefunden, das Moishe schmeckte und seiner Gesundheit förderlich war! Sie überließ ihn seinem kulinarischen Genuss und spülte das benutzte Geschirr ab, um es anschließend noch einmal in die Spülmaschine zu stellen. Dann riss sie die Fenster auf, um die Wohnung zu lüften, und steckte den Lufterfrischer in die Steckdose, den Delores ihr bei ihrem letzten Besuch geschenkt hatte. Nach einem

Blick zur Uhr rannte sie ins Schlafzimmer und wechselte ihre Kleidung für das Date mit Mike.

»Nirgendwo sind die Zwiebelringe so gut wie hier«, sagte Mike und nahm sich noch einen fetten, knusprigen, goldbraunen Kringel aus dem Korb, der zwischen ihnen stand.

»Stimmt.« Hannah steckte sich den letzten, der ihr zustand, in den Mund. »Wollen wir uns noch eine Portion teilen?«

»Warum nicht? Ich nehme mir den Rest des Abends frei. Bill und ich haben gestern bis Mitternacht gearbeitet und vorgestern bis elf. Ich denke, wir müssen mal von der Ermittlung abschalten, um einen frischen Blick darauf zu bekommen.«

Hannah wartete, bis er die Kellnerin gerufen und neue Zwiebelringe bestellt hatte. Dann fragte sie, was sie wissen wollte, seit er den Fall erwähnt hatte. »Gibt es Verdächtige?«

»Ja und nein.«

»Was heißt das?«

»Das heißt, wir haben Verdächtige, doch ich denke nicht, dass es einer von ihnen getan hat. Bill glaubt das auch nicht, und er hat dafür einen guten Riecher.«

Aus früherer Erfahrung wusste sie, dass Mike ihr Details nur verriet, wenn sie danach fragte, und selbst dann vielleicht keine wichtigen. »Welche habt ihr?«

»Nee, nee.« Er grinste sie an. »Du zuerst.«

Hannah machte ein unschuldiges Gesicht. »Ich? Was bringt dich auf die Idee, ich würde jemanden verdächtigen? Du hast mir doch gesagt, ich soll mich aus der Ermittlung raushalten, weißt du noch?«

»Das stimmt. Dann formuliere ich es anders. Welche Verdächtigen hattest du, bevor du dich aus der Ermittlung rausgehalten hast?«

Hannah seufzte. Sie würde nichts aus ihm herausbekommen, es sei denn, sie gab als Erste etwas preis. »Nettie Grant.«

»Was?«

»Du hast mich nach meinen Verdächtigen gefragt. Ich hatte Nettie Grant auf meiner Liste, doch ich habe sie entlastet.«

»Tatsächlich?«

An seinem Tonfall hörte sie, dass er das unsichtbare Aufnahmegerät in seinem Kopf eingeschaltet hatte, das alle guten Cops besaßen. Man mochte es für unmöglich halten, aber er würde sich später an jedes ihrer Worte erinnern.

»Raus damit.« Er neigte sich vor, um sie eindringlich anzusehen. »Das schuldest du mir.«

»Wofür?«

»Für das Abendessen. Warum hast du Nettie Grant verdächtigt?«

Hannah seufzte. Das bisschen könnte sie ihm durchaus erzählen. »Weil sie sich von ihrem Mann scheiden lassen wollte und er sie bei jeder Kleinigkeit bekämpft hätte. Durch den Mord an ihm ist sie ihn los und kann über alles allein verfügen.«

»Die Überlegung ist richtig«, meinte Mike. »Aber woher weißt du von der Scheidungsabsicht?«

»Das hat Nettie mir erzählt. Doch sie hat auch gesagt, dass sie ihn nicht umgebracht hat, und ich glaube ihr.«

Mike runzelte die Stirn. »Ich denke auch nicht, dass sie es war, aber da sie kein Alibi hat …«

»Doch, sie hat eins.« Hannah unterbrach ihn breit grinsend. »Das hat Lisa für mich herausgefunden.«

»Tatsächlich? Und worin besteht das Alibi?«

»Das erzähle ich dir, wenn du mir etwas erzählst, was ich noch nicht weiß.«

Mike kniff die Augen zusammen. Hannah konnte sich vorstellen, wie Furcht einflößend er auf einen Verdächtigen wirken konnte, den man gerade in den Verhörraum geführt hatte. Zum Glück wirkte dieser Blick bei ihr nicht so gut. Sie hielt mit einem sturen Gesichtsausdruck dagegen, und so sahen sie sich ein paar Momente lang in die Augen, beide ruhig und entschlossen, die Oberhand zu gewinnen. Die Spannung baute sich immer weiter auf, bis Hannah es nicht mehr aushielt.

»Jemand aus dem Nachbarhaus hat Nettie in ihrem Nähzimmer gesehen«, sagte sie. Und im selben Moment bemerkte Mike: »Doc Knight hat Spuren von fremdem Blut am Deckel des Müllcontainers gefunden.«

»Der Mörder muss sich verletzt haben, als er Sheriff Grant hineinwuchtete«, schloss Hannah, und Mike erwiderte gleichzeitig:

»Aber ich habe alle Nachbarn befragt, und keiner war an dem Abend zu Hause.«

Mike und Hannah guckten verblüfft, dann lachten sie laut.

»Du zuerst«, meinte sie.

»Nein, du zuerst«, verlangte er.

Hannah seufzte. So kamen sie nicht weiter. Sie wollte unbedingt mehr über das Blut am Container wissen, und das ging am schnellsten, wenn sie Mike Netties Alibi verriet. »Richie Maschler hat seinen Eltern gesagt, er sei an dem Abend weg gewesen, doch das stimmte nicht. Er hat seine Freundin zu sich eingeladen, und sie haben sich zusammen einen Film angesehen.«

»Und das weißt du genau?«

»Die Mutter seiner Freundin hat das Lisa erzählt.«

»Okay, ich streiche Nettie von meiner Liste. Ich bin wirklich froh, dass du sie entlastet hast, Hannah.«

»Ich auch. Ich kann sie gut leiden. Nun zu dem Blut am Container.«

»Der Deckelrand ist an einer Stelle ziemlich scharf, der Täter könnte sich daran geschnitten haben. Wenn es zu dem Blutfleck an Sheriff Grants Hemd passt, dann stammt es definitiv vom Täter.«

»Hast du es schon ins Labor geschickt?«

»Na klar. Die DNA-Analyse wird zwei Wochen dauern.«

»Und wenn das Ergebnis kommt, hast du einen Beweis gegen den Täter in der Hand?«

»Absolut. Aber zuerst müssen wir ihn schnappen.«

Hannah zog ein wenig die Brauen hoch. »Wird das DNA-Ergebnis dabei helfen?«

»Wahrscheinlich nicht. Natürlich vergleichen wir es trotzdem mit denen in der Datenbank.«

»Doch du rechnest nicht mit einem Treffer?«, schloss sie aus seinem Tonfall.

»So viel Glück werden wir sicher nicht haben. Das sieht nicht nach einem Auftragsmord aus, aber ich glaube auch nicht, dass Grant nur ein zufälliges Opfer war. Jemand, der ihn kannte, hat ihn so sehr gehasst oder gefürchtet, dass er ihm entgegentrat und ihn tötete.«

»Also … meinst du, dass der Täter ein Einheimischer ist?«

»Das vermute ich. In einer perfekten Welt bräuchte ich nicht Vermutungen anzustellen. Dann würde ich bei jedem im County einen Abstrich machen lassen und sehen, wessen DNA mit der Probe übereinstimmt.«

»In einer perfekten Welt gäbe es keinen Mord, und du würdest diesen Beruf nicht ausüben.«

»Stimmt«, sagte er grinsend. »Das liebe ich an dir. Du rückst die Dinge immer ins rechte Licht.«

Hannah atmete tief durch und kniff die Lippen zusammen. Sie hätte ihn gern gefragt, traute sich aber nicht: Meinte er ›lieben‹ wie ›mögen‹ oder ›lieben‹ wie ›lieben‹?

Mike schien es nicht zu stören, dass sie darauf nicht einging, denn er neigte sich nach vorn und nahm auf eine herzliche Art ihre Hand in seine Hände. »Möchtest du Nachtisch? Oder sollen wir den zum Mitnehmen bestellen und essen ihn bei dir?«

Hannahs Herz vollführte einen Stepptanz. Mike hatte sich den Abend freigenommen, und nun wollte er ihn in ihrer Wohnung beschließen. Wollte er ihr einen Antrag machen?

»Hannah?« Er lächelte sie an.

Sie erwiderte das Lächeln auf die gleiche Art. Sie war froh, dass sie saß, denn sie hatte gerade keine Kraft in den Beinen, und ihre Knie zitterten. »Wie wär's mit Apfelkuchen?«, sagte sie, und während er an der Theke bestellte und zahlte, wartete sie in der Sitznische und hoffte inständig, dass der Lufterfrischer ihrer Mutter funktioniert hatte.

24

»Also hast du zu dem Mord an Sheriff Grant nichts Bedeutendes erfahren?« Mike kratzte den letzten Löffel von dem Vanilleeis zusammen, das Hannah zu dem Apfelkuchen serviert hatte.

»Im Grunde nicht.« Sie überkreuzte verstohlen Zeige- und Mittelfinger der linken Hand, um die Lüge aufzuheben. Dass Suzie Hanks Sheriff Grants Enkelin war und dass er nur wenige Minuten vor seiner Ermordung mit Luanne auf dem Schulparkplatz gestritten hatte, war für den Fall von Bedeutung, aber das würde sie Mike nicht verraten. »Ich war so sehr damit beschäftigt, Bill von dem Verdacht zu befreien, dass mir keine Zeit zur weiteren Ermittlung blieb. Wie steht's bei dir? Bist du in Grants Haus und seinem Wagen auf etwas gestoßen?«

Mike schüttelte den Kopf. »Kein einziges Indiz.«

»Dann weißt du nicht, ob er gerade an einem Fall gearbeitet hat?«

»Nein. Es gibt zwar ein Gerücht, dass er das tat, aber keiner auf dem Revier scheint etwas darüber zu wissen.« Mike blickte sie prüfend an. »Du hast nichts dazu gehört, oder?«

»Nichts Substanzielles. Ich weiß nur, dass er vor der

Sheriff-Wahl immer an einem großen Fall gearbeitet hat. Durch die Aufklärung verschaffte er sich genug positive Aufmerksamkeit, um wiedergewählt zu werden. Ich vermute, dass er das diesmal auch getan hat.«

»Wie kamst du denn auf die Idee?«

»Durch eine von Mutters Freundinnen.« Diesmal machte sie sich nicht die Mühe, zwei Finger zu überkreuzen. Barbara Donnelly gehörte wie Delores dem Geschichtsclub von Lake Eden an. Man konnte sie zwar nicht als Busenfreundinnen bezeichnen, aber durchaus als Freundinnen. »Ich dachte, er hat vielleicht Notizen im Schreibtisch oder in einer Aktentasche.«

Mike schüttelte den Kopf. »In seinem Büro und seinem Arbeitszimmer zu Hause haben wir nur zwei leere Aktenkoffer gefunden. Falls er an etwas Großem gearbeitet hat, muss er seine Notizen anderswo aufbewahrt haben.«

»Wahrscheinlich hast du recht«, sagte sie, und ohne es zu merken, trat sie gleich in zwei Fettnäpfchen hintereinander. »Ich wünschte, ich könnte sein Arbeitszimmer durchsuchen. Vielleicht habt ihr etwas übersehen.«

Mikes Blick darauf hätte selbst Kondensmilch gerinnen lassen. »Ich bin hier der Profi, nicht du. Ich weiß, wie man eine Durchsuchung durchführt, und ich habe nichts übersehen.«

»Oh, oh«, hauchte Hannah unhörbar. Diesmal hatte sie wirklich kein Feingefühl bewiesen. Jetzt saß Mike auf dem hohen Ross, und sie musste ihn aufmuntern, um ihn wieder von dort herunterholen. »Möchtest du den Rest meines Apfelkuchens? Das war ein großes Stück, ich schaffe es nicht.«

»Na ja … okay«, sagte er ein wenig besänftigt. Doch Hannah wusste, es würde mehr als ein, zwei Happen Kuchen brauchen, um die Wogen vollends zu glätten.

»Wollen wir uns einen Film ansehen? Ich habe den neuesten Ballerfilm-Cop-Thriller ausgeliehen.«

Mike kniff wieder die Augen zusammen, aber nicht wütend. »Wieso glaubst du, dass mir so ein Film gefällt?«

»Ich weiß nicht.« Sie zuckte mit den Schultern. »Das schien mir irgendwie dein Ding zu sein.«

»Und was genau ist mein Ding?«

»Du weißt schon … der Gesetzeshüter-Macho, der es mit einem Dutzend übler Kerle aufnimmt, die mit ihren Automatikwaffen selten treffen.«

Mike warf den Kopf zurück und lachte. »Du hast diese Filme voll erfasst. Wenn die Bösen schießen, treffen sie den Helden nie. Wenn sie etwas zerstören, dann mit viel Lärm und einer beeindruckenden Szene.«

»Ist mir aufgefallen«, sagte sie. Auch dass sie Mike aus seiner schlechten Laune herausgeholt hatte. »Deshalb mag ich diese Filme. Ich nehme den Plot auseinander und bin gespannt, wie viele Fehler ich finde.«

»Ich auch. Welchen hast du ausgeliehen?«

Zehn Minuten später saßen sie auf der Couch, aßen Mikrowellenpopcorn und lachten über die Fehler, die ihnen auffielen. Hannah saß in Mikes Arm gekuschelt, und Moishe drückte sich an seine andere Seite und schnurrte so laut, dass sie den Fernseher lauter stellen mussten.

Hannahs Aufmerksamkeit war geteilt. Halb war sie mit den Gedanken bei Mike und der Freude darüber, wie richtig es sich anfühlte, gemütlich auf der Couch neben ihm zu sitzen, und halb war sie bei dem Film, in dem gerade der Cop in das Zimmer seiner toten Tochter ging, das seit ihrem Tod unverändert war, und sich schwor, den Mörder zu fassen.

»Das ist befremdlich«, murmelte sie und merkte erst,

dass sie gesprochen hatte, als Mike sie fragend ansah. »Ich finde es merkwürdig, wenn jemand das Zimmer eines Verstorbenen unverändert lässt. Das hat Sheriff Grant auch mit Jamies Zimmer getan.«

Mike schaltete auf Pause und drehte sich zu ihr. »Woher weißt du das?«

»Oh, Nettie erwähnte es vor einer Weile.« Sie verschwieg, dass diese Weile etwas mehr als eine Woche maß. »Sie sagte, sie hätte Jamies Zimmer gern ausräumen wollen, aber ihr Mann hätte nicht gewollt, dass sie die Sachen weggibt.«

»Das ist mir bei der Durchsuchung aufgefallen. Auf dem Nachttisch lag eine drei Jahre alte Schülerzeitung, und der Schrank war voll von Jamies Kleidung.«

»Findest du das nicht ein bisschen gruselig? Alles so zu lassen, wie es zuletzt war, als der Sohn noch lebte? Sheriff Grant hätte das Zimmer ausräumen sollen, um es als Büro zu nutzen.«

Mike zuckte mit den Schultern. »Jeder braucht seine eigene Zeitspanne zur Verarbeitung. Das gehört zum Trauerprozess. Nach dem Tod meiner Frau hat es ein ganzes Jahr gedauert, bis ich die Kleidung in ihrer Schrankhälfte weggeben konnte, und das nur, weil ich einen Haufen neuer Hemden gekauft hatte und den Platz brauchte. Und ihre Kommode habe ich nie ausgeräumt. Die ist noch immer voll mit ihren Sachen.«

»Du meinst, hier? In Lake Eden?«

»Ja. Sie macht sich gut im Gästezimmer, und bei mir übernachtet sowieso niemand. Ich behalte sie, weil ich etwas Fühlbares aus der Vergangenheit brauche, das mich an das schöne Leben mit ihr erinnert.«

Hannah drängte die aufsteigende Eifersucht zurück. Fand

Mike sein jetziges Leben nicht schön? Aber es war nicht fair von ihr, eifersüchtig zu sein, nicht wenn er sich gerade öffnete. Als sie seinerzeit angefangen hatten, miteinander auszugehen, hatte er ihr erzählt, dass er um seine Frau trauerte und noch nicht bereit war, sich wieder zu binden. Und sie hatte behauptet, dafür Verständnis zu haben.

»Ich kann verstehen, wenn jemand an Erinnerungsstücken hängt«, sagte sie. »Aber Nettie hat sicher nicht weniger getrauert als ihr Mann, als sie Jamies Sachen hat weggeben und sein Zimmer für etwas anderes nutzen wollen. Das Leben geht weiter. Man muss es meistern. Das ist ein fortlaufender Prozess.«

»Du bist viel praktischer veranlagt als ich. Wenn ich morgen sterben würde, würdest du das Medaillon, das ich dir Weihnachten geschenkt habe, wahrscheinlich wegwerfen, das Foto von uns auf dem Jahrmarkt aussortieren und mich vergessen.«

»Ganz bestimmt nicht«, widersprach sie und berührte seine Wange. »Und selbst ohne Erinnerungsstücke würde ich dich nie vergessen, Mike.«

Das führte zu einem Kuss, wie sie erwartet hatte, und der Kuss mündete in einen weiteren. Moishe miaute empört und sprang vom Sofa, um sich einen Ruheplatz zu suchen, der nicht schwankte. Hannah lachte, Mike ebenfalls. Er hatte sie gerade wieder in die Arme gezogen, als eine rhythmische Melodie ertönte. Stöhnend ließ er sie los.

»Mein Handy.« Mike griff nach seiner Jacke. »Ich habe ihnen gesagt, bei einem Notfall können sie mich anrufen.«

Hannah verkniff sich den Fluch, der ihr auf der Zunge lag. Mike war ein Cop, ob er freihatte oder nicht. Ob er eine Beziehung hatte oder nicht. Ein Cop musste gehen, wenn die Pflicht rief.

»Hey, Shawna Lee«, sagte er, und Hannah spitzte die Ohren. Einen Moment später läuteten ihre Alarmglocken, als er von ihr weg ans andere Ende der Couch rückte. »Dann bist du jetzt fertig?«

Hannah sah auf die Uhr am Fernseher. Es war schon nach neun. Arbeitete Shawna Lee so spät noch auf dem Revier?

»Mach dir deshalb keinen Kopf. Ich sagte doch, du kannst mich anrufen, wenn du durch bist. Ich bin in spätestens fünfzehn Minuten da. Warte auf mich im Eingangsbereich.«

Hannah machte sich nicht die Mühe, ihr Stirnrunzeln zu verbergen, als er das Handy in die Tasche gleiten ließ und sich ihr zuwandte. Vor ein paar Augenblicken war ihr noch heiß vor Leidenschaft gewesen, jetzt war ihr heiß vor Zorn.

»Shawna Lee wollte so lange arbeiten, bis ich von meinem Date mit dir zurückkomme. An ihrem Wagen ist etwas nicht in Ordnung, und ich habe ihr versprochen, sie abzuholen und mitzunehmen.«

»Moment mal.« Hannah musste sich zusammenreißen, um nicht mit den Zähnen zu knirschen. »Du hast Shawna Lee versprochen, sie *nach* dem Date mit mir nach Hause zu bringen?«

»Sicher. Ich wusste, es würde nicht spät werden, weil ich morgen früh aufstehen muss und du auch. Sie sollte mich anrufen, sobald sie mit den Akten fertig ist.«

»Dir ist offensichtlich nicht klar, was ein Date ist«, brummte sie und blickte ihn böse an.

»Was hast du denn? Ich bringe sie nur nach Hause, mehr nicht.«

»Überleg mal.« Sie stemmte die Hände in die Seiten

und rückte näher zu ihm, um ihm offen in die Augen zu sehen. »Vor zwei Minuten haben wir uns auf dem Sofa geküsst. Ich dachte, das bedeutet etwas.«

Mike griff nach ihrer Hand. »Das tut es, Hannah.«

»Aber du lässt uns von Shawna Lee dabei unterbrechen.«

Den Bruchteil einer Sekunde dachte er darüber nach, dann schenkte er ihr dieses Hammerlächeln, das sie immer in gespannte Erregung versetzte, als wäre sie in eine Achterbahn eingestiegen. »Lädst du mich ein, bei dir zu bleiben?«

»Ganz bestimmt nicht!«, erwiderte sie. »Du hast Shawna Lee etwas versprochen, und das solltest du halten!«

Mike war einen Moment lang still und gab dann einen tiefen Seufzer von sich. »Was wäre passiert, wenn ich das nicht versprochen hätte?«

»Das wirst du nie erfahren.« Hannah wollte ihn am liebsten anschreien oder ihn schütteln oder ihm mit dem schwersten greifbaren Gegenstand eins überziehen, tat aber nichts von alldem. Stattdessen erhob sie sich so ruhig und würdevoll wie möglich und reichte ihm seine Jacke.

»Wenigstens bei dir stehe ich an erster Stelle!« Hannah winkte Moishe, ihr ins Wohnzimmer zu folgen. Sie stellte eine der teuren Kristallschalen, die Delores ihr vor drei Jahren zu Weihnachten geschenkt hatte, auf den Sofatisch und füllte sie mit einer großzügigen Portion Joghurt. »Joghurt ist gesund. Der ist gut für dich.«

Sobald Moishe glücklich aus dem Schälchen schleckte, ging Hannah in die Küche zurück, stellte den Joghurtbecher wieder in den Kühlschrank und goss sich ein Glas Weißwein ein. Sie musste sich entspannen und ihren Ärger auf Mike und Shawna Lee herunterfahren, um ihre Fantasie von so gefährlichen Dingen wie Doppelmorden abzubringen. Mit ihrem Lieblingskissen unter dem Arm machte sie es sich am gewohnten Ende der Couch gemütlich, schlug die Beine unter, trank ihren Wein und zappte durch die Kanäle auf der Suche nach einer einlullenden Sendung.

Gerade hatte sie sich in die Doku über Seeotter vertieft, als es an der Tür klopfte. Wenn das Mike war, dann konnte er klopfen, bis er schwarz wurde. Sie würde ihn nicht hereinlassen. Es ging nicht an, dass er nach einem Date mit ihr Shawna Lee nach Hause brachte und dann zu ihr in die Wohnung wollte.

»Wer ist da?«, rief sie durch die geschlossene Tür.

»Ich bin's. Ich bin wieder da. Mach auf, Hannah.«

Der Mann klang sehr wie Norman. Sie spähte durch den Türspion, bevor ihr einfiel, dass das nichts nützte, denn die Lampe auf dem Gang war gegenüber ihrer Tür angebracht, sodass sie nur eine Silhouette erkennen konnte.

»Norman?« Hannah riss die Tür auf. Und da stand er in seiner ganzen wunderbaren Verlässlichkeit. Sie wäre ihm am liebsten um den Hals gefallen. Norman war so ganz anders als Mike, und darüber war sie froh. Für einen Abend hatte sie genug Herzklopfen, feuchte Hände und atemberaubende Küsse gehabt.

»Hallo, Hannah.« Norman grinste, und Hannahs Herz machte einen Freudensprung. Norman war genau der Mensch, den sie jetzt sehen wollte.

»Komm herein.« Sie zog die Tür weit auf.

Er dirigierte Moishe mit einem raschen Schritt zur

Seite und betrat ihr Wohnzimmer. Dort hob er ihren Kater auf den Arm, drehte ihn auf den Rücken wie ein Baby und kitzelte ihn unter dem Kinn. »Du hast mir gefehlt, Großer.«

»Und ich?« Hannah konnte nicht widerstehen, das zu fragen. »Habe ich dir auch gefehlt?«

»Das versteht sich von selbst. Es ist noch nicht zu spät für einen Besuch, oder?«

»Es ist nie zu spät«, sagte sie und überlegte, ob sie das als persönliches Motto nehmen sollte. Sie nahm ihm die Jacke ab und hängte sie im Flur über die Stuhllehne. »Möchtest du etwas trinken? Ich habe Kaffee, Wein und alkoholfreie Getränke.«

»Eine zuckerfreie Limonade nehme ich gern. Ich habe im Flugzeug schon genug Kaffee getrunken.«

Hannah eilte in die Küche, um ihm das Getränk zu holen, und als sie zurückkam, saß er auf der Couch, und Moishe lag behaglich zusammengekauert auf seinem Schoß. Ihr Kater war sich diesmal über seine Prioritäten im Klaren. Sie stellte Normans Limonade auf den Couchtisch und setzte sich ans andere Ende. »Wieso bist du eher zurückgekommen?«

»Andrea hat mich während der Tagung angerufen und mir erzählt, dass Sheriff Grant ermordet wurde. Sie erwähnte auch, dass Doc Knight sie dazu verdonnert hat, zu Hause die Beine hochzulegen, und da habe ich beschlossen, sofort zurückzufliegen für den Fall, dass du mich brauchst.«

»Darüber bin ich sehr froh. Ich brauche dich tatsächlich.« Sie lächelte ihn breit an.

»Großartig.« Er schaute erfreut. »Was soll ich für dich tun?«

Hannah holte tief Luft und platzte mit dem heraus, was ihr durch den Kopf ging, seit Mike den leeren Aktenkoffer in Grants Arbeitszimmer erwähnt hatte. »Du kennst doch Nettie Grant, nicht wahr?«

»Ja. Sie hatte letztes Jahr Probleme mit einem stecken gebliebenen Weisheitszahn.«

»Tja, sie ist zu Verwandten nach Wisconsin gereist, und ich muss in ihr Haus einbrechen und Sheriff Grants Arbeitszimmer nach Hinweisen durchsuchen. Du hilfst mir doch, oder?«

»Das ist illegal, nicht wahr?«

»Ja, aber wir dürfen uns von solch einer Formsache nicht aufhalten lassen, nicht wenn wir einen Mörder schnappen müssen. Also, willst du mir helfen?«

Norman holte tief Luft und atmete aus. »Das werde ich müssen. Auf keinen Fall werde ich dich dabei allein lassen. Wann willst du einbrechen?«

»Je eher, desto besser. Am liebsten noch heute Nacht, doch ich denke, wir sollten das bei Tageslicht tun. Auf diese Weise brauchen wir keine Taschenlampen und gehen nicht das Risiko ein, von einem Nachbarn gesehen zu werden. Wie wär's mit morgen früh?«

Norman zögerte, erklärte sich aber einverstanden. »Okay.«

»Gut. Es ist einfach wunderbar, dass du früher zurückgekommen bist«, sagte Hannah. »Ich hoffe, du hast nicht allzu viel von der Tagung verpasst.«

»Das passt schon. Es war sowieso langweilig.«

»Oh.« Sie fragte sich, ob die Beschreibung auch seine Ex-Verlobte mit einschloss. »Würdest du gern etwas essen? Die Verköstigung im Flugzeug ist bekanntlich nicht der Rede wert.«

»Jetzt, da du es erwähnst, könnte ich eine Kleinigkeit vertragen. Wollen wir einen Hamburger essen gehen?«

Hannah schüttelte den Kopf. »Nein, danke. Ich habe schon gegessen. Aber ich mache dir gern etwas. Wie wär's mit einem Hole-in-one?«

»Was ist das?«

»Das habe ich oft für meine Zimmergenossin zubereitet, wenn sie bis spät in die Nacht lernen musste. Man brät eine Scheibe Brot in der Pfanne mit einem Ei darauf.«

»Das klingt gut. Soll ich dir helfen?«

»Nein, das schaffe ich allein. Guck so lange fern. Das Essen ist ruckzuck fertig.«

Hannah ging lächelnd in die Küche. Es war wunderbar, Norman zurückzuhaben. Plötzlich erschien alles einfach, und die Last auf ihren Schultern fühlte sich nur noch halb so schwer an. So mussten Ehefrauen empfinden, wenn sie ihre Probleme mit ihren Ehemännern teilten. Hieß das, sie sollte Mike vergessen und Norman heiraten?

Das *Hole-in-one* war rasch zubereitet. Als Hannah mit dem Teller für Norman ins Wohnzimmer kam, schaute er in den Film rein, den sie sich mit Mike angesehen hatte. »Hier ist dein Essen, Norman.«

»Das sieht gut aus!«, sagte er lächelnd und hielt den Film an.

»Ist es. Ich esse das ab und zu auch gern. Ich wusste nicht, dass du Cop-Filme magst.«

»Tue ich nicht, meistens jedenfalls.« Er grinste verlegen. »Aber dieser ist so schlecht, dass er schon wieder Spaß macht.«

»Dann lass uns den zusammen ansehen.« Sie setzte sich neben ihn und startete den Film am Anfang, ohne zu erwähnen, dass sie die erste Hälfte schon kannte.

Die Dialoge waren abgedroschen, die Gewaltszenen beliebig, der Plot nicht vorhanden und die Figuren unsympathisch, doch Hannah stellte fest, dass sie sich köstlich amüsierte. Vielleicht lag es an dem Déjà-vu, weil sie die schlecht gespielten Szenen schon mit Mike gesehen hatte und die klischeehaften Dialoge mitsprechen konnte. Oder es lag daran, dass Norman jedes Mal lachte, wenn die Schauspieler etwas Geistloses sagten, und dass er ebenfalls eine Menge Spaß hatte. Es mochte auch daran liegen, dass Norman nach dem Essen dichter an sie herangerückt war und freundschaftlich einen Arm um ihre Schulter gelegt hatte. Er war ihr bester Freund und noch viel mehr, und wahrscheinlich lag es einfach daran.

»Ende«, stellte er fest, als der Abspann lief.

»Und das wurde auch Zeit!«, meinte sie seufzend. »Das war der schlechteste Film, den ich je gesehen habe.«

»Das war fast so schlimm wie Seattle ohne dich. Jedes Mal wenn ich etwas Lustiges beobachtet habe und dich darauf aufmerksam machen wollte, warst du nicht da.«

»So ging es mir auch.« Dass er sie daraufhin küsste, überraschte sie nicht, doch wie engagiert sie darauf einstieg, verblüffte sie. Es fühlte sich so gut an in seinen Armen. Bei ihm war sie sicher und geborgen und zufrieden.

Moishe miaute kläglich, und Norman ließ sie los. Sie drehten sich zu ihm um und sahen ihn auf der Rückenlehne des Sofas liegen, wo er sie mit gelben Augen unergründlich anstarrte. »Ist er eifersüchtig?«, fragte Norman.

»Das glaube ich nicht.« Sie verschwieg lieber, dass er heute schon einmal entthront worden war und vielleicht fürchtete, das könnte sich wiederholen. »Wahrscheinlich ist er müde und wartet darauf, dass ich das Bett aufdecke.«

»Müde bin ich auch.« Norman blickte auf die Uhr. »Ich sollte meine Mutter anrufen und ihr Bescheid geben, dass ich gleich nach Hause komme, sonst erschießt sie mich womöglich, weil sie mich für einen Einbrecher hält.«

»Aber liegt sie nicht schon im Bett?«, fragte Hannah.

»Das glaube ich nicht. Es ist erst halb zehn, und gewöhnlich geht sie nicht vor zehn schlafen.«

»Es ist halb zwölf, Norman.« Hannah deutete auf die Uhr am Fernseher. »Deine Armbanduhr steht wohl noch auf Seattle-Zeit.«

»Du hast recht. Ich habe vergessen, sie umzustellen. Es ist definitiv zu spät, um sie anzurufen. Da kann ich nur hoffen, dass sie sich nicht zu Tode erschreckt, wenn ich reinkomme.«

»Warum das Risiko eingehen? Du kannst hier übernachten und morgen früh nach Hause fahren.«

Norman sah sie freudig überrascht an. »Du meinst … hier? Bei dir?«

»Sicher. Das Bett im Gästezimmer ist bezogen.«

»Oh.« Jetzt sah er nicht mehr so erfreut aus wie vorher. »Danke, doch ich gehe besser nach Hause. Ich möchte nicht, dass deine Nachbarn mich morgen früh sehen und falsche Schlüsse ziehen.«

Nachdem er gegangen war, schloss sie wie immer ab, prüfte, ob alle Fenster geschlossen waren, und schaltete das Licht aus. Während sie sich bettfertig machte, fragte sie sich, ob Norman geblieben wäre, wenn sie ihm nicht das Gästezimmer zugewiesen hätte. Im Gegensatz zu Mike hatte er noch nie gefragt, ob sie ihn über Nacht bleiben ließ. Doch das hieß nicht, dass er es nicht wollte.

Sie seufzte und ging allein in ihr Bett. Für drei Sekunden blieb sie allein. Dann plumpste etwas auf ihre Matratze, und Moishe rollte sich schnurrend auf dem teuren Daunenkissen ein, das sie für ihn gekauft hatte, damit er nachts nicht mehr ihres stahl.

»Du bist ein angenehmer Gefährte.« Sie strich ihm dreimal über den Rücken und zog die Hand zurück. Moishe erlaubte nur wenig Berührung. Nach dreimaligem Streicheln verzog er sich ans Fußende des Bettes.

Hannah zog die Decke über sich und kuschelte sich ein. Dabei dachte sie an die zwei Männer, die sie zu Besuch gehabt hatte. Beide hatten sie geküsst, und sie hatte es genossen. Aber sie küssten sehr verschieden. Norman zu küssen war wie die Fahrt über das Rollfeld nach einem Flug mit heftigen Turbulenzen. Mike zu küssen war wie ein Autorennen, mitreißend und erregend. Wollte sie es lieber behaglich und sicher oder mitreißend und erregend? Hannah seufzte und schmiegte das Gesicht an ihr Kissen. Die Wahl fiel ihr schwer, denn sie wollte beides.

Hole-in-one

1 Scheibe beliebiges Brot
1 Ei
weiche Butter
ein runder Plätzchenausstecher oder ein
Saftglas

Das Brot auf einer Seite mit Butter bestreichen. Mit der gebutterten Seite in eine Pfanne legen. Nun die andere Seite mit Butter bestreichen. (Mit einem Gummispatel gelingt das am besten.)

Mit dem Plätzchenausstecher oder dem Saftglas in der Mitte ein Loch ausstechen. Das ausgestochene Brotstück neben die Scheibe in die Pfanne legen

Die Pfanne auf mittlerer Stufe erhitzen und warten, bis das Brot zu braten anfängt. Dann das Ei aufschlagen und in das Loch gleiten lassen. (Wenn Sie großen Hunger haben, nehmen Sie 2 Eier.) Nach Belieben salzen und pfeffern. Wenn das Ei gestockt ist, das Brot mit dem Ei wenden, ebenso das ausgestochene Brotstück. Braten, bis das Ei die gewünschte Konsistenz hat.

Tracey isst das gern zum Frühstück. Sie zieht es vor, wenn das Eigelb noch flüssig ist, weil sie das gebratene Brot hineintunken möchte. Der schlagende Beweis dafür, dass sie meine Nichte ist.

25

»Lass uns von diesen ein Dutzend für Norman beiseitelegen, als Willkommensgruß«, schlug Lisa vor. Sie zog die letzten beiden Bleche mit Orangenplätzchen aus dem Backofen und schob sie in den Ständer.

»Das ist eine gute Idee. Ich bin wirklich froh, dass er wieder da ist.«

»Gibt es heute etwas Besonderes zu tun?«

»Eigentlich … ja.« Hannah atmete tief durch, um sich zu beruhigen. Sie hatte Lisa noch nicht von dem Einbruch erzählt, zu dem sie Norman einspannen wollte, und zwar weil es ihr peinlich war, dass sie ein Verbrechen plante. Diese Scheu war natürlich albern. Sie hatte noch nie ein schlechtes Gewissen gehabt, wenn sie auf nicht ganz legalem Wege Beweise gesammelt hatte. Doch diesmal war die Situation eine andere. Diesmal war sie nicht zu einer schnellen Entscheidung gezwungen. Vielmehr hatte sie die ganze Nacht darüber nachgedacht und alles bedacht, was schiefgehen könnte. Ihre Großmutter pflegte früher zu sagen, es sei klüger, zuerst zu denken, dann zu handeln. Doch wenn das jeder täte, wären alle mit dem Abwägen der Vor- und Nachteile beschäftigt, und nichts würde erledigt.

»Was ist es?«

»Was ist was?« Hannah war so sehr in ihre Gedanken vertieft gewesen, dass sie den Faden verloren hatte.

»Wir müssen etwas Besonderes erledigen. Was ist es?«

»Oh, das.« Hannah holte noch mal tief Luft und sprang ins kalte Wasser. »Du musst hier für zwei Stunden die Stellung halten. Norman und ich fahren zu Netties Haus.«

»Aber sie ist verreist.«

»Das weiß ich. Und sofern sie kein Fenster offen gelassen hat, werden wir das Türschloss knacken.«

»Warum das denn?«

»Weil ich Sheriff Grants Arbeitszimmer durchsuchen muss.«

»Nein, so meine ich das nicht. Warum einbrechen, wenn ich einen Schlüssel habe?«

»Du hast einen *Schlüssel*?!« Hannahs Stimme erreichte plötzlich eine Höhe, die sie an der Entscheidung ihres Musiklehrers, sie in den Alt zu setzen, zweifeln ließ.

»Nettie hat ihn mir gegeben, als ich ihr angeboten habe, ihre Zimmerpflanzen zu gießen.«

Hannah sah sie verblüfft an. Wie vorausschauend von ihr! »Du hast geahnt, dass ich in das Haus eindringen will, während Nettie weg ist?«

»Ja.« Lisa grinste breit. »Und ich wollte nicht, dass du einbrichst.«

»Ich habe das schon mal gesagt und sage es wieder: Du bist ein Schatz, Lisa.«

»Ein Diamant reinsten Wassers«, erwiderte Lisa und kicherte, als Hannah sie mit großen Augen ansah. »Bonnie Surma hat angerufen, um Gebäck für das nächste Regency-Club-Treffen zu bestellen. Mit diesem Ausdruck hat sie die Gastrednerin beschrieben, und ich habe gefragt, was er bedeutet.«

»Was hat sie geantwortet?«

»Das heißt ›erstklassig‹ und stammt aus der Sprache der Diamantenschleifer. Der Vergleich wird oft auf Frauen angewendet. Wenn sie ein ›Diamant reinsten Wassers‹ sind, sind ihre Erscheinung, Manieren und Herkunft makellos.«

Darüber dachte Hannah einen Moment lang nach. »Ein makelloser Diamant dürfte sehr wertvoll sein, genau wie du, Lisa.«

»Danke.« Lisa errötete. »Ich rate euch, bei Nettie die Hintertür zu nehmen. Ihr Garten ist von einer hohen Hecke umgeben, da wird euch niemand sehen, wenn ihr erst mal drin seid.«

»Guter Tipp.«

»Und was immer du dort tust, rühre die Zimmerpflanzen nicht an.«

Hannah stutzte. »Das habe ich nicht vor. Aber warum?«

»Die würden mit Sicherheit eingehen, und dann wissen Bill und Mike sofort, dass du dort warst. Du hast bekanntlich den schwärzesten Daumen von Lake Eden.«

»Du hast deinen Fotoapparat mitgebracht?«, fragte Hannah. Norman hatte ihn sich umgehängt, als sie sich in der Gasse hinter Netties Garten trafen.

»Ich dachte, ich mache Fotos bei der Durchsuchung. Die helfen unserem Gedächtnis später auf die Sprünge.«

»Gute Idee. Wo hast du geparkt?« Hannah öffnete das Gartentor und schob Norman in den Garten.

»Zwei Blocks entfernt. Und du?«

»Ich bin zu Fuß gekommen. Ich hatte Angst, mein Wagen fällt jemandem auf.«

»Du meinst, weil er knallrot ist, auf dem Nummernschild *Cookies* steht und der Name deines Geschäfts an beiden Seiten prangt?«

»Genau deshalb.« Sie lachte und wusste ihn heute noch mehr zu schätzen als am vergangenen Abend. »Ich bin froh, dass du wieder da bist, Norman. Ich würde mit keinem anderen irgendwo einbrechen wollen.«

Er lächelte und drückte sie kurz an sich, da er das offenbar als Kompliment nahm. Auf den Stufen zur Hintertür zog er ein kleines Ledermäppchen aus der Tasche. »Zahnarztinstrumente«, erklärte er und zog den Reißverschluss auf. »Ich dachte, die sind vielleicht ganz praktisch, um ein Schloss zu knacken.«

»Ganz bestimmt, doch wir brauchen sie nicht.« Sie langte in die Jackentasche und nahm den Schlüsselring heraus, den Lisa ihr gegeben hatte. »Ich habe einen Schlüssel.«

»Oh. Ach so.« Norman klang ein bisschen enttäuscht.

Sie blickte über die Schulter und bemerkte sein Stirnrunzeln, als sie die Tür aufschloss. Er hatte offenbar seine Fähigkeiten als Einbrecher testen wollen. »Steck sie aber nicht weg. Die Tür zum Arbeitszimmer ist vermutlich abgeschlossen.«

»Gut.« Norman wirkte nun gleich viel heiterer. Er stieg hinter ihr die Treppe hoch und folgte ihr den Flur entlang. Der heitere Gesichtsausdruck blieb, bis sie zu der Tür kamen und er das Absperrband sah. »Damit werden Tatorte abgesperrt.«

»Ich weiß.«

»Aber ich dachte, Sheriff Grant sei auf dem Schulparkplatz getötet worden.«

»So war es auch.«

»Also ist das kein Tatort?«

»Im Grunde nicht. Doch Mike hatte vielleicht sein Draußen-bleiben-weil-ich-es-will-Band nicht dabei.«

»Verstehe«, sagte Norman grinsend. »Und wenn wir hier erwischt werden, argumentierst du, dass das kein Tatort ist und die Absperrung praktisch nicht gilt?«

Hannah sah ihn grinsend an und nickte. Dann wandte sie sich dem Türknauf zu. »Es ist tatsächlich abgeschlossen. Meinst du, du kannst es knacken?«

»Ich wüsste nicht, warum mir das nicht gelingen sollte.« Er zog wieder den Reißverschluss des Mäppchens auf. »Ein Schloss zu knacken dürfte leichter sein, als eine Zahnspange festzuziehen.«

Es war ein einfacher Mechanismus, und ihn zu knacken war nicht schwierig, vor allem nicht für einen Zahnarzt mit geschickten Fingern. Nach kaum einer Minute duckten sie sich unter dem Absperrband durch und standen in Sheriff Grants Arbeitszimmer.

»Das sieht mehr wie ein Schlafzimmer aus«, bemerkte Norman.

»Weil es mal eins war. Es gehörte seinem Sohn Jamie und ist noch genauso wie zu der Zeit, als er aufs College ging. Sheriff Grant hat Nettie nicht erlaubt, Jamies Sachen wegzugeben.«

»Wie lange ist das her?«

»Etwa drei Jahre. Findest du das nicht ein bisschen seltsam?«

Norman zuckte mit den Schultern. »Vielleicht wenn das eine Obsession ist. Aber wenn der Sheriff die Sachen seines Sohnes nur ein wenig länger behalten wollte, dann finde ich das verständlich.«

Hannah drehte sich ehrfürchtig zu ihm um. Er hatte

den schmalen Grat brillant gemeistert. Wenn das nächste politische Amt zur Wahl stand, würde sie ihn vorschlagen.

»Lass mich zuerst fotografieren«, bat er und fing sofort damit an. »Wir werden später wissen wollen, wie das Zimmer aussah, bevor wir es durchsucht haben.«

Nachdem er es aus allen Winkeln aufgenommen hatte, gab Hannah ihm ein Paar Handschuhe. »Die habe ich für dich mitgebracht. Wir wollen keine Fingerabdrücke hinterlassen. Du kannst beim Schrank anfangen, ich nehme mir den Schreibtisch vor.«

»In Ordnung. Wonach suchen wir?«

»Nach einem Aktenkoffer. Gib Laut, sobald du ihn entdeckst. Wir suchen außerdem nach allem, was weder in ein Teenagerzimmer noch in ein Arbeitszimmer gehört.«

Hannah zog sich ebenfalls Handschuhe über und durchsuchte den Schreibtisch. Sie fand nur alte Rechnungen, annullierte Schecks und Belege häuslicher Buchführung. Es sah aus, als hätte Sheriff Grant Jamies Sachen in eine Schublade gepackt, als er den Schreibtisch übernommen hatte. Die untere linke enthielt ein College-Prospekt, mehrere Kopien von Jamies Highschool-Zeugnissen, ein Programm vom Abschlussball, einen Stoß CliffsNotes, in denen Abschnitte mit gelbem Textmarker gekennzeichnet waren, und das dicke, zerlesene Buch, mit dem Jamie wohl für seine Zulassungstests gelernt hatte. Sie fand keine dienstlichen Unterlagen, und nichts deutete darauf hin, an welchem Fall Sheriff Grant zuletzt gearbeitet hatte.

»Hier ist ein Aktenkoffer, Hannah.« Normans Stimme klang gedämpft aus der Tiefe des Kleiderschranks.

»Ist er braun?«

»Ja.«

»Dann nehmen wir ihn mit. Stell ihn auf die Seite und such weiter.«

»Okay. Hast du schon etwas gefunden?«

»Eigentlich nicht, es sei denn, du interessierst dich für einen Stapel CliffsNotes.«

»Einen Stapel was?«

»CliffsNotes. Du weißt schon, die schwarz-gelben Lernhefte, mit denen Schüler für Tests büffeln.«

»Ach die. Ich dachte, die hießen ›CliffNotes‹, als hätte jemand auf einer Klippe gesessen und sie geschrieben.«

»Nein, sie sind nach Cliff Hillegass benannt, der in den Fünfzigerjahren eigens eine Firma dafür gegründet hat.«

»Okay, dann habe ich falschgelegen. Hast du noch etwas anderes gefunden?«

»Nichts von Bedeutung.« Hannah schob den Stuhl zurück und trat an die Kommode. In den Schubladen befanden sich Sachen von Jamie, und Hannah kam sich vor wie ein Leichenfledderer, als sie zwischen die Unterwäsche, Socken und Taschentücher griff.

»Autsch!«

»Was ist passiert?« Hannah eilte zum begehbaren Schrank, um zu sehen, ob sie Norman helfen konnte.

»Ich habe mir die Zehen an etwas angestoßen. Reich mir mal deine Taschenlampe, ja?«

Hannah gab sie ihm und hielt Jamies Kleidung beiseite, damit Norman sehen konnte, woran er sich gestoßen hatte.

»Schaut aus wie ein Kasten mit Autoteilen.« Er kam rückwärts aus dem Schrank und zog den Kasten vor sich her. »Jamie hat offenbar an einer alten Klapperkiste herumgebastelt.«

»Wahrscheinlich. Die meisten Highschool-Schüler

können sich keine Werkstatt leisten und reparieren ihr Auto selbst.«

Norman betrachtete die Autoteile und runzelte die Stirn. »Das ist komisch. Da liegt ein Anlasser für einen Chevrolet und ein Einspritzpumpenkabelbaum für einen Ford.«

»Du musst eine Menge von Autos verstehen, wenn du auf den ersten Blick erkennst, zu welcher Marke die Teile gehören.« Hannah war beeindruckt.

»Und ob. Aber es war auch hilfreich, dass der Name eingestempelt ist.«

Hannah lachte, wurde jedoch schnell ernst, als sie daran dachte, was er gesagt hatte. »Weißt du, ob man einen Chevrolet-Anlasser und einen Einspritzpumpenkabelbaum für einen Ford zusammen in einen Motor einbauen kann?«

»Nein, keine Ahnung, vermutlich aber nicht. Die Autofirmen wollen meistens nicht, dass ihre Ersatzteile austauschbar sind. Weißt du, was für einen Wagen Jamie gefahren hat?«

»Nein, doch das kann ich herausfinden. Fotografierst du die Teile? Sie könnten wichtig sein. Ich gehe kurz raus und telefoniere.«

Nach ein paar Minuten kam sie zurück und war ziemlich ratlos. Sie hatte mit Luanne gesprochen, und was sie erfahren hatte, war beunruhigend. »Hast du die Aufnahmen gemacht?«

»Habe einen ganzen Film verbraucht. Und ich habe noch einen Aktenkoffer gefunden. Er stand in der Ecke hinter dem Papierkorb. Weißt du jetzt, welches Auto er fuhr?«

»Das ist das Seltsame. Jamie hatte kein Auto. Er hat sich Netties geliehen, wenn er eins brauchte. Sonst fuhr er mit seiner Harley.«

Norman blickte in die Kiste. »Aber das sind Autoteile. Da bin ich mir sicher.«

»Und ich bin mir sicher, dass man Autoteile nicht für ein Motorrad verwenden kann.« Hannah setzte sich seufzend auf Jamies Bett. Dabei stieß sie mit den Fersen gegen etwas Hartes. »Hier liegt was unter dem Bett.«

Im Nu knieten beide auf dem Boden. Sie hob den Saum der Tagesdecke an, er leuchtete mit der Taschenlampe.

»Noch so ein Kasten.« Norman zog ihn an den Kanten hervor. »Er fühlt sich schwer an. Enthält vielleicht auch Autoteile. Aber was wollte Jamie damit anfangen, wenn er gar kein Auto hatte?«

»Das ist die große Preisfrage.« Hannah fasste mit an, und so förderten sie vier Blechkästen mit Autoteilen unter dem Bett hervor und fotografierten sie. Hannah fand dort auch einen weiteren braunen Aktenkoffer. Nachdem sie die Blechkästen zurück an ihren Platz geschoben hatten, nahm Hannah die Aktenkoffer, und sie verließen das Zimmer und schlossen sorgfältig hinter sich ab.

»Wohin jetzt?« Norman öffnete Hannah die Beifahrertür seines Wagens.

»Zu Barbara Donnelly. Sie erwartet uns. Ich habe sie vorhin angerufen.«

»Und sie wird uns sagen, welcher der James-Bond-Aktenkoffer ist, und das Geheimfach öffnen?«

»Genau.« Hannah war froh, dass Norman am vergangenen Abend gut zugehört hatte, als sie ihm davon erzählt hatte. Sie war so müde, dass sie sich kein weiteres Wort dazu abringen konnte.

»Es dauert mindestens zehn Minuten bis zu Barbara.« Norman drehte den Kopf zu ihr. »Lehn dich doch zurück und mach ein Nickerchen. Du siehst todmüde aus.«

»Bin ich auch«, gab sie zu und schloss die Augen. Eingelullt von den Fahrgeräuschen trieben ihre Gedanken davon, und sie schwebte in der zeitlosen Sphäre zwischen Schlaf und Wachzustand.

»Hannah? Wir sind da.«

Sie schlug die Augen auf und sah, dass Norman vor Barbaras Haus geparkt hatte. »Wie bist du so schnell hierher gelangt? Ich habe gerade erst die Augen zugemacht.«

»Das ist zwanzig Minuten her. Ich bin einen Umweg gefahren, um dich noch ein bisschen schlafen zu lassen.«

»Oh.« Es war ihr ein bisschen peinlich, dass sie in seinem Auto eingenickt war. »Äh ... danke.«

»Hast du gestern Nacht nicht genug Schlaf bekommen?«

»Ich glaube, nicht«, antwortete sie nur. Sie würde ihm nicht erzählen, dass sie über eine Stunde wach gelegen hatte, weil sie zu entscheiden versucht hatte, ob sie sich lieber von ihm oder von Mike küssen ließ.

Sie stieg die Stufen zu dem hübschen kleinen Haus hoch und zog die Fliegengittertür der Veranda auf. Weil es Ende Oktober war, hatte Barbara sie schon winterfest gemacht, mit dicker Plastikfolie, die die Schneeflocken abhalten würde.

»Ist das ein Outdoor-Teppich?«, fragte Norman bei einem Blick auf den Verandaboden.

»Kunstrasen«, antwortete sie. »Barbaras Bruder arbeitet für eine Firma, die den herstellt, und sie bekommt ihn umsonst. Hinter dem Haus ist kein Platz für einen Garten, darum hat sie im Sommer blühende Stauden in Kübeln auf der Veranda stehen, das sieht sehr hübsch aus. Es ist fast, als säße man im Garten, nur ohne Ungeziefer.«

Norman klingelte, und Barbara öffnete ihnen fast sofort. Vermutlich hatte sie ihre Ankunft schon vorher bemerkt. »Kommen Sie herein. Der Kaffee ist gerade fertig.«

»Das ist meine Rettung. Ich war so müde, dass ich im Auto eingeschlafen bin.«

»Dann ist es gut, dass ich ihn etwas stärker gemacht habe.« Barbara führte sie in die Küche und bot ihnen Platz am Tisch an. »Sie auch, Norman?«

»Ja, danke. Einen Kaffee kann ich immer vertragen.«

Barbara goss ein, reichte beiden eine Tasse und schenkte sich auch welchen ein. Sie stellte Sahne und Zucker auf den Tisch und deutete auf die Aktenkoffer. »Lassen Sie mal sehen. Sie wollen sicher nicht, dass ich frage, wo Sie die gefunden haben, oder?«

»Das stimmt«, antwortete Hannah mit einem kleinen Seufzer. Sie hätte Barbara nicht gern angelogen, aber sie war bei der Polizei angestellt und deshalb verpflichtet, jeden Gesetzesverstoß zu melden, von dem sie Kenntnis erhielt. Da Hannah Netties Tür mit dem Schlüssel geöffnet hatte, könnte sie argumentieren, dass sie nicht eingebrochen war. Doch mithilfe von Zahnarztinstrumenten in das Arbeitszimmer des Mordopfers einzudringen war so illegal wie nur was, egal, ob das Absperrband zu Recht oder zu Unrecht angebracht worden war.

Barbara schüttelte den Kopf, als Norman die drei Aktenkoffer auf den Tisch stellte. »Der ist es nicht, der auch nicht. Aber dieser …«

Hannah hielt den Atem an, als Barbara Donnelly den dritten in die Hand nahm, und atmete auf, als Barbara nickte.

»Das ist er.« Sie öffnete ihn und schaute hinein. »Es sieht aus, als wäre er leer, nicht wahr?« Als Norman und Hannah nickten, kippte Barbara den Koffer, sodass sie hineinblicken konnten. »Nun sehen Sie sich das Futter an. Es hat ein Muster aus Quadraten mit Buchstaben und Zahlen darin.«

»Und die Buchstaben und Zahlen bedeuten etwas?«, hakte Norman nach.

»Genau. Man muss den Koffer auf eine glatte Unterlage legen und in der richtigen Reihenfolge drücken. Man beginnt mit null, null und sieben.«

»Für James Bond?«

»Ja. Und danach drückt man das Wort ›Bond‹.«

Norman und Hannah sahen zu, während Barbara auf die entsprechenden Stellen leichten Druck ausübte.

»Nun muss man den Koffer mit der linken Hand festhalten und mit der rechten den Griff drehen, aber mit einem kräftigen Ruck. Wenn man ihn dann wieder anhebt, sehen Sie, was passiert.«

Der Boden des Koffers klappte auf, sodass ein flaches Fach zum Vorschein kam.

»Wow!«, keuchte Hannah.

»Allerdings.« Norman blickte bewundernd auf den Aktenkoffer. »Ist das tief genug für eine Schusswaffe?«

Barbara lachte. »Genau das hat Sheriff Grant mich auch gefragt, als er es zum ersten Mal sah. Ich sagte, dass es dafür ein anderes Modell gibt, aber da er seine Waffe offen tragen darf, braucht er das nicht. Dieses Modell ist für wichtige Papiere gedacht, wie er sie gern nach Hause mitgenommen hat.«

»Liegt etwas drin?«, wollte Hannah wissen.

Barbara Donnelly griff mit den Fingerspitzen in den schmalen Zwischenraum und zog etwas heraus. »Da haben wir den fehlenden Bericht. Mal sehen, worum es sich handelt.«

Hannah wartete gespannt, während Barbara ihn überflog. Am liebsten hätte sie ihr das Blatt aus der Hand gerissen und schaffte es kaum, den Impuls zu zügeln.

»Tut mir leid.« Barbara blickte von dem Papier auf. »Das ist nur eine Vorfallmeldung, die Lonnie Murphy ausgefüllt hat, bevor er in Urlaub ging.«

»Könnte er mit dem Mord zu tun haben?«, fragte Hannah.

»Ich wüsste nicht, wie. Das ist im Grunde eine ganz banale Angelegenheit.«

Norman blieb neugierig. »Aber wenn das stimmt, warum hat Sheriff Grant den Bericht in das Geheimfach gesteckt?«

»Ich weiß es nicht. Es sei denn …« Barbara schaute noch einmal auf das Blatt und gab ein kleines freudloses Lachen von sich. »Ich glaube, ich weiß es doch. Lonnie hat vergessen, ihn mit einer Nummer zu versehen, und Sheriff Grant war ein echter Pedant. Vermutlich hat er den Bericht mitgenommen, um einen Tadel für Lonnies Dienstakte zu schreiben.«

»Das passt«, murmelte Hannah und dachte daran, was Mike über den Sheriff erzählt hatte. Wäre Grant nicht ermordet worden, hätte Lonnie bei seiner Rückkehr aus dem Urlaub einen schriftlichen Verweis vorgefunden.

»Lesen Sie ihn, wenn Sie wollen.« Barbara gab Hannah den Bericht.

Sie überflog ihn. Lonnie hatte einen verdächtigen Wagen angehalten und das protokolliert. Anhand seines Bordcomputers hatte er festgestellt, dass der Wagen gestohlen war, und hatte den Fahrer festgenommen.

»Sehen Sie, was ich meine?«, erkundigte sich Barbara, als Hannah das Schriftstück an Norman weitergab.

Hannah konnte auch keinen Zusammenhang mit dem Mord an Sheriff Grant erkennen. Wenn sich der Fahrer hätte rächen wollen, wäre er hinter Lonnie her gewesen, nicht hinter dem Sheriff.

»Das scheint mir ziemlich eindeutig zu sein«, sagte Norman. »Sollen wir das für Sie auf dem Revier abgeben, Barbara? Hannah meinte, Sie hätten noch Urlaub.«

Barbara Donnelly schüttelte den Kopf und nahm das Schriftstück wieder an sich. »Nicht nötig. Ich kümmere mich darum, wenn ich wieder arbeiten gehe.«

»Aber Shawna Lee wendet gerade sehr viel Zeit auf, um den fehlenden Bericht zu finden«, erwiderte Hannah verwundert. »Und Sie wollen noch mindestens eine Woche zu Hause bleiben, nicht wahr?«

Barbara nickte, und ein schelmisches Lächeln ging über ihr Gesicht. »Soll sie ruhig noch eine Weile suchen. Wenn sie beschäftigt ist, hat sie keine Zeit zu flirten, und dann bleibt uns ein weiteres Gewaltverbrechen vielleicht erspart.«

26

Hannahs Gedanken überschlugen sich, als sie von Barbara wegfuhren. Vertieft wie sie war, nahm sie kaum wahr, dass Norman mit ihr sprach. »Entschuldige bitte. Was hast du gesagt?«

»Könnte Lonnies Entdeckung des Autodiebstahls etwas mit dem Mord an Sheriff Grant zu tun haben?«

»Das frage ich mich auch. Lonnie hat einen Autodieb verhaftet, und wir haben Autoteile in Jamies Zimmer gefunden. Autos scheinen hier ein gemeinsamer Nenner zu sein.«

»Und sagtest du nicht, dass Jamie bei einem Autounfall getötet wurde?«

»Stimmt!« Für einen Moment war sie aufgeregt, dann wieder ratlos. »Doch wie passt das dazu?«

Norman zuckte mit den Schultern. »Bin mir nicht sicher. Dazu kommt, dass Sheriff Grant auf einem Parkplatz voller Autos ermordet wurde.«

»Und er wurde angegriffen, als er neben seinem Streifenwagen stand«, fügte Hannah seufzend hinzu. »Ich glaube, wir übertreiben es mit der Autosache.«

»Wahrscheinlich. Ich dachte nur, wenn wir alle Puzzlestücke herausklauben, sehen wir, wie sie zusammenpassen.«

»Das leuchtet ein.« Hannah drehte lächelnd den Kopf zu ihm, weil sie seine Überlegung gleich komplizieren würde. »Aber was, wenn die Teile aus zwei verschiedenen Puzzles stammen? Verwirrt uns das nicht umso mehr?«

Norman dachte darüber nach, während er an der Ampelkreuzung auf Grün wartete. »Ja. Stimmt. Wie umgehen wir das Problem?«

»Ich bin mir nicht sicher.« Sie wusste erst einmal nicht weiter. »Ich denke, wir brauchen mehr Fakten. Lonnies Bericht ist ziemlich mager, und offensichtlich war er in Eile, als er ihn schrieb. Wahrscheinlich hat er Beobachtungen ausgelassen, die er für unwichtig hielt. Ich muss mit ihm sprechen und mir alles genau schildern lassen.«

»Das ist ein guter Ausgangspunkt. Was soll ich in der Zeit tun?«

»Den Film entwickeln. Das ist auch eine nützliche Sache. Vielleicht entdecken wir etwas Wichtiges auf den Fotos, was wir bei der Durchsuchung übersehen haben. Und meinst du, du hast vielleicht Zeit, im Internet etwas zu recherchieren?«

»Klar.« Norman fuhr in die Gasse hinter dem *Cookie Jar* und parkte zwischen Lisas altem Auto und Hannahs Lieferwagen. »Ich wäre eigentlich noch in Seattle, und Doc Bennett vertritt mich in der Praxis. Was soll ich recherchieren?«

»Es wäre gut, wenn du alle Artikel über Jamies Verkehrsunfall ausdrucken würdest, die damals im *Lake Eden Journal* erschienen sind. Und auch die aus den Zeitungen von Ann Arbour.«

»Wieso Ann Arbor?«

»Jamie kam ums Leben, als er dort an der Uni studierte.«

»Okay, ich suche unter seinem Namen. Hieß er Jamie oder James?«

»Versuch beides. Er wurde Jamie gerufen, doch eigentlich hieß er James wie sein Vater.« Hannah stutzte, und ihr Gesicht hellte sich ein wenig auf. »Kann man ihn denn nur aufgrund seines Namens finden?«

»Solange man weiß, wo man suchen muss.«

»Und das weißt du?«

»Ich bin ziemlich gut darin. Ich kann auf einige öffentlich verfügbare Behördendaten zugreifen, und da bekomme ich erstaunlich viele Informationen.«

Hannah dachte eine Weile darüber nach. Sie wollte Norman bitten, in die Privatsphäre ihrer Mutter einzudringen, und dabei fühlte sie sich wie ein Verräter. Doch das war immer noch besser, als sich hinterher wie ein Idiot vorzukommen, wenn sich herausstellte, dass sie mit ihrem Bauchgefühl recht gehabt, aber nichts unternommen hatte, um Delores vor einem betrügerischen Romeo zu schützen.

Da sie schwieg, hakte Norman nach. »Was brauchst du, Hannah?«

»Winthrop Harrington II.«

»Wie bitte?«

»So heißt er. Du musst ihn für mich überprüfen.«

»Okay. Wer ist er?«

»Genau das möchte ich herausfinden.« Sie blickte ihn an. Sie wusste, sie konnte Norman vertrauen. Wenn sie ihm sagte, dass das geheim bleiben musste, dann würde er schweigen wie ein Grab. »Ich hoffe, ich irre mich, doch er könnte ein Betrüger sein. Und wie die Sache augenblicklich läuft, könnte er mein Stiefvater werden.«

Der Halloween-Morgen begann mit einem Miau, zehn Minuten bevor der Wecker klingeln sollte. Moishe hatte Hunger, und er war nicht der Typ, der still vor sich hin litt. Hannah stieg in die Pantoffeln und schlurfte in die Küche, praktisch noch im Halbschlaf. Und das war besser, wenn man vor Tagesanbruch schon Leber kochen musste.

Sie tappte zum Herd und drehte eine Kochstelle auf die höchste Stufe. Am vergangenen Abend hatte sie vor dem Schlafengehen noch einen Topf mit Wasser gefüllt. Dann goss sie sich Kaffee ein und trank ihn. Als das Wasser kochte, gab sie die Leber hinein, die sie ebenfalls am Abend bereits klein geschnitten hatte. Sobald die Stücke ein unappetitliches Grau annahmen, schöpfte sie sie heraus und gab sie mit Öl und den übrigen Zutaten in die Bratpfanne.

Keine fünf Minuten später war Moishes Omelett fertig, und sie schabte es in seinen Futternapf. Sie vergewisserte sich, dass die Dunstabzugshaube auf höchster Stufe lief, goss sich den zweiten Kaffee ein und setzte sich so an den Küchentisch, dass sie das Feinschmeckergericht ihres Katers nicht sehen konnte. Beim Lebergeruch am frühen Morgen drehte sich ihr den Magen um, und jetzt konnte sie nachfühlen, was Andrea bei ihrer Morgenübelkeit durchmachte. Sie hätte mitfühlender sein sollen.

Moishe brauchte nicht lange, um sein Frühstück zu verputzen, ungefähr ein Viertel der Zeit, die sie zum Zubereiten benötigte. Das stand in keinem vernünftigen Verhältnis. Sie spülte den Topf aus, in dem sie die Leber gekocht hatte, dann die Bratpfanne und Moishes Napf und stellte alles in die Spülmaschine. Danach war sie zusammen mit dem Geschirr vom Abend schon halb voll: der Topf, in dem sie den Reis gekocht hatte, das Gefäß und der Deckel des Mixers, in dem sie das Ei samt Schale geschlagen hatte, und das Messer, mit dem sie die Leber geschnitten hatte. Hinzu kamen noch die Gefäße, in denen sie die vorbereiteten Zutaten im Kühlschrank verwahrt hatte. Damit war die Spülmaschine fast voll.

Hannah goss das Spülmittel in das Fach und schaltete sie ein. Kopfschüttelnd stand sie davor. Das war verrückt. Sie selbst frühstückte zu Hause nicht, und das einzige schmutzige Geschirr, das bei ihr anfiel, war die Kaffeetasse. Doch da stand sie nun um fünf Uhr früh und musste die Spülmaschine laufen lassen, weil sie ihren Kater bekocht hatte!

Das Telefon klingelte, aber sie nahm sich noch einen Kaffee, bevor sie das Gespräch annahm. Es gab nur einen Menschen, der so früh bei ihr anrief. Delores hatte offenbar etwas herausgefunden. Hannah hatte bei Lonnies Familie und Freunden nicht erfahren, wo er Urlaub machte, und deshalb hatte sie ihre beste Quelle angezapft: Delores und Carrie, und beide hatten versprochen, über die Klatsch-Hotline nach ihm zu fahnden.

»Hallo, Mutter«, sagte sie, und das war schon zur Tradition geworden. Sie wusste, ihrer Mutter würde etwas fehlen, wenn sie sich nur mit »Hallo« meldete.

»Ich wünschte, du würdest dich nicht damit melden, Hannah. Was, wenn ich gar nicht der Anrufer bin?«

»Dann sage ich: Verzeihung, ich dachte, Sie wären meine Mutter. Und dann antwortet der: Das macht nichts. Und danach versucht er, mir irgendein Zeug aufzuschwatzen.«

Delores lachte. »Trotzdem. Stell dir vor, wie peinlich es wäre, wenn jemand Wichtiges anruft und du ihn mit ›Mutter‹ ansprichst.«

»Bist du etwa niemand Wichtiges?«

»Doch, natürlich. Es ist nur … Lassen wir das.« Delores gab seufzend auf. »Wie geht es dir heute Morgen, Liebes?«

»Nicht so toll. Kennst du die Redewendung ›aufwachen und den Kaffee riechen‹?«

»Ja, Liebes. Die habe ich schon mal gehört.«

»Tja, bei mir heißt es jetzt: ›aufwachen und die Leber riechen‹.«

»Leber?«

»Genau. Doktor Bob hat Moishe eine neue Kost verordnet. Ich habe heute Morgen das Futter zubereitet, und es stinkt.«

»Nun, öffne die Fenster, Liebes. Und verwende den Lufterfrischer, den ich dir geschenkt habe. Dann duftet es wie in einem englischen Garten.«

»Richtig.« Hannah rümpfte die Nase. Sie hatte ihn einmal benutzt, und wenn die Behauptung des Herstellers stimmte, würde sie um englische Gärten einen großen Bogen machen.

»Den habe ich immer eingesetzt, wenn dein Vater am St. Patrick's Day Corned Beef mit Weißkohl gekocht hat«, meinte Delores. »Er bestand darauf, das jedes Jahr zu tun, und keiner von uns mochte es.«

Hannah lachte. Das stimmte. Von dem Gericht war mehr im Abfall gelandet als in ihren Mägen. Doch obwohl sie für Corned Beef mit Weißkohl nichts übrighatte, gefiel ihr der Brauch. Es war genau, wie ihr Dad zu sagen pflegte: Am St. Patrick's Day ist jeder ein Ire.

»Hast du herausgefunden, wo Lonnie ist, Mutter?«

»Nein.« Delores seufzte so schwer, dass Hannah es hörte. »Bridget weiß überhaupt nicht, wo er hingefahren ist. Sie hat mir empfohlen, bei Rick nachzufragen.«

»Hast du?«

»Selbstverständlich. Rick weiß es auch nicht, meinte jedoch, Lonnie könnte bei einem Mädchen sein.«

»Hat Lonnie ihm das gesagt?«

»Nicht direkt, aber er weigerte sich zu verraten, wohin er fährt. Und da er Rick normalerweise alles erzählt, schloss Rick daraus, dass es sich nur um ein Mädchen handeln kann.«

»Das leuchtet mir ein.« Hannah lehnte sich zurück und trank einen Schluck Kaffee. »Wer kommt infrage?«

»Nur eine, und das ist unmöglich.«

»Welche?«

»Deine Schwester. Rick dachte, Lonnie könnte zu Michelle gefahren sein.«

»Ist er bei ihr?«, hakte Hannah nach und hoffte, dass das nicht der Fall war. Delores konnte Lonnie gut leiden, würde jedoch nicht erfreut sein zu erfahren, dass er die weite Strecke fuhr, um Michelle zu besuchen. Das würde bedeuten, dass er es ernst meinte.

»Natürlich nicht. Ich habe Michelle gestern Abend angerufen, und sie meinte, sie hätte ihn nicht gesehen.«

»Hast du sie gefragt, ob sie weiß, wo er ist?«

»Hältst du mich für blöd, Hannah? Selbstverständlich habe ich sie das gefragt. Sie hat aber nicht die geringste Ahnung, wo Lonnie sich aufhält. Sie sagt, sie seien nur Freunde, und Lonnie würde sie nicht jedes Mal anrufen, wenn er in Urlaub fährt.«

»Also hat sie ein bisschen gereizt reagiert?«

»Sogar sehr gereizt. Ich weiß nicht, warum. Ich habe eine einfache Frage gestellt und ihr keinerlei Vorwurf gemacht.«

»Vielleicht hatte sie einen anstrengenden Unitag hinter sich.« Hannah sprach die erste Entschuldigung aus, die ihr einfiel. »Mach dir keine Gedanken, Mutter. Bestimmt hat Michelle schon ein schlechtes Gewissen.«

»Nun, das hoffe ich. Schließlich gibt es so etwas wie Respekt gegenüber den Eltern, weißt du?«

»Natürlich, und Michelle weiß das auch. Sicher ruft sie dich heute noch an und entschuldigt sich.«

»Nein, das tut sie nicht. Sie wird nur eine Karte schicken. Wie immer. So braucht sie nicht zuzugeben, dass sie etwas falsch gemacht hat.«

»Ach, na ja, von einer Karte hat man länger etwas als von einem Anruf.« Hannah wechselte das Thema und plauderte ein paar Minuten. Dann verabschiedete sie sich und legte auf.

»Mich dünkt, die Schwester gelobt zu viel«, sagte sie zu Moishe, der vor seinem Wassernapf stand und trank. »Ich werde sie anrufen und hören, was sie mir erzählt.«

Hannah goss sich Kaffee ein, klappte ihren Notizblock auf und griff zum Telefon. Delores mochte sich mit Michelles Dementi zufrieden geben. Hannah hatte jedoch den leisen Verdacht, dass Lonnie von ihrer Schwester gar nicht mal weit entfernt war.

Hannah schob die nächsten vier Bleche in den Backofen und griff erneut zum Telefon. Bei Michelle meldete sich niemand, und der Anrufbeantworter schaltete sich nicht ein. Sie ließ es noch einige Male klingeln und legte auf, als die Hintertür aufging und Lisa hereinkam. »Hallo. Ich bin mit den Maisplätzchen fast fertig.«

»Sie sehen toll aus.« Lisa hängte ihren Parka an einen Haken und wusch sich die Hände. »Soll ich mit den normalen Plätzchen anfangen? Oder mit den Muffins für das Revier? Sie haben Schoko-Muffins mit Schokoguss und orangefarbener Verzierung bestellt.«

»Kümmer du dich um die Muffins, ich backe die Plätzchen.« Hannah schaute auf das Rezept für die Schoko-Muffins, das auf der Arbeitsfläche lag. »Wie wär's, wenn du Almas Muffin-Rezept dafür verwendest? Du kannst Apfelmus als Geheimzutat ausprobieren. Ich habe welchen im Kühlraum. Stell nur einen für Beatrice zum Kosten beiseite, bevor du mit dem Verzieren anfängst.«

»Gute Idee.« Lisa nahm von Hannah das Rezept entgegen und holte sich das Apfelmus.

Anderthalb Stunden später waren sie mit Backen fertig. Alles war reibungslos verlaufen. Die Backstube war klein, aber sie arbeiteten seit über einem Jahr zusammen und ahnten die Bewegungen der anderen voraus. Als Hannah zwei Tassen Kaffee zu ihrer bevorzugten Sitznische brachte, wunderte sie sich, wie sie jemals ohne Lisa zurechtgekommen war.

»Und wie weit bist du mit der Ermittlung?«, fragte Lisa, die sich Hannah gegenübersetzte.

»Nicht besonders weit. Ich stecke fest. Ich dachte, der Bericht, den wir in Sheriff Grants Aktenkoffer gefunden haben, sei von Bedeutung, doch das ist auf den ersten Blick nicht ersichtlich, und Lonnie kann ich nicht fragen, weil er im Urlaub ist und ich nicht weiß, wo.«

»Hast du bei deiner Schwester angerufen? Michelle war ziemlich eng mit ihm zusammen, als ich sie zuletzt gesehen habe.«

»Ich habe gerade versucht, sie zu erreichen, als du heute Morgen hereingekommen bist.«

»Gib nicht auf. Früher oder später erwischst du sie.«

Lisa schaute auf ihre Uhr. »Es ist Zeit, dass ich mich in mein Katzenkostüm werfe. Was für ein Kostüm hast du?«

»Mein Bettlaken. Wenn ich nach vorne muss, gehe ich als Gespenst, aber die meiste Zeit werde ich in der Backstube bleiben, also brauche ich gar nichts anzuziehen.«

Lisa lachte schallend, und Hannah runzelte verwirrt die Stirn, bis sie ihr klar wurde, was sie gesagt hatte. »Ich weiß nicht, was es da zu lachen gibt. Wir würden ein Vermögen an Schürzen sparen.«

27

»Sie haben toll geschmückt, Hannah.« Beatrice Koester kam ins Café, nachdem Hannah sie angerufen hatte. »Schön, wie die orange-schwarzen Luftschlangen unter dem Ventilator wehen. Und die Kürbisköpfe im Fenster sind großartig.«

»Lisa hat dekoriert.«

»Das kann sie wirklich gut. Wo haben Sie Ihr Gespensterkostüm?«

»Ich habe es mir mit Schokolade bekleckert.«

»Aber sind die Kinder nicht enttäuscht?« Beatrice sah sich zu den Vorschulkindern um, die mit ihren Müttern an den Tischen saßen.

»Ich habe ein anderes improvisiert.« Hannah nahm die Cornflakes-Schachtel von der Ladentheke und stach mit einem Plastikmesser hinein. »Sehen Sie?«

»Was soll ich sehen?«

»Ich bin ein Cereal Killer.«

»Wie Serial Killer?« Beatrice stöhnte und setzte sich auf einen Hocker an die Theke. »Der Scherz ist schlimm, Hannah. Eigentlich ist er schlimm und genial, aber den wird kein Mensch in Lake Eden verstehen. Ich wette, Sie mussten es jedes Mal erklären.«

»Das stimmt. Ich habe einige Leute aufgefordert zu raten, und niemand ist darauf gekommen. Ich dachte, Bürgermeister Bascomb hätte die zündende Idee. Doch er hat es auch nicht erraten.«

»Das könnte ein guter Test sein.«

»Wofür?«

»Wer zu Ihnen passt. Ich habe im Radio Doctor Love gehört, und sie meint, Eheleute sollten den gleichen Humor haben.«

Hannah zog die Brauen hoch. Hörte sich Beatrice die Ratgebersendung im Radio vielleicht an, weil sie Eheprobleme hatte?

»Ted und ich haben nicht den gleichen Humor«, gestand Beatrice stirnrunzelnd ein. »Er mag die modernen Sitcoms und ich die alten wie *Herzbube mit zwei Damen* oder *Golden Girls.*«

Hannah wusste nicht, wie sie darauf eingehen sollte, und sagte lieber nichts.

»Die Sache ist die, wer zusammen lachen kann, bleibt zusammen. Das meint jedenfalls Doctor Love. Ich denke, wenn Sie einen Mann finden, der Ihren Cereal-Killer-Witz versteht und lustig findet, sollten Sie ihn heiraten.«

»Danke für den Rat.« Hannah holte unter der Theke den Muffin hervor, den Lisa beiseitegestellt hatte. »Probieren sie den, das ist unser jüngster Versuch.«

Beatrice biss hinein und lächelte anerkennend. »Köstlich! Schmecke ich da Apfel?«

»Ja, Apfelmus, um genau zu sein. Ist das Almas Geheimzutat?«

»Nein, doch Sie sind schon nahe dran. Almas Muffins schmeckten süßer, hatten aber auch eine fruchtige Note. Das hatte ich Ihnen schon gesagt, nicht wahr?«

»Ja. Und dass Sie nicht wissen, welche Frucht Alma verwendet hat.«

»Genau. Das Aroma hat sich mit der Schokolade verbunden. Man schmeckte es, konnte es aber nicht näher bestimmen. Die Schokolade schmeckte dadurch … ich weiß nicht, wie ich es ausdrücken soll …«

»Dunkler? Intensiver?«

»Das ist es. Sie schmeckte dunkler und intensiver. Und mir fällt noch etwas ein. Wenn Himbeerzeit war, hat Alma die Muffins mit einer schönen dicken Himbeere belegt.«

»Könnte sie vielleicht zerdrückte Himbeeren in den Teig gerührt haben?«, fragte Hannah. Das war die naheliegende Schlussfolgerung.

»Ich weiß, sie hat weder Himbeeren noch Erdbeeren verwendet. Die winzigen Kerne setzen sich zwischen die Zähne, und das war bei ihren Muffins nie der Fall.«

Nachdem Beatrice sich verabschiedet und den restlichen Muffin mitgenommen hatte, schenkte Hannah den Gästen Kaffee nach. Dann setzte sie sich auf den Hocker hinter dem Tresen und dachte nach. Mit zerdrückten Himbeeren kämen Kerne in den Teig. Unweigerlich. Man könnte die Himbeeren passieren, doch dann hätte man Saft, und der war nicht das Richtige. Edna Ferguson war sich sicher, dass es sich um eine dickflüssige Zutat handeln musste, und Hannah war zu demselben Schluss gelangt.

»Hallo, Hannah.« Lisa kam in ihrem Katzenkostüm hereingerauscht. Sie hatte sich den langen Plüschschwanz mit Klebeband auf der Schulter befestigt, was sehr seltsam aussah. »Versuch nie, mit einem Schwanz Auto zu fahren.«

Hannah lachte. »Das werde ich mir merken. Was ist passiert.«

»Er hat sich um den Schaltknüppel gewickelt. Ich musste ihn jedes Mal abwickeln, um in den Rückwärtsgang zu schalten. Das war sehr lästig.«

»Deshalb hast du ihn dir auf die Schulter geklebt?«

»Reverend Knudson hat mir dabei geholfen, als ich ihm das Gebäck für seine Versammlung gebracht habe. Leider sieht das blöd aus.«

»Warte«, meinte Hannah, der eine Idee kam. »Ich weiß, wie wir das Problem beheben können. Ich muss nur schnell in die Drogerie laufen.«

»Nur zu. Ich kümmere mich hier um alles. Meinst du, du könntest unterwegs in den *Red Owl* reinspringen? Wir haben nur noch ganz wenig Ahornsirup, und Reverend Knudson hat für den Gemeindekaffee nach dem Gottesdienst am Sonntag einen Haufen Stapelplätzchen bestellt.«

»Kein Problem.« Hannah machte sich auf den Weg zur Drogerie, um alles Nötige zu besorgen und den Katzenschwanz ihrer Partnerin zu bändigen.

Lächelnd verließ Hannah die Drogerie, die der *Lake Eden Apotheke* angeschlossen war. Jon Walkers Angestellte hatten das Geschäft fantastisch geschmückt, mit schwarzen Scherenschnittkatzen und Fledermäusen, die von der Decke hingen. Jon hatte allein für sie den irren Chemiker gespielt, und zwar genauso gut wie im vergangenen Jahr. Zu guter Letzt hatte er ihr einen Halloween-Nachlass auf die Hilfsmittel gewährt, die sie für Lisa brauchte.

»Hallo, Hannah«, grüßte Florence Evans, die Inhaberin des *Red Owl*. Eine der Kassiererinnen hatte sich wohl krankgemeldet, denn Florence arbeitete nur an der Kasse, wenn Not am Mann war. »Wo ist Ihr Kostüm?«

»Habe ich in der Backstube gelassen«, antwortete Hannah, weil sie erst gar nicht anfangen wollte, mit ihr über Kostüme oder fehlende Kostüme zu reden, denn Florence hielt bei Plaudereien mit Kunden den derzeitigen Lake-Eden-Rekord.

»Was gibt es Neues?«, fragte Florence prompt.

»Nichts.« Hannah wusste, am besten gab man eine einsilbige Antwort und erkundigte sich rasch, wo ein bestimmtes Produkt zu finden sei. »Der Ahornsirup ist nach wie vor in Gang drei, Florence?«

»Ja, und ich habe gerade einen neuen Fruchtsirup mit einem wunderbaren …«

»Danke, doch ich brauchte nur Ahorn«, sagte Hannah hastig, um sich der zweifellos wortreichen Beschreibung neuer Produkte zu entziehen, die Florence ins Sortiment aufgenommen hatte. »Lisa wartet darauf.«

Sie kehrte ihr den Rücken zu und lief zu Gang drei, aber die Ladeninhaberin vereitelte ihre Flucht. Ehe Hannah einmal blinzeln konnte, hatte Florence die Lampe über der Kasse ausgeschaltet und kam hinter dem Förderband hervor.

»Sie sollten wirklich einen Blick darauf werfen. Die neuen Geschmacksrichtungen sind etwas Besonderes.« Florence hakte sich bei ihr unter und führte sie in den hinteren Ladenbereich. »Kommen Sie mit, ich zeige sie Ihnen.«

»Da bist du ja endlich!« Lisa schaute erleichtert, als Hannah ins *Cookie Jar* zurückkam. »Du warst eine ganze Stunde weg. Ich habe mir schon Sorgen gemacht.«

»Erinnerst du dich an die alte Werbung für das *Roach Motel*? Die Kakerlakenfalle?«, fragte Hannah und stellte die Einkaufstüte auf den Tresen.

»Du meinst: ›Sie checken ein, aber nicht wieder aus‹?«

»Genau die. Tja, Florence saß an der Kasse.«

Lisa stutzte, dann prustete sie vor Lachen. »Sie wollte dich nicht auschecken lassen?«

»Genau das. Sie hat mich in den Gang mit den verschiedenen Sirup-Sorten begleitet. Doch das hat sich letzten Endes als Glück erwiesen.«

»Das heißt, Florence wusste etwas über den Mord?«, riet Lisa.

»So viel Glück hatte ich auch wieder nicht. Aber sie hat mir etwas über Almas Muffins verraten.« Hannah öffnete die Einkaufstüte und zog eine Flasche heraus. »Kommt dir die bekannt vor?«

»Die sieht aus wie die, in denen Beatrice die Salatsoßen transportiert hat.«

»Und woher hatte sie die Flaschen?«

»Aus dem Keller ihrer Schwiegermutter. Und sie sagte auch, dass Alma viele davon besaß und Ted es verrückt fand, dass Beatrice sie nach Hause mitnahm.«

»Und das war brillant. Ich wäre nie auf Almas Geheimzutat gekommen, wenn ich diese Flaschen nicht gesehen hätte.«

»Das heißt, du kennst die Zutat jetzt?« Lisa war begeistert, als Hannah nickte.

»Sofern ich mich nicht irre.«

Lisa nahm die Flasche und blickte aufs Etikett. »Himbeersirup? Das muss es sein, Hannah! Und das erklärt, warum Alma die Muffins mit einer Himbeere verzierte. Edna und du habt auf etwas Dickflüssiges getippt, und Sirup ist dickflüssig. Und Beatrice sprach von einer Fruchtnote.«

»Sie sagte auch, dass sie deutsch schmeckten, und Schoko-Himbeer-Torte ist in Deutschland sehr beliebt.«

»Du hast es herausgefunden, Hannah. Ich wäre nie darauf gekommen.«

»Wärst du auch, wenn Florence nicht mich, sondern dich in die Finger bekommen hätte.« Hannah lächelte ihre Partnerin an. »Aber wir sollten uns nicht zu früh freuen. Möchtest du das ausprobieren oder soll ich?«

»Tu du es. Ich bin schon im Kostüm.«

»Und da fällt es mir wieder ein.« Hannah gab ihr die weiße Tüte aus der Drogerie. »Damit wird sich das Problem beheben lassen.«

»Mit einer Schlinge?«, fragte Lisa verblüfft, als sie das Ding aus der Tüte zog.

»Einer Schlinge und einem Verband. Du weißt doch, dass Moishes Schwanz an der Spitze geknickt ist?« Hannah wartete, bis Lisa nickte. »Doktor Bob sagt, dass sich viele Straßenkatzen den Schwanz brechen.«

»Du willst, dass ich mit einem gebrochenen Schwanz gehe?«

»Ja. Bieg die Spitze um und bandagiere sie. Dann kannst du sie in die Schlinge legen und sie dir um den Hals hängen. So ist dir der Schwanz nicht mehr im Weg.«

»Die Muffins duften herrlich!« Lisa seufzte sehnsüchtig, als sie durch die Schwingtür in die Backstube kam. »Du hast sie auch mit Guss überzogen?«

»Ich hielt das für besser. Das soll ein umfassender Test werden.«

»Natürlich. Und der Schokoladenguss sieht toll aus. Soll ich einen Muffin probieren?«

»Greif zu. Ich bin mir absolut sicher, dass wir das Original getroffen haben, und habe gleich die doppelte Menge gebacken.«

Lisa lief zu den Blechen und nahm sich einen Muffin. Sie führte ihn zum Mund, und als sie den ersten Bissen kaute, schnurrte sie praktisch, passend zu ihrem Kostüm. »Der Guss ist fantastisch, Hannah.«

»Finde ich auch. Ich habe den Stieltopf ausgeleckt. Soll ich dich vorne ablösen, solange du den Muffin isst?«

Lisa schüttelte den Kopf. »Da ist niemand. In der letzten halben Stunde kamen keine Kunden mehr.«

Das wird den übrigen Nachmittag so bleiben, dachte Hannah. Denn fast jeder in der Stadt zog sich jetzt für Halloween um. Es wäre albern, wenn sie beide blieben, besonders da Lisa darauf brannte, zum Gemeindezentrum zu gehen und ihrem Vater und den anderen Senioren beim Schmücken zu helfen.

Sie packte sechs Muffins in eine Schachtel und gab sie Lisa. »Da hast du welche. Zieh die Schürze aus und verschwinde.«

Lisa verstand sofort und grinste. »Du schmeißt mich raus?«

»Genau. Es gibt keinen Grund, warum wir uns beide langweilen sollten, und ich muss sowieso bleiben, um einige Anrufe zu erledigen.«

»Gut, wenn du wirklich nichts dagegen hast …«

»Nein, ehrlich nicht. Geh und hilf deinem Vater beim Dekorieren.«

»Mach ich.« Lisa freute sich sichtlich und nahm die Schachtel mit den Muffins. »Soll ich die Halloween-Plätzchen für das Gemeindezentrum mitnehmen?«

»Ich bringe sie mit, wenn ich mit Tracey zur Party komme. Wenn du sie jetzt schon mitbringst, futtern die Kinder sie zu früh.«

»Okay. Bis heute Abend, Hannah. Ich werde die Katze mit dem gebrochenen Schwanz sein, und Herb geht als Klohäuschen.«

»Als Klohäuschen?« Hannah zweifelte, ob sie richtig gehört hatte.

»Genau. Er hat das Kostüm selbst gemacht. Es besteht aus einem großen Karton, der unten offen ist und an den Seiten Löcher für die Arme hat. Er reicht ihm bis über den Kopf, und obendrauf sitzt ein Plüschhahn.«

Hannah versuchte, sich das vorzustellen. »Wenn sein Kopf auch im Karton steckt, wie kann er dann überhaupt sehen?«

»Er hat einen Mond und Sterne herausgeschnitten und guckt durch die Löcher. Viele Klohäuschen haben solche zur Belüftung. Aber das ist noch nicht das Beste.«

»Was ist es?« Hannah fürchtete sich fast vor der Antwort.

»Er hat einen Seilzug eingebaut und kann die Tür öffnen. Und wenn wir tanzen, kann ich zu ihm reinsteigen. Ist das nicht toll, Hannah? Ich bin sicher, dass er den ersten Preis gewinnt.«

»Großartig!« Hannah winkte Lisa, als sie zur Hintertür hinausging. Vielleicht würde Herb nicht den Preis für das schönste Kostüm gewinnen, doch ganz bestimmt den für das seltsamste.

Hannah schaute durch das Ladenfenster nach draußen und seufzte. Es war vier Uhr, und ihr einziger Kunde war Freddy Sawyer gewesen. Doc Knight hatte vier Dutzend Halloween-Plätzchen bestellt, und Freddy verteilte sie als Supermann verkleidet an das Pflegepersonal und die Patienten im Krankenhaus.

Am Fenster des *Cookie Jar* ging ein angeleinter Husky vorbei, und sie wartete darauf, dass sein Herrchen oder Frauchen ins Blickfeld kam. Die ließen auf sich warten, und sie vermutete schon einen Halloween-Scherz, doch dann erschien Eleanor Cox im Bild mit einer ausziehbaren Hundeleine. Sie winkte ihr zu, und Hannah erwiderte den Gruß, und das war das einzig Aufregende für die nächste Viertelstunde.

Die Zeit verging so langsam wie nie. Hannah beschloss, etwas Nützlicheres zu tun, als die Vögel zu zählen, die gegenüber in der hohen Kiefer landeten, und ging zum Telefon. Beatrice war nicht zu Hause gewesen, als sie vorhin angerufen hatte. Sie hatte sie einladen wollen, die Muffins zu kosten, doch vielleicht war sie inzwischen zurückgekommen.

Nach dem zehnten Klingeln legte Hannah auf und tippte die Nummer ihrer jüngsten Schwester ein. Da sie Beatrice nicht erreichte, versuchte sie es noch mal bei Michelle. Es klingelte einmal, zweimal, dann hörte sie ihre Stimme.

»Michelle?«, fragte Hannah, weil sie ihr Glück kaum fassen konnte. »Bin ich froh, dass ich dich erwische!«

»Hi, Hannah. Was gibt's denn?«

»Es geht um Lonnie. Ich habe es überall versucht, kann ihn aber nicht finden.«

Darauf herrschte erst mal Schweigen, und dann klang Michelle misstrauisch. »Warum musst du ihn denn finden?«

»Ich habe seine Vorfallmeldung in Sheriff Grants Aktenkoffer entdeckt und denke, die könnte etwas mit dem Mord zu tun haben.«

»Mit welchem *Mord*?!«

Hannah hielt inne. Wusste Michelle etwa noch gar nichts davon? »Du hast das mit Sheriff Grant noch nicht gehört?«

»Was ist mit ihm?«

»Er wurde am vorletzten Montag ermordet. Jemand hat ihm den Kopf eingeschlagen und ihn in den Müllcontainer auf dem Parkplatz der Jordan High geworfen. Ich habe ihn gefunden, als ich nach meinem Kochkurs den Abfall hineinwerfen wollte.«

Michelle schluckte so laut, dass Hannah es hörte. »Das ist furchtbar! Und das ist vorletzten Montag passiert?«

»Ja. Und Mike hat Bill suspendiert, weil er ein Verdächtiger war, doch wir haben ihn von dem Verdacht befreit, und er ermittelt jetzt weiter in dem Fall.«

»Ich kann es nicht glauben.« Michelle schnaubte verärgert. »Keiner hat daran gedacht, mir das zu erzählen. Ich lebe doch nicht am anderen Ende der Welt! Gibt es noch mehr Neuigkeiten?«

»Nur eine. Doc Knight hat angeordnet, dass Andrea zu Hause bleiben und die Beine hochlegen muss. Es treibt sie in den Wahnsinn.«

»Das kann nicht wahr sein, Hannah. Mutter hat mich gestern Abend angerufen und hat all das mit keinem Wort erwähnt! Sie hat mich nur gefragt, wo Lonnie ist, und als ich sagte, ich wüsste das nicht, hat sie aufgelegt.«

»Das tut mir leid.« Hannah bekam ein schlechtes Gewissen, weil sie ihre kleine Schwester nicht eingeweiht hatte. »Ich hätte dich informieren sollen, doch ich dachte, du wüsstest es längst. Eigenartig, dass du gar nichts von alldem gehört hast. Man sollte doch meinen, dass der Mord an einem Bezirkssheriff in die Nachrichten kommt.«

»Ähm … kann sein, dass er da erwähnt wurde. Ich war eine Weile abgetaucht, war sehr beschäftigt mit … äh … Lernen.«

»Klar.« Hannah glaubte ihr kein Wort. Michelle verheimlichte ihr etwas, und sie war sich ziemlich sicher, dass das Etwas ein Jemand war. »Aber kommen wir zum Punkt. Hol mir Lonnie ans Telefon. Ich muss mit ihm über seine Vorfallmeldung sprechen.«

»Seine … äh … Wie kommst du darauf, dass er hier ist? Ich habe Mutter schon gesagt, dass ich ihn nicht gesehen habe.«

Hannah seufzte. »Das war Mutter. Jetzt sprichst du mit mir. Lass mich mit ihm reden. Und hör auf, mir auszuweichen. Ich werde keinem verraten, dass er bei dir ist.«

»Er ist eigentlich nicht bei mir. Das ist ein großes Haus mit vielen Zimmern.«

»Klar«, sagte Hannah schief grinsend.

»Doch, das stimmt. Es ist nicht so, dass wir im selben Zimmer schlafen. Ich wollte nur nicht, dass Andrea oder Mutter Bescheid wissen. Die würden das nie verstehen.«

»Was ist mit Raj?« Das war Roger Allen Jensens Spitzname. Mit ihm war Michelle zusammen gewesen, als sie im Juli nach Lake Eden gekommen war. »Versteht er das?«

»Mit dem ist Schluss. Wir haben uns gleich am ersten

Tag des neuen Semesters getrennt. Ich war sein arrogantes Benehmen absolut leid.«

»Das geschieht ihm recht.« Hannah dachte daran zurück, dass Raj sich über die Menschen in Lake Eden lustig gemacht hatte und sie alle für Landeier hielt.

»Bleib kurz am Apparat. Ich hole Lonnie. Achte auf deine Formulierung, wenn du es ihm beibringst. Er war die ganze Zeit über bei mir und weiß auch noch nicht, dass Sheriff Grant ermordet wurde.«

28

»Hi, Hannah«, sagte Lonnie zur Begrüßung. Er klang ein wenig schuldbewusst. Hoffentlich weil er weggefahren ist, ohne jemandem zu erzählen, wohin, dachte Hannah, und nicht aus einem anderen Grund. »Shelly sagt, du hast etwas Wichtiges mit mir zu besprechen?«

Shelly? Hannahs Brauen schossen in die Höhe. Michelle konnte es nicht leiden, wenn jemand sie so nannte. Dabei käme sie sich vor wie eine Schildkröte, hatte sie mal zu ihr gesagt. »Äh … ja, das stimmt.« Hannah wunderte sich, dass Lonnie ihre Schwester so nennen durfte. »Ich habe schlechte Neuigkeiten.«

»Meiner Familie ist nichts passiert, oder?«, fragte er alarmiert, bevor sie ihren Satz ausführen konnte.

»Nein, denen geht es gut«, versicherte sie. »Der ganzen Familie. Ganz Lake Eden … außer Sheriff Grant.« Kaum hatte sie das gesagt, wünschte sie, sie hätte sich besser ausgedrückt. Aber Takt war nicht ihre große Stärke.

»Was ist mit ihm?«, wollte Lonnie wie erwartet wissen.

»Er ist tot«, antwortete Hannah kurzerhand. Sie spuckte es lieber gleich aus und befasste sich anschließend mit den Nachwirkungen. »Er wurde Montagabend vor einer Woche ermordet.«

Darauf war es so lange still in der Leitung, dass Hannah sich fragte, ob Lonnie unter Schock stand. Doch dann hörte sie ihn seufzen und sich räuspern.

»Das ist wirklich grauenvoll.« Seine Stimme schwankte ein bisschen. »Wollen Mike und Bill, dass ich zurückkomme?«

»Davon weiß ich nichts, aber du kannst sie vorsichtshalber anrufen. Mike hat vorläufig die Aufgaben des Sheriffs übernommen. Du kannst sagen, dass du im Urlaub keine Nachrichten geguckt und es eben erst erfahren hast.«

»Gute Idee.« Er klang wieder sicherer. »Verdächtigen sie schon jemanden?«

»Ich weiß es nicht. Zumindest erzählen sie es mir nicht.«

»Schätze, das wollen sie nicht. Bist du sauer?«

»Ich bin nicht gerade entzückt«, antwortete sie schulterzuckend. »Klar, es wäre mir lieber, sie würden mich in die Ermittlung einbeziehen, doch das ist so wahrscheinlich wie Schnee im August.«

»Ich meinte nicht, ob du sauer auf Mike und Bill bist, sondern ob du sauer auf mich bist.«

»Oh.« Hannah musste rasch umdenken. »Etwa, weil du deinen Urlaub mit Michelle verbringst?«

Lonnie schluckte hörbar. »Äh … ja. Genau deshalb.«

»Nein, ich bin nicht sauer.« Hannah dachte lächelnd an ihre eigene College-Zeit. Damals hatte sie gelernt, ihr Leben selbst in die Hand zu nehmen, und offenbar tat Michelle gerade dasselbe. »Ich hoffe nur, du hältst sie nicht von den Vorlesungen ab. Gute Noten sind für sie sehr wichtig.«

»Ich halte sie von gar nichts ab. Ich bin zu jeder Vorlesung mitgegangen und habe mich in die letzte Reihe gesetzt. Das schien niemanden zu stören. Ich habe sogar mitgeschrieben für den Fall, dass Michelle etwas nicht mitkriegt.«

Hannah gab auf. Das klang nicht danach, als schadete Lonnie ihrer Schwester. »Du hast kurz vor deinem Urlaub einen Autodieb festgenommen. Deshalb rufe ich an. Wusstest du, dass Sheriff Grant deine Vorfallmeldung nach Hause mitgenommen hat?«

»Nein, aber das überrascht mich nicht. Der Diebstahl hat ihn sehr interessiert. Er sagte zu mir, er wolle sich persönlich um den Fall kümmern, und gab mir zwei Wochen frei zum Ausgleich für die Überstunden, die ich bei der Ermittlung geleistet hatte. Er hätte mir sogar länger freigegeben.«

»Und das war ungewöhnlich?«, fragte Hannah.

»Das kann ich nicht mit Sicherheit sagen. Aber Sheriff Grant ist …« Lonnie stockte. »Sheriff Grant war nicht dafür bekannt, dass er großzügig Urlaub gewährte. Deshalb dachte ich, ich greife besser zu, bevor er es sich anders überlegt, und bin sofort los.«

»Das war bestimmt klug. Doch zurück zu dem Autodiebstahl. Was kannst du mir darüber sagen?«

»Was ich weiß, steht in dem Bericht. Der Typ wollte mir seinen Namen nicht nennen, und er hatte auch keine Ausweise bei sich. Er hat kein Wort von sich gegeben, und ich dachte, der verlangt gleich einen Anwalt, als ich ihn aufs Revier brachte, aber das hat er nicht getan. Sheriff Grant meinte, ich soll mir keinen Kopf machen. Er würde ihn selbst vernehmen und rauskriegen, wer der Kerl ist. Ich nehme an, das hat er gemacht. Der Kerl saß noch in der Aufnahmezelle, als ich das Revier verließ.«

Hannah stellte noch einige Fragen, doch als klar wurde, dass er nicht mehr wusste, bat sie Lonnie, Michelle noch mal ans Telefon zu holen. Nachdem Hannah ihrer Schwester versprochen hatte, keinem zu sagen, dass Lonnie bei ihr war, legte sie auf und blätterte durch ihren Notizblock.

Autoteile in Sheriff Grant Arbeitszimmer, die nicht Jamie, sondern ihm gehört hatten. Ein von Lonnie verhafteter Autodieb. Sheriff Grants besonderes Interesse an dem Fall und sein Entschluss, Lonnie davon abzuziehen und den Verdächtigen selbst zu vernehmen. Die Tatsache, dass er die Vorfallmeldung im Geheimfach seines Aktenkoffers nach Hause mitgenommen hatte. Hannah sah allmählich, wie das alles zusammenpassen könnte. War das der große Fall, der Sheriff Grant zum Wahlsieg hatte verhelfen sollen? Und hatte er beim Ermitteln etwas entdeckt, was zu seiner Ermordung geführt hatte?

Gerade als Hannah dachte, dass ihr jeden Moment der Kopf platzen würde vor lauter Überlegungen, klingelte das Telefon. Ohne nachzudenken, griff sie zum Apparat, und da erst wurde ihr bewusst, dass sie vor zehn Minuten das Geschäft hätte schließen müssen.

»Hannah?« Das war Andrea, und sie klang aufgeregt. »Bin ich froh, dass ich dich noch erwische!«

»Warum?« Hannah zog die Schublade aus der Kasse und fing an, das Bargeld zu zählen, um es später bei der Bank einzuwerfen.

»Ich wollte dir sagen, dass ich mit den Rezepten fast fertig bin.«

»Fast fertig?« Vor Verblüffung hätte sie beinahe einen Fünf-Dollar-Schein auf die Zwanziger gelegt. »Aber du hast gerade erst damit angefangen!«

Andrea lachte. Hannahs Reaktion schien sie zu freuen. »Ich sitze daran seit zwei Tagen. Ich sagte doch, dass ich schnell tippe.«

»Ich weiß, aber dass du *so* schnell bist, hätte ich auch nicht gedacht. Wann soll ich Tracey heute Abend abholen?«

»Das ist der andere Grund, weshalb ich anrufe. Kannst du um halb acht hier sein? Lucy Dunwright war gerade mit ihrer Karen hier und hat Tracey zu Hamburgern eingeladen. Danach gehen sie Süßigkeiten sammeln und werden um halb acht wieder hier sein.«

Hannah kannte Lucys Tochter, die mit Tracey in dieselbe Klasse ging, und konnte sie gut leiden. »Wenn Lucy einverstanden ist, würde ich beide Mädchen in den Spukkeller mitnehmen. Dann kann Lucy so lange bei dir bleiben, bis wir zurückkommen.«

»Das ist wirklich nett von dir, Hannah«, sagte Andrea dankbar. »Es ist schön, heute Abend Gesellschaft zu haben. Aber ich wollte dich um noch einen Gefallen bitten, und jetzt habe ich Skrupel.«

»Worum geht es? Für das Abtippen der Rezepte schulde ich dir mehr als einen Gefallen.«

»Nein, gar nicht. Ich bin froh, etwas zu tun zu haben. Doch die Sache ist wirklich wichtig, Hannah.«

Hannah runzelte die Stirn, als sie einen Hauch Panik in Andreas Stimme hörte. »Was ist es?«

»Es geht um Bill. Seit er wieder im Dienst ist, konzentriert er sich völlig auf die Ermittlung und hat dabei vergessen, sein kaputtes Rücklicht zu ersetzen.«

»Oh, oh.« Hannah konnte sich den Rest denken. »Und er wurde bei der Prüfstelle erneut verwarnt?«

»Genau. Heute Morgen haben sie ihn zur Reparatur aufgefordert, und beim nächsten Mal muss er Strafe zahlen. Das darf nicht passieren, Hannah. Jemand der für den Posten des Sheriffs kandidiert, würde damit einen ganz schlechten Eindruck erwecken.«

»Das ist wahr.« Hannah wartete darauf, dass ihre Schwester zum Punkt kam.

»Das Problem ist, dass es heute Abend dazu kommen wird.«

»Wieso heute Abend?«

»Weil die Prüfstelle lange geöffnet bleibt. Also kann er nicht nach Hause fahren, ohne den Strafzettel zu bekommen.«

»Deshalb willst du, dass ich ihn abhole und nach Hause bringe?«

»Das nicht.« Andrea seufzte. »Bill sagt, es ist ganz einfach, ein kaputtes Rücklicht auszuwechseln, und wenn er das Ersatzteil hätte, wäre das in zehn Minuten erledigt. Aber er hat das Ersatzteil nicht, und wenn er fährt, um es zu besorgen, bekommt er den Strafzettel.«

»*Catch-22*«, murmelte Hannah.

»Genau. Ich fand den Film klasse, du auch? Ich habe ihn letztes Jahr auf dem Sender gesehen, der nur alte Filme bringt. Ich fand Alan Arkin perfekt. Doch dann kam Buck Henry. Der war fantastisch. Und Anthony Perkins, tja …«

»Ich soll also ein neues Rücklicht besorgen und es zum Revier bringen?« Hannah unterbrach Andreas Schwärmerei.

»Wenn es dir nichts ausmacht. Das wäre wirklich großartig.«

»Es macht mir nichts aus. Tatsächlich wollte ich sowieso dorthin fahren und Ted wieder Muffins kosten lassen. Ich besorge das Rücklicht, fahre kurz zum Revier und dann nach Hause, um Moishe sein Abendessen zu kochen.«

»Du *kochst* jetzt für ihn?«

»Ja. Ich habe vom Tierarzt eine Ernährungsempfehlung bekommen.«

»Was kochst du?«

Hannah dachte an die Leber und die Eierschale. »Ich glaube nicht, dass du das wissen willst.«

»Okay. Wenn du meinst. Aber vergiss nicht, Zeit einzuplanen, damit du dich verkleiden kannst. Tracey ist schon sehr gespannt auf dein Kostüm. Als wer gehst du?«

»Das ist eine Überraschung«, sagte Hannah und war mit den Gedanken halb bei der schiefen Formulierung ihrer Schwester und halb bei ihrem Gespensterlaken, das sie vielleicht nicht mehr rechtzeitig waschen und trocknen konnte.

Eine Viertelstunde später hatte Hannah alles im Griff. Sie hatte die Muffins in eine Tüte gepackt, das *Cookie Jar* abgeschlossen, die Cornflakes-Packung und das Plastikmesser für alle Fälle in den Fond ihres Wagens gelegt und war unterwegs zu Ted Koesters Schrottplatz, um für Bill ein Rücklicht zu besorgen.

Auf dem Weg durch die Stadt begann es, dunkel zu werden, und Hannah freute sich, die kleinen Kinder zu sehen, die an der Hand ihrer älteren Geschwister oder Eltern an den Haustüren Süßigkeiten sammelten.

Auf der Zufahrtsstraße zum Highway begegnete sie zwei Elvissen, einem King Kong, drei Märchenprinzessinnen, einem Superman, zwei Skeletten mit Leuchtknochen, einem Monster mit grünen Fangzähnen und neun Gespenstern. Vielleicht war es ganz gut, dass sie sich ihr Laken bekleckert hatte. Anscheinend wurde Lake Eden heute Abend von Gespenstern förmlich überschwemmt.

Der Halloween-Gedanke machte sich sogar im Straßenverkehr bemerkbar. Sie entdeckte zwei Autos mit flatternden Geisterwesen an der Heckscheibe und einen Lastwagen, bei dem ein Zombiearm zwischen den Hecktüren heraushing. Mehrere Fahrer trugen Halloween-Masken, und ein Trucker hatte den Grill seines Sattelzugs mit einem batteriebetriebenen Jack O'Lantern geschmückt. Das war ein fröhlicher Abend, und Hannah kam allmählich in Stimmung, als sie auf Teds Schrottplatz einbog.

Sie fuhr an dem Wohnwagen vorbei, der als Büro diente, um sich einen Parkplatz zu suchen, und lächelte, weil sie Beatrice am Tresen sah. Das passte perfekt. Nun würden beide Koesters die Muffins probieren können.

Hannah parkte, stieg aus und nahm die Tüte mit dem Gebäck vom Beifahrersitz. Der Wind riss sie fast um, als sie zum Büro sauste und die Tür aufzog.

»Hallo, Hannah«, grüßte Beatrice herzlich. »Was haben Sie in der Tüte?«

»Muffins. Ich glaube, ich hab's!«

Beatrice lächelte erfreut. »Wirklich? Das ist wundervoll. Ted wird sich riesig freuen.«

»Nur zu, kosten Sie einen.« Hannah reichte ihr die Tüte. »Ich bin sicher, so sind sie richtig.«

»Das hoffe ich. Ich habe bald zwanzig Pfund mehr auf den Rippen, wenn ich weiter Muffins probiere.« Beatrice grinste, um zu zeigen, dass sie nur scherzte, öffnete die Tüte und nahm einen heraus. Sie zog das Papier ein Stück herunter, nahm einen kleinen Bissen, dann einen größeren.

Hannah hielt den Atem an und merkte das erst, als Beatrice den Muffin halb gegessen hatte. Sie atmete auf und seufzte erleichtert. »Schmeckt er wie bei Alma?«

»Oh ja, Hannah! Sie haben es geschafft. Worin besteht die Geheimzutat?«

»Himbeersirup. Und daher stammen auch die Flaschen, die Sie in Almas Keller vorgefunden haben.«

»Na, sagen Sie bloß!« Beatrice aß den Muffin auf und wischte sich die Finger an einer der Servietten ab, die Hannah mit in die Tüte gelegt hatte. »Warten Sie nur, bis Ted die probiert hat!«

»Apropos, wo ist er denn? Ich muss ein Rücklicht für Bills Wagen kaufen.«

»Er ist mit dem Abschleppwagen unterwegs. Deshalb vertrete ich ihn. Er müsste jeden Moment zurückkommen, aber ich kann Ihnen wahrscheinlich auch helfen, wenn Sie mir die Marke, das Modell und das Baujahr nennen können.«

»Kann ich.« Hannah gab ihr den Zettel mit den Angaben, die Andrea ihr am Telefon noch durchgegeben hatte.

Beatrice schlug ein dickes Buch auf. »Ich bin mir sicher, das haben wir auf Lager. Sobald ich die Nummer des Ersatzteils habe, gebe ich die in den Computer ein, und der sagt uns, wo wir es finden.«

Hannah sah ihr zu, wie sie es nachschlug und die Ersatzteilnummer eintippte. Einen Augenblick später hatten sie die Antwort auf dem Bildschirm. »Da haben wir es. Bills Rücklicht befindet sich in Abschnitt siebzehn, Kasten achtunddreißig.«

»Wo ist das?«

»Gleich hier.« Beatrice zeigte auf eine Stelle auf der großen Karte, die hinter dem Schreibtisch an der Wand hing. »Kommen Sie mit. Wir gehen zusammen zum Ersatzteillager.«

Hannah folgte ihr zu einem großen Wellblechschuppen, der fast ein Viertel des Schrottplatzes einnahm. Beatrice öffnete die Tür, schaltete das Licht ein und ging mit Hannah einen Gang hinunter bis zur Mitte. Rechts und links standen deckenhohe Stahlregale voller Ersatzteile, und im Abschnitt siebzehn angelangt, blieb Beatrice stehen. »Kasten achtunddreißig sollte … Da ist er.«

»Ich sehe ihn.« Hannah zeigte zum dritten Regalboden hinauf. »Wie kommen wir dort heran? Haben Sie eine Leiter?«

Beatrice nickte und ging ein Stück den Gang hinunter, um kurz darauf mit einer Rollleiter zurückzukehren. Solche kannte Hannah aus den Lagern von Heimwerkermärkten. »Passen Sie auf. Mit so einer Leiter ist das ganz einfach.«

Ehe Hannah anbieten konnte hinaufzusteigen, war Beatrice schon oben und zog sich Handschuhe über. Sie griff in den Kasten und kam mit einem Rücklicht herunter. »Das passt zu Bills Wagen.«

»Großartig.« Hannah nahm es ihr ab, sodass Beatrice die Leiter an ihren Platz zurückschieben konnte. »Sie wissen nicht zufällig, wo die Zigarettenanzünder lagern? Ich brauche einen für meinen Lieferwagen. Der fehlte schon, als ich ihn gekauft habe.«

»Die sind in Abschnitt zwölf. Aber ich wusste gar nicht, dass Sie rauchen, Hannah.«

»Tue ich nicht. Doch man kann nie wissen, wann man mal eine Kerze anzünden muss.«

»Klingt tiefsinnig. Das ist eine Metapher, oder?«

»Vermutlich, aber ich meinte das ganz praktisch. Man weiß nie, wann man in einer Schneewehe stecken bleibt und sich die Hände wärmen muss. Und außerdem mag ich das Loch im Armaturenbrett nicht. Das sieht so unfertig aus.«

Beatrice bedeutete ihr mitzukommen und ging zum

vorderen Bereich des Schuppens. »Da sind sie.« Sie zeigte auf einen Behälter im zweiten Regalfach und gab Hannah die Handschuhe. »Greifen Sie hinein und nehmen Sie sich einen. Die meisten haben die Standardgröße. Ziehen Sie unbedingt vorher die langen Handschuhe an. Ted hat sich letzte Woche böse am Arm verletzt, weil er keine anhatte. Sein Hemd ist dabei so blutig geworden, dass ich es wegwerfen musste.«

»Jon Walker hat das erwähnt. Ted und ich nehmen zurzeit offenbar das gleiche Antibiotikum.« Hannah zog sich die Handschuhe über und griff in den Behälter. »Es ist sehr teuer.«

Sobald sie einen Zigarettenanzünder ausgesucht hatte, gingen sie zum Büro zurück. Unterwegs deutete Beatrice auf ein Gerät von der Größe einer Garage. »Das ist unsere neue Schrottpresse. Ist die nicht wunderbar?«

»Ja«, sagte Hannah, obwohl sie nicht wusste, was daran wunderbar sein konnte. »Wie funktioniert die?«

»Sie ist oben offen. Ted hebt das Fahrzeug mit dem Kran hoch und lässt es hineinfallen. Die Seitenwände bewegen sich nach innen und pressen es zusammen. Am Ende ist es nur noch so groß wie ein Brotkasten.«

Kurz darauf standen sie im Büro, und Beatrice rechnete zusammen, was Hannahs Ersatzteile kosteten. Dabei klingelte das Telefon. »Augenblick bitte, Hannah. Das könnte Ted sein, und ich möchte ihm erzählen, dass es Ihnen gelungen ist, die Muffins richtig nachzubacken.« Sie nahm ab. »Teds Autoverwertung«, sagte sie in den Hörer. »Oh, hallo, Schatz! Seid ihr schon für euren großen Auftritt zurechtgemacht?«

Hannah lächelte. Der Anrufer konnte nur Beatrice' Enkelin Leah sein.

»Ach du je! Kann ich irgendwie helfen?« Beatrice hörte einen Moment lang zu. »Aber natürlich, Liebes. Ich komme rüber, sowie dein Grandpa zurück ist.«

»Was ist los?«, fragte Hannah, als Beatrice aufgelegt hatte.

»Das war Leah. Sie hat sich den Fledermausflügel an ihrem Kostüm abrissen und schafft es nicht, ihn wieder anzunähen, und ihre Mutter ist nicht zu Hause.«

»Also fahren Sie hin und helfen ihr?«

»Sobald Ted wieder da ist. Ich würde einfach zuschließen, doch er erwartet eine wichtige Lieferung Altautos. Er muss sie auseinandernehmen, um gewisse Teile an einen Großabnehmer in Minneapolis zu liefern. Den darf er auf keinen Fall enttäuschen!«

»Er ist ein wichtiger Kunde?«

»Er bringt die Hälfte unseres Umsatzes. Wenn der bei jemand anders bestellt, holen wir den Verlust nicht wieder rein.«

»Dann kauft er wohl sehr viele Ersatzteile.«

»Das kann man wohl sagen! Er faxt jeden Montagmorgen eine lange Liste, und Ted muss die Teile orten und liefern.«

»Orten?« Hannah wurde neugierig. Sie wusste nichts über die Autoverwertungsbranche.

»So ist es. Ich weiß nicht genau, wie Ted das macht, aber er muss wohl bei anderen Schrottplätzen anrufen und die Teile, die er selbst nicht auf Lager hat, zusammensuchen. Ich weiß nur, dass er bis zum Ende der Woche alles beisammen hat und am Samstagmorgen liefert.«

Irgendein Gedanke schwebte ihr im Hinterkopf, aber Hannah bekam ihn nicht zu fassen. Etwas, was sie Beatrice oder Ted fragen wollte. Vielleicht sollte sie anbieten, bis zu

Teds Rückkehr im Büro zu bleiben. Bis dahin fiel es ihr vielleicht ein.

»Fahren Sie ruhig zu Leah«, schlug Hannah vor. »Ich bleibe hier und warte auf Ted. Ich möchte sein Gesicht sehen, wenn er die Muffins kostet.«

»Sind Sie sicher?«

»Absolut. Erklären Sie mir nur, was ich tun soll, wenn der Transporter kommt.«

»Das ist ganz einfach.« Beatrice griff nach einem Klemmbrett und legte es auf den Tresen neben die Kasse. »Der Fahrer weiß, wo er entladen muss, nämlich auf dem Platz vor dem Demontierschuppen. Dort nimmt Ted die Autos auseinander.«

Hannah nickte. »Verstehe.«

»Sie müssen nur den Empfang quittieren, dem Fahrer den Frachtschein zurückgeben und den Lieferschein für Ted behalten. Legen Sie ihn auf das Klemmbrett auf dem Tresen.«

»Und wenn Kunden kommen? Soll ich dann Ersatzteile heraussuchen?«

Beatrice schüttelte den Kopf. »Das macht zu viel Mühe. Ich glaube auch nicht, dass so spät noch jemand vorbeischaut, der ein Ersatzteil benötigt, aber wenn doch, sagen Sie ihm, er soll auf Ted warten oder morgen wiederkommen.«

»Wird gemacht. Noch etwas?«

»Nur eins. Wenn Sie Ted sehen, erzählen Sie ihm bitte, was Leah mit dem Kostüm passiert ist, und geben Sie ihm sofort einen Muffin, damit er nicht sauer wird, weil ich weggefahren bin. Soll ich für Sie die Heizung einschalten?«

»Nein, das wird nicht nötig sein. Ich laufe schnell zum Wagen und hole mir die Jacke.«

Hannah warf einen Blick auf die Uhr, als Beatrice hinauseilte und wegfuhr. Es war schon nach sechs, und sie hatte versprochen, Tracey und Karen um halb acht abzuholen. Wenn Ted nicht bald kam, würde ihr keine Zeit bleiben, um vorher noch nach Hause zu fahren und Moishe zu füttern. Natürlich würde es ihn nicht umbringen, wenn er sein Abendessen später bekam, vor allem nicht, nachdem er am Morgen ein leckeres Omelett gefressen hatte. Sollte sein Hunger zu groß werden, während er auf seine Gourmetköchin wartete, müsste er eben auf das Seniorenfutter in seinem Napf zurückgreifen.

Schoko-Muffins

Den Backofen auf 175 Grad vorheizen, das Blech später in der Mitte einschieben.

120 g dunkle Schokolade
50 g weißer Zucker
150 g Himbeersirup
200 g Mehl
1½ TL Backpulver
½ TL Salz
120 g weiche Butter
300 g weißer Zucker
3 Eier
50 ml Milch

Die 12 Vertiefungen einer Muffin-Form mit je 2 Muffin-Papierförmchen auskleiden. Da die Rezeptmengen 18 Muffins ergeben, können Sie zusätzlich eine 6er-Form auskleiden oder eine quadratische 22er- oder 24er-Springform buttern und bemehlen.

Die Schokolade mit dem Himbeersirup und 50 Gramm Zucker in einen Wasserbadtopf geben und unter Rühren erhitzen, bis die Schokolade geschmolzen und eine einheitliche Masse entstanden ist. Abkühlen lassen, bis sie nur noch lauwarm ist.

Das Mehl abmessen, mit Backpulver und Salz mischen und beiseitestellen. Mit dem Handmixer (oder einem SEHR starken Arm) die Butter und 300 Gramm Zucker schaumig schlagen. (Mit dem Handmixer 3 Minuten, mit der Hand 5 Minuten.) Nacheinander die Eier zugeben und weiterschlagen, bis eine glatte Masse entsteht. Geben Sie ein Drittel des Mehls und ein Drittel der Milch zu. (Die Menge muss nicht exakt sein – wenn Sie portionsweise unterrühren, wird der Teig glatter.) Wenn alles gut gemengt ist, geben Sie das nächste Drittel Mehl und Milch hinzu. Wenn diese eingearbeitet sind, den Rest Mehl und Milch. Gründlich verrühren.

Prüfen Sie, ob die Schokoladenmischung ausreichend abgekühlt ist. (Das Ei darf nicht stocken!) Ist sie nur noch lauwarm, geben Sie sie in den Teig. Gründlich einrühren, fertig.

Den Teig 5 Minuten ruhen lassen. Dann noch einmal von Hand umrühren und die Muffin-Formen damit drei Viertel voll befüllen. Wenn Sie anstelle der 6er-Form eine quadratische Springform gewählt haben, füllen Sie den restlichen Teig hinein.

Die Muffins 20 bis 25 Minuten backen. Die Springform 5 Minuten länger im Ofen lassen.

Schokoladenguss

Für 18 Muffins oder 12 Muffins und einen kleinen Kuchen

340 g Schokotropfen
400 ml gezuckerte Kondensmilch

Im Wasserbad gelingt der Guss zuverlässig. Sie können aber auch einen Stieltopf nehmen und ihn auf mittlerer Stufe erhitzen, dann jedoch müssen Sie permanent rühren, damit die Schokolade nicht anbrennt.

Füllen Sie den unteren Teil des Wasserbadtopfes so mit Wasser, dass es den oberen Teil nicht berührt.

Die Schokoladentropfen in den oberen Teil geben, und den Topf bei mittlerer Hitze erhitzen. Ab und zu umrühren, bis die Schokolade geschmolzen ist.

Die Kondensmilch einrühren und zwei Minuten lang kochen. Dabei permanent rühren, bis der Guss glänzt und streichfähig ist.

Die Muffins damit bestreichen und in die Vertiefung laufen lassen, bis sie gefüllt ist.

Geben Sie den Topf ihrem Lieblingsmenschen zum Auslecken.

Die Muffins schmecken noch besser, wenn Sie sie auskühlen und zugedeckt mehrere Stunden stehen lassen, bevor Sie sie mit dem Guss bestreichen.

29

Hannah schaute durch das Fenster zum fernen Highway und trommelte mit den Fingern auf dem Tresen. Es war kurz vor halb sieben, und Ted war noch immer nicht da. Auch von dem Autotransporter war noch nichts zu sehen. Allmählich wünschte sie, sie hätte Beatrice nicht angeboten, sie zu vertreten.

Im Wohnwagen war es kalt, und Hannah hielt sich ihre Fliegerjacke am Hals zu. Vielleicht hätte sie doch zulassen sollen, dass Beatrice die Heizung einschaltete. Die Nacht würde kalt werden. Sowie die Sonne untergegangen war, hatte der Wind stark aufgefrischt. Inzwischen stürmte es.

Windböen schlugen gegen die Blechwände des Wohnwagens und wehten totes Laub unter die ausgeschlachteten Fahrzeuge wie winzige Automechaniker, die das Unmögliche versuchen wollten. Wenigstens war es drinnen wärmer als draußen. Als sie zu ihrem Wagen gerannt war, um die Jacke zu holen und den Zigarettenanzünder auszuprobieren, fand sie, dass es nach Schnee roch.

Grandma Ingrid hatte früher immer behauptet, sie könne es riechen, wenn es bald schneien würde, und hatte ihr das beibringen wollen. Hannah erinnerte sich an eine Verandaschaukel auf der Familienfarm der Swensens, in der sie warm einpackt in einen Quilt mit ihrer Großmutter saß und versuchte, die eisige Luft zu riechen. Und die hatte tatsächlich einen besonderen Geruch. Hannah nahm ihn damals wahr. Als sie fragte, was sie da roch, konnte Grandma Ingrid es nicht benennen, aber sie beharrte darauf, dass dieser Geruch Schnee ankündigte.

Helles Licht leuchtete auf, als ein Fahrzeug vom Highway abbog. Angespannt beobachtete Hannah, wie es die Zufahrtsstraße entlangkam und auf den Schrottplatz zuhielt. Als es sich dem Tor näherte, konnte sie erkennen, dass es ein Autotransporter war. Sie zog den Reißverschluss ihrer Jacke zu und ging nach draußen, um den Fahrer in Empfang zu nehmen. Endlich war die Lieferung da.

Der Fahrer winkte ihr zu und fuhr am Wohnwagen vorbei, wie Beatrice gesagt hatte. Hannah stand am Fenster und sah lächelnd zu, wie gekonnt er den Transporter in der engen Gasse zurücksetzte bis zu dem Platz vor dem Demontierschuppen. Aber als er anfing, die Autos abzuladen, runzelte sie verwirrt die Stirn. Sie kannte sich in der Branche natürlich nicht aus, doch die Autos sahen viel zu gut aus, um verschrottet zu werden. Die mussten irreparabel sein, ohne dass man ihnen das ansah.

Nachdem der Fahrer fertig war, stieg er wieder in den Sattelschlepper und fuhr vor den Wohnwagen. Hannah ging an das Fahrerfenster, zeichnete den Frachtschein ab, den er ihr auf seinem Klemmbrett hinhielt, und nahm den Lieferschein von ihm entgegen.

»Wird 'ne kalte Nacht«, sagte er.

»Denke ich auch«, antwortete sie.

»Neu hier?« Er musterte sie, wie um sich ihr Gesicht einzuprägen. »Hab heute früh mit Ted gesprochen. Er meinte, dass er heute Abend hier ist.«

»Er musste jemanden abschleppen, und ich vertrete seine Frau, die wegen eines familiären Notfalls wegmusste.«

»Okay.« Der Fahrer tippte sich an die Mütze und kurbelte das Fenster hoch, dann fuhr er los.

Hannah starrte auf die Rücklichter, bis er die Zufahrtsstraße hinter sich gelassen hatte und auf den Highway einbog. Dann brachte sie den Lieferschein in den Wohnwagen und legte ihn auf das Klemmbrett, wie Beatrice gebeten hatte. Dabei fiel ihr eine Liste auf, die darunterlag.

Die musste von dem Kunden in Minneapolis stammen. Sie ging mit dem Finger an den sauber getippten Spalten entlang und zählte die Posten. Dem Kunden gehörte offenbar eine Werkstattkette. Eine einzelne Werkstatt konnte unmöglich so viele Ersatzteile in einer Woche benötigen.

Sie las, was am Kopf des Faxes stand, und zog die Brauen zusammen. Es war gesendet von *Words, Etc.*, einer Firma, die Kioske in Einkaufszentren betrieb. Dort konnten Kunden etwas faxen, kopieren und von Speichermedien ausdrucken. Aber hätte eine große Kette von Autowerkstätten nicht ein eigenes Faxgerät? Hannah starrte auf die Liste und verglich sie mit dem Lieferschein, den der Fahrer ihr gegeben hatte. Jedes Stück der Bestellung konnte gewonnen werden, indem man die gerade gelieferten Autos auseinandernahm, die zu gut aussahen, um verschrottet zu werden.

Die Puzzleteile des Mordfalls drehten sich in ihrem Kopf und drängelten sich, um an ihren Platz zu gelangen. Es war möglich, dass Ted diese Autos von anderen Schrotthändlern gekauft hatte, doch es störte sie, wie neu sie aussahen. Was, wenn sie gar nicht defekt waren? Was wenn die Autos gestohlen worden waren, um die Bestellung des Kunden in Minneapolis erfüllen zu können? Und was, wenn Ted und Beatrice ihren geschäftlichen Erfolg dem illegalen Ausschlachten gestohlener Fahrzeuge verdankten?

Hannah schaute wieder auf den Lieferschein. Dort wurden die Fahrzeuge als Altmaterial ausgewiesen. Aber brauchte man beim Verkauf von Schrottautos nicht auch einen rosa Übertragungsnachweis? Der Fahrer hatte ihr keine ausgehändigt. Sie zog den Reißverschluss wieder zu und lief nach draußen, um nachzusehen, ob in den gelieferten Fahrzeugen welche lagen.

Die Handschuhfächer der vier Autos waren leer, ebenso wie die Sitze. Irrte sie sich wegen des rosa Formulars? Hannah war sich nicht ganz sicher, aber es war zu spät, um noch in der Zulassungsstelle anzurufen, und bis Montagmorgen wollte sie nicht warten.

Mit diesem Gedanken griff sie zum Telefon und wählte Eleanors Cox' Nummer. Eleanor war bis zu ihrer Pensionierung fast zwanzig Jahre lang leitende Angestellte bei der Kfz-Zulassungsstelle gewesen. Sie sollte ihr die Frage beantworten können.

Hannah dankte ihrem Glücksstern, als Eleanor sich meldete. »Guten Abend«, begann sie und nannte ihren Namen.

»Hallo, Hannah. Was haben Sie auf dem Herzen?«

»Ich muss Sie etwas fragen, das mit Autoverkäufen zu tun hat. Muss man, wenn man einen Wagen an den Schrotthändler verkauft, auch eins dieser rosa Formulare ausfüllen?«

»Lohnt sich bei Ihrem Lieferwagen etwa die Reparatur nicht mehr, sodass Sie ihn zum Schrotthändler bringen wollen?«

»Nein, mein Auto ist in Ordnung. Die Frage ergab sich nur gerade. Können Sie mir das sagen?«

»Natürlich kann ich das. Ich habe nicht umsonst zwanzig Jahre am Schalter der Zulassungsstelle gesessen. Ja, sie brauchen einen gültigen Nachweis über den Eigentümerwechsel. Den bekommt der Käufer, ob das ein Gebrauchtwagenhändler, ein Privatmann, eine gemeinnützige Organisation oder eine Autoverwertung ist.«

»Und wenn Schrotthändler untereinander Autos verkaufen?«

»Dann gilt die Bestimmung ebenfalls.« Eleanor klang sehr amtlich. »Das Fahrzeug kann nur mit dem rosa Beleg den Besitzer wechseln, das ist gesetzlich vorgeschrieben.«

»Danke, Eleanor. Sie waren wirklich …«

»Das Formular ist nicht unbedingt rosa, wissen Sie«, unterbrach Eleanor. »Man sagt das zwar noch, aber sie haben schon seit Jahren nicht mehr diese Farbe. Aber wie auch immer, das ist geradezu unheimlich.«

»Was ist unheimlich?«

»Sheriff Grant hat mir an dem Tag, als er ermordet wurde, genau die gleichen Fragen gestellt.«

Hannah verschlug es fast die Sprache, doch sie verabschiedete sich und legte auf. Die Puzzleteile drehten sich jetzt noch schneller. Autoteile in Sheriff Grants Arbeitszimmer. Die Tatsache, dass er Lonnies Vorfallmeldung in seinem Aktenkoffer versteckt hatte. Sein Anruf bei Eleanor, um sie wegen der rosa Belege zu fragen. Hannah war sich sicher, dass der Sheriff auf derselben Spur gewesen war wie sie jetzt, und die hatte zu seinem Tod geführt. Aber wer hatte ihn ermordet? Der Fahrer des Sattelschleppers, der die Autos geliefert hatte? Der Kunde in Minneapolis? Ted?!

Sie keuchte auf, weil ein Puzzleteil an seinen Platz fiel. Barbara Donnelly hatte ihr erzählt, dass Ted einen Overall getragen hatte, als er Leah und Krista vom Tanzunterricht abgeholt hatte. Hatte er den vielleicht überzogen, weil er Sheriff Grants Blut an seiner Kleidung gehabt hatte? Und was war mit der Wunde an seinem Arm? Hatte er sich die auf dem Schrottplatz zugezogen oder an dem Deckel des Müllcontainers, als er den Ermordeten hineingewuchtet hatte?

Ihr Herz raste, während sie sich vorstellte, wie sich der Mord abgespielt hatte. Sheriff Grant hatte Ted entdeckt, als der mit seinem Pick-up auf den Schulparkplatz gefahren war. Ehe Ted in Beatrice' Wagen hatte umsteigen und losfahren können, um die Mädchen abzuholen, hatte Grant ihn mit ein paar unangenehmen Fragen konfrontiert. Ted rechnete zwei und zwei zusammen und erkannte, dass der Sheriff seinen Handel mit gestohlenen Ersatzteilen entdeckt hatte. Ted wusste, dass seine Verhaftung bevorstand, und weigerte sich, kampflos aufzugeben. Er wehrte sich, indem er dem Sheriff mit einem harten Gegenstand den Kopf einschlug, mit einem, den er in seinem Pick-up mit sich führte. Zum Beispiel … einen Montierhebel.

Hannah schaute zu Teds Pick-up, der neben dem Wohnwagen parkte. Vielleicht lag die Mordwaffe noch darin. Es würde nicht lange dauern, sie herauszuholen. Selbst wenn Ted sie abgewaschen hatte, würden daran noch Spuren von Grants Blut zu finden sein. Sie könnte sie auf dem Revier abgeben, wenn sie Bill das Rücklicht brachte, und sie könnten die Mordwaffe gemeinsam auf Spuren untersuchen.

Innerhalb einer Minute kehrte sie mit dem Montierhebel in den Wohnwagen zurück. Vielleicht wäre es besser, ihn in ihrem Wagen zu verstecken, aber es stürmte noch immer stark, und sie fror wie ein Schneider. Es gab keinen Grund, warum sie ihn nicht bei sich behalten sollte. Wenn

Ted hereinkam, würde sie behaupten, sie wolle ihn kaufen, und er würde bestimmt nicht vermuten, dass das Ding nicht aus dem Ersatzteillager in seinem Schuppen stammte.

Sie legte den Montierhebel auf den Tresen, setzte sich wieder auf den Stuhl und dachte weiter über den Mordfall nach. Wenn Ted sich an der Hand verletzt hatte, als er Grants Leiche in den Müllcontainer gehievt hatte, dann brauchten Mike und Bill nur eine Blutprobe von ihm und könnten sie mit der vom Tatort vergleichen.

Nachdem sie nun zwei mögliche Beweisstücke in der Hand hatte, fühlte sie sich viel besser und befasste sich weiter mit ihrem Szenario. So weit hatte es Hand und Fuß, war aber noch unvollständig. Sie dachte über die Informationen nach, die sie von anderen bekommen hatte, und dabei fiel ihr der Fleck an Kristas Kleid ein. Vielleicht war das gar kein Rostfleck. Vielleicht war etwas von Grants Blut an den Sitz gelangt, als Ted sich in seinem Pick-up den Overall übergezogen hatte.

Jetzt fiel ihr siedend heiß etwas ein. Wenn die beiden Hollenbeck-Schwestern früher von ihrer Reise zurückkehrten, würden sie den Fleck womöglich gleich entfernen. Sie musste sie anrufen und sagen, dass sie das Kleid mit dem Fleck nicht anrühren durften, weil es ein Beweisstück sein könnte. Sie wählte sogleich die Nummer und atmete erleichtert auf, als der Anrufbeantworter ansprang. Sie waren also noch verreist.

Hannah hörte sich eine lange Bandansage an und erfuhr mehr über den Zeitplan der Schwestern, als sie wissen wollte oder wissen musste. Während sie auf den Piepton wartete, um ihre Nachricht zu hinterlassen, hörte sie draußen einen Wagen näher kommen. Im nächsten Moment sah sie Ted Koesters Abschleppwagen vor dem Wohnwagen halten.

Sie legte auf, winkte Ted und setzte ein Lächeln auf. Gut, dass er kein Gedankenleser war! So musste sie nur erklären, warum Beatrice weggefahren war, berichten, dass sie die Lieferung angenommen hatte, ihm einen Muffin anbieten, das Montiereisen bezahlen und sich aus dem Staub machen.

»Hallo, Hannah.« Ted kam herein und schaute verwundert. »Wo ist Beatrice?«

»Sie musste zu Leah und ihr den Flügel wieder ans Kostüm nähen. Ich habe ihr angeboten, so lange hierzubleiben, bis Sie zurückkommen. Ihre Lieferung habe ich abgefertigt. Ich habe unterschrieben und den Beleg an das Klemmbrett geheftet, wie Beatrice gesagt hat.«

»Danke.« Teds Blick glitt zu der weißen Tüte auf dem Tresen. »Was ist das?«

»Muffins. Ich denke, ich habe die richtige Zutat gefunden. Kosten Sie einen.«

Er nahm einen heraus und biss hinein, kaute und biss noch einmal ab. »Sie haben es geschafft! Was ist denn nun diese Zutat, mit der Beatrice mich neulich Abend genervt hat?«

»Himbeersirup.«

»Sagen Sie bloß!« Ted war baff. »Darauf wäre ich nie gekommen. Also wird das Rezept in dem Kochbuch abgedruckt?«

»Definitiv.«

»Freut mich zu hören. Das geschieht meiner Mutter recht, nachdem sie sich immer geweigert hat, das Muffin-Rezept mit anderen zu teilen. Hat Beatrice Ihnen davon erzählt?«

Hannah nickte und überlegte, wie sie sich schnellstmöglich verabschieden und mit dem Beweisstück verschwinden könnte.

»Immer wenn sie zu Besuch kam, behauptete sie, sie hätte es vergessen. Und dann versprach sie, es Beatrice zu schicken, doch das hat sie nie getan. Jetzt wird es jeder in dem Kochbuch lesen können. Das hat sie verdient.«

Hannah schluckte. So hatte sie Ted noch nie über seine Mutter reden hören. Er hatte sich immer nur lobend über sie geäußert. Er war nicht wie sonst, und sie sollte schleunigst sehen, dass sie von hier fortkam. »Ich muss den Montierhebel noch bezahlen und mich auf die Socken machen, Ted. Ich habe versprochen, mit Tracey in den Spukkeller zu gehen, und bin schon spät dran.«

»Okay. Lassen Sie die Muffins hier, dann berechne ich den Montierhebel nicht.«

»Abgemacht.« Hannah griff im selben Moment danach wie Ted, und er bekam ihn vor ihr zu fassen.

»Sekunde noch. Der ist sicher schmutzig.« Er nahm eine Tüte und wollte das Werkzeug hineinstecken, hielt jedoch inne und runzelte die Stirn. »Woher haben Sie den?«

»Äh … Beatrice hat ihn mir gegeben. Ich habe auch ein Rücklicht und einen Zigarettenanzünder genommen, aber die habe ich schon bezahlt.«

»Wo hat sie den hergeholt?«

Hannah zuckte mit den Schultern und spielte die Ahnungslose. »Aus dem Schuppen, denke ich. Ich habe nicht darauf geachtet, weil ich mir einen Zigarettenanzünder ausgesucht habe.«

»Nein, daher hat sie ihn nicht. Sie hat ihn aus meinem Pick-up.«

»Wie kommen Sie darauf?« Hannah gab sich verwirrt. »Sehen denn nicht alle Montierhebel gleich aus?«

»Dieser ist länger und schwerer. Er stammt aus einem alten Wohnmobil aus einer Zeit, als man noch wusste, wie so was hergestellt wird. Ich brauche den, weil er mehr Hebelkraft erzeugt, und das ist besser für meinen Rücken. Ich verstehe nur nicht, warum Beatrice den an Sie verkaufen …«

Hannah wurde blass, als Ted verstummte und sie argwöhnisch anblickte. Dabei begann er, sich mit dem Werkzeug in die Handfläche zu schlagen. Ein schlechtes Zeichen. Ted wusste, sie war in seinem Pick-up gewesen, und er wusste auch, warum sie den Montierhebel an sich genommen hatte. Ihn durch Reden abzulenken hatte nicht funktioniert, und jetzt wurde es eng für sie.

»Den haben Sie nicht von Beatrice bekommen. Den haben Sie sich selbst geholt.« Ted klang mit einem Mal gefährlich. »Und das kann nur einen einzigen Grund haben …«

Hannah wartete das Ende seiner Überlegung nicht ab. Sie fuhr herum, stieß die Tür auf und rannte um ihr Leben.

30

Die Dunkelheit umfing sie wie eine einladende Decke. Hannah rannte über den holprigen Boden auf ihren Lieferwagen zu. Sie hatte den Vorteil der Überraschung auf ihrer Seite. Doch als sie dort ankam, bemerkte sie, dass sie die Tüte mit den Muffins gegriffen hatte, und ihr Autoschlüssel noch auf dem Tresen lag.

Ihr Wagen stand dort, wo die Abstellfläche mit den Altautos begann. Hannah rannte mit dem Wind im Rücken den Fahrweg hinunter, der die Abstellfläche in zwei Hälften teilte, und direkt in den dunkleren Teil, wo die ausgeschlachteten Fahrzeuge lagerten. Da es dort weniger Lampen gab, würde Ted sie nicht so leicht entdecken.

In geduckter Haltung lief sie im Zickzack an gestapelten Wracks vorbei und hielt auf ein Auto am Ende zu, einen alten Cadillac mit zersplitterter Windschutzscheibe, an dem der Lack abblätterte. Die Tür war verrostet, doch mit einem hektischen Ruck am Griff ließ sie sich öffnen. Im Nu war Hannah hinten hineingestiegen und kauerte auf dem Fahrzeugboden bei zugezogener Tür.

Zuerst wagte sie kaum zu atmen, aber außer dem heulenden Wind und ihrem panischen Herzschlag war nichts weiter zu hören. Wenn Ted sie nicht beobachtet hatte, könnte sie in Sicherheit sein. Er müsste in jedes Fahrzeug auf seinem Schrottplatz schauen, um sie zu finden, und während er suchte, würde sie heimlich über die Zufahrtsstraße verschwinden und per Anhalter in die Stadt fahren.

Vorsichtig spähte sie über den unteren Fensterrahmen, aber Ted war nirgends zu sehen. Sollte sie jetzt loslaufen? Oder lauerte er im Dunkeln und suchte mit den Augen die Fahrzeugreihen ab, weil er hoffte, dass sie genau das tun würde? Wenn sie nur ein Handy hätte! Ihre Argumente dagegen erschienen ihr jetzt kleinlich verglichen mit den Vorteilen, die es in dieser Situation mit sich brächte.

Obwohl die Ungewissheit sie fast umbrachte und der Impuls zu fliehen kaum zu bezwingen war, beschloss sie, abzuwarten und zu horchen. Da überall Kies lag, würde sie Teds Schritte hören, lange bevor er sich ihrem Versteck näherte. Sie duckte sich wieder und horchte angestrengt auf das verräterische Knirschen, während der Wind brauste und vom Highway ab und zu ein Hupen herübertönte.

Suchte Ted noch nach ihr? Oder war das aussichtslos? Vielleicht hatte er erkannt, dass es Stunden dauern würde, sie zu finden, und versuchte es nicht weiter. Das Wichtigste für ihn war, der Verhaftung zu entgehen. Es war möglich, dass er schon weit weg war und mit dem schnellsten Wagen aus seinem Bestand in Richtung Staatsgrenze flüchtete.

Hannah griff nach dem Türöffner, zog die Hand aber zurück, bevor sie ihn berührte. Es war klüger, noch abzuwarten. Sie würde bis tausend zählen, und wenn sie bis dahin keine verräterischen Geräusche gehört hatte, würde sie langsam die Tür öffnen und flüchten.

In dem staubigen Fußraum zu kauern und zu zählen, stellte das bisschen Geduld, das sie besaß, auf eine harte

Probe. Bis hundert zu zählen, fiel ihr noch leicht, und bis zweihundert kostete schon Anstrengung. Dreihundert war ein Kampf, und vierhundert eine wahre Schlacht. Die fünfhundert war unsicher, aber sie schaffte es, und sechshundert war noch ungewisser. Für die siebenhundert musste sie ihren ganzen Willen aufbringen, die Achthunderter-Marke zeugte von einer Widerstandskraft, von der sie in der Vergangenheit nur hatte träumen können, und die neunhundert war ein Meilenstein tapferer Entschlossenheit.

Hannah war bei neunhundertzweiunddreißig angelangt und glaubte sich schon fast am Ziel, als ein lautes Dröhnen einsetzte. Und dann schlug etwas gegen den Cadillac, dass sie kurz den Kontakt mit dem Fahrzeugboden verlor.

Desorientiert und schwindlig krümmte sie sich zusammen. Sie war unverletzt, doch es hatte sich angefühlt, als hätte ein anderes Auto den Cadillac mit Highway-Geschwindigkeit gerammt. Als sie ihr Gleichgewicht wiedergefunden hatte, wurde ihr klar, dass etwas Ungutes vor sich ging. Der Cadillac schaukelte heftig. Nach dreißig Sekunden stoppte das Schaukeln, und sie riskierte einen Blick durch die Heckscheibe.

»Ohhh!«, stöhnte sie und sperrte vor Entsetzen den Mund auf. Der Cadillac stand nicht mehr auf festem Boden!

Ihr Verstand weigerte sich zu akzeptieren, was ihre Augen sahen. Sie blinzelte, doch der Boden sackte weiter unter ihr ab. Es dauerte noch einen Moment, bis sie begriff. Der Boden sackte nicht ab, sondern der Cadillac stieg in die Höhe. Ted hob ihn mit dem Greifer des Krans, mit dem er die Schrottautos umsetzte und stapelte!

Hannah schaute nach unten und bereute es sofort.

Der Wagen schwankte Übelkeit erregend, und der Boden entfernte sich schnell. Sie schloss die Augen und stöhnte vor Angst. Es war nicht die Höhe, die ihr so zusetzte. Sie konnte ohne Probleme Leitern und offene Treppen hochsteigen, sie konnte sogar eine Feuertreppe hinunterlaufen, was sie in der Collegezeit oft getan hatte. Aber wenn es darum ging, hoch oben in der Luft zu schaukeln, musste sie passen. Deshalb war sie noch nie in einem Heißluftballon mitgefahren, und deshalb war sie letzten Sommer auf der großen Kirmes nicht mit Tracey aufs Riesenrad gegangen. Man mochte das verrückt oder phobisch nennen, doch das konnte sie nicht aushalten.

Es war besser, wenn sie nicht hinsah. Die Welt unter sich schwanken zu sehen lähmte ihren Verstand. Stöhnend ließ sie sich auf den Fahrzeugboden sinken und kauerte sich wieder zusammen. Ihr kam ein furchtbarer Verdacht, was Ted gerade tat, und wenn sie recht hatte, stand ihr etwas Grauenvolles bevor. Beatrice hatte von der neuen Schrottpresse erzählt und erwähnt, dass Ted die Autos mit dem Kran hineinfallen ließ. Sie hatte auch gesagt, dass die neue Maschine das Auto auf die Größe eines Brotkastens zusammenpresste. Das wollte sie sich gar nicht genauer ausmalen.

Am Boden zu kauern würde sie nicht retten. Sie holte tief Luft und zwang sich, aus dem Fenster zu blicken. Sie schwebte sehr weit oben, fast auf einer Höhe mit den höchsten Baumwipfeln, doch den Gedanken verdrängte sie schnell. Sie holte noch einmal tief Luft und hielt den Atem an, um nach unten zu blicken.

Die Kavallerie war gekommen! Mike war mit dem Streifenwagen da und redete mit Ted!

Sie streckte den Kopf durch das Seitenfenster, in dem

die Scheibe fehlte, und rief nach ihm, doch das Dröhnen des Krans und das Heulen des Windes übertönten selbst den lautesten Schrei. Der Cadillac hing direkt über Mike, aber der hörte sie nicht. Selbst wenn sie waghalsig wäre, der Cadillac hing zu hoch, um gefahrlos springen zu können. Aber vielleicht würde sie Mikes Aufmerksamkeit doch noch auf sich lenken.

Er war inzwischen ausgestiegen und stand direkt unter ihr. Das war ein Fall von »So nah und doch so fern«! Er musste sie bemerken, bevor er das Gespräch beendete und wieder wegfuhr.

Hastig zog sie sich die Fliegerjacke aus. Sie würde sie auf Mike fallen lassen. Dann würde er hochblicken, um herauszufinden, woher das Kleidungsstück plötzlich gekommen war, und würde ihren Kopf im Fenster sehen. Hannah hielt die Jacke durchs Autofenster, sandte ein Stoßgebet zum Himmel, damit die Schwerkraft ihr Werk verrichtete, und ließ los. Perfekt. Die Fliegerjacke fiel, breitete sich aus und … oh, oh!

Der Wind erfasste sie, und sie segelte über Mike hinweg, der davon offenbar nichts bemerkte. Was könnte sie noch verwenden? Sie sah die Tüte mit den Muffins. Die würden es bringen. Sie ließ einen fallen, doch er verfehlte sein Ziel. Beim nächsten korrigierte sie den Ausgangspunkt und kam dem Ziel schon näher. Noch einer und sie sollte Mike eigentlich treffen.

Sie jubelte, als der Muffin ihn tatsächlich am Kopf erwischte und wegsprang. Ted sagte etwas, und Mike nickte grinsend. Sie hörte die beiden zwar nicht, konnte sich aber vorstellen, was gesprochen wurde. Ted: *Ziemlich stürmischer Abend, was?* Mike: *Kann man wohl sagen. Kurz dachte ich, jemand hätte etwas nach mir geworfen.*

Eins war sicher. Wenn Mike wegfuhr, ohne nach oben zu blicken, war sie geliefert … oder vielmehr platt. Sie ließ den letzten Muffin fallen, und er traf Mike im Gesicht, dann schrie sie aus Leibeskräften, und er schaute nach oben. Doch gerade als er sie erkannte und ihm wohl einiges klar wurde, sprang Ted ihn an.

Hannahs Verzweiflungsschrei verhallte ungehört. Der Mann, der sie retten wollte, musste erst einmal sich selbst retten. Was könnte sie von einem in der Luft hängenden Auto aus tun, um ihn zu unterstützen?

Sie überlegte fieberhaft. Im Cadillac lag nichts herum, was sie werfen könnte. Aber sie trug Stiefel, und die könnten durch einen Fall aus dieser Höhe etwas ausrichten. Hastig zog sie sie aus, hielt einen aus dem Fenster und schaute nach unten, um zu zielen.

Ted rang mit Mike und lag im Augenblick oben. Sie ließ los. Der Stiefel traf den Schrotthändler am Rücken und blieb liegen. Ted schüttelte ihn ab, aber die kurze Ablenkung verschaffte Mike einen Vorteil, und er drehte seinen Angreifer auf den Rücken. Hannah schlug das Herz bis zum Hals, als sie aus dem Augenwinkel Bewegung sah. Bill und Norman kamen angelaufen, um Mike zu helfen.

Hannah stieß einen tiefen Seufzer aus. Das war knapp gewesen. Als Bill Mike half, Ted auf den Boden zu drücken und ihm Handschellen anzulegen, klatschte Hannah triumphierend in die Hände. Und dann setzte das Dröhnen und Quietschen wieder ein, und der Cadillac sank langsam dem Boden entgegen. Da Bill und Mike noch damit beschäftigt waren, Ted festzunehmen, musste es Norman sein, der an dem Kran den richtigen Hebel gefunden hatte.

Sowie die Räder des Cadillacs den Boden berührten, stieß sie die Tür auf und sprang hinaus. Ihre Knie zitterten, sie hatte nur noch einen Stiefel, ihre Jacke lag irgendwo zwischen Schrottautos, und ihre Hände waren mit Schokoladenguss beschmiert. Aber als sie Ted auf der Rückbank im Streifenwagen sitzen sah, lächelte sie breit. Die Guten hatten wieder einmal gesiegt.

Sobald ihre Füße in beiden Stiefeln steckten und Norman ihre Jacke gefunden hatte, wollte sie Mike mit Fragen bombardieren. »Woher wusstest du, dass ich hier bin?«

»Du gibst zuerst mir einige Antworten«, befahl er und packte sie am Oberarm. »Wusstest du, dass der Wagen für die Schrottpresse bestimmt war?«

Hannah wollte etwas Gemeines erwidern wegen seiner selbstherrlichen Art, doch in dem Moment bemerkte sie das Zittern seiner Hand. Mike hatte so große Angst um sie ausgestanden, dass er jetzt noch zitterte. Und bei der Erkenntnis erbebte sie auch ein wenig. »Erst, als er hochgehoben wurde«, gab sie kleinlaut zu. »Und ich wäre in der Presse gelandet, wenn du nicht gekommen wärst.«

»Also wollte er dich ermorden?« Mike hielt ihren Arm fest, als wollte er sie nie wieder loslassen.

»Genau.«

»Weil du herausgefunden hast, dass er Sheriff Grant ermordet hat?«

Hannah zögerte. Das war ihre Chance, Mikes Ermittlerehre zu retten. »Ich war mir nicht sicher, erst als er mich angreifen wollte.«

»Und da bist du dahintergekommen, wie alles zusammenpasst?«

Hannah nickte. In gewisser Weise stimmte das. Erst als Ted den Montierhebel in seine Handfläche geschlagen hatte, war sie sich sicher gewesen. »Jetzt bin ich dran. Warum bist du hergekommen?«

»Lonnie rief mich an wegen des Berichts zu dem Autodiebstahl, und ich wollte Ted ein paar Fragen stellen zu den Autos, die er verschrottet. Ich hatte keine Ahnung, dass du hier bist oder in Gefahr schwebst.«

Hannah wandte sich Norman zu, der neben Bill stand. »Wieso bist du hier?«

»Ich bin zum Revier gefahren, um Zahnschadenformulare abzuholen. Ich habe gerade mit Bill geredet, als Andrea anrief und fragte, ob du dort bist, weil du Tracey noch nicht abgeholt hättest.«

Hannah schenkte ihm ein dankbares Lächeln, da er so schlau war, ihre Ermittlung nicht zu erwähnen, und dann wandte sie sich an Bill. »Und Andrea hat dir gesagt, dass sie mich zum Schrottplatz geschickt hat, damit ich das Rücklicht für dich besorge?«

»So war es. Als ich Ted nicht ans Telefon bekam, sind Norman und ich hierhergekommen.«

»Das war gut«, seufzte Hannah und sah dann Mike an. »Stimmt's?«

»Ja. Ich hätte Ted schon irgendwann in Handschellen gelegt, doch so war es einfacher. Welche Beweise hast du für mich, Hannah?«

»In Teds Büro liegt ein Montierhebel, der die Mordwaffe sein könnte. Du wirst ihn sicher auf Blutspuren untersuchen wollen. Und du solltest sofort Clara und Marguerite Hollenbeck anrufen und ihnen sagen, dass sie aus Kristas Kleid den Fleck nicht entfernen dürfen. Es könnte Blut von Grant sein.«

»Noch etwas?« Mike hatte sichtlich Mühe, weiter ein freundliches Gesicht zu machen, und Hannah wusste, es ging ihm gegen den Strich, dass er Hilfe von ihr brauchte.

»Nur eins. Ich denke, Ted hat gestohlene Fahrzeuge ausgeschlachtet und gehörte zu einer Bande illegaler Werkstätten, doch dafür habe ich keinen Beweis.«

»Wir werden sie finden«, sagte Mike. Er wirkte schon weniger verärgert, und Hannah wusste, sie hatte bei ihm gepunktet. Natürlich könnte sie ihm sagen, wo die Liste mit den Ersatzteilen lag, die per Fax aus Minneapolis gekommen war, sowie der Lieferschein für die vier gestohlenen Wagen, aber die wollte sie ihn selbst entdecken lassen. Wie Mike so gern betonte: Er war der Profi, nicht sie.

»Es ist schon nach acht«, bemerkte Norman nach einem Blick auf die Uhr. »Wenn Mike und Bill uns nicht mehr brauchen, lass uns Tracey abholen und mit ihr in den Spukkeller gehen.«

»Ich rufe Andrea an und sage ihr, dass ihr auf dem Weg seid«, bot Bill an. »Das ist okay, oder?«, fragte er Mike.

Der nickte. Er war offenbar in der Stimmung, großzügig zu sein, nun da Sheriff Grants Mörder gefasst war. »Sicher. Fahrt nur und amüsiert euch mit den Kindern. Ihr könnt auch später noch zum Revier kommen und eure Aussage machen.«

»Nehmen wir deinen Wagen oder meinen?«, wollte Norman wissen, als er mit Hannah zum Wohnwagen ging.

»Beide. Du holst Tracey und Karen ab und fährst mit ihnen zum Gemeindezentrum, und ich fahre nach Hause, füttere Moishe und treffe euch dort. Und ich bringe die Maisplätzchen für die Party mit.«

»Okay.« Norman trat vor und öffnete ihr die Wagentür. »Schade, dass ich kein Kostüm mitgenommen habe.«

Hannah stieg ein, griff nach hinten und holte ihr Minimalkostüm hervor. »Ich habe eins, das du benutzen kannst. Ich werde mir zu Hause ein anderes altes Bettlaken zurechtschneiden und als Gespenst kommen.«

»Cornflakes?« Norman nahm verwundert die Schachtel entgegen, fing aber sofort an zu lachen, als sie ihm das Plastikmesser reichte. »Das ist einfach großartig, Hannah.«

Sie riss die Augen auf. Er war der Erste, der beim Anblick der zwei Gegenstände auf das Wortspiel kam. Und dann fiel ihr ein, was Beatrice über Pärchen und ihren Humor gesagt hatte. »Du weißt, was für ein Kostüm das ist?«

»Klar.« Norman grinste sie an. »Das ist brillant, Hannah. Im Lauf der Jahre habe ich so viele Kostüme getragen, aber ich war noch nie ein Cereal Killer.«

31

Am Wahlabend verließ Hannah um sieben Uhr ihr Schlafzimmer. Sie trug das neue Kleid aus Claires Boutique. Delores hatte darauf bestanden, es ihr zu schenken. Es war ein blaues Seidenkleid, zu dem Claire ihr geraten hatte. Hannah hatte dazu im Shoppingcenter Pumps mit blau bezogenen Absätzen und rot-weiß-blauen Flechtriemchen gefunden, die so weit heruntergesetzt waren, dass sie praktisch nichts mehr kosteten. Die waren ziemlich sicher vom Vierten Juli übrig geblieben, doch sie waren wie dafür gemacht, um damit bei Bills Wahlparty zu erscheinen.

Hannah warf noch einen Blick in die Wahlsendung im Lokalfernsehen, dann ging sie in die Küche. Bill hatte schon über achtzig Prozent der Stimmen. Im *Lake Eden Inn*, wo sie seinen Sieg feierten, würde es brechend voll sein. Alle würden sich an Stehtischen drängeln, nur Andrea nicht. Doc Knight hatte ihr erlaubt hinzugehen, aber nur unter der Bedingung, dass sie dort sitzen und die Beine hochlegen würde. Da ein simpler Stuhl den Zweck nicht erfüllte, hatte Delores eine antike Chaiselongue für Andrea hinbringen lassen.

Lächelnd servierte Hannah ihrem Kater eine Schale Joghurt. Doktor Bob und Sue war eine Lösung eingefallen, mit der Mensch und Katze leben konnten. Als Hannah das Schälchen auf den Sofatisch stellte, sprang Moishe auf und stand erwartungsvoll davor.

»Einen Moment noch«, bat Hannah und drehte die Kappe von dem Vitaminfläschchen. Aber der Kater, der sich wegen ebendieses Fläschchens unter dem Bett versteckt hatte, saß nun da und schnurrte. Hannah unterdrückte den Impuls, *Siehst du!* zu sagen, und spritzte etliche Tropfen über den Joghurt. Keine Sekunde später leckte Moishe begierig aus der Schale.

Hannah wollte gerade nach der neuen Handtasche greifen, die sie sich auf Delores' und Andreas gutes Zureden gekauft hatte, als es an der Tür klopfte. Andrea hatte vorhin angerufen und angekündigt, dass sie ihr einen Wagen schicken würde. Hannah fand das unnötig, doch ihre Schwester hatte darauf bestanden.

Auf dem Küchentresen lag eine Schachtel vom *Cookie Jar*. Sie war als Geschenk für Bill gedacht und mit den Apfelgartenstücken gefüllt, die er so gern aß. Passend zum Anlass hatte sie sie mit einem Gittermuster verziert, weil Ted Koester gestanden hatte und nun hinter Gittern saß.

Sie nahm die Schachtel und öffnete lächelnd die Tür, aber das Lächeln verschwand, und sie riss die Augen auf. Statt des Taxifahrers, mit dem sie aufgrund von Andreas Formulierung gerechnet hatte, standen Norman und Mike vor ihr.

»Hallo, Hannah.« Norman grinste sie an und blickte zu Mike.

»Wir sind heute deine Fahrer.« Mike griff nach ihrer Hand. »Andrea hat uns beide gebeten, dich zu chauffieren.«

»Das ist nett.« Hannah nahm sich vor, ein ernstes Wort mit ihrer Schwester zu reden. Wenn Andrea gehofft hatte, zwischen den Männern Eifersucht zu entfachen, dann hatte dies nicht funktioniert. Norman und Mike strahlten sie glücklich an.

Mike nahm ihr die Schachtel ab, während Norman ihr in den Mantel half. Dann schloss Mike die Tür ab, und sie eskortierten sie die Treppe hinunter.

»Seht mal, es schneit!« Hannah sah zum Himmel auf in die herabschwebenden Schneeflocken. Sie wirbelten im Schein der altmodischen Straßenlaternen, die in dem Wohnkomplex standen, und fielen auf den Bürgersteig, wo sie für einen Moment ihre Form behielten und dann schmolzen.

»Möchtest du hochgehen und dir Stiefel anziehen?«, fragte Norman. »Wenn die Wahlparty vorbei ist, könnte Schnee liegen.«

»Eigentlich nicht.« Hannah schaute auf ihre Pumps. Selbst wenn sie ein paar schicke Stiefel besäße, würden sie zu diesem Kleid nicht gut aussehen.

»Sie braucht keine«, erklärte Mike und gab Norman einen Wink. »Entschuldige uns eine Sekunde, Hannah. Wir müssen etwas besprechen.«

Verwundert sah sie zu, wie er mit Norman ein paar Schritte wegging und mit ihm flüsterte. Aber der Abend war zu schön, um zwei miteinander tuschelnde Männer anzustarren; sie beobachtete lieber die Schneeflocken.

Teds Verhaftung hatte bei den Menschen in Lake Eden natürlich für Aufregung gesorgt, doch sie hatten sich auch schnell wieder beruhigt. Beatrice war von dem Verdacht befreit worden, sie könnte in die Machenschaften ihres Mannes verwickelt gewesen sein, und einer ihrer erwachsenen Söhne war inzwischen gekommen und half ihr, den Schrottplatz zu führen. Sie hatte wohl geahnt, dass Ted ein paar krumme Geschäfte abwickelte, aber nicht im Geringsten vermutet, dass er den Sheriff ermordet hatte.

Über Winthrop Harington II. war noch kein Urteil gesprochen. Norman suchte zurzeit in einigen britischen Datenbanken, allerdings bislang ohne Erfolg. Unglücklicherweise war Winthrop gerade verreist und würde an Bills Siegesparty nicht teilnehmen. Hannah nahm an, dass sie ihn aber noch persönlich kennenlernen würde, und dann würde sie sich ein Urteil bilden.

Nachdem Barbara Donnelly ihren Dienst auf dem Revier wieder aufgenommen hatte, war Shawna Lee Quinn ins Schreibzimmer zurückgekehrt. Für Andrea war sie noch nicht weit genug fort, und sie plante, das Problem aus der Welt zu schaffen, sobald der kleine Billy geboren und sie wieder auf den Beinen war.

»Die Sänfte steht bereit«, sagte Norman, und Hannah drehte sich um. Da standen die beiden Männer, hatten die Arme überkreuzt und hielten sich bei den Händen.

»Ihr wollt mich tragen?«, fragte sie ein wenig ungläubig.

»Genau.« Mike und Norman traten einen Schritt vor. »Setz dich, Hannah. Und leg die Arme auf unsere Schultern«, meinte Mike. »Wir tragen dich zum Auto.«

Sie kam sich vor wie ein Fräulein in Nöten und hatte ihren Spaß daran. Hannah setzte sich auf die überkreuzten Unterarme und hielt sich an ihnen fest, und so trugen die zwei sie im ersten Schnee des Winters zum Auto.

»Schön«, seufzte Hannah. Sie wusste nicht, welche Benimmregeln für diese Situation galten, doch sie liebte jeden einzelnen Moment.

Apfelgartenstücke

Den Ofen auf 190 Grad vorheizen, das Blech später in der Mitte einschieben.

120 g Butter
100 g weißer Zucker
200 g brauner Zucker
½ TL Backnatron
½ TL Salz
½ TL Backpulver
2 TL Vanilleextrakt
1 TL Zimt
2 Eier
37 g Haferflocken
1 bis 2 mittelgroße Äpfel (110 g)
160 g Kokosraspeln
180 g Mehl, ungesiebt

Die Butter zerlassen, den Zucker einrühren. Die Eier schlagen, zusammen mit Backnatron, Salz, Backpulver, Vanilleextrakt und Zimt zugeben und gründlich verrühren. Die Äpfel schälen, entkernen und hacken und mit 120 Gramm von den Kokosraspeln zugeben (40 Gramm werden zum

Bestreuen gebraucht). Das Mehl zugeben und alles gründlich vermengen.

Eine Kuchenform von etwa 22 x 33 cm einfetten. Den Teig darin verteilen und mit einem Spatel glattstreichen. Die übrigen Kokosraspel gleichmäßig darüberstreuen.

25 bis 30 Minuten backen, bis der Kuchen leicht gebräunt ist.

Auskühlen lassen und wie Brownies in Stücke schneiden.

Bill trinkt gern heiße Schokolade dazu – er meint, dadurch schmecken die Apfelstücke umso intensiver.

Tracey versucht weiterhin, Andrea zu überzeugen, dass der Kuchen gesund ist und sie ihn zum Frühstück essen sollte.

Verzeichnis der Rezepte

Danksagung

Ich danke Ruel, der immer bereit ist, sich mit mir auszutauschen, selbst mitten in der Nacht, und unseren Kindern, die sich nicht scheuen, einen zweiten oder dritten Nachschlag zu verlangen. Ich danke unseren Freunden und Nachbarn: Melody & Kurt, Lyn & Bill, Gina & Brian, Jay, Bob M., Amanda, John B., Dr. Bob & Sue und allen, die nach einem Plätzchen greifen, abbeißen, selig gucken und »Mmmm!« sagen.

Ich danke meinem genialen Lektor, John Scognamiglio, für seine konstante Unterstützung. (Sie sind der Beste!) Und ich danke all den guten Leuten bei Kensington, die Hannah Swensen nach Herzenslust ermitteln und backen lassen. Ich danke Hiro Kimura, meinem Cover-Künstler, für seinen unglaublichen Schoko-Muffin. (Ich wünschte wirklich, in unserem Lebensmittelladen gäbe es diese Zuckerstreusel zu kaufen!) Eine herzliche Umarmung für Terry Sommers und ihre Familie für die Rezension meiner Rezepte. Dank an Jamie Wallace, der meine Webseite MurderSheBaked.com betreut. Und eine herzliche Umarmung für all meine E-Mail- und Brieffreunde, die die Liebe zu Hannah und der Crew um das *Cookie Jar* mit mir teilen.

Mord in bester Tradition

MIT SCHIRM, CHARME UND SPÜRNASE

Der Landhauskrimi in englischer Tradition ist zurück – für alle, die es bei Muffins und Earl Grey gern mysteriös, humorvoll und atmosphärisch mögen! Sympathische Amateurdetektive stolpern zufällig über Leichen und begeben sich mit patentem Spürsinn auf die Spur des Mörders. Schließlich darf das idyllische Landleben nicht allzu lange gestört werden! Mit dabei: exzentrische Nachbarn, pfiffige Fellnasen und jede Menge köstliche Kulinarik. Vollendeter Spitzengenuss für einen (ent)spannenden Nachmittag auf der Couch!

LETTERS ONLY
8.30am

JULIA CHAPMAN
Rendezvous mit Todesfolge
DIE DALES DETECTIVE AGENTUR
KATE HIGH
Die Katze und die Leiche in der Scheune
EIN FALL FÜR CLARICE BEECH
C. C. BENISON
Tod im Buckingham Palast
IHRE MAJESTÄT ERMITTELT
JOANNE FLUKE
Das Geheimnis der Schokoladenkekse
EIN FALL FÜR HANNAH SWENSEN
HELEN COX
Mord am Münster